青岛出版集团 | 青岛出版社

第九章　莲灯燃

机会稍纵即逝，曲不询错过就是错过了。

他微出一口气，说不出是庆幸还是后悔。他随手掷了棋子，向后一仰，懒洋洋地看向陈献："你就这么确定那个骗子真能找到叶胜萍？就不怕他们是拉大旗作虎皮？"

林三扯着长孙寒的名字骗人，他的同行难道就不会拿叶胜萍的名字骗人了？

"我觉得不会。"陈献这次回答得很肯定。

曲不询挑了挑眉。

"叶胜萍经常拿仇家的亲友做威胁，固然让人忌惮，但另一方面，亲友本身又有亲友，这只会让叶胜萍的仇家越来越多。他这人处处结仇，还是丹成修士的时候无所谓，毕竟虱子多了不痒，但被沈前辈一剑斩破了金丹，往日的行径就成了如今的催命符。"陈献说得头头是道，"叶胜萍来碎琼里，必然有躲仇家的意思，听说有人在卖自己的行踪消息，无论如何都会来探查一番的。这伙人现在还能活着，一定和叶胜萍打过交道。"

"楚瑶光教你的？"曲不询对陈献那点儿斤两心里门儿清。

陈献"嘿嘿"地笑了，挠了挠头："对，这些都是瑶光说的，她是真的聪明。"

曲不询不置可否，只是问："如果叶胜萍去摸了那伙骗子的底，发现对方只是拉大旗作虎皮，于是决定不与他们接触，并且留着对方来误导打探他的消息的仇家呢？"

楚瑶光从门口走进来，正好听见这个问题，微微一笑，底气很足，显然早就把这个问题盘算过一遍了："那我们就想办法把他激出来。"

"怎么激？"曲不询抬了抬眼皮。

"林三说，那伙骗子在桃叶渡待很久了，惯用的招数就是拿叶胜萍的消息当鱼饵，骗了不少为了叶胜萍而来的人。因此，我们推断叶胜萍即使和这伙人没有联系，至少也会隔三岔五地关注他们，从而判断外界仇家的动向。"楚瑶光详细地解释，"如果这伙骗子真的完全不知道叶胜萍的下落，那我们就反其道而行之，大张旗鼓地来找叶胜萍，把事情闹得沸沸扬扬的。叶胜萍担心被找到，肯定要关注我们，这时候我们再去找这伙骗子，他多半会松一口气，认为我们暂时被骗子迷惑了，警惕心就会稍稍松懈。他靠近我们来确认我们是否会相信这些骗子的话的时候就是我们一举把他找出来的时候。"

这计划听起来倒是有几分奇正相辅，而且可行性不低，让人防不胜防。

楚瑶光能制订这样的计划，最重要的其实是他们确定叶胜萍就在碎琼里，而叶胜萍很难确定仇家的位置。他们在暗，叶胜萍在明，打的就是一个意想不到、措手不及。

不得不说，楚瑶光这个蜀岭楚家的大小姐思路很是灵活，八个陈献加一起，心眼也没她多。

沈如晚也有点儿感兴趣地抬起了头，饶有兴致地看向楚瑶光："你有没有想过，万一叶胜萍听说有人大张旗鼓地来找他，直接跑了怎么办？"

楚瑶光摇了摇头："既然奚访梧说叶胜萍一直在碎琼里中转被拐卖的人，叶胜萍的仇家又那么多，他在碎琼里一定不止一次被寻仇上门，不可能一听到有人来寻仇就跑。更何况，我倾向于认为叶胜萍是一个肆无忌惮、手段狠辣、喜爱结仇的凶徒，即使被斩断了獠牙，骨子里也有一股凶性和疯劲。"

沈如晚垂眸笑了一下。

楚瑶光算是说对了，叶胜萍就是那么个人。

"既然你们计划得很周全，那么这事就交给你们了。"沈如晚抬眸，"让我看看，十年过去，是这修仙界的后起之秀拍翻前浪，还是早已成名的高手更胜一筹。"

楚瑶光抿了抿唇，笑了一下，没说什么，但自信溢于言表。

陈献在边上一拍胸脯："沈前辈，你就等着瞧吧！"

沈如晚撑着额头，看他们一前一后地走出小院，然后偏头看了一眼，发现曲不询正垂着头凝视桌上的棋盘，手里拈着棋子，神色凝重。

她凝神望了他好一会儿。

其实曲不询和长孙寒一点儿都不像，若论起单个五官的精致程度，自然是长孙寒更胜一筹；奇怪的是，当把五官组合在一起，她却不觉得曲不询比长孙寒长得逊色。

他身上有一种谁也拘不住的洒脱感。世事不过一翻盏，白醴倒尽，管他明朝是与非。

如果是很多年前，沈如晚一定不会多喜欢曲不询——她不喜欢这种说起来不羁、实际上懒懒散散的人。

她那时候就喜欢长孙寒那样的人，背负了很多，却好像什么都难不倒他，永远负重前行又游刃有余。

可现在的她很累了，背上有重担的感觉一刻都不想再体验了，宁愿退隐，隐姓埋名直到世人将她忘记，直到她成为轻飘飘的、没有一点儿羁绊和责任的局外人。

"你好像有很多秘密。"沈如晚看着曲不询说。

曲不询的指尖微微用力，捏紧了棋子。

"我有秘密，这是肯定的。"他说，"就像你，你不也有很多不愿意提的秘密吗？"

其实沈如晚一点儿都不了解"曲不询"这个人。他的过去、他的人生、他绝非平淡无奇的往事，她一点儿都不知道。

很久很久以前，她喜欢长孙寒的方式是想尽办法去了解他。可现在，在漫长的岁月和数不清的失望里，她学会了不追问。

"你不想说就算了，"她把棋篓推到一边，不再去拿棋子，"我不问。"

曲不询抬眸看向她，她垂着眸说："我不在乎。"

曲不询的神情变了一点儿。

"我认识的是现在的你，你也只认识现在的我，这很公平。"沈如晚慢慢地说，"也只有现在的你和我才会坐在这里，心平气和地下棋。"

曲不询凝视着她，唇边不由得泛起一丝苦笑。

这话一点儿也不错。倘若再往前哪怕几年，他若还是长孙寒，她还会朝他笑上哪怕一下吗？

沈如晚说到这里，停下不言语了。

她觉得遇见曲不询是一种特别的缘分，但永远不会把这句话说出来——太煽情了，就和向别人讲述她曾经的委屈和心酸一样，都太矫情了。

她宁愿旁人觉得她永远是个冷淡、没有情绪的人。

沈如晚站起身来，指尖在曲不询的眉间轻轻地一点，然后顺着他高挺的鼻梁慢慢地滑到他的鼻尖："你不想说可以不说。"

她的指尖落在他的唇上，很轻地摩挲了一下。在他伸手握住她的手腕前，她将食指竖在他的唇前，做了个让他噤声的手势："但我不喜欢别人骗我。"

曲不询用力握紧了她的手腕，抬头看向她，神色复杂。

沈如晚目光淡淡地轻声说："你可以一个字都不说，但不许对我说谎，我最讨厌谎言。"

曲不询攥着她的手，也觉得滚烫。他用目光一遍又一遍地描摹她的眉眼，心里发出了一声苦笑。

她说最讨厌谎言，可他平生最难以面对的弥天大谎，从他们见面、相识的那一刻起便已悄然开始了，遥遥无终。

沈如晚会恨他吗？

曲不询心绪复杂地和她对视了很久，无解。

他轻轻地喟叹一声，闭了闭眼，手上一带，将她用力地拥在了怀里。红尘缱绻，他贪恋着这一点儿温存，半晌没放。

沈如晚轻轻地搂住了他。耳鬓厮磨里，他的声音轻得近乎失真，在她的耳后如细吻般摩挲着她的皮肤。

"你能不能再多喜欢我一点儿？"他喃喃道。

沈如晚的思绪飘远了，所以她过了一会儿才问："为什么？"

可曲不询没回答，只是不轻不重地咬了一下她的唇瓣，像是一种莫名其妙的报复和证明，在无止境的索求里，隐隐有一种从未展现过的凶狠和疯狂。

很奇怪的是，沈如晚想起了归墟中漫无边际的天川罡风，那么炽烈又霸道，一丝一缕都像最凶狠的尖刀，要把她的每一寸肌骨都侵吞，然后据为己有。

她又想起了在归墟外徘徊的那三个月，心里没有感到多痛，只有苍白到极致的疲倦感。她仿佛回到当初被宁听澜带出沈家、得知自己的手下尽是沈家的亡魂的那一刻。

她用了那么久、那么多努力、那么多伤口去换一点儿内心安宁，只需要一剑，往事就全都卷土重来。

那时她看着归墟无边的天川罡风，心里有个很古怪的念头。她想：不如下去找他吧，能找到自然最好，找不到，自己死在里面也行。

但最后，她还是不想死的。

她曾经那么喜欢长孙寒，那么累，可还是想活着。即使尘世已无留恋，即使自己也不明白为什么，她还是不想死。

在天川罡风削骨蚀心的痛楚里，她第一次清楚地发现，她比谁都想活。哪怕遍身伤痕、无可留恋，她也要继续走下去，等到……

等到她可以真正得到安宁的那一天。

该死的人从来不是她。

沈如晚抬手，用力捧住曲不询的脸，恶狠狠地咬了他的唇瓣一下，可下一刻，又缠绵起来。

曲不询微微一僵，横在她腰间的手收得更紧了，把吻加深到更深。

宁静的屋内，只剩下缠绵的呼吸和数不尽、掩不去的心跳声。

桃叶渡，叶胜萍戴着帷帽缓缓地走进了茶楼。茶楼老板知道他是熟客，朝他招呼："还是原来那个茶室？"

叶胜萍低着头，缓缓地摇头，提了几个人的名字："我要他们隔壁的茶室。"

老板露出踌躇的表情来。

他知道叶胜萍提到的那几个人是专门在桃叶渡行骗的骗子，总是以"我有大盗叶胜萍的消息"为饵行骗。正好最近有几个外来的冤大头在找叶胜萍，动静很大，传得沸沸扬扬的，找上了这伙骗子，今天就在他的茶楼里约见。

茶楼老板不知道叶胜萍的身份，只以为是被骗之后来找麻烦的客人。可偏偏这伙骗子平日也经常来他这茶楼里商量事情，也算是熟客。

熟客要找熟客的碴，老板有点儿为难。

"不用你透露他们在哪儿。"叶胜萍哂笑，"我知道他们在哪个茶室里，你只要把隔壁的茶室给我就行了。"

茶楼老板松了一口气，手指向二楼的某间茶室指了指。

既然叶胜萍知道对方在哪个茶室里，那就没什么了。消息不是他透露的，他只是正常地给熟客开一间茶室罢了，不算坏了规矩。

叶胜萍抬脚朝楼上走去。

最近又有人来碎琼里找他的踪迹，他不能说不习惯这种感觉，但和很多年前不太一样的是，这些年隐姓埋名惯了，没有了从前那种猫戏耗子的从容感，反而有点儿提心吊胆。他不由得厌烦了起来。

他心里知道这种转变究竟为什么而发生——无非是实力不再。

当年不把任何人放在眼里、肆无忌惮地结仇的大盗叶胜萍如今虎落平阳，连往日他看不上的仇敌也可以找他的麻烦了。

叶胜萍最嚣张、最得意也最风光的日子已经过去了，除非他能再一次结丹，重新成为丹成修士。那样的话，他自然就不用再躲在这暗无天日的碎琼里中，争方寸的利禄。

但他知道，自己再也不可能结丹了。

修士结丹本就困难，更何况二次结丹需要同时达到巅峰机缘和修为。然而他因为那些陈年旧伤，早就比不上多年前刚结丹时神完气足了，若无如回天丹那般至宝灵药化解暗伤痼疾，永远也不可能再结丹了。

最重要的是，他再也找不回那时无法无天和无所畏惧的心态，无法像很多年前那样肆无忌惮、勇往直前地拼一个可能了。即使不情愿，他也必须承认，曾经天不怕地不怕的大盗叶胜萍现在心里满是畏惧，不只是对这个世界，更多的是对一个人，那个一剑斩破他的金丹的人。

每当闭上眼睛，他仿佛就会回到那个风雷交加的雨夜。在电闪雷鸣、大雨滂沱之外，有比惊雷还震撼人心的一剑，还有那位冰冷如天生的杀神的女修。

她生得很美，胜过叶胜萍从前见到的任何一个美人，但那一刻、那一眼，谁也不会注意到她究竟有多美，心中只有恐惧，极致的恐惧。

这种恐惧甚至胜过了金丹破碎的痛楚，二者在这么多年里混杂在一起，成为蚀骨的折磨。每当体内的暗伤发作，痛苦都提醒着叶胜萍，这世上有这么一个冰冷无情的杀神，随时都能取他的性命。

叶胜萍倒茶的手微微颤抖了一下，从茶壶嘴汨汨流出的茶水一晃，在半空中拐出一道歪歪扭扭的水线，洒在了桌面上。

他伸手，轻轻地把那点儿水渍抹去。

沈如晚……

他在心里默念着这个名字。这十年来，他想尽办法消除对她的恐惧，试图向自己证明，再来一次一定能战胜她，但每一次回忆都加深了心魔。

叶胜萍曾满怀恶意地揣度过沈如晚，认定她一定是个从小被灌输杀戮观念的杀人机器，是宁听澜的一把刀，被半点儿不爱惜地使用，早晚有一天会死得比谁都惨。

叶胜萍比谁都期待那一天。

但还没等看到那一天，当他被从前不屑一顾的仇家追着撵着东奔西逃，不得不像个阴沟里的老鼠一样躲进碎琼里的时候，沈如晚退隐了。就那么突然地、毫无预兆地，在声名显赫到前所未有的高度时，她一点儿也不留恋地退隐了，再也没有人见过她。

她消失得那么突然，像天边骤然划过的流星，当绝大多数人仰头去追逐她那耀眼的光芒时，她已消失了。

叶胜萍恨沈如晚，恨得天天希望她死无全尸，唯独不希望她就这么消失、被慢慢地遗忘。

如果她不继续剑斩鬼神，那他这个被斩破金丹的人算什么？被无名之辈碾压的跳梁小丑吗？她就该一辈子待在修仙界，待在腥风血雨里，让更多人感受他那一刻的恐惧。

"笃笃笃"，茶室的门忽然被敲响了，叶胜萍警觉地抬起了头。

隔壁那伙瘪三的忽悠声还在继续，来找他的那群人则被忽悠得找不着北，似乎没什么不对劲的地方。

"谁？"叶胜萍哑着嗓子问。

门外传来少女清脆的声音:"叶道友,老板说这间茶室里的茶陈了,之前忘了换,叫我赶紧上来换成新茶。"

叶胜萍低头看了一眼,杯里的茶确实是陈茶,便微微放松了神经。

他刚要抬头把那少女打发走,心里却猛然一颤——他从未对老板说过自己姓叶!

他中计了,这是瓮中捉鳖!

叶胜萍的脑中立时闪过这个念头,他来不及细想,直接破开窗户一跃而下。不料就在他跃出的那一刻,一道剑光猛然袭来,盯准了他的破绽,打了他一个措手不及。

一个十六七岁的少年执剑站在不远处,还有空朝他灿烂一笑:"叶胜萍前辈,多谢你配合。"

叶胜萍惊怒交加,想不明白这究竟是怎么回事。

茶楼上,楚瑶光推开了茶室的门,看着空空荡荡的茶室,没有一点儿意外。

前段时间,他们通过林三找到了那伙卖叶胜萍消息的骗子,发现这伙骗子是真的不知道叶胜萍的下落。于是这半个月来,他们特意找人放出消息,说要找叶胜萍报仇,又用了一点儿手段,"请"骗子们配合演了一出正在行骗的过程。

二楼只有寥寥几间茶室里有人,他们挨个观察下来,数叶胜萍这间最可疑。但这人隐匿了真实的容貌,让人很难确定,楚瑶光就想了这一出"打草惊蛇",果然把叶胜萍诈出来了。

她走到窗边,就着破了个大洞的窗户往外望去,看到楼下陈献已经和叶胜萍交上手了。

叶胜萍毕竟是曾经极有名的凶徒,要是实力差上一点儿,也没本事结下那么多仇人,哪怕金丹被沈如晚斩破,也不是寻常修士能够比拟的。多亏曲不询给陈献指点过剑法,加上陈献本身有绝对嗅感,对灵气的运行极度敏锐,又打了叶胜萍一个措手不及,两个人这才平分秋色。

叶胜萍并没想和陈献分个高下,他发现自己中计后只想跑,灵气狂涌,虚晃一下便飞身往街口逃。

陈献没拦住叶胜萍,追了两步,却怎么也追不上。

楼上,楚瑶光皱着眉抽下了发带,伸手微微一晃,将其化作一条锁链,疾速朝叶胜萍的背影追去。然而锁链被叶胜萍猛然打开了,停滞后落在了地上,重新变成了发带。

陈献和楚瑶光站在原地,看着叶胜萍远去的背影,俱是重重一叹。

"还是叫他跑了。"陈献哀叹,"这下师父肯定要嘲笑我们了。"

他虽然这么说，但是仿佛不太担心叶胜萍跑了。

"应该说幸好还有两位前辈为我们压阵。"楚瑶光轻轻地招手，远处落在地上的发带就飞回了她的手中，她拿着那条发带叹了一口气，"即使是被斩破金丹的叶胜萍，也不是我们能留下的。神州果然藏龙卧虎，我们要学的东西还多的是。"

遥遥天际，叶胜萍身形似电，疾驰而过，转眼就把茶楼远远地抛在身后。

就在他即将松一口气的时候，眼前忽而又是一道霹雳般的剑光，朝他迎面落了下来。

这道剑光和方才那个少年的剑光仿佛一脉同源，却比后者强了不知多少倍，浑然天成，并不含多少杀伐戾气，却沉重无比，如峰岳山峦一般威不可撼，竟让人无端地生出不可望其项背之感。

这一剑势不可当，叶胜萍竭尽全力想躲，却又无处可躲。

"砰——"

他不离身的法宝轰然碎裂。

叶胜萍如半死的鹞鹰般骤然坠落，狠狠地摔在地上，半晌不能起身。

他趴在那里，满心尽是恐惧，仿佛又回到多年前金丹骤然破碎的那一夜。当时沈如晚连看也没多看他一眼，转身便走了，只留下他被周围各色的目光包围，他甚至分不清哪些人是他的仇家，哪些人只是看客。

只有在这种时刻，他才会有一种前所未有的悔恨。

他痛悔为什么要结下那么多的仇，后悔为什么要在各种明知会被神州明令禁止的买卖和凶案里插一脚，后悔为什么要杀那么多人却想不到有一天自己也会落到同样无助又惊恐的境地。

面前的人是谁？

他在脑海里急速回忆这一剑的主人，试图想明白追着他来到碎琼里的仇家到底是谁，又曾经和他结过什么样的仇。

也许……他能够痛哭流涕地悔恨求饶，求对方放过他？

但叶胜萍很快就绝望了。他想起自己很多次对待手下的"猎物"如猫戏耗子，给他们希望却又狠狠地踩碎，觉得被强者玩弄取乐是弱者的必然命运。他想起自己下手时总是将事做绝，从没给过别人生路。

自然，他结下的仇，没有一桩能让对方心生恻隐、放他一马。

两道不轻不重的脚步声慢慢地响起来，像响在他的心头一样沉重。

叶胜萍努力撑着上半身抬头，想看一眼对方的容貌。

走在前面的男修手里还把玩着一把金色的匕首，刚才的那一剑就是他的手笔。叶胜萍看见了他的脸，有一瞬间的茫然——自己不认识这张脸，也从没见过这个人。

然而等到叶胜萍将目光落在男修身侧的那个女修身上的时候，他的脑海一瞬间空白了。然后，他把什么都忘了，只是目眦欲裂地死死地盯着那张昳丽的脸。

时间仿佛倒流，他又回到了那个终生难忘的雨夜，看见了那一道冷彻骨髓的剑光。

叶胜萍充满恐惧地颤抖着，瞳孔放大到极致，声音低低地说："沈……沈如晚……"

曲不询在不远不近处站定，看着叶胜萍惊恐到极致的模样，挑着眉回头朝沈如晚望去："看来当初你那一剑给他留下了毕生的心魔啊。"

沈如晚只是打量了叶胜萍几眼，神色淡淡的，仿佛没有一点儿意外："欺软怕硬、自作自受，他们都是这样的。"

她轻描淡写地说着，仿佛此事不值一提。

曲不询一顿，没有追问。他虽神色如常，心里却不由得生出一股深深的疑惑来：叶胜萍只是被一剑斩破金丹，虽然可能会生出心魔，但是不至于被吓成这个样子吧？从前的沈如晚究竟有多锋利、冷酷，才能叫见惯了腥风血雨的大盗闻风丧胆、心魔缠身，以至于十年后只望了她一眼就癫狂似疯魔？

她总说他根本不了解从前的、完整的她，是因为这个吗？

当初楚瑶光跟着大家一起乘步虚舟寻线索，商量过后，松伯和梅姨便留在桃叶渡看顾宝车。他们租下了一处别院，等到楚瑶光几个人回到桃叶渡便能直接入住。这些天他们都在这里落脚。

没能抓住叶胜萍，楚瑶光和陈献也不像无头的苍蝇一样到处追，反而痛快地跟茶楼老板结账，赔了叶胜萍破坏的那扇窗户钱，直接回了别院。

果然，他们没等多久，别院的大门便被推开了。沈如晚和曲不询一前一后地走进来，后面还拖着浑浑噩噩的叶胜萍。叶胜萍看起来连魂都飞了，浑身颤抖个没完，凄凄惨惨的。

"师父，你虐待他了？"陈献好奇。

叶胜萍如果只是被揍了一顿，不至于被吓成这样吧？他们刚才交手的时候，叶胜萍还挺凶狠的啊……

曲不询微微偏头，用余光瞥了沈如晚一眼，没有说叶胜萍看了她一眼才会这样。他懒洋洋地把门带上，乜了陈献一眼："在你的心里，你师父就是这种人？"

陈献"嘿嘿"地笑了，忽然抬头，狂喜："师父，你愿意收我为徒了？"

曲不询哑然。

老是听陈献师父来师父去的，他说顺口了。

"不行，"他想了想，还是摇头，"你连叶胜萍都留不下，出去太丢我的脸。"

陈献一声哀号："师父，你这要求也太高了吧？叶胜萍可是早就成名的高手啊！"他看了看边上浑浑噩噩的叶胜萍，"我再努力一下，早晚能胜过他。"

曲不询心如铁石："叶胜萍能成名是因为当初是丹成修士，而现在金丹破碎，实力大不如前，算什么高手？"

陈献叫屈："叶胜萍就算现在金丹破碎了，曾经也是丹成修士啊，能和普通修士一样吗？"

曲不询挑了挑眉，嗤笑一声，神色漠然："他曾经是丹成修士，那又怎么样？剑修的剑能斩天地鬼神。别说他曾经是丹成修士，就算金丹没碎，你也该信你手里的剑能陪你在最后一口气消失前取走对手的命。"

"你既要相信，也必须做到。"曲不询冷淡地说，"这都做不到，你还做什么剑修、学什么剑法、握什么剑？"

"当啷——"

重物坠地，发出了一声巨响。

几个人循声望去，看到沈如晚在手里把玩着的摆件重重地摔在了地上，好像是沈如晚一个没拿稳，失手掉落了。

可是以沈如晚的修为，她会拿不稳一个摆件，失手将其摔在地上吗？

沈如晚的脸上没什么表情，目光落在那个摆件上，垂在身侧的手却微微颤抖着，昭示着这平静下的真相。

她在原地站了一会儿，谁也没看，忽而转身向门外走去。她甚至连地上的摆件也没去捡，步履匆匆，头也不回，像不愿再在这里待下去了一样。

陈献和楚瑶光一头雾水，纷纷看向曲不询，满脸疑惑的表情。

曲不询的目光跟着她的背影，直到大门被她重重地甩上，曲不询微微皱起了眉头，神色沉重，半晌才收回目光。他扫了陈献和楚瑶光一眼，仿若无事发生般说："既然找到了叶胜萍，我们赶紧问清楚消息。"

"那沈姐姐……"楚瑶光眨了眨眼，小心翼翼地看了看曲不询的脸色，"要不曲前辈还是先去关心她一下？"

楚瑶光真的有点儿担心，沈姐姐忽然摔门出去，肯定是又想起伤心事了。曲前辈不追出去安慰的话，待会儿沈姐姐会不会更不高兴啊？

他们两个人本来就因为陈献这个大笨蛋屡屡被打扰，现在曲前辈再不去追，他们不会吵架吧？

想到这里，楚瑶光没忍住，又瞪了陈献一眼，得到了陈献的一个无辜又茫然的眼神。

曲不询神色复杂地站在原地很久："不忙，让她先冷静一会儿。"

如果事情真是他想的那样……他用力地闭了闭眼，敛去眼中复杂的情绪，再睁开眼后神色平静如初。

曲不询一步步走到叶胜萍面前，问："你知道为什么会被抓来吗？"

沈如晚不在场，对叶胜萍的状态似乎有稳定效果。哪怕刚才一剑将他打得爬不起来的人是曲不询，他还是最害怕沈如晚。

这是心魔弥深的象征。

"我不认识你。"叶胜萍回过神，目光在曲不询的脸上游走，最后还是茫然地说。

叶胜萍当然不会认识曲不询。哪怕是昔日的蓬山首徒长孙寒也和叶胜萍没有交集，更不用提这张全新的、无人认得的脸。

"碎琼里这些年被买入、卖出的人口都是你经手的？"曲不询问他。

叶胜萍的心中七上八下，他喜的是面前的人并不是自己从前结过仇的仇家，忧的是若这人是来找被拐卖的人，那未必比老仇人少恨他几分。

叶胜萍纵然向来无所顾忌，也知道自己干的不是什么人事。

现在他最犹疑的是，对方究竟是否能确认这件事由他经手？对方若不确定，他大可直接否认，来个瞒天过海、金蝉脱壳；可若是确定，他撒谎只会激怒对方。

叶胜萍不着痕迹地打量着曲不询的神色。曲不询不说话，也没什么表情，只是似笑非笑地看着他，等一个回答。

"是。"叶胜萍终究还是不敢冒险。

人在屋檐下，不得不低头，他本来就性命悬于人手，还是不要试探了。

但他自然不会一点儿算盘也不打，便说："这些年，这些买卖都是我经手的。所有的货源都汇集到我的手里，由我统一交付给买主，整个碎琼里不会有第二个人知道那些人的去向。"

叶胜萍不怕对方恨透他，只怕他对对方来说只有恨没有用，那才是真的完蛋。

曲不询看了叶胜萍一会儿，淡淡地笑了一下："我还以为你会瞒天过海，正想找个机会向叶道友展示一下我的手段，没想到你承认了。"

叶胜萍心中一凛，终于再无侥幸心理。他明白对方早就确定此事是由他经手的，方才不过是故意给他一个撒谎的机会，从而下狠手再震慑他一番，让他不敢再隐瞒。

幸好他见到沈如晚时就已经被吓破了胆，没敢耍滑头，不然岂不是又得多吃苦头？

"道友的剑法当真卓绝，一剑便知。"叶胜萍破罐子破摔，坦然了起来，朝曲不询讨好般说道，"我实力不行，眼光还够，道友就不用再展示了。"

然而说到实力不行，他的心中又有一股憋屈感油然而生。他想起刚才浑浑噩噩时隐约听见这几个人说他金丹破碎后不值一提，觉得实在憋闷。可他又能怎么样？

"是吗？"曲不询不置可否，"那我怎么看你对我的畏惧还比不上对沈如晚的一半？当年她斩破你金丹的那一剑比我强？"

一说到这个，叶胜萍又微微颤抖起来，勉强一笑："这个……这怎么比呢？"

方才曲不询的一剑是随手为之，固然威不可撼，但无意伤人。不像许多年前的沈如晚，剑一出鞘就是为了见血。

"主要还是剑意有别。"叶胜萍低声说，"道友的剑意巍巍如擎天峰峦、岳峙渊渟，让人难以望其项背，是我这么多年见过的最雄浑强硬的剑意。可沈如晚……"叶胜萍抬起头，嘴唇微微颤抖了一下，苦笑着道，"她是杀星啊。"

陈献和楚瑶光在一旁俱是迷惑地看着叶胜萍。

虽然先前也从和沈如晚的对话中窥见冰山一角，但天天见面，他们终究还是很难想象叶胜萍说的"杀星"的含义。

如果旁人说沈如晚是杀星，也许是说沈如晚凶名赫赫，手下有许多亡魂，可叶胜萍形容的只是沈如晚的剑意啊。沈如晚当初只出了一剑，怎么就被叫作杀星了？

曲不询慢慢地问："她现在的样子和你从前见到过的，差别很大吗？"

叶胜萍微微愣了一下，随即便像恍然大悟一般："是，没错！她和从前不一样了。"可这顿悟很快变成了深深的疑惑，叶胜萍嘀咕道，"那真的是沈如晚吗？她怎么……怎么就变成这样了？她简直像另一个人。"

陈献和楚瑶光听得一头雾水，问："沈前辈怎么就像另一个人了？难道她还能换张脸？"

叶胜萍摇头："不是，她还是那张脸，但是给人的感觉不一样了。"他不知道怎么去形容，想了半天，终于有了点儿思路，抬起头说，"她从前就像一把剑，平生只知以杀止杀，浑身是杀气和戾气，没有一点儿感情。至于现在……"

陈献抢答："她像个人了？"

叶胜萍还是摇头："她现在就像一把断剑。"

陈献皱眉："什么意思啊？"

沈前辈分明是个活生生的人，虽然脾气有点儿怪，但还是很好的人，怎么就像一把剑，甚至还是断剑了？

叶胜萍看向陈献，说："你看她现在还有精气神吗？说她无欲无求吧，她可一点儿也没有逍遥自在的轻松感啊。"

这话一语中的，陈献和楚瑶光一愣，回想起沈如晚的神态来。她确实总是漫不经心、倦怠又冷寂的，像是对什么都不在乎，可又总让人觉得光是过去的回忆就已经让她很累很累了。

她明明退隐了，心还留在过去的痛苦里。

"曲前辈……"楚瑶光恻然，惶惑地看向曲不询。

曲不询神色沉重地站在那里，碎琼里昏沉的夜色映在他的眉眼间，把他眼中复杂的情绪也渲染得愈加难辨。

沈如晚曾经说："你别以为多了解我，我告诉你，你只不过是看见了一半的我，根本不了解真正的我。"

她还说："你什么都不知道。"

曲不询垂眸，心绪复杂到极致。他想：其实她说得对。在他迟钝未觉、一再迟疑的漫长的岁月里，他对她一无所知。

长孙寒识得沈如晚，却从没认识过她。

曲不询用力地闭了闭眼，抬眼后神色又沉重起来。他想：不认识的人总会认识，不了解的人也总有一天会了解。从归墟下重见天日的那一天起，他就再也不会把机会交给命运和缘分了。

桃叶渡的夜风很急。

当然，从狭义上的日夜来说，桃叶渡无所谓晨昏，自然也就没什么夜风可言。这里总归都是一片黑咕隆咚的，人若不提一盏莲灯便什么也看不见。

虽然在这样永远暗无天日的地方，晨昏的概念早已变得模糊起来，但修仙者还是有办法分辨时间，只是习惯了日升月沉的世界的人没法彻底地抛弃晨昏观念。大家在桃叶渡里抬头不见日月，低头却还是七尺之躯、十丈软红，纵使弃了晨昏，也弃不了此身。人总是要休息的，修士也免不了俗。

沈如晚步履匆匆地走过桃叶渡的街道，看见街边花铺的掌柜走出门来，把门外的告示牌翻了一页。这昭示着时间已过子正，现在是新的一天了。

她的脚步慢了下来，停驻在那张告示牌前。

其实告示牌上根本没写什么值得一看的东西，是她心绪不宁，怔怔然，不知要去何处。

花铺的掌柜误以为她对店里的花感兴趣，热情地招呼她："道友要是感兴趣就进来看看，不买也没事。我们店是正经做生意的，不搞强买强卖那一套，也不是黑店，和那些挨千刀的可不一样。"

在桃叶渡这样混乱无序的地方，骗子多，黑店当然也是很多的。人人都保证自己不是黑店、不是骗子，那桃叶渡数不胜数的黑店和骗子到底都在哪儿呢？

自然，他们想正经做生意的时候就是正经人，想来点儿快钱的时候立刻就是骗子。

沈如晚盯着告示牌，不知道该去哪儿，沉默了一会儿后便抬脚朝花铺内走去。

"我和你说过好多遍了，这个世界上就没有那种邪门的花！"沈如晚一进门，稚童的吵嚷声便撞进了耳中，"要是真有那么邪门的花，肯定早就被蓬山禁止了——那时候，咱们碎琼里一定开满了那种花，谁叫外面不允许的东西都会挤进碎琼里呢？碎琼里早就成了神州修士的垃圾堆！"

沈如晚抬眸，微诧。

坐在高高的柜台后面的人是两个十一二岁大的小童，一男一女，吵吵嚷嚷的，看见有人推门进来，忽而一齐噤了声。

他们不过是十一二岁的孩童，就已经知道碎琼里成了神州修士的垃圾堆吗？那他们明知自己身处这样的环境中，是其中一员，又是什么样的感觉？

她无意打扰他们聊天，转过头，垂眸看向店内的花花草草。

这些花草都是常见的灵植，但按照功效排列，品类很齐全。从这些灵植的品相来看，栽培者水平中规中矩，但加倍用心，因此灵植的品质都不错，使用时的功效也会是中上的水准。

沈如晚冷淡的眉眼微微柔和了一点儿。

置身于灵植之中往往会让她得到一丝安宁。在漫长的岁月里，她起码抓住了一点儿属于自己的东西，而不是徒劳地直视永恒的逝去和空无。

拥有，这两个字对她来说太珍贵了。

柜台后，女童偷偷摸摸地看了沈如晚一会儿，发现她似乎并不关注他们的谈话，这才用气音不依不饶地反驳同伴方才的话："我没有骗人！我说的是真的！这个世界上真的有开在人身体里的花，我还见过的，开的时候和月亮一样漂亮！"

沈如晚蓦然抬起头，朝两个小童看去。

"你刚才说你见过开在人的身体里、和月光一样的花？"她快步朝他们走过去。

两个小童被吓了一跳，瞪大了眼睛畏怯地看着她，都不说话。

其中的男孩看了她一会儿，忽然放开嗓子大喊："阿公，阿公，你快来！有人贩子要拐我！"

花铺的掌柜一掀门帘直直地冲了进来，杀气腾腾地说："哪个是挨千刀的人贩子？"

沈如晚在柜台前转头和花铺的掌柜对视，神色愕然，万万没想到自己居然被当成了人贩子。

花铺的掌柜冲到她跟前，见她神色错愕但并不慌张，不由得也怔了怔。

"客人，你这是……"他狐疑地看着沈如晚，然后看了男孩一眼，"怎么回事？你不是说有人贩子？"

男孩满眼茫然惶恐的神色，说："我和驹姐聊天，她忽然就冲过来了，看起来好凶。"

花铺的掌柜又看了沈如晚一眼："道友，你这是……？"

沈如晚抿了抿唇，颇有几分啼笑皆非之意，然后略带歉意地解释道："我听到这个小姑娘说的花正好是我这些年在找的，一时激动，恐怕吓到小朋友了。"

掌柜显然也听女童说起过那种开在人身体里的花，不由得错愕起来："什么？这世上难道真有那种邪门的花吗？"

沈如晚在心里叹了一口气，没回答掌柜的问题，偏过头看向那个女童："能不能向你请教一下，你是从哪里听说的这种花，又是在哪里看见的？"

女童似乎没有之前那么害怕了，两只圆溜溜的黑眼睛不住地朝她打量，没回答，反倒问她："你也见过吗？"

沈如晚微怔。

还没等她想好怎么回答，门口又传来了一声门帘被甩开的轻响。一个打扮干练的女修脚步"嗒嗒"地走了进来，步履匆匆，神色焦急，看见坐在柜台后的女童，神色忽地放松下来。

"驹娘，你还在。"干练的女修猛然松了一口气，看向花铺的掌柜，带了几分埋怨之意，"老掌柜，我刚才听说有人贩子，被吓了一跳。"

花铺的掌柜脾气是真的不错，听到埋怨也只是笑呵呵的："误会，都是误会。刚才这位客人听见驹娘说的那种花，一时惊讶，脾气急了点儿，把孩子吓到了，孩子这才以为是人贩子。"

然而干练的女修听到这里，猛然朝沈如晚一瞥，神色竟然变得更不好了。沈如晚仔细地分析起来，觉得那不像恼怒，更像怨恨、警惕和畏惧。

"老掌柜，我寄存在你店里的花到底能不能活？"女修没和沈如晚说话，反倒看向花铺的掌柜，"过两天我就要带着驹娘离开碎琼里了，在这鬼地方真是一天都待不下去了。"

原来只有男孩是花铺掌柜的孙子，驹娘是这位女修的女儿，因为母亲有事要办，暂时被放在花铺里和男孩一起玩的。

花铺的掌柜听女修这么一说，不由得为难起来："那花是真的枯死了，我试了许多法子，只能说黔驴技穷。道友要走的话，直接把它取走吧，我才疏学浅，无能为力。"

女修听他这么说，不由得露出极其失望的表情来："连老掌柜都没办法吗？"

花铺的掌柜摇头："让半死的焦木逢春是丹成修士的神通，而且得是在木行道法上极其精通的丹成修士，我实在无能为力。"

他说着，转身拐进内门里，没一会儿便捧着一盆花出来了。花盆平平无奇，而盆内的花枝干焦黑，显然是死透了。

女修紧紧地抿着唇，接过那盆焦骨花，情绪低落，勉强笑了一下："不管怎么说，还是要多谢老掌柜愿意帮忙。驹娘，来……"

她朝女儿招了招手，准备离去。

沈如晚静静地看他们你来我往地聊天，直到此时才淡淡地开口："你手里的那盆花，我还有办法救活。"

女修猛然抬头。

"但你要保证让你的女儿告诉我，她到底是从哪里听说的那种开在人体内的花。"沈如晚补充道。

女修不由得踌躇起来。

过了一会儿，她长叹一声，道："算了，其实我也知道，只是……如果你能把这盆花救活，我说给你听也是一样的。"

沈如晚觉得无所谓。她从来不怕别人赖她的账，也没有人可以赖她的账。

她伸出手，从女修的手里接过花盆，在手里把玩了两下，把那朵焦骨花的情况看了一遍。

这是一株没什么稀奇之处的灵花，盛开时很好看，定情的男男女女经常喜欢互赠，因此每到七夕，总能见到一大堆这样的花。

这样一株毫不稀奇的花居然让女修不惜花大价钱救活？

"道友，你真能救活？"花铺的掌柜不太相信，"这株花对傅道友来说很重要，她是不能失去这株花的。"

花铺的掌柜话里话外的意思当然是希望沈如晚适时地收手。

沈如晚垂眸，微微抬起手，在女修和花铺的掌柜惊愕又隐隐期待的目光里朝那株焦骨花轻轻地点了一下。灵气氤氲，有如仙云，那一株焦骨花便忽如重生一般，褪去焦黑，生出了新绿，一枝新蕊羞怯地从旁枝生出，姿态婀娜。

枯木再逢春，焦骨生新蕊。

"哇——"两个小童张大了嘴，惊呼起来。

花铺的掌柜目瞪口呆地看着那株在微风下轻轻地颤抖的新蕊，简直不敢相信自己的眼睛："什……这怎么可能？道友，不对，前辈，你是丹成修士？"

沈如晚垂眸，没回答。

她伸手把那一盆枯木逢春的花还给了女修，抬眸，目光平静如昔："现在你可以说了吗？"

女修怔怔地盯着她手里的那盆花，迟疑地伸出了手，用力地捧住花盆，将其

264

抱在身前。她忽然用一只手捂住了眼睛，仿佛泪也要落下了："我没想到你会这么快……"

过了一会儿，女修放下了手，眼睛红红的，却没有一滴泪水落下。

"前辈，我们出去说吧。"女修勉强一笑，改了对沈如晚的称呼。

她转头朝女儿招了招手，把女儿拉到身边，走出了花铺。

沈如晚淡淡地朝花铺的掌柜点了一下头，跟着女修走过两条繁华的街巷，在寂静的街口停下了。

"驹娘说的那种花叫七夜白，"女修沉默了好一会儿才说，"是……是种在她爹的身体里的。她见到的那株开了花的七夜白，也是从她爹身上种出来的。"

沈如晚微微怔了怔。

"以前我和道侣过得拮据，又有了驹娘，手头紧，就想在附近找点儿能来钱的营生。我们正好遇上中人介绍，便开始为当地的山庄做事，其中一项便是试药。当时庄主大概是刚得到七夜白，对这种花还不够了解，所以需要大量的人为他试药，我的道侣就是其中之一。"女修说到这里，神色变得苦涩起来，"当时我们还觉得新奇，没想到世上竟有这样的花，可……"

"被种下第一朵的时候，我的道侣便开始消瘦，我亲眼看着他一个七尺的壮年男子没过半个月就形销骨立。当时我们也有心理准备，毕竟庄主给钱给得那么大方，我们总不可能一点儿代价都没有。更何况，在第一朵花盛开后，庄主直接把那朵七夜白送给了我们，说每个试药的人都能得到自己种出来的花。"女修苦笑，"当时因为试药已经得了许多钱财，没什么比人更重要，所以我就让道侣把花吃掉了。那果真是一朵奇异至极的花，我道侣吃完便如重获新生，健康如初了。"

这对道侣欣喜若狂，以为一来一去竟不用付出什么代价，于是在庄主第二次找上门请他们试药的时候，男修再次主动请缨。谁能想到，男修这一试，却再也没有重获新生的机会了。

"我当时眼睁睁地看着他就那么……就那么抽搐着，皮肤皲裂发黑，整个人像枯萎的树，痛苦到极致，瘫倒在我面前，只有眼睛还看着我，求我给他一个痛快。"女修眼眶发红地说，"庄主说这是个意外，于是赔了我们一大笔钱，还说要送驹娘去蓬山，但我不能……庄主还有几个手下，很凶恶，看我们的眼神让我害怕。我真怕有一天会被灭口，只好假装若无其事，想办法带着驹娘一走了之了。"

"庄主人是好人，厚道。"女修苦涩地说，"但……唉！"

沈如晚微微抿唇，心道：只怕女修说的那个庄主未必有她想的那么厚道。一个人一生只能种两次七夜白，庄主怎么可能不知道？他只是隐瞒了真相，故意让人种两次，试验药性罢了。

"那是什么时候的事？"沈如晚问。

女修想了一会儿，说："有八九年了吧？那时驹娘还小。"

又是八九年前，怎么总是这个时间？这个时间像在冥冥中暗示着什么。可沈如晚想不明白，总不至于她威名过盛，一退隐，什么牛鬼蛇神都跑出来兴风作浪吧？

碎婴剑沈如晚是有点儿名气，但要是什么都往自己头上想，那未免就太自作多情了。

"你说的那个山庄在什么地方？"

"钟神山。"

沈如晚点了点头。

她知道钟神山，钟神山离碎琼里不远，绕过归墟和那片茫茫的雪原，再往后就是钟神山了。那是神州有名的高川神山，是修仙界云集处之一，与之有关的神话传说也有成百上千个。

"我能不能问问，"沈如晚知道了想要的答案，忽然问女修，"你们得到第一笔钱后为什么没走？"

他们那时已经是有阅历的修士了，难道不知道一桩没有代价但回报丰厚的买卖的背后一定藏着深深的算计吗？

女修用力地抿了抿唇，像在憋住眼泪，绝不让其落下来。她怔怔地看了沈如晚半响，说："前辈，我承认我们那时是贪财了，可贪财就活该吗？我也没办法，驹娘还太小……"她居然笑了一下，笑容苦得像浸满了苦水，"我们可以拮据，可是孩子怎么办呢？我们有了孩子，就像养了一只吞金兽，你舍不得她和你一起受苦，那只能想办法多赚钱，宁愿自己受苦，是不是？"

沈如晚看向被母亲隔绝在禁制里听不见她们谈话的驹娘，半响无言。

"呀！"驹娘忽然伸手朝天空上遥遥地指去，眼神惊喜地说，"月亮！碎琼里的月亮！"

沈如晚顺着她手指的方向望去，微怔。

天空上果然有一轮明月，缓缓地朝人间递送清辉，照亮了十丈软红。

身旁，女修的呼吸骤然急促起来，她甚至忘了沈如晚还在身边，取消了禁制，手忙脚乱地提着莲灯闭上眼睛，嘴唇翕动，像是在默念着什么。

沈如晚忽而想起了林三在步虚舟中随口说的话——"据说在碎琼里能看见众星捧月时，人只要提着莲灯，闭上眼默默地念'魂兮归来'，就能见到亡者的魂灵。"

迟疑了片刻，她低头看了看自己空落落的手，愣怔起来。

"姐姐，你是不是也有想看见的人啊？"驹娘好奇地看着她，"我把我的莲灯借给你，好吗？"

沈如晚抬眸怔怔地看着驹娘，半晌，伸手接过那盏莲灯。

在碎琼里永恒无边的满天星辰下，在碎琼里数年难得一见的皎洁月光下，沈如晚用力地攥着那盏小小的莲灯，深吸一口气，闭上了眼。

或熟悉或陌生的面孔从她的脑海里一闪而过，最后变成了两张熟悉的脸，一张是沈晴谙的，另一张是长孙寒的。

她的心里不由得生出一种忐忑的期待感。

会有人来吗？来的人会是谁呢？如果亡魂真的归来，会对她漠然一望还是怒目而视呢？

"魂兮归来，魂兮归来。"她在心里默念。

皎洁的月光下，她颊边的容光胜锦。

亡魂归来吧，来见一见她，哪怕怒目而视，漠然如仇敌。

一阵幽微的气息从无形处漫卷而来，说不清到底是什么样的存在，死气沉沉的，让人一接触便骤然想起永恒的死亡的衰朽。

"爹爹！"

沈如晚的耳畔传来了驹娘惊喜的呼声，她可以感受到不远处女修急促的呼吸，还有猛然发出的抽噎声。

她内心中生出一种强烈到极致的期待感，叫她几乎不敢睁开眼睛看上一眼。

这一瞬间，她的心里闪过很多浮光流萤一样的纷乱的念头。她想起了沈晴谙最后漠然的一眼，想起了年少时在百味塔上喝的那一盏让她平生最快意的桂魄饮，想起了刚入蓬山时偶然遥遥一望瞥见的长孙寒的唇边泛起的微笑——那时她什么也没说，只是忽然垂下头，耳尖也滚烫了起来——还想起了归墟中漫无边际的天川罡风把他失去神采的最后的模样也吞噬掉的画面……

可最后，不知怎么的，在纷乱复杂的浮影里，她看见曲不询深深地凝望着她，对她说："不是你的命，你到死也不许认。"

他说，不要认。

沈如晚慢慢地睁开了眼睛，在光影撞入她眼中的前一刻，什么也没想。

眼前魂气袅袅，黄泉路近，女修面前立着一道虚幻的高大身影。这个身影正伸着手慢慢地抚着她的脸庞，像要拂去她难以抑制的泪水。

泪水轻飘飘的，从虚幻的掌心中滴落下去，洇湿了一点儿女修的衣襟。

沈如晚怔怔地站在原地。她面前空空荡荡的，什么也没有，没有沈晴谙，也没有长孙寒，更没有其余她很少想起的死在她剑下的人。

她向前走了两步，徒劳地四望，可前面什么也没有，谁也不会为她而来。

谁也不会来。

沈如晚攥着莲灯的手微微颤抖起来，林三的话在她的耳边回响："你只能招来被你杀死的人中你最想念的那个人。"

只有死在她手里的、被她朝思暮想的魂灵，才会在碎琼里众星捧月的那一天归来。

沈如晚想起了方才闭上眼默念"魂兮归来"时最后闪过的曲不询的面容。

是因为她现在有了新的在意的人，所以她曾经朝思暮想的人就被淡忘、推远了吗？

可七姐呢？为什么七姐也没来？

她也不再在意七姐了吗？

有那么多次，她期盼着能把过去的一切都淡忘、放下，可当真的有一天意识到过去已经过去，又觉得自己一无所有。

也许是因为，她的确已经一无所有了，只剩下漫长又痛苦的回忆。

"姐姐，你等的人没来吗？"驹娘黑亮的眼瞳看着她，看着她递还回来的莲灯，犹豫着没有伸手，"你是不是要走啦？你没有带灯，我的莲灯送给你用吧？"

沈如晚愣怔地看了驹娘一会儿，眼神空洞，什么也没想。过了好一会儿，她才慢慢地摇了摇头，又向前递了递手中的莲灯："还给你吧，我不需要。"

驹娘在后面又轻轻地叫了她一声，但她走得很急，头也没回。

她东奔西顾，何处是安乡？

"沈如晚——"身后有人喊她。

她走了几步才回头。

曲不询提着一盏莲灯从后面快步向她走来。碎琼里昏暗，只有一点儿月光照在他身上，像一层薄薄的雪。最明亮的东西是他手里暖橘色的莲灯，暖融融的，朦胧地照亮了晦暗。

她又想起了屋檐下那个无言的拥抱，还有他晦暗却专注的深沉的眼瞳。

"想什么呢？"曲不询终于走到了她面前，神色如常，还带着点儿笑意，不错眼珠地观察着她的神情，"还没回神？"

沈如晚垂眸，没说话，好像不知道能说什么。

"刚才你突然就冲了出去，把两个小朋友吓了一跳。"他语气舒缓，像是在玩笑，然后不经意般伸手拉住她的手，用力地把她的手拢在五指间，牢牢地握在掌心里，"他们都以为你忽然有事，急急地要来帮你。我还笑话他们，说'沈前辈要是真有事还用得着你们来帮？你们别来送人头就不错了'。"

沈如晚不说话。

曲不询用余光观察她半晌，又拿玩笑来逗她："你生气了？不会是因为我没当场追出来找你，你生我的气吧？"

沈如晚终于抬眸看向他，淡淡地乜了他一眼："你要是不说这个，我还没想起来。不过你既然提到了，我就得问了——你为什么不来找我？"

曲不询见她愿意搭腔，松了一口气。

"我这不是看你心情不好，怕你一转头又看见我，心情更差嘛。"他语气轻松，看她的眼神却带着些许忐忑之意，"我总得给你一点儿暂时摆脱我这个烦心鬼的时间。"

沈如晚意味不明地睇他。

曲不询看着她："刚才我说剑修的剑能斩天地鬼神，就算对手再强大，也要信你手里的剑能陪你在最后一口气消失前取走对手的命，你……"

就是在那时，沈如晚手里的东西忽而掉落，她转身就走的。

沈如晚顿了一下，偏开了头。

"之前在秋梧叶赌坊，奚访梧问你'你现在还提得起剑吗？'，"曲不询的语速很慢，他像在回忆，又像在斟酌，"那时我问你这是什么意思，你没说话。再后来，你说你很久不用剑了。"

沈如晚默不作声，垂在身侧的手却慢慢地握起来，攥得很紧，指甲掐进了掌心里。

"刚才叶胜萍说，你和以前不太一样，像变了个人。"曲不询看着她，"我想起来从我们在临邬城第一次见面起，就没看过你用剑，也没见你身边有剑，你身边没有一点儿关于剑的痕迹。"

"沈如晚，"他很慢很慢地说，仿佛每个字都浸在苦涩的泉水里，"你是不是也有心魔？"

她被心魔缠身，所以再也握不住剑，所以再也不用剑，像从来没有那段握剑的人生。

沈如晚紧紧地绷着脸，像在用尽全力维持平静。

她用力把手从他的手中抽出来："够了，你说够了没有？"她骤然抬眸，眼瞳里欲燃的烈火几乎要把她和他灼烧殆尽，"谁跟你说我不用剑是因为我握不住剑？我不用是因为我不想。只要我有一天需要握剑，就一定能握住！"

握不住，她也要握。

曲不询目光深沉地凝视着她，脸色也紧绷着，嘴唇紧紧地抿着。

他们沉默地对峙着，谁也不说话，谁也不把目光挪开，像两尊沉默的雕像，又或者是两只狭路相逢的冰冷的凶兽。

"吱呀——"

旁边，商户的门忽然被推开了，里面的人走出来，正好撞见他们沉默地对峙，不由得被吓了一跳。

"呃……那啥，你们俩在我家的门口有事吗？"那人小心翼翼地问。

沈如晚没理他，仍然冷冷地看着曲不询，仿佛她遇到的所有困境都和曲不询有关，即使心里明白这都是迁怒。

曲不询沉默了片刻，然后重重地吐了一口气，率先转过头，看向从门内出来的人。他虽然神色还沉重，但是态度已变得客气了："不好意思，挡了你家的门口，我们马上就走。"

沈如晚急促地深吸了好几口气，胸膛剧烈地起伏起来。她一言不发地转过身，向前疾行。

身后，曲不询朝那人再次道了一声歉，快步追上她。

沈如晚看见他就烦，偏头转向另一个方向，加快了脚步。

曲不询真是被她气笑了。她明明都是修士了，生起气来居然能这么幼稚。别说是他了，就算换成刚入门的修士，能被她加快的脚步甩掉吗？

他心想：我真是活该！十多年前若大大方方地缠上她，十多年后我也不至于改名换姓，被她乱发脾气。

"刚才我在陈献面前说的那些话，你别当真。"曲不询不远不近地跟在沈如晚后边，长长地叹了一口气，"我是吹牛的。"

沈如晚一顿，回过头来，也不正眼看他，只是用余光瞥了他一眼。

"不骗你，其实我也不是永远能握得住剑。"曲不询直直地看着她，说，"我也不是一直坚信自己能赢，也有过握着剑还没交手就已经觉得自己会输的时候。"

有的，他也有的，就那么一次，就在她面前，就在她的剑下。

那是长孙寒人生中第一次也是最后一次，还没交手就已望见长眠之景的时刻。

"其实一时的犹疑是很正常的。"曲不询静静地说，"没有人能自始至终坚信不疑，每个人都会动摇。最重要的是，人在动摇和犹疑之后能不能下定决心，重新找回自己的信念。"

在归墟里的那么多时日，他犹疑过，颓废过，自暴自弃过。可在无边的天川罡风无声的诘问里，他听见心里的声音说："你不甘心。"

所以他重新拿起了剑，去压倒这份不甘心。

"破而后立。"曲不询低声说，"所有让你动摇却没有放弃的东西只会让你越发强大。沈如晚，你信我。"

沈如晚神色复杂地看了他很久。

曲不询坦然地和沈如晚对视。可过了很久，她主动移开了目光，没什么表情地说："人和人是不一样的。你不用再说了，好意我心领了，以后也没必要再说这件事了。"她偏过头，神色淡漠地说，"过去的事已经过去了，我不在乎。"

曲不询深深地看着她。

她真的不在乎吗？那她为什么仿佛如被触及逆鳞一样勃然大怒呢？

"行吧。"他低头叹了一口气，"你不想说，那就不说。"

对沈如晚这种倔脾气的人，他就得顺毛捋。她说不要提，那他至少现在不适合继续说下去。

曲不询扯开了话题，不至于让气氛那么剑拔弩张："刚才叶胜萍已经交代了。他每次凑到了一定数量的人，就会和买主联系，在桃叶渡的茶楼里约见，然后交货。每次来见他的人都不一样，会提前告诉他下次和他联系的人的样貌和特征，叶胜萍不认识他们。下次他们联系的时间在半个月后，我们可以提前蹲守，跟着买主查下去。"

曲不询提起七夜白事件的进展，沈如晚便侧耳认真地听他说。

"总之，这条线索算是被我们抓住了。"他笑了一下，不无叹息地摇了一下头，"来之不易啊。"

沈如晚默然。

过了那么多年，终于到她手边的线索……

"刚才我遇到一对母女，"她沉吟，"她们也知道七夜白。"

她把遇到的女修和驹娘的事简短地说了一遍。

曲不询神色微凝，慢慢地重复了一遍："钟神山……"

从当年他陨落的那个雪原再往北走就是钟神山。按照这对母女的说法，他陨落时，钟神山的山庄应当还没开始种七夜白。

"我们先跟叶胜萍的这条线，如果这条线断了，我们就去钟神山。"他抬眸。

沈如晚轻轻地点了一下头——她也是这个打算。

曲不询神色沉沉地思索了许久，过了好一会儿才神色稍缓，仿佛雨过云开，思绪回转。他慢慢地露出了轻松之色，懒洋洋地伸了个懒腰："这么说来，我们倒是多了半个月的休息时间。正好，桃叶渡很有意思，我们在这儿走走逛逛，倒也不错。"

沈如晚意味不明地看了他一眼："你还挺沉得住气的，有一点儿空闲就想着舒坦玩乐。"

曲不询笑了，反问："那不然呢？我要有事没事都紧绷着，从来不休息，永远操心那些有的没的？那我不是要累死了？"

没有谁比他更明白那种感觉——忙忙碌碌，到合眼前竟没一刻全然放松身心、为自己而活，多悔恨。

曲不询悠悠地叹了一口气，每个字都发自真心地说："除了恩恩怨怨、钩心斗角，我们还要有生活。不管人生怎么奔波，日子还是要好好地过，这样我们才不会在闭上眼睛的时候发现自己从来没有活过。"

他说到这里，忽而觉得这些话特别像自己童年在敬贤堂里听那些年纪一大把、头发花白的老修士发出的感慨，莫名其妙的沧桑，透着一股身未衰心已老的暮气。他不由得有点儿尴尬，干咳一声，转头去看沈如晚，发现沈如晚竟顿在那里，眼睛一眨不眨地看着他。

这还是第一次有人跟沈如晚说，除了恩恩怨怨、钩心斗角之外，还要有生活。

沈家人只会督促她再努力、勤奋一点儿，争取早日回馈沈家；宁听澜只说"你要把自己当成一把绝世锋利的剑"。除了七姐，没有人会对她说这样的话。

其实就连沈晴谙也没对她说过这样的话，但是每次遇到有趣的事都会和她分享。沈晴谙死后，就再也没有这样的人了。

沈如晚的生活里只有修炼，再后来又只剩下枯寂。

明明退隐了，她却还是不开心。

曲不询被她看得有一二分不自在："咯，"他干咳一声，笑了一下，"怎么了？你忽然盯着我看，我哪里不对？"

沈如晚没回答，忽而向前走了一步，抬起手抚过他的脸颊，仰起头，吻他。

曲不询被吻了个措手不及，可是下一瞬也抬起手拥紧了她，微微垂下头，更用力、深沉地回吻。

他牢牢地搂住她，一刻也不放松，仿佛要把她揉进自己的胸膛，让彼此的心跳在紧密贴合的胸膛内隐秘地融为一体。

月光茫茫，照耀着终年长夜的碎琼里。它照过生离死别的夫妇，照过一时负气分开又用无数个日夜去后悔的情人，也照过这个悱恻又绵长的深吻。

碎琼里的月将清辉遍洒，路过人间。

第十章　我亦飘零久

楚瑶光觉得最近沈前辈和曲前辈的关系变得和以前有点儿不一样了，但说不上来是哪里变了。

以前沈前辈和曲前辈一时吵一时好，曲前辈总是不自觉地看向沈前辈。沈前辈一直给人淡淡的感觉，好像有很多谁也无法触及的心事，可是最近变得更温和了，似乎放下了一部分重担，偶尔会对着曲前辈发一会儿呆。

这两个人现在还是会闹别扭，而且总是在曲前辈有意无意地提及某些事的时候。那时，沈前辈就会立刻冷下脸，然后曲前辈再试探着问两句，见好就收。

有一次，楚瑶光无意中听见沈前辈再也不用剑的事，蓦然想起来，虽然沈前辈以碎婴剑闻名神州修仙界，可自从她们认识以来，她似乎真的从来没有见过沈前辈用剑，也从来没在沈前辈身边见过一把剑。

楚瑶光蹙着眉毛把这件事想了好久。

有时她还想：自己能不能找到妹妹？如果妹妹被找到的时候已经被做成药人该怎么办？

这令她发愁。

她一回头，看见陈献爱惜地擦拭着他的剑，一副专心致志又快活的模样。

她重重地叹了一口气，心想：为什么陈献永远都这么轻松快活呢？好像根本没有什么事情能让他发愁。

陈献抬头看向她，问道："你在想什么呢？"

楚瑶光看着他，不自觉地把心里话说出来了："我在想你是不是永远不会操心、忧愁？好像没有什么事能让你烦心。"

陈献想了想，摇了摇头，说："还是有的，比如我师父到底什么时候愿意收我为徒，我之前发愁了好久呢，不过现在不愁了。"

楚瑶光疑惑："为什么？"

陈献咧嘴笑了一下，一副很爽朗的样子："因为师父已经把我当徒弟了啊。"

楚瑶光哑然，心说：明明是你死缠烂打，曲前辈一不小心才顺口说你是他徒弟的。不过，她转念又想：以曲前辈的修为，他如果真的不想收陈献为徒，陈献一开始就不会有死缠烂打的机会，所以陈献说的话其实是对的。

想到这里，她心情复杂地看向了陈献。

陈献这个人看上去七窍只开了六窍，实际在大事上从不糊涂，似乎有一种直觉促使他勇往直前。所以他往往心想事成，过得很轻松。

这样的人还挺让她羡慕的。

楚瑶光茫然地想了好久，忽然回过神道："咦，你说叶胜萍不会是骗我们的吧？他会不会在包庇买主？为什么约定见面的时间已经过去了两天，还是没有人来？"

楚瑶光和陈献负责在茶楼里蹲守买主。根据叶胜萍给出的线索，这次来交易的人应当是个身材干瘦、眼神阴沉凶狠的中年男子。此人会走进他们所在的这间茶室，向叶胜萍介绍来意。但他们在这里等了三天，还是没见到这么个人。

陈献也很纳闷："可是叶胜萍说得信誓旦旦的，昨天都快哭着跪下保证这是真的了。"

像叶胜萍这样没有道德观的凶徒，掺和进这桩买卖里不就是为了钱财吗？他没必要为了买主把自己折进去啊？

两个人愁眉苦脸起来。

就在这个时候，茶室的门忽然被敲响了。

"咚咚咚——"

楚瑶光和陈献惊得快要跳起来，对视一眼，同时站起身来，慢慢地朝门口走去。

而在茶室的不远处，曲不询和沈如晚坐在街口，一人面前放着一碗冰粉。

"我们家的冰粉，那味道可是独一份！"冰粉店的老板得意地吹嘘道，"要不是当初在尧皇城实在混不下去了，我也不会来碎琼里这犄角旮旯开店——在尧皇城开店多赚钱啊！"

曲不询笑着问道："您老还是从尧皇城来的？怪不得这冰粉不同寻常呢。"

尧皇城的繁华是修仙界尽人皆知的，体现在方方面面，衣、食、住、行，无不包含，和蓬山这种从很久以前就传承下来的世外仙山相比是另一种繁盛。

沈如晚心思一动，抬眸看向冰粉店的老板："您是从尧皇城来的，那知道《归梦笔谈半月摘》吗？"

冰粉店的老板摆出一副理所应当的模样，回道："道友，看你这话说的，现在谁还不知道《半月摘》啊？老头子我虽然来了碎琼里，但不是与世隔绝了！"

　　刚知道《半月摘》没多久的沈如晚和曲不询一起沉默了。

　　沈如晚顿了一下，神色如常地问道："那您是否知道，若想在《半月摘》上登一则寻人启事，我该去找谁？"

　　冰粉店的老板还真知道，便道："《半月摘》有专门对外收录文章的渠道，那些有名的修仙城市里都有《半月摘》的办事处，你只要登门去找，花上一两块灵石就行了。不过也得看能不能排到你，一般来说，你就算当场付了灵石，也会被排到下下期再上报。"

　　一两块灵石不算贵，至少对于《半月摘》这种大江南北众人皆知的报纸来说算是很便宜了。

　　沈如晚谢过冰粉店的老板，得知碎琼里没有《半月摘》的办事处，决定去钟神山找找看。

　　曲不询低头吃冰粉，忽然问："你有没有一种感觉？"

　　沈如晚抬眸看向他，不理解他说的话是什么意思。

　　"物是人非事事休。修仙界这么大，所有人时刻都在向前奔跑，好像只有自己还停留在过去，走不出来，也忘不掉，"曲不询抬起头，语气平淡，神色也平静，但话语无端地十分沧桑，"好像被遗忘在人世之后了。"

　　沈如晚看了他一会儿，垂下了眸。她舀了一勺冰粉，尝了一口，冰粉很清甜。

　　"被遗忘又能怎么样？"她淡淡地问，"人总归是要被抛弃的，努力适应新环境就好。过去的事已经过去了，没有人还记得那些陈芝麻烂谷子的事。"

　　曲不询凝视了她一会儿。

　　"沈如晚，"他突然喊道，每个字都好像在他的心尖、唇齿间流转了一遍又一遍，"你是我见过的最口是心非、最自相矛盾、最言行不一、也最让人着迷的人。"

　　她明明放不下过去，却说过去不值一提；明明永远说着不在意、不后悔，却对过去的事那么耿耿于怀；明明脸上写着"生人勿近"，有时候却好像在说"快来关心我"。

　　沈如晚略带愠意地看了他一眼，没好气地道："安心吃你的冰粉吧！"

　　曲不询笑了一下，低头舀了一勺冰粉，大口地咽了下去。

　　沈如晚轻轻地哼了一声，刚想再说点儿什么，却忽然抬起头看向了茶楼的方向。

　　一眨眼的工夫，她消失在了原地。曲不询微微皱眉，沉思片刻后把冰粉钱放在桌上，催动灵力，转眼也消失在了座位上。

　　微风拂动，桌上只有两碗吃剩下的冰粉和零钱，静悄悄的，不见人影。

冰粉店的老板见怪不怪地走过来，把冰粉钱和碗一起收走，悠闲地哼着小曲，感叹今天又是快活的一天。

沈如晚神色冰冷地在茶楼的大门口站了半响，深吸一口气，然后一步步地走了进去，气势逼人。

茶楼的老板一见这场面，以为她是来砸场子的，走过来正准备招呼时，就瞥到了沈如晚凶狠的眼神，这眼神似一把刀，仿佛能将他一分为二。不知怎么的，茶楼的老板突然站住了，立在那里，进也不是，退也不是。

沈如晚直接越过他，顺着楼梯向上走去，刚到转角就听见二楼的走廊里传来了陈献难以置信的声音："六哥，怎么是你？"

沈如晚攥紧了垂在身侧的手，紧紧地抿着嘴唇，加快脚步上楼。

"陈献？你怎么在这儿？"一道温润清朗的声音响起，听起来像一个温和有礼的青年在说话，他的语气有点儿意外，"我来碎琼里有点儿事要办，你来这儿干什么？我好像听叔叔和婶婶说过，你离家出走了？"

"有事要办？"陈献狐疑地看着对面的青年，追问道，"什么事需要你到碎琼里来办啊？还是在这个茶室里办？"

陈献对面的青年看起来二十来岁，容貌出众，五官俊秀，神色很温和。被陈献这么不客气地问话，他也只是好脾气地笑了笑，解释道："我现在找了一门营生，专门培育灵植，卖给药房和修士，这次来碎琼里就是见买家的。听说这间茶楼在桃叶渡里名声不错，据说是正经做生意的，不是黑店，所以我先来探一探底，如果合适，就约买家在这里见面。"

这回答听起来挑不出差错，但哪里有这么巧的事？

"你要是想培育灵植对外卖，为什么不在族里找一家铺子来经营呢？"陈献皱眉看向对方，"六哥，你跟我可不一样。你是陈氏的嫡系子弟，大伯母是大长老，你让她给你找个铺子还不容易吗？也省得你还要自己找销路。"

此人舍近求远，甚至求到了碎琼里，这可不对劲。

"陈献，好些年不见，你也学会嘲笑六哥了？"青年看着陈献苦笑，非常诚恳地解释，"我在家里是什么处境、这个所谓的嫡系子弟是什么东西，你难道还不清楚吗？父亲和母亲并不在意我，反倒对我有颇多意见，我回到族里，只会处处受气。我好歹是从蓬山第九阁出来的修士，难道还找不到一门能养活自己的营生吗？"

陈献听到这里，神情慢慢地松缓了。显然，他对青年所言的身世很了解，也确实觉得青年说得有道理。

"当初叔叔和婶婶说你离家出走，大家都抱怨你不懂事，但我是理解你的。"青年继续说道，笑容苦涩，"我若能像你这样有勇气离家出走，早就一走了之了，也省得在族里处处受气，半生都被安排，处处不自由，无处是家。"

"是吗？"身后的楼梯口处传来了沉重的脚步声，每一步都像重重地踩在他的心上，沈如晚冰冷如锋刃的声音一声沉过一声，"我倒是不知道，在蓬山第九阁学艺让你受天大的委屈了。陈缘深，你要是早点儿告诉我你是这么想的，我保证当年看都不会多看你一眼。"

青年蓦然回首。

楼梯的转角处，沈如晚身姿纤瘦笔挺，神色冰冷，踏着从窗口照进来的细碎的灯光一步一步地朝他走来。灯光映照在她昳丽而清冷的眉眼上，勾勒出她脸部的轮廓，竟似一道清辉照亮了黑暗。

她正是他记忆最深处的那个人。

有那么一瞬间，他恍惚以为这十年的光景从未将他们分离，两个人一如从前，还在蓬山第九阁里。

"师姐……"陈缘深怔怔地看着她，喃喃道。

沈如晚在他面前站定，神色复杂，眼神里的情绪浓烈得仿佛化不开的浓墨。

"真没想到，"她慢慢地说，"你我同门，一别十载，再次相见，竟然是在这种场合、这个地方。"

"师姐……我……我来这儿是为了做生意。"陈缘深忙不迭地解释，语气十分急切，仿佛慢了一步就会犯下什么无法挽回的过错，"我……师姐，你怎么也在这里？"

沈如晚面无表情地问道："做生意？什么生意？"

其实陈缘深刚刚给陈献解释的话她都听见了，但陈缘深不知道，还是着急忙慌地给她解释了一遍。然后，陈缘深急切地说道："师姐，你相信我，我绝对不会干坏事的。"

沈如晚的目光冷冷地扫过他的眉眼，她没有理会他的话，继续追问道："培育灵植？你在哪里培育？培育的又是什么灵植？什么样的灵植非要到碎琼里来卖？这里到处都是秘境，适合藏匿，却没什么秩序，不会有一口气吃下大体量灵植的势力。神州世家不方便在外面买灵植才会选择在碎琼里中掩人耳目地交易灵植——那又是什么样的灵植不方便在神州买呢？"

她提出来的一个个问题仿佛一把把明晃晃的刀子，陈缘深站在她对面，神情渐渐僵硬，紧紧地抿着唇，半晌没说话。

沈如晚什么也不说，好像一定要陈缘深给她一个回答。

走廊里的气氛一时僵住了。

陈献和楚瑶光本是先和陈缘深对话的人，现在站在茶室的门口看着这对久别重逢的师姐弟，竟半点儿也插不上话。

忽然，走廊尽头的楼梯口又传来了平稳的脚步声，优哉游哉的，听上去正不疾不徐地朝他们靠近。

曲不询慢悠悠地走到沈如晚身侧，朝对面的陈缘深看了一眼，又见沈如晚表情冰冷，不由得微微皱眉："怎么？你们认识？"

沈如晚紧紧地抿着嘴唇，过了一会儿，叹了一口气，闭了闭眼睛，回道："认识。"

她当然认识了，整个蓬山乃至神州，也许不会有人比她更熟悉陈缘深了。

他们的相识要追溯到很多年以前——她拜入蓬山第九阁，成为副阁主的亲传弟子的第三年。

那一年，师尊出门访友，回蓬山时，忽然带回来一个新入门的小师弟。

师尊问她："你刚入门的时候也有师兄、师姐帮忙指导，如今入我门下已有三年，应当能独当一面了。你师弟初来蓬山，还不太适应，我把他交给你照顾，你能不能做到？"

她当然说"能"。

于是，她此后不再是埋头修炼、顾好自己就完事的小师妹了，而是肩上负担着另一个人的修行根基的师姐。

曲不询观察她的神色，眼神微沉，自然地笑了一下："哦，这就是你说过的那个'蓬山倒数第一千五百名'？"

沈如晚微微怔了一下。

她想起自己在刚认识曲不询的时候确实提过陈缘深，只是当时并不觉得会遇见他，所以只当提起一些零星的往事，从没说过陈缘深的名字。

难为曲不询竟然连这事也记得。

"是，"她垂眸，"你说得没错，他就是我之前说过的那个倒数第一千五百名、刚入门时阵法就比那个鸦道长要好的师弟。"

沈如晚抬眸，神色复杂地看了一眼这个她以为再也不会见面的师弟，说："他叫陈缘深。"

陈缘深站在那里，紧紧地抿着唇，眼神始终停在沈如晚的身上。曲不询走过来的时候，他也没看对方一眼。直到刚才曲不询笑着问沈如晚是不是曾经在谈笑间提到过他，仿佛与沈如晚的关系非常亲密，他才把目光从沈如晚身上挪开，冷冷地看向曲不询，简直要把曲不询看穿。

"师姐，"陈缘深忽然开口，紧紧地盯着曲不询，神色也不复先前那样温润平和了，语气中隐隐地有敌意，"他是谁？"

陈缘深这个问题很怪，倒不是怪在内容上，而是……

楚瑶光说不清楚，只觉得自己站在旁边都感到尴尬。她回头一看陈献，发现他竟然也皱着眉头，神情别扭。两个人就好像见证了什么不该发生的事一样，四目相对时互相眨了眨眼睛，好像这样就能消解莫名其妙的尴尬感。

曲不询若有所思地看了陈缘深一眼，神色微妙，没有说话。然后，他眼珠一转，看向了沈如晚，眼神深沉。

面对这个问题，沈如晚沉默了一会儿，然后平淡地回道："朋友。"

陈缘深骤然松了一口气，神情肉眼可见地放松了下来。

他跟沈如晚很多年没见过面了，印象中的沈如晚还是那个在第九阁里爱交友、爱玩、爱笑的师姐，有很多很多朋友，跟每一个人都玩得来，可是除了沈晴谙，其他人在她的眼里都只是"一个朋友"。

即使沈如晚从前有一段时间性情大变，变得冷若冰霜，那也无法抵消陈缘深记忆深处的师姐，那个温柔的、笑盈盈地开着玩笑的、细心又体贴的师姐。

"原来是师姐新认识的朋友。"陈缘深脸上的敌意消失得无影无踪，他又变回了先前那副温和腼腆的模样，朝曲不询和气又礼貌地颔首。然后他微笑着对沈如晚说："原来师姐没忘了我？没错，我就是那个倒数第一千五百名的师弟。说来实在惭愧，师姐当初那么认真地教我，可惜我实在是朽木难雕。"

听陈缘深说话的间隙，曲不询忍不住扬了扬眉，但很快强行按捺住了。他意味不明地看了沈如晚一眼，然后又看向陈缘深，语气耐人寻味："你师姐对你确实寄予厚望，不过我也劝过她，师弟排在中游虽然不显眼，却合乎中庸。这世上能与她相比的人有几个？你和她本就不一样，她何必对你过于苛求？"

陈献左看看，右看看，觉得这对话没什么毛病，怎么偏偏听起来这么古怪呢？

陈缘深又将唇紧紧地抿成了一条线。

"师姐，"他不接曲不询的话，看向沈如晚，"真没想到这么多年后我们还能有缘再见。"

沈如晚看着他，说不清是什么感觉，语气淡淡地说："我也没想到……居然是在这里见面。"

在碎琼里，在这个茶楼，在叶胜萍主动交代的接头的茶室门口。

她宁愿永远见不到陈缘深。

陈缘深一直看着她，见她眼神淡漠，突然变得紧张起来："师姐，你是不是误会我了？我真的是来做药草生意的。你是了解我的，我不会害人的。你这样看着我，我觉得很陌生。"

当然陌生，沈如晚也觉得他陌生。

她确实有很多年没见过陈缘深了,久到彼此都面目全非,不敢相认。

"我想着多年未见,便多看你几眼,看看你有没有什么变化,你有意见?"沈如晚垂眸说道。

陈缘深下意识地摇头:"没有,当然没有。"

这反应完全是陈缘深多年来的习惯,不过这个反应已经很多年没有在陈缘深身上出现过了,以至于他本能地摇头后才回过神。

沈如晚也怔了一下,眼神变得温柔了,好像心中某片柔软的地方忽然被触动,好像冰封的河道裂开了一道缝隙,露出了下面的潺潺流水。陈缘深的反应让她短暂地回忆起了他们在蓬山第九阁的日子,但下一瞬,她便从回忆中抽离出来,又变回了表情淡漠的样子。

陈缘深把她眼神的变化看在眼里,紧接着,他温润清透的神情就像深秋的花,一点儿一点儿地凋败黯淡了。

"师姐,你变了好多。"他低声说。

沈如晚神色平淡地看着他,没有说话,仿佛在默认,于是陈缘深的眼神更黯淡了。

"为什么会这样?"他低声说着,像在问她,又似乎没指望从她的口中得到答案,"你还记得师尊吗?这么多年来,我一直在想你,想师尊,想第九阁,想我们当年在蓬山无忧无虑、一心修炼的日子。我多怀念那个时候啊!"

沈如晚面无表情地听着。

"他们都说你弑师灭族,是个无情无义的人,可我知道你不是那样的人,做什么事都有你的理由。"陈缘深声音低沉地说,"我唯一不理解的是,当年你为什么一定要自己动手?师尊就算有再大的错,也是我们的师尊,你把他交给掌教和宗门处置不行吗?为什么一定要自己动手?"

沈如晚垂下眸,道:"看来你还是怨我杀了师尊。这才正常,我理解。"

她总是什么也不说,什么也不解释,好似对什么都觉得无所谓,把别人满腔的热情浇了个透,平淡得像一个置身事外的人。

陈缘深又想起十年前两个人见的最后一面。那天他被师尊召去考功课,比约定的时间早到了一刻钟,还没进门就看见沈如晚跌跌撞撞地扶着门框走了出来,靠在墙上。

她似乎没有注意到他,仰着头靠在那里,猛然伸手捂住了眼睛,很久没动,可整个人都在发抖。

他从没见过师姐颤抖得这么厉害。

陈缘深被吓了一跳,轻轻地问她:"师姐,你没事吧?"

她好像这才意识到身边还有人，猛然放下手，露出了满是血丝的眼睛，眼眶殷红得仿佛下一秒就要落下泪来。

那时他们已经很久没有见面了。沈如晚性情大变，奔波于二十六州之间，很少在蓬山停留。他们即使匆匆地见上一面，也说不上两句话。

沈如晚看了他好一会儿，垂眸说了一句："我没事。"转身正要走，她想了想，又回过头看他，道，"师尊不在。你别进去了，回去吧。"

陈缘深想再问些什么，沈如晚却已经转身走了。他犹豫了一会儿，终究没进去。

两天后，他就听到了师尊的死讯。

师尊死在他和沈如晚相见的那一天——他遇到她的时候，她刚杀了师尊走出来。宗门给出的解释是，师尊因为一株珍贵的灵植害了许多凡人的命，最后认罪伏诛了。

大家都猜测事情或许没有这么简单，但更多的是对沈如晚的议论。他们"啧啧"称奇于她的冷酷无情，讨论她灭家族、弑师尊、杀挚友的事迹，连长孙寒也死在她的剑下……她到底有多强？又有多冷酷无情？

后来陈缘深再也没有见过她。

二人在师尊的道宫外见的匆匆一面竟成了诀别。

沈如晚没跟任何人道别便退隐了，似乎想和整个修仙界一刀两断。关于她的诸多传说渐渐沉寂，只留下一个无足轻重的名字。

此刻，陈缘深时隔十年再一次见到沈如晚，发觉她的眼神比十年前的更冷淡、更有疏离感，她也更像一个陌生人。

他难以克制自己的情绪，痛彻心扉地道："谁说我是在怨你？我怎么会怨你？我是在为你心痛，师姐！师尊不管犯了什么大错，都不能也不该死在你的手里。人言可畏，别人不会说你大义灭亲，只会说你冷血无情，我不信你不明白。"

他一股脑地把这么多年一直窝在心里的话全说了出来："大家都认可你的实力，本来要推举你做第九阁阁主的，但你灭了家族后又杀师尊，没人信服一个冷血无情的阁主——你把自己的前途毁了，到底明不明白？"

陈献和楚瑶光站在边上，不经意间听见了这桩陈年旧事，俱目瞪口呆。

这些都是《半月摘》上不会细说的故事。薄薄一纸往事，略去多少腥风血雨，最终都成了后人的笑谈。

曲不询也不曾听过这么详细的版本。他的目光微动，落在沈如晚身上，不断地描摹着她的眉眼。可沈如晚就像一尊沉默的雕像，无动于衷地听着关于她的故事。

陈缘深看到沈如晚的反应，眼里仅剩的那一点儿火苗也熄灭了。

"师姐，"他低声说，"你看看你现在的样子，还有一点儿从前碎婴剑沈如晚的精气神吗？这十年来，我再也没有听说过你的消息。你这样蹉跎岁月，不会觉得可惜吗?"

沈如晚终于有了一点儿反应,抬眸看向陈缘深,脸上没有一点儿表情:"我现在这样很好,不劳你费心。"

只有曲不询看见她垂在身侧的手紧紧地攥成了拳,那么用力,像要把什么东西握碎。

曲不询垂眸思索了一会儿,伸手将她鬓边的碎发捋到耳后,忽然握住了她的手。陈缘深的目光立刻像刀子一样刺向了曲不询。

曲不询视而不见,感受到握着的那只手攥得有多紧后,随意地笑了一声,说:"你们这对师姐弟还真是有意思,互相激励对方上进,又互相嫌弃对方不够上进。蓬山不愧是神州第一仙门,专门出你们这样自律上进的修士,佩服,佩服。"

曲不询这么一说,倒是把陈缘深刚才的话都归为他想督促师姐上进,和沈如晚嫌弃陈缘深倒数第一千五百名是一个性质了,顿时让气氛缓和了一些。

陈缘深虽神色稍缓,却还是抿着唇,紧紧地盯着曲不询牢牢地握住沈如晚的那只手。曲不询朝他洒脱一笑,什么也没有说,反而不动声色地将沈如晚的手握得更紧了。

沈如晚沉默了一会儿,跳过方才的话题,没管曲不询的那点儿小动作,直直地看着陈缘深:"你说你是来碎琼里做药草生意的,那平时在哪里种药草?"

陈缘深的嘴唇微微颤了一下,过了一会儿,他还是轻声答了:"在钟神山,我有一个山庄。"

钟神山……那个干练的女修所说的山庄也在钟神山上。

沈如晚将拳头攥得更紧了,指甲深深地陷入了掌心里。

没一会儿,曲不询突然用力地把她攥紧的五指拨开,然后牢牢地抓着她的手掌,不许她再掐自己的掌心。他犹嫌不够,五指还一点点地插入她的指缝间,直到两个人的掌心也牢牢地贴在一起。

沈如晚的手微微颤了一下,她分了心,恼火地瞪了曲不询一眼。可曲不询只是眼神深沉地看着她,半点儿没有松开的意思。

她看实在没法用眼神吓退曲不询,只好当作自己的手还好好地垂在身侧,并没有被谁牢牢地握住。

陈缘深站在两个人对面,把他们的小动作都看在了眼里,双手不由得也用力攥成了拳。可他只是眼睛一眨不眨地看着沈如晚,什么也没说。

"十年不见了,我也有点儿好奇你现在过得怎么样。"沈如晚转过头问陈缘深,"你不请师姐去你的山庄里坐一坐吗?"

以沈如晚曾经对陈缘深的照拂,哪怕两个人十年未见,这也是一个陈缘深没有办法拒绝的请求。

即使她说得这样生硬，谁都知道她并不是真的想去做客，但陈缘深的眼神还是变了。不过他还是说道："师姐，那其实就是一个很小的山庄，没什么好看的，实在是拿不出手。你也知道，我就那么点儿本事，还是不在师姐面前班门弄斧、丢人现眼了。"

沈如晚平静地看着他："这有什么丢人现眼的？做正经的营生赚钱养活自己不丢人。"她说着，又笑了一下，眼中却没有笑意，"你丢人的事我见得还少吗？当初学习四重阵法，你非骗我说你都懂了，结果解不开我给你出的题，在我面前哭得一把鼻涕一把泪的。那时你不嫌丢人，现在倒觉得丢人了？"

陈献在边上瞪大了眼睛，根本没想到这位在族里小有名气的族兄竟然有这样不堪回首的丢人经历。

陈缘深有点儿窘迫，可听到沈如晚提起往事，又忍不住露出一点儿笑意。

然而这笑意很快就凝结了，他低声说着，像在哀求："师姐，那里真的没什么好看的。你别去了，我求你。"

沈如晚用力地闭了闭眼睛："你知道我是什么性格的人。你不带我去，就是想让我自己找上门。"

无论是因为那个女修提供的线索，还是陈缘深误打误撞地走进了茶室，对上了叶胜萍提供的线索，她都会去钟神山，也一定会查陈缘深的底细。

沈如晚想：和自己做朋友一定是一件很痛苦的事。自己的朋友倘若做了什么错事，不仅无法得到自己的安慰，还无法得到自己的帮助。

传言说她冷漠无情，其实一点儿也没错。

陈缘深紧紧地咬着后槽牙，和沈如晚对视了许久。终于，好像再也撑不住似的，他深深地低下头，躲开了她的视线。

"你会后悔的，师姐。"他声音紧绷地说，"你根本不知道你会有多后悔。"

沈如晚直直地看着他，没有一点儿犹豫，说："我就算会后悔，也是自己选的。认识我这么多年，你见我后悔过吗？"

陈缘深苦涩地看着她，依稀记得很多年前那个青涩腼腆、犹豫又胆怯的少年只能悄悄地看着师姐的背影，发现她回头便慌里慌张地低下头，假装在干正事，等她挪开目光，又松了一口气。

"不过我早就知道你不会放弃的。"他喃喃地说着一些莫名其妙的话，"这么多年过去，你也不会放弃的。"

茶楼的露台上，一盏莲灯歪歪斜斜地挂在墙上。灯影斑驳昏黄，把两道人影拉得很长很长，让它们看起来像依偎在一起。

沈如晚踩着蒙了一层厚厚的灰尘的石板砖，在一个漆黑的角落里静静地站着，忽然喃喃道："我们快点儿离开这里吧，这鬼地方我真是一天都待不下去了。"

曲不询抱着胳膊站在她身侧，闻言看了她一眼，调侃道："我之前没看出来，你这么讨厌碎琼里？"

沈如晚将目光停留在茫茫的星空上，说："我不喜欢，从前就不喜欢，现在更不喜欢。我讨厌这里。"

终年长夜的碎琼里、暗无天日的碎琼里、秩序之外的碎琼里……永恒不变的浩瀚星空无情无欲地俯瞰着凡人的爱恨贪嗔。

谁又经得起星辰没日没夜的拷问？她只觉得孤独，孤独又压抑。

"你现在不喜欢我倒是能理解，"曲不询说，"以前不喜欢又是为什么？因为这里是神州知名的流亡地？"

她疾恶如仇，讨厌碎琼里好像也不稀奇。

沈如晚没说话。

过了很久很久，久到曲不询以为沈如晚不会再回答他的问题了，她才开口。但她没有正面回答他，而是问他："十年前，长孙寒横跨十四州到碎琼里附近的时候，所有人都以为他会逃进碎琼里，都知道他一旦进了碎琼里，就再也没有人能抓住他了。可是他为什么没有进碎琼里呢？"

沈如晚喃喃地说着，像在问曲不询，又像隔着很长的岁月去问那个仅存于记忆里的人："他只要找个秘境待上几年，养好伤再出来，谁也奈何不了他。可他为什么不这样做呢？"

曲不询没想到她会问这个，顿了顿，抬起头，也看着眼前的浩瀚星海。他背对着昏暗的灯光，神色让人难以看清，只有淡淡的星光勾勒出他英俊的轮廓。

"哦，那可能是因为他傻。"他漫不经心地说，"生路就摆在面前，他偏偏不愿意走，不是傻，是什么？"

沈如晚无言，转过头去，一言难尽地看着曲不询。

"你别这么看我，我说得也没错啊。"曲不询没回头，但好似知道沈如晚在看他，在黑暗中笑了一下，"要不然就是他知道你会来追杀他，怕进了碎琼里你就找不着他了，所以干脆绕道走。"

"你有毛病吧？"沈如晚骂曲不询。

沈如晚像被人突然窥见了藏于心底的秘密，虽然已经决定放下了，但谁再提起她就要恼怒，尤其是曲不询。

曲不询微微顿了一下，没再说话。可在暗淡的星光里，他的身体像忽然绷紧了一样，直直地立在那里，像晚秋时节聚在天边的云霞，坠不下，也散不开。

"原来你这么讨厌长孙寒？"他过了好一会儿才说，"我稍微开个玩笑，你就嫌我烦了？"

沈如晚沉默了一会儿才道："对，你别开这种玩笑。"

她不想再听曲不询提起长孙寒的名字了。既然连莲灯也召唤不出长孙寒的魂魄，那么她也许没有自己想的那么喜欢他，也许这么多年她耿耿于怀的只是那段无忧无虑地偷偷喜欢他的时光。

"我一点儿也不喜欢他。"她说。

曲不询立刻追问道："那你还时不时地提起他？"

沈如晚垂着头，漠然地说："心里有点儿疑问，我总归要解开，但这不代表我喜欢和他扯上关系，很难理解吗？"

从豆蔻年华横跨至今的漫长的心事见证了她一次又一次的痛苦蜕变，终将掩埋在她早已决意放下的过往岁月里。她早早地决定转身，放下过去，又何必再对谁念念不忘？

长孙寒这个名字，她也一并忘了吧。

曲不询垂在身侧的手骤然握紧，手背上的青筋也突起了，可在夜幕里让人看不真切，只剩一点儿握拳时骨节作响的声音。

他还想再追问下去，可不能了。沈如晚的心思太敏感，只怕他再问下去，她就要反问他为何对长孙寒这个没有一点儿情谊的酒肉朋友的事情这么在意了。

有那么一瞬间，曲不询恨不得脱口而出，彻底向沈如晚坦白，什么也不去管，什么也不去想。他想告诉她，长孙寒就是曲不询，曲不询就是长孙寒，然后看一看她震惊的目光中，除了冰冷外，会不会还有一点儿留恋。

沈如晚如果知道他就是长孙寒，还会再对他笑一下吗？

"陈缘深有很大的嫌疑。"沈如晚垂着头，打破沉默，淡淡地说，"我太了解他了，他这个人从小到大都不会说谎，尤其不擅长在我面前说谎。如果他说的那个山庄没有一点儿问题，他根本不可能说出刚才那样的话，也不可能是刚才那副样子。"

曲不询慢慢地松开垂在身侧的手，又握拢了，淡淡地说："你们俩的关系很好。"

这是谁都能看得出来的事。

这两个人关系好到谁也不能替代，即使十年不曾相见，也依然是彼此最特别的人。

沈如晚的思绪飘远，她回忆着，说："还好吧，主要是以他当年的那个性格，如果我不多操心一点儿，谁知道他会不会被欺负死？"

曲不询偏头看了她一眼，语气更淡了："他被欺负？我看他挺有主意的。他如果和七夜白有关系，那就更不可能被旁人欺负了。谁能欺负他？"

沈如晚的眉头微微蹙了起来。

"你不了解他。"她低声说，好像陷入了很深的回忆，"他虽然现在看起来还算有点儿样子，但当年一直是一个脾气很乖的小男孩，很贴心，被欺负了也不会还手，很怕别人不喜欢他，做任何事情都会小心翼翼地观察别人的脸色。我真不明白，他怎么可能会掺和到七夜白的事情里？"

曲不询听完她说的话，脸色更冷了，声音低沉地说："也许他根本没掺和进七夜白的事情里，只是命运就是那么凑巧，让他在那个时间走进了那间茶室——说起来，我们从叶胜萍那里得到的线索，确实和他对不上。"

叶胜萍说的见面时间是两天前，而陈缘深来到茶室的时间是两天后；来见面的人应该是一个身材干瘦、面色阴沉的中年男子，而陈缘深看上去身材纤细，身板也挺括，有一种如沐春风的温和气质，很干净，和干瘦沾不上一点儿边。

曲不询心里再怎么不是滋味，也不会非要把陈缘深往坏的方面想。

事实就是事实，和其他的恩怨、纠葛无关。

沈如晚听他这么说，垂下眼，缓缓地道："我也希望是这样的。也许他那个山庄里的秘密和七夜白没有关系，让他真正慌乱的是别的事；也许只是陈缘深大惊小怪，因为见到我，便有一点儿小事也慌慌张张的——这也不是不可能，他一直是这样的性格。"

她还是心存侥幸，久违地志忑起来。

沈如晚不由得思忖：如果……如果陈缘深真的和七夜白有关系，真的重复了师尊的命运，她还能像十年前一样心硬如铁地走到最后一刻吗？

不，她不能说和十年前一样。因为即使在十年以前，她也并没有真的做到心硬如铁。

陈缘深问她为什么要亲手杀了师尊，是因为亲眼看见她从师尊的道宫里走了出来。

可他什么也不知道。

他不知道她好不容易查到一点儿和七夜白有关的线索，却发现顺藤摸瓜地追溯到了自己的师尊身上。

她根本不是去杀师尊的，只是想从师尊那里得到一个答案，一个她苦苦地追寻了很多年的真相。

她为了这个真相已经背负了太多——沈家那么多条人命、她最好的朋友和姐姐、她偷偷地仰慕了那么多年的人……她一定要知道真相。

可是当她走进师尊的道宫里，发现师尊看见她来了，竟然半点儿也不觉得意外。

师尊说："我等你很久了。不过你来得比我预期的还要早，我还以为你会再迷茫、挣扎一会儿呢。果然，你的心比我想的更坚强，也更冷硬。"

他没有恐惧，没有惊慌，甚至没有呵斥和求情。

师尊好像早就预料到有这么一天，坦然地接受了现实，面色平静地看着沈如晚："我早就知道，你终究会查到我身上的。从你走火入魔地灭了沈氏满门后还能冷着脸再次握剑对准更多人的时候，我就知道早晚有这一天。"

沈如晚拜入师尊的门下已有十余载。她进入蓬山后，在参道堂待满了三年，一进闻道学宫就被师尊收入门下，成了师尊的亲传弟子。虽然师徒关系不算很亲密，但师尊教导她时全无藏私，尽心尽力，她一直非常敬重师尊。

可那天师尊对她说："我收你为徒，一半是因为你天赋过人，另一半是因为和沈氏约定好要收一个沈氏子弟为徒，所以挑中了你。当初我跟沈氏立下这个约定，是因为沈氏想拥有一个擅长木行道法的本家人，回沈氏培育七夜白，这样他们更信得过。没想到你不仅没有培育七夜白，反倒把沈氏直接灭了。"

多讽刺。

"师尊也死在我的剑下。"沈如晚忽然说，"除了陈缘深，我还有几个师兄和师姐，也都没有联系了。不过我知道，他们肯定都不想再见到我了。"

曲不询看着她，面色僵冷，心情复杂。

"你是在杀了你师尊后选择退隐的吧？"他问道，声音沉沉的，"为什么？"

她为什么灭了沈氏后没有选择退隐，执剑斩遍神州时也没有选择退隐，反而杀了师尊后，忽然决绝地退出修仙界，宁愿让自己在凡尘俗世里过枯寂的生活呢？

沈如晚垂在身侧的手慢慢收拢了，可还没攥成拳，曲不询就猛地一把握住她的手，灼热的手掌贴上了她冰凉的五指。

她怔了一下。

曲不询没有说话，只是很用力地握着她的手，不留半点儿间隙。他目光沉沉地看着她，在暗淡的星辰下有一种让人心惊的意味。

沈如晚沉默了一会儿，然后偏过头去，转移了视线。

"当时师尊忽然动手，仓促之下我选择了回击。可我们交手没多久，师尊忽然收手了，我没收住。"她面无表情地说着，"然后师尊一边吐血，一边看着我笑，说：'我真是一点儿都没有看错你。'"

师尊说，在他所有的徒弟里，沈如晚一定是走得最远的那个，因为足够狠心——只有狠心的人才能走得远。

师尊说，他是一定要死的，所以特意选了沈如晚来杀他。他想看看她是不是真的把自己修炼成了一把锋利无比、斩神斩鬼都不留情的剑。

沈如晚说话时，唇微微地颤动着。

曲不询凝视着她，发觉在盈盈的星光下，她深黑的眼瞳好像蒙着一层浅浅的光。那光转瞬即逝，他甚至没有办法分辨那到底是不是泪水。

"师尊说让他来做我的试剑石。"沈如晚漠然地说着往事，"然后就死了。"

再后来，她不想再做一把剑了。

她本来也不是剑修。

"就这么简单。"沈如晚微微合眸，"没有别的故事了。"

她总说自己无悔，但那都是假话。事实上，她根本没有那么多选择，总是被迫遇到各种各样的困境，而她能做的只有往前走，不回头。

轮不到她来悔恨。

曲不询攥着她的手收得更紧了一点儿，与她十指紧扣，把她硌得生疼，可谁也没有抽回手。

星河斜映，在冰冷的夜幕下，远处是错落的莲灯的光芒，暗淡、昏黄，又很柔和。

陈献的大嗓门清清楚楚地从楼下传到了楼顶，间或带着一两声楚瑶光的嗔怪和询问，听起来热热闹闹的。

沈如晚听着这些吵闹声，只觉得近在咫尺，又很遥远。

这是她曾经拥有却又早已失去、再难拾起的东西，再绚烂的人间烟火现在都已经与她无关了。

她忽然觉得意兴阑珊，想抽开自己的手走下露台，结果对方不肯松开。

曲不询还站在原地，紧紧地攥着她的手，动也不动。

沈如晚皱起眉头，问他："还不走？"

曲不询的下颌线紧绷着，他犹豫了一下才道："你有没有想过，这可能是你的心魔？"

听完这句话，沈如晚整个人都愣住了，身体骤然僵硬。

曲不询偏过头去看她，眼神里涌动着难以言喻的复杂情绪："你如果真的放下了，就不会这么多年还对这件事耿耿于怀，也不会走出临邬城，来到碎琼里。"

归根结底，沈如晚耿耿于怀的不过是她即使握紧手中的剑也身不由己，想要奋力保护的东西最终还是永远地消失了。她并非真的冷漠无情，却不得不看着冰冷的片段一次次地上演。她想要维护心里的道义，可道义如此苍白，只有欲望和利益才是永恒的。

沈如晚想当一个世俗的人，却太无情；想当一把捍卫道义的剑，又无济于事。她只能选择退隐，远离修仙界这个让她感到痛苦和迷茫的地方，因为已经看不到任何出路了。

沈如晚面无表情地站在那里,轻声问他:"我放不下又怎么样呢?你能让沈氏的所有族人、师尊、长孙寒活过来吗?"

曲不询沉默不语。

他一直没向沈如晚坦白自己就是长孙寒,不仅是因为沈如晚对长孙寒的态度很特殊,还因为他经历过一次死亡,出于本能,没办法再轻易地信任别人。

从他自归墟出来的那一刻起,信任对他来说就成了最罕有、最吝啬于交付出去的东西。

"如果他们之中还有人活着,你真的会释然吗?"他想了想,问她。

沈如晚垂眸思考了一会儿,说:"不知道。就算他们之中还有人活着,一切应该也回不到从前了。"

七姐如果还活着,也会和以前不一样吧?

就连沈如晚自己也不知道,如果现在还能见到活着的沈晴谙,看到她的那一瞬间,心里生出的到底是喜还是怨?

因为沈晴谙死了,所以沈如晚现在才能无所顾忌地怀念过去。

一死万事休,所有恩怨都可以放下,只有思念是绵长的。

可要是沈晴谙还活着,沈如晚真的能一点儿也不介怀,欢欣雀跃地走向对方吗?

其实沈如晚一点儿也不介意沈晴谙带她去沈氏禁地见七夜白,因为早就知道沈晴谙的道德感没那么强,也不苛求沈晴谙和她有相同的反应。她可以花更长的时间去劝说、沟通,用更多的耐心让沈晴谙放弃七夜白——沈晴谙本来也有一点儿硌硬的,说明一切都是可以争取的。

可是沈晴谙不能直接替她做出决定,不能在明知她无法接受的情况下,试图用杀阵来威胁她与沈氏踏上同一艘船。

沈晴谙这么做,想过她的感受吗?七姐真的在乎她吗?

"说不定反而会更糟糕。"她喃喃道。

可即使这样,她还是想再见到七姐。

曲不询不由得沉默了,紧紧地握着她的手,却觉得那只手重达千斤,仿佛两个人十指相扣的每一秒都是他偷来的,从来不属于他,更不属于长孙寒。这感觉沉重得几乎让他握不住她的手,可他只想更用力地握拢,半点儿也不想松开。

这是他预想中最糟糕的答案,但偏偏就是这样的答案,让他忽然生出一种很深的念想,连带着胸腔里那颗千疮百孔的心也一下一下地颤动着,痛到五脏六腑,几乎让人难以忍受。

他想不管不顾地把所有的伪装和谎言都撕碎，就这么站在她面前，直白地、没有一点儿掩饰地承认长孙寒就是曲不询，曲不询就是长孙寒。

他想透过漫长的过去和她四目相对，看清那一刻她眼中所有的情绪，哪怕那情绪是厌恶。

他们从碎琼里到钟神山，要绕开归墟，穿越茫茫雪原，沿着一条只有修仙者才能通行的云中栈道，才能到达凡人传说中的北天之极。

从平原上遥遥地看去，钟神山就像从苍穹最深处垂落的擎天之柱，屹立在神州之北。

"在凡人的传说中，钟神山是通往天宫的唯一通道。相传，仙人下凡都要从钟神山出世。"陈缘深和他们同行时说道。

他来到碎琼里时也带了飞行法宝，只是远远没有楚瑶光那一排宝车看起来有气势，干脆也坐到宝车上来了。

一行人绕过归墟，登上茫茫的雪原，就能遥遥地看见云中的钟神山。

这是神州最巍峨的擎天之峰，坐镇北方，镇压四州地脉，定住了神州三分之一的气运。正因有钟神山这根"定海神针"在，神州的北方才能数十年风调雨顺，成为整个神州最安定、祥和的地方。

"那钟神山是不是真的能连接苍穹呢？"楚瑶光好奇地问道。

其实陈献也想问这个问题，但陷入了"我的族兄到底有没有问题？我该不该怀疑他？"的困惑与纠结之中，不似平时一样爱说笑了，整个人都沉默了许多。

陈献不问，只能楚瑶光自己问了。

陈缘深已经听说过楚瑶光的来历，自然知道楚瑶光是蜀岭楚家的大小姐。能拥有这一排宝车的人本来就藏不住身份。

不过，他对楚瑶光的态度平淡无奇，除了客气外，并没有对楚瑶光另眼相看。

"钟神山其实是群峰，共有十三座主峰，最高的那座叫作灵女峰，虽然高耸入云，但无法触及苍穹。"陈缘深回道。

"青天到底有多高？"陈献听到这里，终于来了兴趣。

他毕竟是少年人——只有少年人才能问出这样天马行空的问题。

陈献透过宝车的琉璃窗向外看去，只看见缥缈的云层下满是白茫茫的雪，此时他们正飞过雪原上空。

所谓望山跑死马，还要再过十几天，他们才能到钟神山。

陈缘深听到陈献的问题，不由得笑了起来。

他其实脾气很温和，没有一点儿戾气，听陈献问出这么荒诞的问题也没有一点儿嘲笑的意思，反倒觉得很有趣。他说："这个问题似乎没人能回答，至少我还没听人说起过谁有丈量天地的本事。"

天大地大，人不过立于方寸之上。哪怕是丹成修士，也飞不到天地的尽头，谁又能知道天有多高呢？

听陈缘深这么一说，陈献更加好奇了，转头看向曲不询和沈如晚，又问道："师父、沈前辈，你们靠遁法能飞多高啊？"

丹成修士之间的差别是很大的，大家术业有专攻，擅长炼丹的修士去杀人一定很别扭，而擅长杀人的修士还真不一定能飞多高。

陈献骤然问出这么一个问题，倒是把沈如晚和曲不询问住了。

"没试过。"沈如晚支颐靠在窗边，出神地看着下方的茫茫雪原，"杀人不需要飞得很高。"

这话听起来怪瘆人的，把陈献吓了一跳。不过，他很快就反应过来，沈前辈只是用这话来解释她为什么没试过，而不是说她生来只为杀人。

"那你能一口气飞到钟神山那么高吗？"陈献继续追问。

沈如晚偏过头看了他一眼，心想：她又没去过钟神山，更没试过自己的极限，哪里知道自己能不能飞到钟神山的山顶呢？

她不说话，只是淡淡地看着陈献，把陈献看得心里发毛。

陈献觉得，自从进入这片雪原，沈前辈就比平时更加沉默了，看起来也更有威慑力了，一个眼神便让人连话也不敢说。

他用求助的眼神看向曲不询，曲不询耸了耸肩，说："你要是放在二十年前问我，那我还真能回答你。"

曲不询进入雪原后倒是有一种莫名其妙的轻松感，很有兴致地隔着琉璃窗欣赏漫天飞雪，随后悠悠地说："那时候我刚开始修仙，每天闲得发慌，试过自己最高能飞多高，用遁法丈量……丈量山峰楼台的高度。"

曲不询险些说漏嘴——他本来下意识地想说丈量蓬山百味塔的高度，幸而及时反应过来，否则立刻就要被沈如晚盯住，问他既然只是曾经在蓬山寄身过一段时间，为什么二十年前刚修仙时就在蓬山了？长老和执事们收记名弟子可不会挑没入门的小童。

曲不询想到这里，在心里轻轻地喟叹一声。

其实他不知道该怎么办才好，只是时不时地想着，若从归墟里出来后遇见她时，自己还是从前长孙寒的那副模样便好了，省得天天朝思暮想，却不能向她言明身份。

可他若是直接承认自己就是长孙寒，沈如晚或许会和他反目成仇。他想到这里，五脏六腑便火烧火燎一般，隐隐作痛。

只有一点他是可以确定的——无论沈如晚往后如何恨他入骨，他也绝不会放开她的手。

陈缘深对曲不询的态度就不似对陈献那般温和了。他不是一个会对别人冷嘲热讽的人，虽然不至于和曲不询针锋相对，但面对曲不询时，他的心里总归是不舒服的。

于是，陈缘深接话道："没想到曲道友也有这样的兴致。我就不一样了，自幼性格就很无趣，只知道好好修炼，听从师姐的教导，很少去尝试学业外的事。"

沈如晚终于瞥了陈缘深一眼，然后垂眸追忆往昔："确实，那时你笨是笨了点儿，脾气也软，可至少很听话，也不爱惹是生非，比我认识的几个同门带的师弟、师妹要好得多。那时我和同门聚会，他们还羡慕我带的师弟省心。"

师兄、师姐带同门师弟、师妹，这是蓬山的惯例，并不只有沈如晚的师尊是这么安排的。否则，蓬山弟子有那么多，若人人都需要师尊从基础教起，师尊还有时间修炼、钻研法术吗？

陈缘深听沈如晚这么说，不由得扬起嘴角笑了起来。他好似半点儿都不介意沈如晚说他笨，只听得到沈如晚夸他省心、听话。

"是师姐教得太好了。"

曲不询挑了挑眉，身体微微向后一仰，靠在宽大的椅背上，神情冷淡，指节一下一下地敲着扶手上镶嵌的玉石。他皮笑肉不笑地说："没办法，谁叫我那时胸无大志，偏偏又自恃天赋过高呢？我自然比不上你们师姐弟刻苦踏实。"

他把"你们师姐弟"几个字咬得很重，每个字都像硌人的石子。

陈缘深立刻捕捉到曲不询的异常，飞快地看了他一眼，只见他神色不变，仿若未觉。陈缘深挪开目光，看向沈如晚："师姐，我们还没到钟神山，我先给你介绍一下我的同伴吧。我虽然是庄主，但只负责培育灵植，大家的地位都是平等的，他们并不是我的属下。"

沈如晚闻言，立刻朝陈缘深看了过去。

曲不询搭在椅子扶手上的手微微收紧了，装饰的玉石发出了"咔嚓"一声轻响，引得坐在边上的陈献看了过去。他看见曲不询面无表情地坐在那里，眼神漠然地盯着陈缘深。

陈献眨了眨眼睛，怀疑自己看错了。

他从没见过一向云淡风轻、悠然自得的师父露出这样的表情，难道师父和族兄有什么他不知道的过节？可族兄从前一直在蓬山安分地修炼，又是尽人皆知的好脾气，怎么可能和师父发生冲突呢？

陈献揉了揉眼睛，再定睛一看，发现曲不询的神色看起来更冷漠了。

他百思不得其解。这到底是怎么回事？

陈缘深比这个族弟体会更深。他明明没有看向曲不询，却能感受到一道锐利的目光正盯着他，仿若一柄利刃，将他从上到下地分筋剔骨。

这感觉与丹成修士带来的压迫感不一样，并不是凭借修为和气场来压制人，而是曲不询浑然天成的气势——他只凭一个眼神便能让人心惊胆战。

陈缘深见过许多早已成名的强大修士，可从未感受过如此冰冷慑人的气势。

他忽然将搁在桌上的手收了回去，垂在桌面之下，神色稍微紧绷了一点儿，脸上仍然强撑着笑意。他脸色如常地给沈如晚介绍："山庄里有三个人是需要师姐特别留意的，其他人则是拿钱办事、随时可以被替代的人，师姐记不记得都无所谓。"

陈缘深神态自若，假装感觉不到那道视线。沈如晚没发觉他的异常，用手支着侧脸，目光出神地看着他。

谁也看不出来，陈缘深垂在桌面下的手止不住地颤抖着，他攥着衣角，几乎要把那块衣料拧出一个洞来。

曲不询挑了挑眉，倒是有几分意外之色。他垂下眼，不再盯着陈缘深，眼神也没有先前那么冰冷了，虽然眉眼间还是有不爽之意，但被他强行压制着。

沈如晚若有所思地朝曲不询看了一眼，微微蹙了蹙眉。

"师姐，你还记得我们以前在蓬山的时候列过一个神州风云榜吗？"陈缘深微微抬高音量，把沈如晚的目光吸引过去了，然后笑着说，"现在神州最有名的那个报纸《归梦笔谈半月摘》上有一个叫《寄蜉蝣》的版面，专门列举神州成名的人物，很受欢迎。其实那都是咱们当年玩剩下的东西，《寄蜉蝣》上列举的人物无非就是咱们当年整理的那些——哦，还要加上这十来年里新成名的人，比如说师姐。"

听陈缘深这么一说，沈如晚立刻想起这件事来。那时蓬山忽然流行给神州成名的人物排行，大家列出一张自己心目中的风云人物名单，互相交换着看，若是列出的人有重合之处，说明彼此眼光相似，可以立刻引为知己。

那时她青葱年少，最爱赶潮流，做什么都想抢在最前头，早早地就和沈晴谙一起列了一份名单。

沈如晚还记得，她出于私心，把那时刚刚成名的长孙寒列在了前五名里。可是后来把名单交换出去的时候，她唯恐少女心事被人窥见，便偷偷地裁掉了那一行。

"我怎么记得你当时听说有这么一件事，只说想看看我的名单，拿去后就偷偷地记了下来，直接抄了我的？"沈如晚挑眉，"当时你还装得像名单是自己列的一样拿给我看，我只是懒得戳穿你罢了。"

陈缘深微窘，神色有一瞬间的不自然，像忽然被窥见了什么心事，只是专注地看着沈如晚，不说话。

沈如晚说到这里,出了一会儿神:"真不知道这么无聊透顶的活动到底是谁先想出来的,当年居然风靡蓬山。"

追忆往事总是令人怅惘的,特别是这往事还同时牵扯到沈晴谙和长孙寒,沈如晚只觉得双倍怅惘,在心里轻轻地叹了一口气。

曲不询坐在边上,眉毛一拧,神色不由得更加深沉了。

他大马金刀地坐在椅子上,竟有一种一夫当关万夫莫开的气势,可惜根本无人来叩关,唯有一口气凝在他的心间。

曲不询面无表情地坐着,心想:真是不好意思,当年蓬山第一个做这么无聊透顶之事的人就在你们师姐弟身边坐着呢。

那时他列这个名单是为了看自己还需要超越几个人——谁还没有个年少轻狂的时候呢?

只是没想到邵元康那个"大嘴巴"和其他好友提了一嘴,居然带起整个蓬山的热潮。天知道他后来看见蓬山人手一份的神州风云谱时有多无语!

陈缘深见沈如晚没有继续说下去的意思,眼神微黯。但很快他就收拾好了心情,朝沈如晚温润地笑了笑:"总之,那时无论是谁列出来的神州风云谱,前五名里都有一个人叫卢玄晟。师姐,你应该还记得吧?这个人是神州最负盛名的强者,成名五十年未逢一败,年岁越久,修为越深,堪称威震天下的绝世高手。"

沈如晚记得这个名字——很少有人会忘记这个人。她就算在神州最有名的时候,地位也远远比不上卢玄晟,没人会觉得她比卢玄晟还强。

沈如晚与卢玄晟成名的方式不一样。沈如晚最出名的是她强硬和冷酷的个性,其次是她的碎婴剑,至于实力,倒不是常人津津乐道的。有人觉得她成名无非是倚仗了碎婴剑,离了碎婴剑,她不过是个种花的罢了。

而卢玄晟的名气是靠一次又一次的对决打出来的。

这个人少年时便发誓要成为神州中的最强者,修为有成后就整日不干正事,天南地北地缠着神州的其他强者,非要和对方斗法,输了就约下次再战,赢了就大笑三声,得意而去。如此数十年,他自然成了神州中风头最盛的强者。

"师姐,卢玄晟好多年不曾在神州露面,就是因为……他现在也在我的山庄里。"他说到这里,神色莫名其妙地有些苦涩,却还是勉强微笑起来,"他就是山庄里头一号要注意的人。"

沈如晚的眼神微微一凝,目光微转,落到了曲不询身上。她瞥见他神色深沉,一直盯着陈缘深,一副若有所思的模样。

然而当她看向曲不询的时候,曲不询似乎有所察觉,眼皮一抬,转头看向她时身体忽然一顿,神色骤冷,朝椅背上重重地靠了一下。

曲不询坐在那里，眼神冷淡，犹如阴云密布。他目光如电地看了她一会儿，又看了陈缘深一眼，嘴角竟勾起了一点儿弧度，朝她露出一个冷笑。

沈如晚不由得一怔，心想：莫名其妙地，他这又是什么毛病？她怎么惹到他了？

曲不询见沈如晚微微蹙着眉盯着他，面无表情地移开了目光。

沈如晚更摸不着头脑了，深深地看了曲不询一眼。

"师姐，"陈缘深又叫她，"卢玄晟早就结丹了，实力很强，不过性格很傲，懒得搭理人，也不怎么和山庄里的其他人打交道，我们平时很难见到他。山庄里还有一个丹成修士叫白飞昙，很年轻，比我还小两岁，天赋很高，而且手中掌握着一道很邪门的异火，威力极强。这人没什么名气，性格却和卢玄晟一样高傲，两个人谁也看不上谁。"

听到这话，沈如晚又凝神看了过去。

陈缘深比她小五岁，算起来这个白飞昙才二十岁出头就结丹了，天赋确实很好，放在整个神州中都是震动一方的天才。这人倘若是蓬山弟子，一定早早就很有名气了。

当初如果没有沈家的事，沈如晚也不会那么早就结丹，估计真正结丹的年纪多半和这个白飞昙差不多。

可惜没有如果，直到现在，蓬山的金册上还写着最年轻的丹成修士的纪录——第九阁，沈如晚，年十七岁。

她比长孙寒结丹的年纪还早了两年。

"异火是什么？"陈献疑惑地问道，"来头很大吗？"

陈缘深不由得朝陈献看了过去，露出了一点儿惊讶的表情。他没急着回答，而是沉思了片刻，用探询的目光看向陈献："我记得这似乎是丹道基础课的内容，你不记得了吗？"

丹道基础课在哪里都有，蓬山也有，但修士上不上这门课可以自主选择。沈如晚去听过几次，但没听下去，因为丹道的入门课是熟悉灵植的药性，和她本身所学的内容重复得太多，没多久她就弃了。

陈献从来没去过蓬山，所以陈缘深说的自然是陈氏家学。

在药王陈家，自然是人人都要学习培育灵植和丹道的。

"啊，这个啊……"陈献不由得露出尴尬而不失礼貌的笑容，"我最讨厌炼丹了，根本没兴趣学丹道，要么逃课，要么睡过去了。再后来我就离家出走了。"

陈缘深直直地看了陈献好一会儿，似乎从没想过还有这种事，语气中有点儿责备之意："你怎么能逃课呢？你就算不喜欢，多学一点儿也是好事。"

"啊？"陈献震惊地问，"难道六哥从来不逃课吗？"

陈缘深语气平和但很笃定地答道："是的，我从来不逃课。"

沈如晚可以给陈缘深做证，他真的一次课都没有逃过，老实听话、乖巧懂事这两个词就是为他量身定制的。

可是人有时候过于懂事也不是什么好事。

陈献摸了摸后脑勺，说："那时候我就认识老头儿了，总跟着他出去学点儿杂七杂八的东西，后来干脆离家出走了。"

说到这儿，他看了看曲不询和沈如晚，试图挽回一下自己不爱学习的形象："主要是陈家教来教去都是药草、丹药，我是真的对这些一点儿兴趣都没有啊！如果陈家开一门剑法课，我一定一节课都不缺席。"

沈如晚知道陈献口中说的"老头儿"是指孟华胥，却没想到他居然那么早就跟着孟华胥了，就连离家出走也是因为孟华胥。

这么说来，陈献对孟华胥的感情一定远远比他所表现出来的更加深厚。

他对待陈缘深这个不太熟的族兄尚且犹豫，如果有一天发现嫌疑人是孟华胥呢？

陈献重感情、讲义气，这是很好的品质，但有时也会反过来成为麻烦。

沈如晚垂眸想着，没有说话。

"总之，异火就是有特殊功用或强大威力的灵火，普通灵火和异火的区别就像普通药草和天材异宝的区别一样大。"陈缘深总结了一下，又接上先前的话题，"白飞晷手里的异火很奇异，威力极强，而且我从来没有在典籍中见过类似的异火，来历十分神秘。"

沈如晚皱眉，想着：陈缘深都是从哪里找来的修士？这些人一个比一个有来历，根本不必等陈缘深主动坦白，是个人都能看出他们的古怪之处。

就算他那个山庄和七夜白没有关系，她也应当去看看是怎么回事，陈缘深这个小孩别是被人卖了还乖乖地替人数钱。

"哎，那就是云中栈道吗？"楚瑶光靠在窗边，好奇地往外看了一眼，神色有点儿惊喜，"好好看啊。"

她这么一说，大家不由得都随着她的目光看去。透过密密厚厚的雪幕，在目光所及之处——青空的尽头——有一道剔透璀璨、如冰雪铸就的天上桥，横亘在天际，连接千里。

陈献惊讶得张大了嘴，呆呆地看了好半天。等他回过神来，居然也会感慨两句："复道行空，不霁何虹？这真是太美了！"

陈缘深笑了起来，仰头看了一会儿，说："这就是钟神山连接雪原的唯一通

296

道——云中栈道。再过一个时辰，我们应该就能到云中栈道了，还好在日落前赶到了，不然就得再等一天。"

钟神山的云中栈道既集天地之力，也集修士之力。修建栈道的修士在栈道沿途放置了炼制好的法器，借助雪原上的天光映雪之力，使白日里形成了一条绵延千里、直抵钟神山的云中栈道。

纯靠修为和人力难以抵达的峰峦极地，靠着一代又一代修士的匠心终于遍布了人迹。青天难上，神山难登，可总有被人征服的一天。

"一人一票，十块灵石。"

众人到达云中栈道的起点，看见那里有一座大院，大院里的人专门向过路人收路费。倒不是无缘无故地收费，这些炼器师负责维护云中栈道，过路人自然要付点儿报酬。

十块灵石并不便宜，但对于云中栈道这样的奇迹之作来说合情合理。

陈缘深神色自然地拿出一袋灵石要递给炼器师，却没料到旁边伸出了一只手。两个人一齐伸着手，怔在那里。

楚瑶光早就习惯付钱了，没想到还有人抢先一步付钱。

陈缘深抿着唇看了看楚瑶光手里的钱袋，把自己的钱袋塞进了炼器师的手里，然后对楚瑶光说："既然你们是来我的山庄里做客，这钱还是我来出吧。"

他又转过头去看了沈如晚一眼："师姐，我现在能赚钱了。"

曲不询听到这里，不由得也看了沈如晚一眼，心想：这个陈缘深，连赚钱了也要特意和师姐说一声。

沈如晚不记得她以前有没有和陈缘深提过赚钱的事。她对钱财等俗物看得很淡，只要能满足自己的需要就好了。毕竟自从拜入蓬山后，她就没有缺钱的时候，出色的灵植师想赚钱还是很容易的。

陈缘深见沈如晚没有任何反应，眼神微黯。

从前还在蓬山的时候，他也不缺钱花，但每一分钱都是那对跟他并不亲近的父母给的。他每每动用那些钱，都意味着束缚又增了一分，可当时又不得不用。那时他最大的愿望就是能有一天靠自己赚钱，过上自由轻松的生活。

他现在明明已经实现了曾经的愿望，再也不缺钱，却在蛛网里越陷越深，再也挣脱不出来了。

师姐当然是不知道的，不知道他从小到大每花出一块灵石时那种惶恐的感觉，也不知道他内心的挣扎。

因为师姐太忙了。

她有那么多朋友和同伴，师弟却只是师弟，是她无数的亲朋好友中平平无奇的一个。她是这世上最关心他的人，可她关心的人有那么多。

"你们戴好这个手环，如果弄丢了，半路从云中栈道上直接掉下来，我们可不负责收尸。"炼器师给每个人发了一个皮质手环，"你们到了那头，如果把这个手环卖给我们回收，能得一块灵石。"

"啊？"陈献瞪大了眼睛，"你卖这个给我们要收十块灵石，回收只给一块？太抠门了吧？"

楚瑶光用力地扯了一下陈献的袖子，让他小声一点儿。

"我们卖的又不是手环。手环上有和云中栈道呼应的符文，你走一趟，这上面的符文就消失了，手环就没用了，我们愿意回收就不错了！"炼器师显然不是第一次听到这样的质疑了，当即瞪着眼睛朝陈献吼道，"你爱用不用，不出发就还给我！"

陈献被吼了还笑呵呵的："不好意思，走，走，我这就走。"他像个没事人一样凑到炼器师面前，问道，"大哥，这个手环怎么用啊？"

炼器师对他翻了个白眼，没好气地说："你不是跟着陈庄主来的吗？让陈庄主教你不就行了？"

原来陈缘深在钟神山还挺有名的。

"我就是经常出门，所以大家对我眼熟。"陈缘深很内敛地解释了一下，似乎没把这当成什么了不起的事，转而拿起手环向大家演示了一下，"大家只要这样把手环戴在手上，稍微催动灵气就行了；如果灵气不济，偶尔断开一会儿也没事，但要在符文暗下去之前重新注入灵气。"

他说着，戴上手环轻轻一跃，登上了云中栈道的第一程。

复道入云，一路通往北天之极。下面是一片白茫茫的大地，干干净净，只有雪絮在乱飞。

沈如晚和曲不询虽然是第一次登上云中栈道，但从第一程起便如履平地，不过是从一程登上下一程，再陡也容易。

但这对于陈献来说就够呛了。他刚登上栈道的时候身体便七扭八晃，跳三下才能登上下一程栈道，要不是手上的手环和栈道相互呼应，能将他牢牢地吸附住，只怕他早就从栈道上掉下去了。周遭的劲风还时不时地吹动，把他吹得东倒西歪，陈献被气得没话说。

曲不询虽然一直不承认陈献是他的徒弟，但陈献遇事他又一直站在边上，明明可以走到前面去，偏偏抱着胳膊站在离陈献不远的地方，挑眉看陈献折腾来折腾去。

楚瑶光表现得比陈献要好，虽然没有陈献那么敏捷，可每一步都走得很稳，竟直接甩开陈献好几程。

"我们在蜀岭也是要攀登险峰的呀！"说起这个，少女眉眼粲然，额头上冒出了一点儿汗珠,可是神采奕奕的,"我从小就在峭壁上玩,能登蜀岭,自然也能登钟神山。钟神山虽高,不也只是一座山吗?"

陈献佩服得五体投地。

不过他天资聪颖,前面几程虽走得跌跌撞撞的,到后面就渐渐熟练起来了,一蹦一个准,立马体会到了攀登云中栈道的乐趣,蹦得比谁都快。

沈如晚不紧不慢地向上跃去,就见陈献欢快地从后面赶了上来,两下便越过了她,在前面手舞足蹈地欢呼着。从她的角度看过去,陈献就像一只灵活又快乐的皮猴子。

见状,她不由得沉默,随后喃喃地道:"我可真是老了……"

她都看不懂现在年轻人的快乐方式了。

曲不询就在她的身侧,闻言,瞥了她一眼,刚要说点儿什么,就被陈缘深抢了先:"陈献是活泼了一点儿,不像我小时候,太安静了。"他笑了一下,又道,"不过那时候师姐还嫌我的话太少了,说我是个闷葫芦。"

沈如晚浅浅地笑了一下,说:"如果你们兄弟俩的性格能中和一下,那我当年一定更加省心。我总是担心你太安静,没有朋友。"

曲不询看着他们师姐弟追忆往事,撇了撇嘴,神色又冷了下来。

不过这回他没再沉默下去,顿了一会儿,若无其事地看向了远处:"那里就是归墟吧?据说修士从雪原上去到归墟中,便是有去无回。归墟比碎琼里的秘境要危险千百倍。"

沈如晚闻言,也朝远处看去了。目光所及的尽头是一片光怪陆离的天堑,无边的天川罡风在天堑周围徘徊着,强大的威力能将空间撕成碎片。

天川罡风到达极致时能直接撕裂空间,因此碎琼里的小秘境多如繁星,这些秘境尽是归墟附近被卷入天川罡风中的空间碎片。

雪原这一侧的天川罡风明明比碎琼里那一侧更多,却不像碎琼里那一侧一样,能使空间扭曲,生成多个小秘境,这全依托于这座坐镇极北的擎天之柱钟神山。有钟神山在此镇压地脉和气运,此地的空间才没有被天川罡风撕裂。

沈如晚久久地凝视着深不见底的归墟,那里埋藏着她少女时的全部遐想以及最后的一点儿希望。

这些东西破碎了,其实也就破碎了。这么多年一晃而过,她还不是一样活着?

上次来的时候她根本没有心情去欣赏这片雪原的模样,十多年后再次踏上这片大地,才忽然发出一点儿感慨:"真美啊。"

曲不询直直地看着她。

"怎么了?"沈如晚看向他,问道,"有事?"

"没有。"曲不询哂笑一声，收回目光，声音在凛冽的风里听起来很缥缈，"我就是想起长孙寒了，这人一辈子活得可真是荒唐，挺好笑的。"

他又提起长孙寒了。

沈如晚若有所思地看着他，心中猜测：其实曲不询和长孙寒的关系未必像他说的那样只是泛泛之交吧？只是曲不询说话总是半真半假的，谁也看不透他到底在意什么、不在意什么，好像隔了一层雾，让人看不太真切。

难怪刚才曲不询在宝车上朝她冷笑。就是因为踏上雪原，他才忍不住想起了长孙寒？

他到底在不在意她给长孙寒的那一剑？她有点儿不明白了。

沈如晚垂眸，罕见地有一点儿迷茫。

谁若是对她有敌意，她立刻便能感觉出来，正如曲不询第一次和她隔着长街对视的那一眼。只是这敌意越来越淡，后来便没有了。

可曲不询若不再对她有敌意，为什么总是不经意地提及长孙寒呢？

他到底是什么意思？

寒风自归墟的方向猛烈地吹了过来，劲风呼啸，暴雪纷飞。雪花被吹到云中栈道边时，栈道忽然绽放出一道道白光，雪花触到白光，转眼间便蒸发成水雾，又瞬间被冻成了冰珠，然后急速下坠，发出了一片"噼啪"声。

只有那猛烈的长风势不可当，吹进云中栈道。陈献在前面不远处纵身一跃，被这猛烈的劲风吹得东倒西歪，身形一晃，竟直直地跌落下去。

曲不询就站在陈献下方，悠悠地叹了一口气，懒洋洋地伸出了手。等到陈献坠下来，他将掌心向上一托，顶着陈献的脊背微微用力，竟将陈献又抛了上去。

陈献被惊得在半空中"吱哇"乱叫："师父救我啊！"

可他落下后，发现自己稳稳地站在了栈道上，连晃也没晃一下，不由得呆呆地站在那里，张大了嘴巴。

"我让你小心，你偏不听，是吧？"曲不询没几步便走到了陈献身侧，抬手狠狠地敲了一下陈献的脑门，"手环你也没有一直催动，仗着自己身手敏捷，就知道胡闹。"

陈献"嘿嘿"一笑，觉得怪尴尬的。

他之前一直记得按频率催动灵气来激发手环上的符文，可是刚刚太不凑巧了，到了需要他催动灵气的时候正好一阵劲风刮来，就手忙脚乱地忘记了。

他要是不小心从这里掉下去，那可真是会一口气摔成十个八个陈献。

"这风是从归墟吹来的。"曲不询站在原地等后面几个人追上来，遥遥地看着归墟，"天川罡风相隔千里也有余劲，吹到这里只怕是常有的事。"

"啊？"陈献挠头，"只是一点儿余波就这么厉害？那修士要是不小心掉下去，只怕还没落到地上就成齑粉了吧？怪不得大家都说归墟是人间绝地，十死无生。"

曲不询敛眸，瞥了陈献一眼。

后面，沈如晚带着楚瑶光和陈缘深不紧不慢地跟了上来，马上就要踏上他们所在的这一程栈道了。曲不询低头向下看去，透过漫漫云层，正好和抬头看过来的沈如晚对视。

云雾缥缈，大地苍茫，只这一眼，他便想起了很多年前那个风雪交加的冰冷夜晚，她提着一盏青灯撞入长夜。一眼十年，他对她念念不忘，以至于后来在幽暗无光的归墟因一柄不循剑而重塑躯体。苏醒前的那一瞬间，他还梦见她拎着一把剑，冰冷地插进了他的胸口。

长孙寒向来是有仇报仇的性子，唯独路过临邬城时，偶然看见小楼上沈如晚纤细的身影，一瞬间，他心里积攒多年的怨恨竟然莫名其妙地消解了。

直到此时此刻，他才明白恩怨从没有消逝，只是换了一种方式存在。从归墟吹来的凛冽的寒风吹散了他的戾气和煞气，让他只想把她牢牢地圈在怀中。

他深深地看了沈如晚一眼，神色不明。

"行了，别大呼小叫了。"曲不询懒洋洋地转过身，"这点儿天川罡风哪里值得你折腾这么久？"

他说着，足尖一点，借着那千里跋涉而来的长风之力轻轻一跃，转眼乘风而上，飞到了云端，只留下一句轻飘飘的话："今天我就教你一个'好风凭借力，送我上青云'。"

第十一章　章台柳

众人借着长风之力飘然而上，转眼便行至钟神山的第一峰。这是钟神山十三座山峦的起点，也是修士进出钟神山的必经之处，维护云中栈道的炼器师总部也在这里，修士下了云中栈道就能找到。

曲不询随手取下手环，递给专门负责回收手环的炼器师，后者用一只手接了过去，另一只手递了一块灵石给曲不询。炼器师将手伸到一半，却忽然一顿，"咦"了一声，疑惑地道："你没用手环啊？这符文一点儿都没有变浅，你根本没用灵气催动手环啊？！"

他确实没用。

曲不询试过了，不需要手环。

"兄弟，你真是艺高人胆大啊！"炼器师看他的眼神立刻就变了。

要知道，云中栈道上的炼器师为过路人配发手环，就是因为这段天上之桥极难纯靠实力通过，即使是早已成名的高手，也很有可能因为从归墟吹来的长风而跌落云霄。云中栈道上达青天，任你实力有多强，一个不慎，掉下去也只有摔成肉泥的份。

眼前这人不仅没用手环，而且平安无事地到了钟神山，这可就了不得了。

看见炼器师惊叹不已地看着自己，曲不询挑着眉问道："我没有用手环，这还是一个崭新的手环，你是不是该把十块灵石都退还给我？"

炼器师脸上的惊叹立刻消失了。

"那不行，通过云中栈道的修士必须交十块灵石。"炼器师公事公办起来，张开了手，掌心上是一块灵石，"我只能做主给你一块灵石。"

曲不询觉得无语。本来回收手环就该退一块灵石，这炼器师不是完全没做主吗？

不过曲不询并非真的计较那十块灵石，只是想打趣一下，便随手接过那块灵石，转身走了。

还没走出几步，他就听见身后传来了炼器师和同伴窃窃私语的声音："刚才那个人是个高手啊，压根没用手环！"

随即响起了一片惊叹声。

曲不询脚步微顿，发觉自己已经很多年没有体会过这种走到哪里都伴随着惊叹声的感觉了，有一种忽然回到了十几年前的恍惚感，陌生又熟悉。

他摇了摇头，迈步继续向前走。

沈如晚他们几个人应该还要一段时间才能到，毕竟他们的水平参差不齐，沈如晚也不是急着赶路的那种人。

曲不询随意地打量周围，发现这里有许多商铺和摊贩，卖的东西品类相当齐全，还有大宗货物交易，比碎琼里还要繁华。

他饶有兴致地转了一圈，在一家首饰摊前停了一会儿。

摊主是炼器师，水平不高，炼制出来的法器连普通修士两三下的攻击都经不起，若是当作法器卖，一定无人问津。然而摊主手巧，把法器炼制成首饰，造型精美，要价颇高，得到了不少修士的喜爱。

曲不询凝神看了几眼，对这种花里胡哨的废品没有半点儿兴趣，抬步便要走。这时，他身侧忽然伸出一只手，握住了摊子上的最后一支步摇。

他本打算走，无意间偏过头看了一眼，蓦地顿住了。

"道友，把这支步摇卖给我吧。"一个身形高瘦的青年修士站在曲不询身侧，把钱袋递给摊主，说，"你点一点，是这个数吧？"

这个青年修士的声音听起来很年轻，可看起来形销骨立，使得原本精致的五官也脱了相，两鬓也染上了一点儿风霜，完全看不出从前"骑马倚斜桥，满楼红袖招"的意气风发的模样了。

曲不询的心一震，眉头紧锁，他不由叫出了青年的名字："邵元康？"

青年听见身侧有人在叫自己，转过头去，见对方是个从未见过的生面孔，不由得一愣："道友，你认识我吗？"

这人还真是邵元康！

曲不询半晌无言。

他怎么会不认识邵元康呢？他还在敬贤堂的时候就认识这家伙了。他和邵元康是发小，是关系最铁的兄弟，当初一起进入参道堂，后来就各自拜入师门了。

他们上次见面的时候，这人还兴冲冲地跟他说："老寒，我这次出去游历，一定要告诉那个姑娘我喜欢她，朝也想，暮也想。没准下次咱们见面时，我就有道侣了。"

可是谁也没想到，这个遥遥无期的"下次见面"居然要等到十年之后，并且他还换了一副面孔。

他最好的兄弟疑惑地看着他说"道友，你认识我吗？"，这叫他怎么回答？

"我以前在蓬山见过你几面，你大概是不认识我的。"曲不询心情复杂，语气却淡淡的，"我没想到会在钟神山见到你，看你的变化有点儿大，所以有点儿惊讶。"

从前还在蓬山的时候，邵元康整天乐呵呵的，心胸也开阔，每天看上去都比旁人更精神，根本不是这副形销骨立、面容沧桑的模样。

一别十年，他变了，沈如晚变了，连邵元康也变了。

邵元康了然。虽然他的天资、修为都不算特别出众，但靠着一张脸和跟谁都自来熟的性格，再加上长孙寒这个发小，他在蓬山还是有点儿知名度的。

那头，摊主清点完灵石，朝邵元康点了点头："钱正好，东西你拿走吧。"

邵元康低头道了一声谢，接过那支步摇，珍而重之地收好了。

曲不询将一切都看在眼里，不由得挑眉——看来这些年过去，邵元康这家伙真的有道侣了。

也是，十多年了。

只是曲不询不知道邵元康的道侣是不是他当年提起的那个朝思暮想的姑娘。

"原来道友是蓬山的同门？"邵元康有几分惊喜。

蓬山弟子虽然遍布神州，但在钟神山遇见同门，不管认不认识，总是一件让人心情不错的事。

邵元康问道："你刚来钟神山吗？"

曲不询看着他，心里不知是什么滋味，苦笑了一下，把对沈如晚的那套说辞又拿出来用："对，我刚来钟神山。其实我不算正经的蓬山弟子，不过是在蓬山寄身过几年罢了。"

邵元康很爽快地笑了："不就是记名弟子吗？管他什么记名不记名、亲传不亲传的，你只要在蓬山待过，那就是咱们蓬山的同门。"他说着，有点儿感慨，"我以前有个好兄弟，他对同门是真的一视同仁，挑不出毛病，我是受他的影响才这样的——刚才这话还是他跟我说的。"

曲不询的笑意凝在嘴边，过了半晌，他随意地笑了一笑，说："那位道友当真有格局、有气度。道友能和这样的人成为好友，也是人中龙凤。"

邵元康"哈哈"一笑："你可千万别这么夸那小子，否则他死都死得不安生，非得活过来，听你夸完他再高兴死。"

曲不询的感动瞬间消失得无影无踪。

"哦，原来你的这位朋友去世了。"他面无表情地说，重重地咬住"去世"两个字，希望邵元康能捡起掉在地上的良心，"提及逝者，真是抱歉。"

邵元康沉默了一下，转眼又"哈哈"一笑："他都死了好多年了，没什么大不了的。"

这是人说的话吗？

曲不询转身就走，头也不回地说："不好意思，道友，我忽然想起我的朋友还在等我，先走一步，咱们有缘再见。"

"哎——"邵元康愣在那里，看着曲不询的背影喊道，"道友？"

曲不询面无表情地穿过人群，离开了。

邵元康跟沈如晚不一样，从小就认识他，对他的动作和习惯太过了解，他很容易就暴露身份。他知道邵元康还活着就行了，现在最重要的任务是查七夜白的事。

曲不询又绕回云中栈道的出口，一眼便看见了刚退完手环的沈如晚。他走过去时又听到了炼器师的吐槽："这个人也没用手环……怎么回事？今天怎么连着来了两个高手？"

他听着，唇边不由得浮现出一点儿笑意，却说不清到底为什么而笑。

这时站在旁边回收手环的炼器师抬起头来，正巧看见他，眼睛一亮："哎哎哎，刚刚我遇到的那个人就是他！就是他！没用手环的那个人！"

曲不询嘴角一抽，有一种不太妙的预感。

果然，一瞬间，周围的人齐齐地抬头，顺着炼器师指的方向看了过来，用一种看稀奇物种的目光看着他。这让他想起从前还在蓬山的时候，一旦出门，总会有同门在背后自以为小声地议论他，说"他就是那个长孙寒"。

沈如晚站在人群里，漫不经心地顺着炼器师手指的方向看过去，看到曲不询时愣住了。她打量了一下周围的人群，目光最终落回到他身上，露出一个似笑非笑的表情，明显在看热闹。

曲不询无言。

明明她也没用手环，怎么偏偏就他一个人被看热闹了呢？

"沈师妹，别看热闹了。"他抱着胳膊，越过重重人群直直地看着她，哂笑一声，语调悠长，"你师兄的热闹就这么好看？"

沈如晚愣了一下，有点儿恍惚。

很多年前，她就是这样站在人群里，挽着沈晴谙的手看向长孙寒，心像小鹿似的乱撞，暗暗地期盼长孙寒能转过头来，越过人群看她一眼，叫她一声"师妹"。

一晃十余载过去了，人群还是喧闹的人群，可她的身侧已无旧人，眼前的人也换了一个。

旧游旧游，今在否？

梦也梦也，梦不到。

不过她终于等到了一个回头时在人群中一眼就看向她的人。

人默念一百遍"放下过去"，才能坦然地拥抱眼前。

沈如晚垂眸，再抬头看他时，神色淡淡地说："我就是看你的热闹，怎么了？你不许我看吗？"

曲不询挑着眉，淡淡地一笑："哪能啊？我不让谁看都不能不让你看。你过来，我只给你看。"

沈如晚对他翻了一个白眼，没过一会儿，嘴角一翘，忍俊不禁。

陈缘深就站在不远处，见她对着曲不询舒展笑颜，眼神忽然一黯。

"师姐，"他轻声叫沈如晚，"他怎么叫你'师妹'啊？他也是蓬山弟子吗？"

沈如晚听见陈缘深喊她，转头看了过去，对上陈缘深澄澈的眼瞳后不由得一滞，顿时语塞。

难道要她说，这是调风弄月时的称呼？

她若是对旁人说，那也无所谓，可若是对陈缘深解释，总有一种身为长辈威严扫地的感觉。

她沉默了。

见沈如晚不说话，陈缘深就一直看着她，等她否认。

远处，曲不询嘴角带着笑意，抱着胳膊遥遥地看着她，也在等她的答案。

"沈师妹？"又有人叫她。

又是"沈师妹"……

陈缘深和曲不询一齐转过头朝声音的来源处看去，只见一个十分沧桑的青年从人群中走了出来，脸上尽是惊喜之色："你怎么来钟神山了？"

陈缘深微微抿唇。

曲不询扬眉——哦，他想起来了，说起来，当初认识沈如晚不就是因为邵元康三天两头地在他的耳边提"沈师妹"吗？

邵元康真的很惊喜，今天一连遇见两个蓬山同门，其中还有一个人是沈如晚。

他乡遇故知，当然是大喜事。

"我还以为你再也不会回来了。没想到啊没想到，十年了，你终于回来了。"他朝沈如晚笑，笑得显然比方才得知曲不询是同门更快意、真诚一些。

毕竟在邵元康的眼里，沈如晚才是旧友。

这个"回来"当然不是指回钟神山，而是指回修仙界。

邵元康是沈如晚退隐后唯一保持联系的旧友，知道她选择了一处凡人大城养老，那时她说这辈子都不会回来了。

沈如晚想到这里，沉默片刻，终是一笑。

"还有旧事未了，我哪能真的就这么放下了呢？"她略微惆怅地说着，目光在邵元康身上落下，"你怎么回事？怎么沧桑了这么多？"

沈如晚上次见到邵元康已是七八年前的事了，那时两个人见面相对无言，同样为长孙寒而伤感。可当时的邵元康只是憔悴，不是苍老。

对于凡人来说，七八年足以让少年蹿成大高个，让青年的眼尾生出细纹。可对于修士来说，他们的身体长成巅峰的状态后还能维持四五十年，而后才渐渐衰老，衰朽的速度也比凡人的更慢。

七八年前，邵元康还是蓬山有名的俊美弟子，怎么现在竟变成了这副模样？

邵元康听到这话，眼神变得有些黯淡，但不过片刻就调整了过来，佯装愤怒的样子，伸手指着沈如晚骂道："好啊你，刚一见面就嫌弃邵师兄老了。是是是，谁也比不上沈师妹芳龄永继、艳冠群芳，行了吧？"

沈如晚把他那瞬间黯淡的眼神看在了眼里。

既然邵元康不愿意说，插科打诨，她也不好追着问，只好配合："这倒也不需要你承认，事实而已。"

邵元康一瞪眼，随即撑不住，又笑了，和她对视着摇头。

曲不询抱着胳膊站在不远处，看着他们言笑晏晏的样子，觉得邵元康鼻子不是鼻子，眼睛不是眼睛。虽说他自己不打算找沈如晚报仇，可是邵元康这家伙就这么和给了他一剑的女修谈笑风生，还有没有一点儿兄弟义气了？

自己要不把这发小扔了吧？

他看了沈如晚一眼，打算转身避开邵元康，却见沈如晚回头朝他看过来。

"你怎么还在那里站着？你受人瞩目上瘾了？"她似嗔非嗔地说道。

邵元康跟着她的视线看了过来，一愣："哟，这位道友和你是一起的？真巧，刚才我们还在摊位上遇见了。他还说以前见过我，惊讶我的变化太大呢。"

既然邵元康已经看见他了，他再避开反倒显得奇怪，只好耸了耸肩，朝他们走过去。

沈如晚心头一动，转头看向邵元康："他说他认得你？他之前还同我说，他是长孙寒的朋友。"

邵元康一怔。

十多年了，只有沈如晚会一见面就直截了当地提起长孙寒的名字，邵元康甚至有些不习惯了。

曲不询正好走到他们面前，听见这两个人一来一回的对话，只觉得天灵盖被人掀开了。他头皮发麻，干咳一声，连忙打断两个人的对话，对沈如晚道："你不向邵道友介绍一下我？"

他骤然伸手，将沈如晚揽在身侧，然后转头朝邵元康笑了笑，随后低头看沈如晚。他的嘴唇徘徊在她的额角边，温热的气息拂过她的鬓角，让她感觉痒痒的。

沈如晚抬起头，怔怔地看着他，觉得曲不询此时十分古怪，可又说不出哪里怪。

莫非曲不询担心她和邵元康有旧情？

"这是我的……一个朋友，曲不询。"她疑惑地看了曲不询一会儿，对上邵元康惊愕的目光，硬着头皮说，"不用我说得那么明白吧？"

如果面对的人是其他的故交，沈如晚倒也没这么尴尬，可是邵元康不一样。

当初是她主动找机会结识邵元康的，每次都请邵元康为她介绍长孙寒。不管邵元康能不能猜到她的心思，她都觉得尴尬。更何况，十年前又是她杀了长孙寒。

沈如晚自己都不知道邵元康为什么对她没有芥蒂，宁愿邵元康恨她。

她不敢深想，怕邵元康早就猜到了她当时对长孙寒的情愫；更不敢深想，若是邵元康知道了她的心思，那么是不是长孙寒也知道？或许从前她与长孙寒始终未见是因为长孙寒不想见她？

沈如晚可以接受长孙寒根本不认识她，却不能接受长孙寒婉拒她。

这是她可笑又可悲的自尊。

曲不询搭在她肩头的手微微收紧了，心道：又是"朋友"……

她会和一个"朋友"在无人知晓处吻到眼神迷离吗？

邵元康很快就收敛了惊愕的神色，笑了笑，让人看不出真实的情绪："这多正常啊？十来年了，咱们也都不是少年人了。我和我的道侣都成婚好几年了。"

沈如晚和曲不询一齐专注地看向了他。

"你有道侣了？"沈如晚难掩好奇之色。

邵元康见他们动作一致，不由得乐了："你们还真是有点儿默契——是，我和我的道侣成婚七八年了。上次去拜访了你，回来没多久我就成亲了。我和我的道侣认识了十多年了。"

十多年？那岂不是比沈氏灭族之事还要早？

她当初还真是一点儿都没看出来。因为邵元康和长孙寒脾气相投，为人处世之道也相似，向来洁身自好，从来不和女修亲近暧昧。

迟来的八卦送到沈如晚面前，让她有点儿回到青葱少年时的感觉了，她差点儿就想回去找沈晴谙分析。可想到这里，她又是一怔，七姐早就不在了，没人能和她聊八卦了。

"真好。"沈如晚垂眸，淡淡地笑了一下，"有个相知、相爱的道侣，往后便能扶持着过，再悲伤的往事也只是往事了。"

人只要还有留恋的人，就能勇敢地往前看。

邵元康已经没有亲人了，关系最好的朋友就是长孙寒。如今长孙寒也已经不在世了，他能找到一位互相扶持的道侣，至少生活有了盼头。

沈如晚真心为邵元康感到高兴。

邵元康提到道侣，不由得露出了发自内心的微笑，消瘦的脸也重新焕发出一种惊人的光彩："她是个温柔、体贴也很有大爱的人，和她在一起是我这辈子最幸运的事。"

沈如晚和曲不询都是一怔——他们俩从没见过邵元康这副腻腻歪歪的模样。

有了道侣的人就是不一样。

"你们往后如果有空，可以来灵女峰的盈袖山庄找我。"邵元康说，"我道侣近年身体欠佳，不太方便见客，但若是精神好，一定会很乐意见到我昔日的同门，到时候我再给你们介绍。"

曲不询和沈如晚的眼神微微一亮。

山庄？邵元康也有一个山庄？

"尤其是你，沈师妹。"邵元康忽然盯住她，"你一定要来，我还有东西要给你。"

沈如晚不由得有点儿疑惑，想不出有什么东西是邵元康一定要给她的。

"我说不清楚，你看了就知道了。"邵元康看了曲不询一眼，含糊其词，"总之与你我都认识的那个人有关。"

沈如晚立刻会意——那就是和长孙寒有关了。

只有曲不询站在一旁微微皱眉，心道：邵元康和沈如晚都认识的人？按这个条件在蓬山找，他能捞出来的人至少有上百个，可似乎没人能让他们如此默契——等等，这个人不会是他吧？

"曲道友，"邵元康忽然叫了曲不询一声，神色诚挚地说，"沈师妹为人性格内敛，总爱把心思藏在心底，嘴上却别扭着不说，其实是个再好不过的姑娘。希望你能认真地对待她、尊重她，愿你们永不相负。"

曲不询不由得怔住了。他从没想过，有一天邵元康不再是从前那个大大咧咧的性子，变成一个成熟、稳重、有担当的大人，郑重其事地对他说肺腑之言。

只是，邵元康要是把这话说给长孙寒而不是曲不询，那该有多好啊。

都怪邵元康当初没把沈如晚介绍给他。

对，都是这个人的错。

曲不询还没回应邵元康，沈如晚倒先不高兴了，皱着眉，神色冷淡地说："谁内敛了？谁又嘴上别扭了？你才有道侣几年，怎么就学来了爱点鸳鸯谱的坏习惯？你不必给他下迷魂药，我是什么样就是什么样，他不能忍就趁早卷铺盖走人。"

曲不询不由得眉头一跳。

好家伙，他跟沈如晚已经到卷铺盖这一步了？

邵元康看着沈如晚，肆无忌惮地嘲笑她："你可别嘴硬了，越嘴硬暴露得越快。"

沈如晚咬着牙，冷笑起来，也翻起旧账，揭邵元康的短："现在不是当初求我催生灵植的时候了？那时候你恨不得叫我沈师姐。"

邵元康干咳。

他是学炼丹的，炼丹师哪有不对灵植师求爷爷告奶奶的？更何况是沈如晚这种天赋过人的灵植师。

说实话，邵元康当初热心地为沈如晚牵线，一半是为了还人情，还有一半的原因是打了不为外人道的算盘——天赋出众的灵植师可遇而不可求，谁知道沈如晚什么时候就不搭理他了？如果沈如晚能和长孙寒在一起，那他的灵植岂不是稳了？

在几次试探后，邵元康发现长孙寒对沈如晚的印象不错，就无比热心地给两个人牵线搭桥——这些长孙寒当然是不知道的，毕竟兄弟就是拿来卖的。

可惜，两个人总是差了一点儿缘分。

邵元康走到街口时还在想这件事，越想越觉得惋惜，不由得回过头又看了沈如晚一眼，心道：沈师妹千好万好，怎么就偏偏和长孙寒没缘分呢？

可这一眼看过去，他竟怔在原地了。

远处的人群中，曲不询懒洋洋地站在沈如晚旁边，眼睑微垂，看似随意地看着她。

邵元康惊觉，这人的神态像极了年少轻狂、意气风发的长孙寒，连眼神也一模一样。

他默默地想：怪不得沈师妹会喜欢这个曲不询。

可问题来了——沈师妹自己知道吗？曲不询又知道吗？

曲不询当然是不知道的，也从没往这个方向想过。

等邵元康走后，他不由自主地松了一口气，心想：自己总算蒙混过关了。

沈如晚睨了他一眼。

陈献和楚瑶光早就结伴逛街去了，只有陈缘深还在旁边站着。陈缘深方才没开口，而是静静地听他们说话，此时才问："师姐，原来你和邵元康还有联系？我还以为这些年你谁都不联系了。"

沈如晚的注意力被陈缘深吸引了过去，她低声回道："我们只是匆匆地见过一面，好些年前的事了。"

"我从前和邵元康只见过一两面，这些年在钟神山上也见过几次，不过和他不太投缘，只是点头之交罢了。"陈缘深浅浅地笑了一下，"我终究比不上师姐，想要交朋友就永远能交到。"

沈如晚听他这么说，从前在蓬山养成的习惯又出现了。她微微蹙着眉看他，下意识地说："我早就说过了，你一点儿都不比别人差，只要再自信一点儿，少去想谁喜欢你、不喜欢你，多的是人愿意和你做朋友。"

陈缘深听到这话，眼神微亮，可随即又黯淡下来。他看着沈如晚，说："可是我太笨，天资也不够好……哪里都不好……"

"谁说你不好？"沈如晚的眉毛都皱起来了，"我师弟哪里不好？"

她手把手教出来的师弟，谁敢说不好？

当然，她自己除外。

陈缘深翘起了嘴角，眼中尽是笑意。

曲不询看他们师姐弟聊得旁若无人，不由得眯了眯眼。

他没说话，像个沉默不言的影子一样跟着他们走过小巷，可转过街角后猛然握住了沈如晚的胳膊，拉着她往另一条路上走去。

陈缘深回过头，发现身后空荡荡的，早没了沈如晚的身影。

另一边，沈如晚被拉住手腕后，立刻将灵气化作冰冷的锋刃，朝握在她手腕上的那只手狠狠地斩了下去。

曲不询拉着她的手一翻，一道剑气横飞出来，将她的灵气击散了。

"是我。"他声音低沉地说道。

沈如晚在发出攻击的那一刻就发现是他了，皱眉看他，问："你这是做什么？"

曲不询用力地攥着她的手，没说话，只是直直地看着她，眼中带着莫名其妙的情绪。

沈如晚神色淡淡的，有一点儿不耐烦："你有话直说。"

她又不会读心术，怎么知道他想做什么？

曲不询被她气笑了，心道：她倒还不耐烦起来了。

"沈如晚，"他用一种幽怨的目光看着她，"'情郎'这两个字对你来说就那么烫嘴吗？"

沈如晚顿时无言了。

曲不询紧紧地盯着她，轻轻一哂："朋友？"

沈如晚觉得有些好笑，心道：他就为了这个？怪不得他一路上都闷闷不乐的，她还奇怪他怎么了呢。

"我能承认你是我朋友，你就偷着乐吧。"她说，"放在一年前，你想让我这么说，我还不乐意呢。"

曲不询一顿，双颊的肌肉微微动了一下，紧紧地绷着。

沈如晚看得出来他在极力地克制，抬手用拇指刮了一下他的脸颊，轻轻地哼了一声，"小心眼。我这么说，你也可以反驳啊。"

曲不询没动，垂眸看着她，似乎在等她详细地解释。

沈如晚用指尖滑过他的侧脸，顺着鬓角的线条又抚摸到耳垂，带着笑意喃喃道："你的脾气怎么这么大？我说不出来，你可以说啊。"

曲不询似笑非笑地看她，说道："你说不出来？你怎么就说不出来了？你舍得让你的好师兄、好师弟知道我是你的情郎吗？"

沈如晚的嘴角也翘了起来。

"你看起来那么洒脱不羁，好像对什么事都可以一笑而过，实际上怎么是个醋坛子啊？"她好久没有这种乐不可支的感觉了，越想越觉得好笑，随即将手搭在他的肩头笑个不停，"曲不询，你怎么回事啊？"

曲不询本来是要找她算账的，谁承想还没开始算账，倒被她嘲笑了。他觉得又好气又好笑，垂眸正好看见她修长细腻的脖颈，几缕青丝缱绻地垂入了衣领中。曲不询不由得眼神微黯，垂下头吻了上去。

沈如晚顿时不笑了，下意识地往后退了一步，可她的手还抚在他的耳后。她被他突然伸出的手圈住了腰肢，和他紧紧地贴在了一起。

曲不询温热的唇在她的颈边流连，一直到了耳垂。炽热的呼吸拂过她的每一寸肌肤，在颈窝里盘桓，从耳后似有若无地淌过，再悄悄地漫过衣领上绣的石榴花，染红了她的脸颊。

她紧紧地抿着唇，不知怎么的，喉结拼命地动着，轻轻地"嗯"了一声。

她发誓，自己根本不想发出一点儿声音的，然后曲不询用更热切的吻将她的声音淹没了。

沈如晚隔着衣料狠狠地掐了一下他的肩膀，很快就释然了，报复似的咬了一下他的耳垂，搂住了他的肩膀。

转角处偏僻，可旁边的正街上人来人往，喧嚣声清晰可辨，每一声都响在两个人的耳边。

这个漫长的吻告一段落后，曲不询还眼睛一眨不眨地看着她，喉结滚动，迟迟没有说话。

沈如晚的双颊上还残留着一点儿绯红色，先前窘迫的样子却消失不见了。她垂眸片刻，似笑非笑地看着他，问："不生气了？"

曲不询无言，眼神幽幽地看着她。

"真没想到……"沈如晚刮了刮他英挺的鼻梁，低声说，"你是个醋精。"

曲不询的喉结一点点地滚动，目光落在她的唇上，然后他微微垂下了头。

沈如晚的手一翻，手背竖在他面前，肌肤贴着他的唇。她轻轻敲了一下他的脑门，说："没完没了的，不做正事啦？你自个儿吃醋去吧。"

她说完，一转身便绕开他抚在她腰间的手臂，没有半点儿犹豫地往邻街走去了，那纤细笔挺的背影怎么看都让人觉得冷漠绝情。

曲不询抱着胳膊倚着门柱，看她走到路的尽头才回过头来看了他一眼，下一刻便消失在络绎不绝的人群里了。

曲不询低头笑了一下，心道：这人怎么变脸变得这么快呢？翻脸无情，亲完就不认人，还得是她沈如晚。

他懒洋洋地靠在那里，将手贴到胸口上。胸腔里，那颗残破的心还在隐隐发麻，跳得没那么剧烈，只是附骨之疽沦肌浃髓，越来越深。

沈如晚走过两条街，很快就看见陈缘深紧紧地皱着眉头，神情仓皇。她加快脚步走了过去，问："你在找我吗？"

陈缘深猛然转过身，看见她，眼中瞬间迸发出欣喜至极的光，快步朝她走来："师姐，我还以为你又要甩掉我了。"

沈如晚蹙起了眉："我什么时候甩掉你了？"

她十几岁最幼稚的时候也做不出把年幼的师弟扔在人群里，自己跑掉这种事吧？

陈缘深看着她，眼神中有难言的悲哀神色："十年前，你离开蓬山后，就再也没来见过我。"

刚才他就在边上听邵元康和沈如晚对话。连邵元康都知道师姐的下落，可他一点儿都不知道。沈如晚就那么突然地从他的世界里消失了，再也没有一点儿踪迹。

沈如晚一怔，神情有些不自在，也有一点儿歉疚。

"我那时性子太极端，只想一走了之，和每个同门都断了联系。我本来没打算告诉邵元康的，但他凑巧知道了，这十年里来看过我一回，之后就没联系了。"她慢慢地说，"何况你早就长大了，我没什么不放心的。"

她没对陈缘深说的是，她那时一个字也没留下就走，是怕见到他厌恶、畏惧的神情。

她已经没有亲人和朋友了，如果连从小教到大的师弟也恨她，她这一辈子该有多可悲？

再冰冷无悔的剑也有被从中折断的那一天。她不如不告而别,再也不见。

"没什么可不放心的?"陈缘深低声重复了一遍,笑容苦涩。他抬眸看了沈如晚一眼,目光一凝,落在沈如晚殷红的唇上,忽然低声问:"师姐,你和曲不询到底是什么关系?"

沈如晚这次已经能坦然面对了,平静地说:"咱们都长大了,我也不需要再避讳了。我们就是你想的那种关系,我还挺喜欢他的。"

陈缘深的唇微微颤起来,每个字都像在刀尖上滚过,他问:"你们在一起了吗?师姐,你不管我了吗?"

沈如晚怔住了,深深地看了陈缘深一眼:"你这话是什么意思?"

陈缘深颤抖得更厉害了,嘴里喃喃道:"师姐,救救我,别抛下我。八年了,我每天都很害怕。"

沈如晚的神色渐渐凝重起来。

"你把话说清楚。"她盯着陈缘深,有一种不怒自威的气势,从前对师弟耳提面命、又像老师又像长辈的那个师姐的形象仿佛重新回到了她身上,"我以前怎么和你说的?遇事不要自乱阵脚,事情还没发生你就开始害怕,这是自讨苦吃。没有什么难关是你不能渡过的,怕什么?还有我在。"

陈缘深眼眶一红,几乎要落下泪来。

师姐说"还有我在"。

那么多年过去,她还是那么镇定自若,好像天大的事落在身上也不会皱一下眉头。他遇到的每一次无法化解的危险、无法解决的困难,在她的眼里好像都是轻而易举的事。她在背后托着他,让他一步步地向前走,每一次他回过头,师姐都在。

十多年过去了,他终于又听到师姐说"怕什么?还有我在"。

他真的再也不怕了,忍不住勾起了嘴角。

"师姐……"他刚想继续说下去,忽然有人喊了他一声。

"陈缘深,你不是去碎琼里了吗?你不回山庄,怎么在这里溜达?"一个身材高瘦的青年站在他身后,抱着胳膊,下巴扬得高高的,神色倨傲地把陈缘深和沈如晚来回打量了一遍,嗤笑道,"原来你是找了妞头,连正事也不做了。没想到你这厌货还有这样的胆子。"

陈缘深神色冰冷,紧紧抿着唇,向来温和的脸上也露出了怒意:"白飞昙,这是我师姐,你放尊重一点儿。"

沈如晚若有所思地看着那个倨傲的青年。

原来这就是陈缘深先前提到的那个年纪轻轻就已结丹,还掌握了一种异火的白飞昙。此人长相清秀,只是非常傲慢,而且半点儿不打算隐藏那副目中无人的模样。

孰料白飞昙听了陈缘深的话，目光竟顿住了。他看向沈如晚，把她上上下下地打量了好几遍，然后古怪地拉长了声音："哦——这么说来，你就是沈如晚了？"

沈如晚挑眉，有几分诧异。她看了陈缘深一眼，发现他和她一样惊讶，显然没想到白飞昙竟然早就知道她和陈缘深是师姐弟。

神州关于她的传闻有很多，可从来不会涉及陈缘深这个师弟，所以她基本可以排除白飞昙是从流言中听说这件事的可能性。

可这事既然不是陈缘深说的，又是谁说的？

沈如晚在心里思忖着，神色却淡淡的："是我。"

白飞昙的眼神立刻变得格外锐利起来，他用一种极度挑剔的目光重新打量她，似乎半点儿没察觉到这种行为很冒犯，又或者根本不在意。

"碎婴剑沈如晚？"

沈如晚一向懒得给对她不客气的人好脸色，因此并没有回答，而是面无表情地看着白飞昙。

白飞昙确认她就是那个曾经名震神州的碎婴剑沈如晚后，不由得用一种更加灼热的目光看着她，眼神中也毫不避讳地露出了兴奋的杀意："我终于找到你了。这些年你一直像个缩头乌龟一样，半点儿消息也没有，我还以为你早就死了。"

"白飞昙！"陈缘深面露怒意，大声呵斥道。

可白飞昙充耳不闻，看也没看陈缘深一眼就对沈如晚说："你这个师弟太废物了。我听说他是你教出来的，可真让我失望，原来你就这么点儿本事。"

陈缘深满眼都是怒火，嘴唇也被气得微微颤抖，目光却不自觉地看向了沈如晚，有期盼，也有担忧。

这回沈如晚的神色是真的冷了下来。

"你学的是什么？"她的语气明明没有很冲，可偏偏让人觉得气势汹汹。

白飞昙睥睨着她，满眼都是嘲弄之意："我学火行道法，掌控异火，不像你们学的那没用的木行道法，打起架来什么用都没有。"

"你会丹道？炼器？阵法？"

她每问一样，白飞昙就露出不屑的神色。于是她看着白飞昙，勾起嘴角轻飘飘地笑，笑中尽是难以言喻的、胜过他那高傲的眼神一百倍的不屑之意。

她平平淡淡地说："火行道法？蠢货的最爱。"

白飞昙的表情瞬间变得狰狞可怖，他冰冷地笑了："我会杀了你的。几年前我就想杀你了，可惜你跟个缩头乌龟一样躲着。现在你被我找到了，你的脑袋就暂时寄放在你那里，我会让所有人都知道，曾经声名远扬的沈如晚不过是我的手下亡魂。你会成为我成名的第一块踏脚石，我会踩着你的尸体走上巅峰，到时每个人听到我的名字都会颤抖。我本可以先杀别人的，可现在决定让你成为第一个。"

沈如晚的神色半点儿都没变，她用审视的目光打量着白飞昙，推测这人从小一定特别讨打。

当初她跟曲不询还不熟时，就对他说"你要报仇尽管来，我等着"。那时她还对长孙寒念念不忘，因为在曲不询身上找到了一丝长孙寒的影子，所以对他还算尊重。

可对白飞昙，她一点儿也不放在眼里。或者说，对于这种打算击败她或杀了她然后踩着她扬名的人，她一向不屑一顾。

"我的剑不斩无名之辈。"她神色冰冷地说，平静而傲慢，"我没听说过你的名字，你多努力些再来见我吧。"

她说完，看也没看白飞昙一眼，转身便走。

她虽然转过身去，可神魂都戒备起来，一点儿风吹草动也瞒不过她的感知。但凡白飞昙有一点儿动静，她便会立刻出手。

白飞昙站在那里，脸色铁青地看着她，眼中杀意涌动，任谁见了都知道他对沈如晚的杀心是无法打消的。然而不知出于什么样的顾虑，他竟迟迟没有动手，只是眼神冰冷地盯着她。

这倒是让沈如晚有点儿惊讶。以她的观察来看，白飞昙并不像能沉得住气的人。

"你的剑不斩无名之辈？"他表情扭曲地笑了起来，"沈如晚，你以为你还是当初在蓬山的那个你吗？你还有剑吗？你靠什么来杀人？靠那一团软绵绵、一点儿用也没有的花花草草吗？我只要放一道异火下去，再珍稀、再顽强的花也要化为飞灰。"

"这世界上可没有不畏火的花。"他的语气中尽是嘲弄之意，"你也许天赋不错，可当初选错路了。木行道法？垃圾！你就算学得再深、再多，也只不过是另一个废物，比你那个师弟更废物。"

"从前我就想不通，像你这样的人，凭什么能成名？杀人？谁不会杀人？"白飞昙越说越激动，"我早晚会杀了你，让所有人都知道，你不过就是个仰仗碎婴剑、运气好的废物罢了。沈如晚，离了碎婴剑，你什么都不是。"

沈如晚骤然转过身，紧紧地盯着白飞昙，眼里终于燃起了前所未有的怒火，表情冰冷可怖。无形的杀意仿佛终于撕开了重重的束缚，疯狂地从裂缝里倾泻而出。

"你说够了没有？"她一字一顿地说，每个字都像在尖刀上滚过，"你学不会闭嘴，我来教你。"

白飞昙神色一凛，察觉到一丝危机感，立即催动灵气，想先下手为强。

然而没等到他催动灵气，沈如晚便动手了。磅礴的灵气从她的指尖疯狂地涌出来，在空气中转瞬便凝成千枝万树，汇成了一张铺天盖地的巨网，浩浩荡荡地朝白飞昙扑了过去。

白飞崟神色微变，细看那张巨网，发现每一根枝丫都清晰可辨。他若非亲眼见到沈如晚转瞬之间便用灵气凝成了这张由枝丫组成的巨网，必然会误认为这些都是真实的灵植。

白飞崟从前见过许多修习木行道法的修士，却没有人能做到这个地步。别说像沈如晚这样挥手便凝成铺天盖地、栩栩如生的枝丫巨网了，那些修士就连凝成一枝以假乱真的枝丫都要花费大半天的工夫，而且凝聚出来的效果只能说相当于没有，在斗法中全是废物。就算是丹成境界的灵植师，也只擅长培育灵植，在斗法时毫无出彩之处。

这还是白飞崟第一次遇见一个举手投足都是杀机的木行修士。

他不再那么倨傲了，收敛了许多，眼神也专注起来。他轻轻地挥手，一道灵火就从他的掌心灼灼地燃起来了。

这灵火比寻常的灵火更炽烈一些，而且气息很古怪，阴森森的，满是戾气，叫人一看见便浑身不舒服，脊背生寒。

然而这确实只是一道灵火，只不过白飞崟从自己掌握的那一道异火里分出了一丝气息加在这道灵火里，让其威力十倍百倍地提升了。

他轻轻一弹指，那灵火便转眼间弥漫成一片火幕，阴森可怖的气息笼罩着街市，让喧闹的街市为之一寂。

两名丹成修士在斗法，威力无穷，这放在哪里都是普通修士惹不起的大场面。普通修士挨上一点儿，一不小心就可能重伤而亡。

那阴森的灵火朝巨网飞去，仿佛张开了血盆大口，誓要将巨网吞噬。

零星的火焰掉落下来，无论触碰到什么，一股黏腻可怖的气息便将之腐蚀殆尽。那张巨网上的枝丫触碰到一点儿火苗，也立马干枯萎缩了，变得焦黑，灵火顺着枝丫向上蔓延，那根枝丫转眼便化为了齑粉。

沈如晚的神情更加冰冷了。她伸在半空中的手微微晃了一下，控制着那张巨网不闪不避，仿佛完全不怕被烈火焚烧一般，直直地撞入了火幕之中。

最外围的枝丫触碰到火幕的一瞬间便烧成灰烬了，可更多的枝丫直接冲出了火幕，半点儿也不停顿，猛然朝白飞崟飞了过去，劈头盖脸地狠狠一撞。

白飞崟避之不及，竟被那张巨网撞飞出去，飞了两条街，重重地落在了街道上，引起周围修士的一阵惊呼。

沈如晚的目光冰冷到极致，她半点儿也没有停顿的意思，再次抬起手，那张盘根错节的惊天巨网再次铺展开，几乎将这一片街市的天空遮蔽住了。一瞬间，天色变得昏暗起来，只有零星的几道光线照进来，落在周围的修士惊慌失措的脸上。

"沈姐姐！"忽然有人大声地喊她，"快收手吧！其他人都是无辜的，你待会儿会

317

后悔的！"

听到这话，沈如晚整个人都愣住了，如梦初醒，才意识到自己做了什么。她的手僵在那里，那张遮天蔽日的巨网也停在那里。

她和白飞崒就那么僵持着，谁也没动。

"沈如晚。"又有人喊了一声她的名字。

她低下头，见曲不询站在人群中，神色难辨，静静地看着她。她像忽然被什么东西刺痛了一般，猛然收回手，那张巨网也立刻消失了。

她怔怔地向下看了一眼，看见底下数不清的修士惊恐的眼神，手微微颤抖起来，没有一点儿力气。下一瞬，她就消失在了众人面前。

陈缘深呆呆地站在那里，茫然无措，像一只被丢弃的小狗。

曲不询从街口朝他走过去，问道："刚才那人怎么惹到她了？她为什么会突然出手？"

他与沈如晚才分开没多久，她走的时候心情还不错，这才多久就心魔缠身，竟对人大打出手？到底发生了什么？

陈缘深的嘴唇微微翕动着，他用一种惶惑的目光看着曲不询："师姐她……她怎么了？"

曲不询深深地看了他一眼，眼神中带着一点儿冷意，不轻不重地说道："她怎么会这样，应该是你来告诉我。"

陈缘深紧紧地抿了抿唇，回想刚才发生的事，然后说道："刚刚白飞崒过来了，因为认识师姐，就说了一些很狂妄的话。他说要杀了师姐扬名，说木行道法都是垃圾，还说离了碎婴剑，师姐什么都不是……师姐本来不打算和他计较的，可是他后面说的话太过分了，师姐就动手了。"

陈缘深一直厌恶白飞崒，比谁都乐意看师姐教训白飞崒。可是师姐刚才的状态明显不对劲，陈缘深就在她身边，看到她在动手的那一刻好像完全变了个人，变回了十年前那副冷漠无情的样子——不对，她比十年前更冷酷、陌生，让人本能地畏惧、战栗。

他恍惚地想：原来从前他见过的师姐最冰冷的样子已是她最后的伪装，自始至终，他都没有见过真正拿起碎婴剑的沈如晚。

"你刚才说，白飞崒对她说，离了碎婴剑，她什么都不是？"曲不询的声音低沉下去，"你没有打断他、反驳他、揍他，就这么眼睁睁地看着他一口气把你师姐从头奚落到尾，等着你师姐去教训他？"

曲不询的心底蓦然生出一股戾气，几乎灼烧了他的每一寸皮肤。

陈缘深就这么看着她被欺负？他是死了吗？

"我打断了，但白飞昙一直在说，根本不听我的话！"陈缘深痛苦地反驳，"我不擅长斗法，白飞昙又是丹成修士，我……我不知道师姐会被他刺激到。"

如果能重来一次，陈缘深就是死也会冲上去和白飞昙拼命的。

曲不询闭了闭眼。他明白了，陈缘深根本没想过沈如晚也会受伤。

一直被牢牢地护在身后的人永远没想过身前的人会倒下。

"你被保护得太好了。"曲不询神色冷冷地看着陈缘深，觉得和这人多说一句话都是浪费。他转过身去，离开前微微偏头，没看陈缘深，说："你是不是觉得你师姐无所不能？"

没有等陈缘深回答，他就大步向前走去了，怕再在原地待下去，会转身狠狠地给陈缘深一拳。

这股火来得莫名其妙。

曲不询太熟悉陈缘深这类人了。从前他还是蓬山首徒的时候，在宗门里见过太多这样的人。他们觉得长孙寒这个名字就意味着所向披靡、无所不能，什么样的问题到他的手里都可以易如反掌地解决，所以什么都不需要操心，只要跟着他就好了。

他早就习以为常了，以为这种事不会再让他动容，直到这样的事发生在了沈如晚身上。

她这样保护陈缘深，把所有的痛苦和困难都留给自己，又有谁去保护她呢？

沈如晚刀枪不入、冷心冷情、无所不能，但也会受伤。

曲不询大步走远了，走过街口才慢慢地平静下来，放出神识在整个街市里搜寻沈如晚的踪迹。

街市上人来人往，大家已经从方才的巨变中平静下来了，都兴奋地讨论着刚才那铺天盖地的枝丫巨网和阴森的灵火。

这毫无疑问是两个丹成修士的手笔。只有结丹后的修士才拥有这样磅礴的灵力，施展规模庞大的法术，和普通修士简直是两种存在，超乎想象。

曲不询隐约还听见了沈如晚的名字，夹杂在各种姓沈的名人中，众人纷纷猜测这个"沈姐姐"到底是什么人。

他的神色不由得更沉了。

他将神识继续放远，最后在街市之外的一片空地上找到了沈如晚。出乎他意料的是，沈如晚不是孤身一人。

"沈姐姐，你当时只是太生气了，后来不是及时地收手了吗？"楚瑶光蹲在沈如晚身侧，把眼睛睁得圆圆的，温言软语地安抚道，"你别自责啦，我们都知道你不是那种人，只是一时太激动，被心魔迷惑了。"

沈如晚抱着膝静静地坐在台阶上，紧紧地抿着嘴唇，一言不发。

陈献蹲在另一边，气愤地说："沈前辈，都怪那个白飞昙，他太不要脸了，故意刺激你，你要是耿耿于怀、自责不已，就中他的诡计了！这人就是打不过你，还妄想踩着你成名，所以专门用这种上不得台面的阴谋诡计算计你，想坏你的道心，你可千万不能让他得逞！"

沈如晚还是不作声。

楚瑶光和陈献对视一眼，不由得一同发起愁来。

他们刚才没找多久就找到了沈前辈，发现她就这么坐在台阶上静静地出神，见了他们也没反应。

"沈前辈？沈前辈？"陈献看着沈如晚，不确定地加大音量喊了几声，声音震耳欲聋，"沈前辈，你能听见我们说话吗？"

沈如晚被吵得耳朵疼。

她终于有了点儿反应，抬起头看了陈献一眼，神色淡淡地说："我听得见。你吵死了。"

陈献"嘿嘿"一笑，不好意思地摸了摸脑袋："我还以为我们说话你听不见呢。"

沈如晚听见了。

她垂眸沉默了一会儿，然后说："我上次走火入魔是在十几年前，全族的族人都死在了那一天。"

楚瑶光和陈献瞪大了眼睛。

他们虽然上次已经听沈如晚提起过此事，但再听一次，还是震撼到说不出话来。

沈如晚轻轻地笑了一下，像把所有无法忍耐的倾诉欲都用这短短的一句话吐露完了，然后又沉默了，静静地坐在那里。

楚瑶光和陈献面面相觑。

曲不询站在街口，用神识遥遥地看着他们，三道人影小小的，或蹲或坐，显得很渺小。

他走过青石板路，脚步声不轻不重，像轻轻的叩门声。听到脚步声，台阶上的三个人一齐抬头看向了他。

"原来你们都在这儿呢，让我找半天。"曲不询语气自然地说，"怎么？你们三个决定重建团队，把我扔下？"

楚瑶光和陈献看见他走过来，用充满希望的眼神看他，不停地朝沈如晚的方向示意，暗示他赶紧想办法安慰沈如晚。

曲不询全看见了，可神色没有一点儿变化。他走到他们面前，朝沈如晚面前的台阶上迈了一步，屈膝蹲下，用寻常的语气跟她说："刚才那个白飞昙的灵火有点儿古怪，那股气息有点儿像祟气，不像正途的路数。"

沈如晚的眼神终于动了动,她抿了抿唇,若有所思地说:"确实,我总觉得有点儿熟悉,可又说不出来在哪里见过。"

曲不询没想到她竟然也有这种感觉,说:"我也觉得似乎在哪里见过,可是翻来覆去地想也没想起来。"

难怪当初陈缘深说不出白飞昙手中的异火的品类,就连他和沈如晚也说不出。

熟悉又让人说不出,这异火倒是古怪。

"难道那个白飞昙是邪修?"陈献听懂了,也猜测起来,"我觉得那种灵火的味道特别难闻,就像腐烂的尸体散发出来的味道,臭死了。"

平心而论,白飞昙的灵火虽然诡异,但沈如晚他们什么气味都没闻到。陈献把它说得那么恶心,只能因为陈献有绝对嗅感。

"邪修……"沈如晚淡淡地咀嚼着这两个字,心中感叹陈缘深的那个山庄可真是卧虎藏龙啊。

"如果我没看错的话,白飞昙是那种很难耐住性子的人,整日狂妄自大地想要成名,根本不可能甘心窝在山庄里做一个寂寂无闻的人。"她说,"陈缘深虽然是庄主,可对白飞昙没有一点儿约束力。这座山庄的背后一定还有主使。"

这座山庄不管和七夜白是否有关,都一定藏着见不得光的秘密。

陈献的眼神不由得黯淡下来。不管关系怎么样,陈缘深都是他的族兄,他发觉亲友可能有嫌疑,心情复杂起来。

沈如晚垂下了眸,脸上的神情很平静,仿佛先前失态的是另一个人:"我了解陈缘深,他不是那种在意权势和金钱的人,比起财富,他更看重的是被人需要。而且他不是那种胆大的人,也做不出为了权钱而戕害他人的事。从某种程度上来说,他非常善良、温柔。"

曲不询看向了她,在心里吐槽:陈缘深都已经陷进这些事里了,还是山庄的庄主,她居然还说陈缘深善良、温柔?

"可他太听话了,"沈如晚冷静地说,"从小性格就懦弱,非常不自信,非常需要别人的肯定。只有别人肯定他、需要他、安排他,他才能安心。他是那种不太会反抗、必须有人帮他掌舵的人。"

她说到这里,微微合眸。

师尊死了,她退隐了,陈缘深的父母又完全靠不住,陈缘深再也找不到一个可以帮他掌舵的人了。此时无论是谁乘虚而入,他都一定会入彀。

她从没想过这些,太累了,来不及细想,也不愿回忆。

"你师弟也该长大了。"曲不询不冷不热地说,打断了她的思绪,"你只是他的师姐,难道还要担负他一辈子吗?你当初离开蓬山的时候他多大?和你走火入魔、意外灭族的时候差不了几岁吧？那时候有人帮你担负吗？凭什么他就离不开你了？"

他目光灼灼地看着她，眼里闪烁的是晦暗又浓烈的怒火："沈如晚，你是不是以为你无所不能啊？"

沈如晚怔住了——从来没人这么说过她。

"你这么珍惜他，为什么不珍惜自己呢？"曲不询慢慢地说。

沈如晚怔怔看了他一会儿，然后垂下了眼睑，语气有点儿冲："你能不能少说点儿这些奇怪的话？什么叫我不珍惜自己？我天赋出众、实力强大，有什么不珍惜的？至于我师弟，我只是对他有点儿同病相怜的感情罢了。"

陈缘深初来蓬山的那段时间里小心翼翼的样子她都看在眼里，没有谁比她更明白那种没有关心自己的亲人和寄人篱下的感觉。

她看见那时的陈缘深，就像看见了年幼时的自己，总是忍不住伸手帮助他，就像帮到了从前的自己。

她对陈缘深如此，对章清昱亦然。

人怎么可能不对另一个自己怀有亲近之意呢？

她做的每一件事都是为了抚平心里的那一点儿伤痕，又怎么可能不珍惜自己呢？

曲不询深深地看着她，然后看了楚瑶光和陈献一眼，没有说下去。他转移了话题，重新说起白飞昇的灵火："我刚才只匆匆地瞥了一眼，没能仔细地研究，若是能取一点儿灵火再看一看就好了。"

孰料，陈献听到这里，眼睛一亮："这个交给我，师父，我这就去给你找！你们等等啊。"

他说完，猛然站起身，几步就跑下了台阶，转眼便消失得无影无踪。

剩下的三个人在原地面面相觑，都摸不着头脑。

没过多久，陈献就兴奋地跑回来了，手里还捧着一个破瓦罐。

"师父、沈前辈、瑶光，你们看！"他献宝一样把那个破瓦罐递到他们面前。

瓦罐里头黑黢黢的，深不见底。三个人对着那个破瓦罐左看右看，什么也看不出来。

"这是什么玩意儿？"曲不询挑着眉嫌弃道，"啧"了一声，"你卖什么关子？有话直说。"

陈献便直接把手伸进了破瓦罐里。

说来也奇怪，破瓦罐明明还没有陈献的半条手臂高，可他把整只胳膊都伸进去了，仿佛还没摸到罐底。

三个人不由得微微瞪大了眼睛，凝神看着那个破瓦罐。

"找到了！"陈献神采奕奕地收回手，将手摊开，掌心上竟然飘浮着一小簇火苗，阴森森的，赫然是方才白飞昙催发的灵火。

三个人目瞪口呆地看着他，下一瞬又齐齐地把目光落在那个破瓦罐上，几乎要把破瓦罐盯出六个洞来。

"这是……？"楚瑶光压低了声音，仿佛害怕惊动了谁一般，"这不会是传说中能收容万物的空间至宝吧？"

她说完，死死地盯着破瓦罐上看下看左看右看，难以置信：就这个？这么个破烂就是稀世之宝？

沈如晚没搭理陈献伸出来的手，反倒一把拿过那个破瓦罐，举起来仔细地看了半天，最终在罐底找到一行被污垢遮盖了一半的铭文。那是早已被弃用的符文，如今的文字已和它大不相同，但还有一些修士学过这种铭文。

当初在蓬山的时候，沈如晚也跟着学过一点儿，所以很快就辨认出来了。

"袖里乾坤大，壶中日月长。"她慢慢地读了出来，长舒了一口气，用一种奇异的目光打量着手里的破瓦罐，很平静，又像震惊到极点，已表现不出来了，"腹圆口方，上有贯穿裂痕，口上缺了一角，这是方壶。"

楚瑶光猛然吸了一口气，什么也不说，只睁大了眼睛看着这个破瓦罐。

陈献摸不着头脑，傻乎乎地说："原来这个破瓦罐叫方壶啊？它除了特别能装东西外，好像也没什么特殊的地方吧？"

三个人都无语了，用谴责的目光狠狠地瞪着他。

"特别能装？"曲不询真想掀开陈献的天灵盖，看看他的脑子里装的都是什么东西，"什么样的壶能装下灵火而不被破坏，还深不见底，能收纳万物？"

这叫没有什么特殊的？

沈如晚托着那个破瓦罐，垂眸静静地打量着，道："原先神州以外有海上三神山——蓬莱、瀛洲、方丈。后来天翻地覆，神州陆沉，瀛洲和方丈也沉入了海中，不知所终，只剩下了蓬莱，也就是蓬山。方丈山又名方壶仙山，本体就是一尊容纳万物的方壶。"

"袖里乾坤大，壶中日月长"，说的就是方壶仙山。

这世上的每一件空间至宝都是有名有姓的，少之又少，不会有错了。

"你从哪里得到方壶的？"她问陈献。

陈献一听这个破瓦罐的来头居然这么大，也惊到了。他挠着头呆呆地和他们对视，回道："就是……就是逛街的时候，我看到有人扔垃圾进去，倒了一堆垃圾它也没满，就很好奇。我一问才知道这个壶只进不出，什么都吃，所以大家都把它当作垃圾桶。"

三个人愣在原地，不知说什么好。

绝世至宝、海上神山居然被放在街口当垃圾桶，人人都能倒垃圾进去……谁听了不为方壶掬一捧辛酸泪？宝物若是有灵，一定会哭得停不下来吧？

"那你是怎么把壶里面的东西拿出来的？"楚瑶光问他。

陈献不好意思地说："我很好奇为什么这个壶只进不出，所以就试了试，心里想着刚才倒进去的东西，一下子就拿出来了。可是别人不行，所以问我要不要这个壶，让我干脆把这东西买走。我当时拒绝了，说我要这个垃圾桶有什么用啊？不过后来沈前辈和白飞景斗法时，我亲眼看见有灵火落下来，正好掉进了这个垃圾桶……呃……方壶里。听到师父说想仔细研究，我就跑去问能不能买。他们可能怕我再跑，就向我要了一千块灵石，正好我上次在秋梧叶赌坊里赚了不少，就把钱给他们了。"

听完，大家一起沉默了。

这世上真有这种人，运气好到随手就能捡到稀世之宝，还根本没觉得这宝贝有什么特殊的地方。

一千块灵石贵吗？贵，很多修士这辈子都拿不出这么一大笔钱。

可是用一千块灵石来买方壶，贵吗？那简直相当于不要钱。

大家虽然早在秋梧叶赌坊里就见识过陈献的运气了，可现在还是被震惊到了。

饶是曲不询，也忍不住长叹一声："人的命，天注定啊！"

他感叹完，又转头去看陈献托着的那一缕微弱的火苗，发现它几乎没什么破坏力可言。他一弹指，朝火苗注入灵气，那火苗便一下子蹿高了，灼灼地燃烧着，森然阴冷。

陈献立刻捂住了鼻子，甕声甕气地道："真是臭死了。"

沈如晚三个人一点儿味道都没有闻到，都用复杂的眼神看着他，心想：这人气运滔天，又有惊人的绝对嗅感天赋，怎么有时候偏偏像个二傻子呢？

楚瑶光忽然神色凝重起来，认真地盯着陈献，问："你第一次试着从里面拿出垃圾之后，洗手了吗？别骗我。"

陈献赶紧点头："洗了，我真的洗了！"

楚瑶光这才松了一口气。

沈如晚看他们你一句我一句的，尽是少年人的跳脱样子，不由得勾起了嘴角，轻轻地笑了一下。

"这果然是祟气。"曲不询对着灵火打量了许久，神色微冷，"这人还真是个邪修。"

所谓邪修，就是利用人的躯体、性命来成就自己的修为或神通手段的修士。

这是神州明令禁止的行为，一旦发现，人人诛之。

准确来说，七夜白就踩在这条线上。一个人一生能种两次花，第二次种出花后会死，很邪门，但又不能直接算成邪修的手段，因为这世上除了利欲熏心的人以外，也有为了所爱之人而甘愿成为药人、种出灵药的人。

无论是什么样的手段，都要看人怎么运用。

曲不询伸手催动灵气，轻易地就将灵火熄灭了，可是其中淡淡的祟气挥之不去。他"啧"了一声，说："这是用了多少人命炼出来的，才能有这么厉害的祟气？"

祟气污秽至极，能腐蚀万物。

白飞昙的灵火有腐蚀的效果，多半是因为其中有强烈的祟气。他们想要抹去这股祟气，需要花费的功夫可就多了去了。

这也是邪修人人喊打的原因之一。

"让我来试试吧。"楚瑶光忽然伸出手，说道。

曲不询看了她一眼，有点儿意外。

他没见过楚瑶光出手。之前都是她的两个客卿松伯和梅姨动手，后来他们跟沈如晚一起出来后，松伯和梅姨主要负责守宝车，给他们留一条退路，陈献冲锋陷阵，沈如晚和曲不询保驾护航。楚瑶光机敏灵光，会动脑子，不动手也没事。

这还是楚瑶光第一次主动出手。

曲不询把一缕祟气递了过去。

楚瑶光接过那一缕祟气，催动灵力，掌心忽然绽放出晶莹剔透的碧色光芒，气息纯净至极。那一点儿祟气刚触及碧色光芒便立刻消融，半点儿也不剩了。

这回轮到其余三个人怔怔地看着她了。

"不好意思，因为之前彼此还不是很熟，所以我对大家隐瞒了一些事。"楚瑶光笑了一下，眉眼弯弯，"我虽然在蜀岭楚家子弟中排行第四，但因为是未来继承人，所以从小就将族中的至宝碧台莲炼化了，碧台莲能净化污秽的祟气。"

这零星的祟气，对于楚瑶光来说简直就是小菜一碟。

"我之前不怎么动手是因为碧台莲不能见血气，我的手上不能沾人命，更不能争狠逞凶、心生戾气。"她解释完，朝几个人粲然一笑，"这可是我们家族从不外传的绝密，还请大家替我保密。"

连沈如晚也没听说过楚家有碧台莲。

楚瑶光与他们一路同行，看准了三个人的品行才对他们透露家底。

左一个方壶，右一个碧台莲，样样都是至宝，一起摆在他们面前，就像大白菜似的，人人都有。

沈如晚和曲不询对视一眼，心情复杂，心道：我怎么就没这么好的命呢？

"人比人，气死人啊。"沈如晚幽幽地说道。

曲不询沉默了半晌，然后洒脱一笑，懒洋洋地站起身，垂眸扫视了一圈，最后将目光落在了沈如晚身上。他耸了耸肩，说："好事多磨。其实我觉得我的命也挺好的。"

沈如晚挑了挑眉，正打算说些什么，可曲不询只说了这么一句话就止住了这个话题。

他悠悠地转身朝前走去，只把宽阔的背影留给他们，看上去悠游自在，无拘无束。

"走了，"他不回头地招呼道，"回去找你的乖乖师弟。"

他们找到陈缘深的时候，他还留在原地愣愣地出神，被陈献拍了一下才回过神来。

"师姐……"陈缘深看见沈如晚，眼睛猛地一亮，可在看到她平淡的神色后，不知怎么的，讷讷地说不出话了。过了许久，他才喃喃地说了一句："你没事就好。"

沈如晚的脸上没什么表情，她淡淡地说："我能有什么事？我不会有事。"

曲不询瞥了她一眼，心中想：她还说不会有事？心魔都成那样了。

她这人就是这点容易吃亏——永远嘴硬，永远逞强，永远装得满不在乎，好似刀枪不入、心硬如铁。

但真相又能有几个人看明白？

不知陈缘深是信了还是没信，怔怔地看着沈如晚，嘴唇翕动着，半晌没说话。

"走了，你还要在这里发多久呆？"沈如晚转过身，回头看了陈缘深一眼，"带路吧，你的山庄该怎么走？"

陈缘深如梦初醒，垂下眼，安静地点了点头，话比平时更少了，仿佛藏了太多的心事："好，师姐。"

曲不询抱着胳膊看陈缘深走过去，沉默了一会儿，也迈开了脚步。经过沈如晚边上的时候，他用余光瞥了她一眼，看见她平静得仿佛没有半点儿事的脸，不知怎么的，心莫名其妙地烦躁起来，胸腔里隐隐的钝痛一直涌到了喉咙。

"你就逞强吧。"他没好气地说。

沈如晚一怔。

可曲不询说完这一句，不想再听她嘴硬，快步向前走去了。

沈如晚站在原地瞪着他的背影，过了许久才抿紧了唇，也抬脚追了上去。

陈缘深的山庄坐落在钟神山十三主峰中最高的灵女峰上。灵女峰上终年白雪皑皑，正对着雪原和归墟的方向，视野极其开阔。

"钟神山时常有雪，在这里长住的修士都习惯了。这里虽然不像碎琼里那样没有秩序，但总体来说还是比较松散的。志同道合的朋友可以凑在一起组建一处山庄，内部互通有无、自成体系。每个山庄都有自己的规矩，内部的人如果违犯了规矩，也会主动接受惩罚。"陈缘深比先前更安静了，一直垂着眼睑，声音低低的，"倘若落雪，自己带上辟水符就可以了，能防大部分雪花；如果还不满意，也可以买更贵的变种符箓，专门用来驱散周身的雪花的。我在山庄里备了许多，待会儿分给你们。"

沈如晚静静地听他说完，然后抬眸看他："听你的意思，钟神山上有很多山庄？"

陈缘深点了一下头，低声说："对，我们这里以山庄为主。"

沈如晚微微皱眉，偏头和曲不询对视了一眼。

他们原先以为钟神山上只有寥寥几个山庄，那么无论是陈缘深还是邵元康，都显得有点儿可疑。可若钟神山上到处都是山庄，情况又不一样了。

曲不询看向远处的景致，忽然伸手朝不远处的一排屋舍指了指，问："那里也是个山庄吗？"

自从方才被曲不询质问过，陈缘深似乎一直在回避他，不再故意抢话头了。他沉默了片刻，然后顺着曲不询指的方向看了一眼，点了点头，回道："没错，那是盈袖山庄。邵元康就住在那里，他的道侣是盈袖山庄的主人。"

他的道侣竟然不是公推出来的庄主，而是主人，独一无二、不需要任何人认可的主人。

沈如晚问："你见过邵元康的道侣吗？"

陈缘深犹豫了一下，回道："见过的。"他看起来有些焦躁，想说什么又不知道如何开口，"他的道侣来历不凡，你们如果见到她，一定要多多留意。我山庄里的那几个人很忌惮她。"

沈如晚皱起了眉。

陈缘深生在药王陈家，长在蓬山，什么人能让他说出"来历不凡"这样的话？他所说的"山庄里的那几个人"指的应当就是卢玄晟和白飞昺了，这两个人一个赛一个狂傲，居然会对某个修士忌惮不已？

"你先前说，你的山庄里有三个我们要留意的人，还有一个人是谁？"她忽然想到了这个问题。

陈缘深轻声说："还有一个人，不是丹成修士，但他负责打理山庄里大大小小的事务。在我们这几个人里，他是最受信任、知道的事情最多的那个人。他叫翁拂……很阴毒。"

白飞昺是邪修，卢玄晟年轻时为了成名也杀过不少人，他们不阴毒吗？可偏偏陈缘深说翁拂很阴毒。

"你刚才说……他最受信任？"沈如晚忽然眼神一凝，盯着陈缘深问，"受谁的信任？"

陈缘深怔怔地站在那里，用复杂的目光看着她，内心仿佛在百般挣扎，嘴唇翕动着："师姐，你相信我吗？"

"废话！"沈如晚想也不想地说，"我哪次没有相信你？"

谁问这个问题都不该陈缘深问。

陈缘深笑了一下，似乎终于做出决定，鼓足勇气开口了："师姐，其实我来钟神山做这个庄主是被人安排的。当初师尊死了，你也离开了蓬山，我不知道该怎么办。正好有人找上我，说看重我培育灵植的能力，让我来这里为他做事，我就答应了。可我没想到，来了这里之后……"

"陈庄主？"不远处忽然传来了一声阴阳怪气的喊声，"陈庄主到了山庄附近，怎么不进来呢？还有这么多客人，怎么不叫我来招待啊？"

陈缘深蓦然一惊，颤抖着回过头，这才意识到沈如晚早就下了隔音禁制，周围的人是听不见他们的对话的，他不必担心自己说的话被来人听见。

"翁先生，"他点了一下头，"我的几个朋友要来借宿，麻烦你安排一下。"

沈如晚顺势看过去，看到不远处站着一个身量不高的中年修士，长相平平，却无端地让人觉得他极为精明。那人远远地注视着他们，目光落在她身上的时间尤其长。如果她没有感觉错，这人似乎对她格外关注。

这应当就是陈献所说的那个翁拂了。

"原来是陈庄主的朋友们。"翁拂走近了，笑了笑，状若寻常地问过一行人的名字，最后将目光落在沈如晚身上，顿了一下才问道，"这位怎么称呼呢？"

沈如晚对所有明知故问的请教很敏感，正如当初曲不询早知她是谁，却偏偏问她"你姓沈？"。

她几乎可以确定，这个翁拂见过她。因为她在修仙界很有名，见过她而她对对方没有印象的人有很多，但偏要装作不认识的人不太多。

当初曲不询是为了隐藏自己和长孙寒认识的秘密，翁拂又是为了什么呢？

"我姓沈。"她淡淡地说。

翁拂点头，笑着看向她，眼中充满审视之意："原来是沈道友。"

众人走进山庄，皑皑的白雪立刻从眼前消失了。

山庄里布有阵法，雪落不到山庄里，所以山庄里比外面更暖和些。一行人从正门走进去，就看见一个身材高大、鬓发微白的修士站在那里，正对着面前的一个少年暴跳如雷："这都是什么乱七八糟的东西？谁让你采买这种东西的？我上次就说了，不许买这玩意儿！再被我发现你采买这个东西，我扒了你的皮！"

说着，那修士把手里的一沓纸往地上狠狠地一摔，怒气冲冲地走了。

翁拂朝那个还留在原地的少年招了招手，示意对方过来，笑得很和气，可眼中没什么笑意。

"你又怎么惹卢前辈生气了？"

少年捡起地上的那一沓纸，勉强地笑了一下："翁先生，我这次出去采买，照例带了最新一期的《半月摘》回来。卢前辈抢去看了，谁知刚看了头版就大发雷霆，勒令我不许再采买《半月摘》了。"

翁拂撇了撇嘴，不由自主地流露出一点儿鄙夷的神色，但又很快收敛起来，和颜悦色地说："头版上写了什么？我看看。"

翁拂接过少年递过来的《半月摘》，看完忽地一顿，下意识地将报纸折了起来。他看了沈如晚一眼，神色自然地笑了："刚才发脾气的那个人是我们山庄的卢前辈——陈庄主应当同你们介绍过——就是那个名震神州的卢玄晟。老前辈的脾气比较冲，这是常有的事了。"

说到"陈庄主应当同你们介绍过"的时候，翁拂将目光落在陈缘深身上，意味深长。

陈缘深下意识地抿起了唇，避开了他的目光。

翁拂把那份报纸折了起来，叮嘱少年："既然卢前辈不爱看，那你就把买来的这期《半月摘》全烧了吧。至于以后，你继续采买便是——上次《半月摘》痛批他老人家空有实力、没有脑子，他也大发雷霆，不许再采买，可后来还是看得比谁都积极。你莫怕。"

少年被安抚住，点头退下了。

沈如晚若有所思地看了少年一眼。

陈缘深介绍过，山庄里的这几个人互相看不顺眼。她能看出翁拂原本想看卢玄晟的笑话，可是看见头版的时候下意识地朝她看了一眼，态度一变，竟让这采买的少年顺着卢玄晟的话去做了。

翁拂隐藏得不错，但本能的反应难以逃脱她的眼睛。

头版上有什么内容是不能让她看的？

翁拂安排好了他们的住处，又意味深长地看了陈缘深一眼："陈庄主，你多日未归，还有点儿事需要你来拿主意。"

陈缘深的脚步一下子顿住了，他脸色骤白，下意识地看向沈如晚。可目光触及她身侧的曲不询时，他又像被烫到了一般，急忙移开了视线。

"有什么事是需要他拿主意的？"沈如晚偏过头来，向前走了一步，正好挡住了陈缘深，目光冷淡地打量着翁拂，"你不能做主？"

翁拂笑容如常地说："我不是庄主，当然做不了主。"他不与沈如晚硬碰硬，做了个"请"的动作："陈庄主，咱们走吧，待会儿再回来叙旧也不迟。"

沈如晚还要再说话，陈缘深却开口了："师姐，我和他去一趟。"他深吸了一口气，"你们在这儿熟悉一下环境，我马上就回来。"

看到沈如晚皱着眉凝视他，陈缘深朝她挤出一个笑容："我很快回来，师姐。我去了。"

他自己要去，沈如晚自然拦不住，只能站在那里盯着陈缘深的背影，眉头紧锁。

"哎，刚才那个卢玄晟为什么看到《半月摘》就大发雷霆啊？"陈献已经开始琢磨别的事情了，"我看这期《半月摘》也没有提到他啊。"

几个人的注意力立刻被他吸引过去了。

"你看过最新一期的《半月摘》？"沈如晚问他。

陈献点了点头，在方壶里掏了半天，抽出了一张皱巴巴的报纸。

楚瑶光看着那张报纸，露出了欲言又止的表情。

可沈如晚已经顾不得方壶曾经是垃圾桶了，接过报纸，看到头版上的标题赫然写着：

评上期《寄蜉蝣》所录《蓬山掌教宁听澜》篇章

这篇文章的开头写了上期《寄蜉蝣》所载的蓬山掌教宁听澜的过往，说他是何等少年英豪、壮志凌云，事事以道义为先，堪称神州俊杰。然而如今再观其人，实在令人感叹不已，可见少年时的志向多为世事利禄磨平，只剩蝇营狗苟、阴谋诡计。

沈如晚不由得怔住了，手里攥着那份报纸，皱起了眉头。

除了陈献，其他两个人还没看过这一期《半月摘》的头版内容。他们站在一旁看见她的神色，都变得小心翼翼起来，一副欲言又止的模样。

"这是针对上一期报纸上某篇文章的点评，《半月摘》上常有这样的事，"陈献给他们总结，"上一期的《寄蜉蝣》介绍了蓬山掌教宁听澜的生平，说他从小拜入蓬山，天赋过人，有仗剑斩尽天下不平事的志向。他游历神州，斩杀了许多凶徒，声名显赫，最后成了蓬山掌教。"

其实这些根本不需要《半月摘》或陈献来为他们解释。作为蓬山弟子，无论是沈如晚还是曲不询，都是听着宗门里的长辈讲的故事长大的，比外人更了解宁听澜的生平。

宁听澜在蓬山当了那么多年的掌教，威严庄重，谁不敬畏呢？

后来沈如晚被宁听澜委以重任时，更是亲耳听他提起自己的往事。他说见了沈如晚，就想起了从前的自己。

宁听澜把碎婴剑交给沈如晚时说，她就算流尽最后一滴血，也要对得起手里的碎婴剑。受掌教之命的日子里，沈如晚手握碎婴剑，没有一天对不起碎婴剑，剑锋所指的人也确确实实罪大恶极，她绝对没有草菅人命。

这篇文章凭什么说他蝇营狗苟？

她剑下的那些亡魂才是真正的蝇营狗苟之辈。

陈献接着说："上期的文章对宁听澜多有夸赞，这期就不一样了。这期梦笔先生亲自执笔，指出宁听澜收揽权柄、铲除异己；对于无法铲除的异己，则大肆豢养鹰犬，常常以道义来蛊惑年轻的下一辈为他冲锋陷阵……"

陈献说着说着，袖口被楚瑶光轻轻地拉了一下。他不明所以，顺着楚瑶光的目光看向沈如晚，忽然明白了，然后紧紧地闭上了嘴，可怜巴巴地看着沈如晚。

沈如晚紧紧地攥着拳，那张报纸几乎被她揉烂了，就连周身的灵气也打了个旋，像被谁牵引着一样。可她的脸上没有一点儿表情，只有捏着报纸的手轻轻地颤抖着。

"报纸上还说，现在宁掌教身边有一个'小沈如晚'，用来挽救沈如晚退隐后他无刀可用的局面。"陈献小心翼翼地看着沈如晚，继续说道。

"够了！"沈如晚蓦然抬眸，被气得胸膛剧烈地起伏起来。她忽然把手里的报纸撕成了两半，猛然转过身朝屋外走去。

曲不询拍了拍陈献的肩膀，安慰道："下次给你补上新的。"

说完，他便迈开脚步追了出去。

楚瑶光和陈献面面相觑，过了好一会儿，齐齐地叹了一口气。

沈如晚没走远，就站在门廊的尽头，紧紧地攥着被她撕成两半的报纸。她将报纸重新拼凑在一起，翻来覆去地看了又看，手颤抖着，连报纸都快拿不稳了，晃得她的心也跟着乱跳。

曲不询追出门的时候，看见她周身灵气涌动，形成旋涡，灵力极度活跃，一副随时要失控的模样。他厉声叫她："沈如晚！"

沈如晚颤了一下，周身的灵气也跟着颤动，没有半点儿消散的痕迹。

曲不询神色微沉，然后慢慢地朝她走过去，以防动作太大被她误判为攻击，反而刺激到她。

他就这么一步一步地走到了她的身边。

沈如晚的手里还攥着那张报纸，宽大的袖口下，那截手腕那么纤细，让人忍不住想，她是怎么用这样纤细的手握住碎婴剑的？

察觉到有人用力地攥住了她的手，沈如晚蓦然回过头，表情冰冷，眼神如炬，几乎要将人灼伤。曲不询没有挪开目光，而是紧紧地握着她的手，就这么沉默地和她对视，眼神坚定有力，像平静的山峦，接受最凛冽的风雨。

过了很久，沈如晚周身的灵气慢慢地散去了，化作清风，重新汇入茫茫的天地，不留一点儿痕迹。

她默默地站在那里，好像终于看见了他，乌黑的眼珠转了转，然后垂下了眼睑。

自始至终，她没有说一个字。

曲不询盯着她，轻轻地叹了一口气。

其实她能开始怀疑宁听澜，对他来说无疑是一件好事。然而见了她，他便什么都忘了。

他轻轻地将手搭在自己的胸口上，那里隐隐发麻，像有一千只蚂蚁在啃噬着胸腔里的每一条经脉，提醒他那一剑是多么冰冷有力，将剑刺入他心脏的女修又是多么强硬决绝，和眼前这个沉默而清冷的美人分明是同一个人。

他对自己说：别这么没出息，她狠狠地给了你穿心一剑，让你在归墟下挣扎了那么多年，你怎么见了她就把这些全忘了？

他攥着她的手，半晌没出声。

沈如晚却先抬起眸，转过头，只把侧脸对着他，露出了半边纤长的脖颈。

"没什么大不了的。"她像在说给自己听，"我们各取所需，无论师尊究竟是不是想借我的手铲除异己，我都对得起我手里的剑。"

曲不询的喉结微微滚动，他想开口，却不知从何说起。

"有什么关系呢？"她好像慢慢地把自己说服了一样，"反正我早就不用剑了。"

曲不询终于按捺不住了，握着她的手猛然用力，将她揽进了自己的怀中。

他克制住自己的怒气，尽量用平静的语气说道："沈如晚，你今天已经有两次差点儿走火入魔了。"

沈如晚微微抿唇，垂下眸，带着歉意说："我知道，给你们带来危险和麻烦了，是我不对。以后我每天都会恢复冥想，默念《黄庭经》……"

"没有人觉得你麻烦。"曲不询打断了她的话，把每个字都咬得很重，"我、陈献和楚瑶光，我们都是担心你，怕你有一天陷入心魔，再也走不出来。"

沈如晚想也不想地说："我不可能有那么一天，没有这种可能。"

曲不询低头看她，平淡地道："你刚才甚至连我都没认出来。"

沈如晚面容紧绷了起来："我最多只是那样了，不会发生别的事。我现在很好，过去十年不是照样过下来了。"

曲不询几乎被气笑了："你管刚才那副神志不清的样子叫很好？"

沈如晚神色冰冷地说："我是受了点儿刺激才会这样的，又不是永远都受刺激。等我查完七夜白的事就回临邬城，修仙界的事和我又有什么关系？我管它洪水滔天。"她说到这里,好像意识到自己的话有漏洞,顿了一下,继续说道,"无论发生什么,我都一定要把七夜白的事查清。你别想让我现在就回临邬城,我不会搭理你的。"

曲不询无言。

他不是怕沈如晚影响到他,而是担心她再受刺激。她这样,就算回了临邬城,他也放心不下。

"回避是解决不了问题的,"曲不询看着她,低声说,"特别是对于不愿回避的人。沈如晚,你尤其如此。"

沈如晚猛然抬眸看着他,好像再也难以忍受了,眼中喷出灼灼的怒火,仿佛要把他灼伤:"好啊,你让死者复生,让我七姐活过来,让长孙寒活过来,我自然会试着去解开心魔。"她眼神冰冷地哂笑一声,"你能做到吗?做不到你还说什么?废话连篇。"

曲不询不是没有脾气,听到这些话,心中蓦然生出一股戾气。

沈如晚想见她七姐,自然是因为思念,可想见长孙寒是为了什么?她反感长孙寒反感到连他的玩笑也开不得,说不定想让他活过来就是想再给他一剑。

他骤然伸手,向前踏了一步,用力地捧住她的脸颊,居高临下地看着她,声音低沉冰冷:"你确定你想见长孙寒?"

沈如晚因他忽然的反制而微怔,脸被迫抬高了一点儿,和他直直地对视,甚至能看清他的眼神里被漠然掩盖住的冰冷的戾气。他就这么看着她,像无边的归墟,要将她一点点地吞噬进去。

她还是第一次见到他这样冰冷的一面。

曲不询没有等她说话——又或者他根本不想等,更不期望听见她那注定让他失望的回答——就道:"那我就让你见他。"

沈如晚挥开他的手,向后退了一步:"你这是什么意思?"她不自觉地绷紧了声音,一字一顿地问,满脸都是冰冷的神色,"你说清楚,要怎么让我见到他?"

心中最冰冷的角落重新启封,她思索起这句话的意思来:长孙寒已经死了这么多年,曲不询能怎么让她去见长孙寒?

虽说曲不询和长孙寒是朋友,但长孙寒过去所有的朋友里,只有邵元康能和她平静地交谈,其他人对她简直是横眉冷对,视她为仇敌。

"你果然还是打算给长孙寒报仇。"她冷冷地开口,却听见自己的尾音都在颤抖,像悬在刀尖上的一滴血,随时都要滴落。

她想:曲不询对她来说不过只是一个认识没多久的人,她不过是对他有那么一点儿贪恋,明明最初没有把他当一回事……她怎么会这么没出息呢?

曲不询听到她这么说，微微怔住了，心道：她这是想到哪儿去了？

他抿了抿唇，骤然生出的戾气被她这么一打岔，瞬间消解了。一种莫名其妙的感觉积在胸口，复杂难辨，他不知该夸她警醒冷静，还是气她心如铁石，再意乱情迷也从未放下对他的怀疑。

"沈如晚啊沈如晚，"他想了又想，到最后也想不透，无奈地看着她，"你可真是聪明。"

沈如晚脸色苍白地向后退了一步，眼神如锋刃一般冰冷。

曲不询看着她，竟笑了一声，也不知究竟在笑谁，然后猛然偏过头去，不想让她见到此刻自己脸上的神情。

曲不询再怎么洒脱不羁，还是有自尊的。自己一点儿也不体面，怎么能摆在她眼前叫她看清？

沈如晚紧紧地盯着他，不知心里是什么滋味，若说勃然大怒倒也不至于，因为最激烈的爱恨全停留在十年前。她只是冷，彻骨地冷，冷意裹挟着她的躯体，让她疲倦不堪。

"我还是那句话，"嘴唇微微颤抖，她把每个字都说得冰冷决绝，"你想要报仇，我随时恭候。"

曲不询听见她转身时的细碎声响，深吸了一口气，猛然转过头来，一把扯住了她："谁跟你说我要给长孙寒报仇了？你能不能对我少几分猜疑，哪怕信我一回？"

他说得咬牙切齿，像把每个字都在心上碾了一遍又一遍，想要发狠却无可奈何。

沈如晚抿着唇，没有说话。

"我伤过你吗？我故意让你陷入过危险吗？我对你有过一星半点儿的杀意和恶意吗？"曲不询垂下头问她，"沈如晚，你这么警惕、敏锐、不信我，为什么连你自己的感觉也不信呢？"

他抬手，试探地将手凑到她的鬓边，可她微微一动，避开了。

曲不询哂笑一声，还是用力地抚了抚她的眉眼，嘴角却没什么笑意。

万般滋味到心头，他只低声说："只怕有一天我就是把心掏出来给你看，你也不肯信。我这辈子还从没对谁这么低声下气过。"

从前在蓬山人人称羡的大师兄长孙寒没有，在归墟下挣扎了七八年的长孙寒没有，走出归墟后改名换姓，决定换一种不羁的活法的曲不询也没有。可他此刻站在她面前，长孙寒和曲不询重叠在一起，甘愿折断颈骨，向她低头。

"沈如晚，你真是了不起。"他说。

沈如晚深吸了一口气，偏过头，不看他，声音淡淡的："你可以不低声下气，没有人强迫你。"

曲不询笑了一声，变回了从前那副漫不经心的模样，懒洋洋地说："那怎么行呢？没人强迫我，可我就是乐意啊。你不让我来哄你，我还不乐意呢。"

沈如晚无言地看着他。

曲不询伸出手，用指尖描摹她秀丽的眉眼，手指微微屈起，指节顺着她笔挺的鼻梁滑到鼻尖："你知道我在临邬城里第一眼看到你的时候在想什么吗？"

沈如晚没什么情绪地看着他，只是挑了挑眉，示意他继续说。

"我在想，她为什么一直皱着眉头，看起来疲倦又漫不经心，谁也不看一眼呢？我就站在这儿，她为什么不能转过头来看我一眼呢？"他摩挲着她细腻的肌肤，声音低沉，语气笃定，"那时候我就在想，早晚有一天，我要她满心满眼都是我。"

他满腔的戾气和仇怨，都消解在那一眼里。

三次一见钟情，一次至死方休。

谁能放下？

他要她从身到心，每一寸肌肤和每一次心跳都永远属于他——一定要，必须要。即使为此被打断浑身的骨头，他也愿意。

沈如晚用一种难以言喻的眼神看着他，道："你想得很美。"她好像词穷了，半响才憋出下半句，"那你就想想吧。"

她说完，匆匆地转过身，头也不回地向前走去，像害怕被什么怪物追上一般。

曲不询抱着胳膊站在原地看着她难得一见的落荒而逃的背影，摇了摇头，笑了一声。

可过了一会儿，他又幽幽一叹。叹息声在走廊里消散了，正如他惆怅的心绪。

第十二章　冰雪林

沈如晚走出院子，正好见到陈缘深站在路边，不知在想些什么，脸色青白，神情惨淡，似乎正要往他们下榻的地方走。

看见她走近，陈缘深被吓了一跳，勉强挤出微笑："师姐，你怎么出来了？我正要去找你。"

沈如晚的目光在他的脸上游走，她问道："你怎么了？"

陈缘深下意识地拽住了宽大的袖口，镇定了下来，朝沈如晚露出一个平静的微笑："我刚才想到一点儿事，已经调整过来了。师姐，我想好了，把事情都告诉你——我从前做了点儿错事，现在正在尽力地弥补。"

沈如晚莫名其妙地感到有些古怪。

她虽然一直鼓励陈缘深，也不许任何人诋毁他，但最了解他的性格的人莫过于她——陈缘深并不是能从大事里快速调整好心态并做出决策的人。

古怪归古怪，陈缘深打算积极地面对现实总归是好事。她觉得，等听完他的解释，事情自见分晓，于是道："那你进来吧，我们一起商量。"

她说的"我们"自然包括曲不询等人。

听到这话，陈缘深反而向后退了一步，低声说："师姐，我不想对别人说，只想对你说。"

沈如晚没说话，用审视的眼神从上到下地打量他，眼神不带一点儿温度。

有那么一瞬间，陈缘深觉得她就像一座岩浆暗涌的火山。他惶惑地看着她，不明白为什么师姐会露出这样锐利的目光。

沈如晚看着陈缘深，仿佛回到了十多年前。那一天，沈晴谙挽着她，低声说：

"有个秘密,我只和你说,你可千万不要告诉别人。其实我已经接手了沈氏的一件大买卖,比四哥接手的那个还要重要,但是很隐秘,不能外传……你能不能来帮我?"

再后来,沈晴谙就把她带到了沈氏禁地,眼睁睁地看着她在杀阵上滴血,最后亲自催动了杀阵。

十多年过去了,沈如晚经不起第二次"只对你说"的秘密,也绝不会原谅对她说秘密的人。如果陈缘深反常的表现来自背叛,那么她也不是不会杀人。

"好啊。"她淡淡地说,"那你说吧,我听着。"

她心道:陈缘深最好不要骗她。

陈缘深神色复杂地笑了一下,匆匆地把沈如晚带到了僻静的无人处。从这里向下看,他们可以看清茫茫云海里的灵女峰。

"师姐,当初你离开蓬山,师尊也死了,我不知道自己能做什么,正好有人请我来钟神山种灵药,犹豫再三还是答应了。可我来了这里才知道,他们让我种的那种花是以人为基的邪花——七夜白。"

他简短地说着这几年发生的事,目光一直停留在沈如晚的脸上,没有错过她听到七夜白时波澜不惊的神情。

陈缘深不由得苦笑,喃喃道:"你果然知道七夜白。当初你去杀师尊,也不是因为师尊戕害凡人——根本没有那回事——而是因为七夜白,对不对?"

沈如晚没有否认。

陈缘深凝视着她,嘴唇颤动了一下,像用尽了全身的力气一般说:"他们找合适的灵植师找了很久,但一直没找到能种出七夜白的人,直到遇见了我。这些年,我给好多人种过七夜白。一开始,我不清楚这种花的特性,但发现自己掌握的窍门恰巧都能用上——师尊教我用的那些方法,都能触类旁通地应用在七夜白上。"

沈如晚不由得微微蹙眉。

按照陈缘深的说法,七夜白似乎很难栽种,可是当初沈晴谙想拉她下水时说人人都能种。这两个人的说法显然矛盾了。

陈缘深不知道沈家的事,继续说:"我一直很有自知之明,知道自己的木行道法的水准一般,根本不可能胜过他们找的那些小有名气的灵植师,所以逐渐意识到,这一切都是因为师尊。"

他说起师尊,脸上露出了悲哀的神色:"他们最初找的人是师尊。师尊研究透了七夜白的特性,甚至对培育方法做出了改良,能让七夜白的培育过程更加精简,但这是师尊的独门手段。后来师尊死了,他们一切只能重来。"

沈如晚听懂了。原来师尊和陈缘深背后的人是合作关系,师尊负责研究和培育七夜白，却把培育经验和方法当作筹码，并没有给出去。在指导陈缘深的时候，师尊有意无意地把自己的经验教给了陈缘深。

后来师尊死在她的手里，跟师尊合作的人彻底失去了对七夜白的了解，只好找人从头再来。他找来找去，找到了师尊的徒弟头上，于是跳过了排斥种药人的她，选择了更好控制的陈缘深。

但沈家又在其中扮演着什么样的角色呢？

沈家也许凭着和师尊更亲近的关系，掌握了幕后主使也没能掌握的经验，甚至还能让师尊挑一个沈氏子弟——也就是她——为徒，等她学成后回沈氏接手培育七夜白。

师尊和沈氏为什么会有这么密切的关系？

沈如晚看着陈缘深，意味不明地低声问："这些年，他们让你做什么，你就做什么？"

陈缘深沉默了片刻，然后避开了沈如晚的目光，垂着眼睑说："对不起，师姐。"

沈如晚很久没再说话。

她想：为什么呢？为什么陈缘深可以直接承认错误，和她好好地说，而七姐的第一反应是拉她下水呢？

"你就这么把事情告诉我了，没有一点儿约束吗？幕后主使这么疏忽大意，这么信任你？"沈如晚淡淡地问他，目光里尽是锐利的审视之意，"刚才翁拂把你叫走，怕是已经在怀疑你了，应该是请你去'品茶'吧？"

沈晴谙把她带进沈氏禁地里，还对她这个沈氏弟子下了杀阵呢，幕后主使没道理对陈缘深毫无猜忌。

陈缘深在她审视的目光下微微一颤，无奈地道："是，我从刚来钟神山的时候就已经注定不可能走出去了，要么活着留下，要么死在这里。"陈缘深苦笑着，慢慢地伸出手在她面前摊开，"就是这样的玉佩，只要你留下一滴血，对方用灵气催动玉佩，你就会被杀阵缠绕。"

沈如晚将目光落在那枚玉佩上，眼神微微一凝。

十多年了，它还是那么眼熟，正是当年沈晴谙眼睁睁地看着她滴血的杀阵。

邀请陈缘深来钟神山的人和当初跟沈家合作的人果然是同伙。

"这种玉佩的威力非常强大，丹成修士也难以幸免。若是玉佩被强行催动，滴血之人会受烈火灼身之痛，修为稍微低一点儿便会立刻化为飞灰。"陈缘深摩挲着这块玉佩，脸上不由自主地流露出一丝畏惧的神色，"翁拂……翁拂让我骗你把血滴在这块玉佩上，然后用这块玉佩威胁你。"

沈如晚皱起了眉，开始思考：既然陈缘深背后的幕后主使和沈家的幕后主使相同，那么他们应当不难猜出她当初灭沈氏满门的原因，难道想不到她可能认识这块玉佩吗？

"你刚刚说这块玉佩的威力极大，连丹成修士也难以幸免？"沈如晚盯着陈缘深问。

怎么可能？十几年前沈晴谙也催动了玉佩，沈如晚在痛楚之下走火入魔、一举结丹，虽然受了重伤，但并没有因为杀阵而殒身。如果这种杀阵的威力真有这么强，怎么可能没将刚刚结丹的她击杀？

陈缘深不明所以，点了点头。

"这块玉佩其实是由三道杀阵构成的，第一道可以小施惩戒，第二道则使人极度痛苦，但不伤及性命，他们常常用前两道惩罚别人。"陈缘深详细地解释着，"只有第三道是让人必死的，一旦催动，就连丹成修士也会死。"

沈如晚的脸色骤然一白。

如果只有第三道杀阵是让人必死无疑的，那么她能在走火入魔后顺利结丹，且可以在全族覆灭的情况下独活，是不是意味着当初七姐根本没打算用她的性命来威胁她？是不是哪怕在她大开杀戒的时候，沈晴谙明明握着那块可以顷刻让她身死的玉佩，却到死也没有催动最后一阵？

这算什么？

沈如晚想：沈晴谙到底是什么意思？沈晴谙明明已经打算拉她下水了，明明逼迫她在杀阵上滴血了，明明催动前两道杀阵了，为什么不一错到底，把事情做绝？难道沈晴谙以为不催动最后一道杀阵，她就会心怀感激，再也不恨不怨了吗？

如今她恨也恨不绝，念也念不起，沈晴谙当初还不如直接杀了她。

"师姐？师姐？"陈缘深看她出神，眼中水汽氤氲，不由得大惊，手足无措起来，"师姐，你没事吧？"

沈如晚偏过头去，不想让陈缘深看见她脸上难以克制的情绪。

"你说有人联系你，让你来钟神山培育七夜白，这个人是谁？你知道幕后主使吗？"她哽咽了一下，然后马上恢复了平静，"还有七夜白，你平时是在哪里培育的？那些被当作花田的药人平时都被关在哪里？"

陈缘深一个问题一个问题地答："联系我的人就是翁拂，是他把我带到钟神山上的，也是他骗我在杀阵上滴血的。我不知道幕后主使是谁，对方大概看不上我，也不信任我，只让我种花，但卢玄晟和翁拂这两个人一定知道。"

"卢玄晟应当和幕后主使关系不错，非常维护和推崇那个人，所以才会心甘情愿地留在钟神山上，隐姓埋名地坐镇山庄。要知道，对于卢玄晟这种极其看重名声的人来说，这比什么都难受。"陈缘深低声说，"师姐，你一定要小心，卢玄晟非常强，幕后之人把他留到钟神山上就是为了以防万一的。"

沈如晚若有所思。

卢玄晟对幕后之人很是推崇……对于卢玄晟这种早已成名、自恃实力高强的人来说,有什么人值得让他甘心隐姓埋名地为对方做事?

"翁拂没结丹,实力倒是没有什么好说的,但幕后之人最信任他。"陈缘深犹豫了一下,说,"至于白飞鼍,我猜他应当不知道幕后之人的身份。他是这三个人里知道的事情最少的一个。"

"幕后之人为了防止山庄被人发现、误闯,没把七夜白放在山庄里。"陈缘深说到这里,深吸了一口气,用略微战栗的声音说,"他们……凿空了半座灵女峰。"

沈如晚神色一凛,难以置信地看着陈缘深:"什么意思?"

什么叫凿空了半座灵女峰?

钟神山被称为北天之极,镇压着小半个神州的气运和地脉。灵女峰作为十三主峰中最高的一座,对于整个神州和北地的重要性不言而喻。

谁能凭一己之力凿空半座灵女峰,撼动整个北地的气运?

当初鸦道长改变千顷邬仙湖的灵气已经够让人震撼了,而一座灵女峰影响的范围比得上成百上千个邬仙湖。

有谁会做出这样丧心病狂的事,只为了煞费苦心地种下一朵又一朵建立在人命上的花,把整个北地的安危悬在刀尖之上?

"他们总有办法的。"陈缘深的嘴唇微微颤抖起来,语气也变得苦涩,方才那种镇定的神色消失了,他重新流露出沈如晚最熟悉的求助的眼神,"我怀疑,他们甚至能掌控这座山。"

陈缘深很慢很慢地走进山庄的主院,脚步却像眷恋着门槛一般,迟迟不愿踏进去。

门内是嘈杂的吵架声和怒骂声。

"陈庄主,怎么不进来?"翁拂悠悠地朝门口的方向看过来。

他是这里唯一一个没有参与争吵的人,隔岸观火地看着卢玄晟和白飞鼍剑拔弩张,似笑非笑的,像在看热闹。

陈缘深垂在身侧的手微微颤抖起来。

就是这个人,当初打着蓬山同门的旗号找上门,说看重他在木行道法上的造诣,希望和他合作掌管一座专营药草的山庄;也是这个人,骗他将血滴在杀阵上,图穷匕见,利用两重杀阵摧垮他的意志,让他浑浑噩噩地成为他们行凶的工具。

就是这么一个整日笑眯眯、好似无害的人……

白飞昙也看见了陈缘深，打量着他发白的脸色，傲慢地笑了一下，奚落道："哟！怎么，你的好师姐没给你支支着，把你救出去？"

陈缘深神色冰冷地道："你是我师姐的手下败将，就不要在我面前装样子了。"

他亲眼看见师姐把白飞昙按着打，要不是被人拦着，白飞昙还以为自己能活着回来？

"你懂什么？！"白飞昙猛然神色一变，暴怒地看着他，"我当时是没反应过来，谁想到她一动手就尽全力？我不过是想试探一下她还有几分实力，一时措手不及罢了。我还没催动异火，若再来一次，定要让你看看谁才是手下败将。"

陈缘深还没说话，卢玄晟倒先嗤笑起来。

这位成名多年的老前辈没有一点儿老前辈该有的稳重，多大年纪都是一副唯我独尊的模样，和白飞昙谁也看不上谁，遇见就要呛声，平时没少动手。

"不是一动手就全力以赴，难道人家还等着和你过家家？"卢玄晟对白飞昙嗤之以鼻，"现在的年轻人真是一代不如一代，居然能说出'谁想到她一动手就尽全力'这种话。就你还想名扬神州？只怕刚出门就被人弄死在哪个角落里了，真不知道你这金丹到底是怎么结的。"

白飞昙怒到极致，猛然上前一步："老王八！你有种再说一遍？"

翁拂终于咳了一声，开始插手了。

这两个没脑子的废物天天跟公鸡似的，你看不惯我，我看不惯你，挤在这个小小的山庄里三天两头地吵架斗殴，可谁都害怕打出事来惹麻烦，简直笑死个人！

翁拂心道：这山庄确实是平静得太久，让大家都闲得发慌了，各自找点儿事做也不错。

"我给你的蛊虫你放在沈如晚身上了？"翁拂不再看笑话，转头问陈缘深。

陈缘深面色苍白，没有回话。

"蛊虫？什么蛊虫？"白飞昙狐疑地看过来，"就他也能把蛊虫下在沈如晚的身上？翁拂，你也老糊涂了？"

至于另一个老糊涂，那当然说的是卢玄晟了。

翁拂没管在边上瞪着眼睛嚷"你这小子说谁是老糊涂？！"的卢玄晟，哼了一声："我给他的这种蛊虫自然是最隐蔽的，别说是沈如晚这种完全不懂蛊虫的修士，连我自己都察觉不到。"

白飞昙立刻嗤之以鼻："你自己的蛊虫你察觉不到？废物。"

翁拂脸色一黑，伸出一根手指，道："丹成修士对自身的控制力何等强悍，若我都能隔空感应到她体内的蛊虫，你以为沈如晚察觉不到？正是因为种下蛊虫后我也无法探察，才能做到最隐蔽。这只蛊虫一辈子只能被感应到一次，就是被催动发作的那一次。"

白飞崟还是不以为意,乜了陈缘深一眼,嗤笑道:"这废物把他师姐带过来,说不定就是为了让他师姐救他的,怎么舍得把蛊虫下到她身上?你又不能感应蛊虫,他扔了也说不准。"

翁拂神色冷冷地道:"你这榆木脑袋都能想到的事,我怎么会想不到?之前我就让他催动一缕灵气,把灵气喂给了蛊虫,然后才让他带走给沈如晚种下。他们师从同一人,修行的功法、气息一脉同源,蛊虫吃了他的灵力,便不会再去吃迥异的灵力了。他不把蛊虫放到沈如晚身上,难道放到他自己身上吗?"

"陈缘深,你可想明白了,我的蛊虫一旦见了灵力,半日之内不入体就会死去,这我可是能感应到的。"翁拂悠悠地说,"我的蛊虫发作起来,比杀阵让人痛苦一万倍。咱们已经是一条船上的人了,你何必为了一个多年不见的师姐铤而走险呢?这些年来山庄没亏待过你,分给你的钱财足够你挥霍无度了,你可别叫我们失望啊。"

陈缘深的声音颤抖起来,他像难以忍耐一般大声喊道:"够了!我已经按你说的做了,你到底还在这里啰唆什么?"

翁拂并不怀疑陈缘深的话,为了防止陈缘深耍花招,早就警告过陈缘深了。他知道,如果陈缘深性格刚烈,也不会在这山庄里待上这么多年。

他耸了耸肩,道:"我这不是怕你没想明白吗?我跟你直说了吧,沈如晚当初灭沈氏全族,就是因为容不下七夜白。你自己好好掂量一下,如果你师姐知道你掺和了七夜白的事,会不会放过你?对她来说,是你这个多年不见也无所谓的师弟重要,还是沈氏更重要?你别傻乎乎地被人清理门户了。"

陈缘深呼吸急促地说:"我已经按照你说的,拿杀阵的玉佩来迷惑她了,她信了,所以我顺利地把蛊虫下在她身上了,你不要再说了。"

翁拂终于满意地笑了。

陈缘深跟跟跄跄地走出主院,靠在门上,神色凄苦仓皇,手不自觉地摸向衣袖,嘴里喃喃着:"师姐……"

这边,沈如晚正在和曲不询说话。

怎样才能掌控一座山?

曲不询挑着眉,靠在门廊下看她,听完她的话,他的第一个问题便是:"你确定你师弟说的话可靠?"

沈如晚回道:"我不确定。"

其实她听陈缘深说完,第一反应并不是让陈缘深回到那些豺狼虎豹中探听消息,而是希望他不要再回去冒险了。陈缘深即使被翁拂算计，中了杀阵，只要去杀翁拂一个措手不及，再抢回玉佩就可以了。当年她被沈晴谙威胁完全是因为毫无转圜的余地，只能铤而走险，可现在陈缘深身边有她。

陈缘深拒绝了，说他们现在虽然瞧不起他，但也因为杀阵而信任他，他只要回去就可以继续听他们的计划。他还让沈如晚不要轻举妄动，因为他们在这座山里的势力非常强大。

"陈缘深不是那种遇强则强的人。"沈如晚扶着额角，一脸倦容地倚靠在门廊上，"按理说，他根本想不到这些，更不必说主动提及冒险去试探那些人。"

她已经提出让他不要再回去涉险了，他应当立即松一口气才对。

主动分忧、主动涉险，这还是陈缘深吗？

"他就算是我的师弟，也很难不让我产生怀疑。"沈如晚低声说着，声音很冷，仿佛说的不是她自己的师弟，而是一个没有多少交情的人，"况且，既然幕后主使一直都是同一个人，那么我有理由怀疑，这座山庄中的人早就知道我和七夜白、沈家的事了，怎么可能拿同样的杀阵来对付我，这不是打草惊蛇吗？"

曲不询看着她。

沈如晚一向冷静清醒，不需要旁人来提点。但也许正是因为她看得太透彻，所以一旦遇上心魔，八匹马也拉不回来。

她是那种做事完全无须旁人参与的人。

曲不询从来没遇见过像她这样命途多舛又性子独的人。

他没说话，也知道这一刻沈如晚不需要他说话，只要他静静地站在这里就足够了。

沈如晚慢慢地说："虽然陈缘深说药人都被藏在灵女峰的山体内，但我不能完全相信他的话，还得亲自探察。"

曲不询在心里叹了一口气，心道：她信与不信、矛盾与纠结，在这寥寥的几句话里体现得淋漓尽致。

"药人具体被藏在哪里，可以交给我去查。"他快刀斩乱麻地说，"我倒觉得，你不妨去邵元康所在的山庄找他问一问，他虽然看起来大大咧咧的，实际上不是心里没有数的人。他既然在钟神山待了这么些年，对这里的局势一定有所了解，与其你我一头雾水地撞运气，不如去问问他。"

沈如晚一怔，既觉得曲不询说得有道理，又不由得心存怀疑："你对邵元康很了解吗？"

她从前和邵元康私交不错，知道他其实很靠谱。但毕竟过了这么多年，她不敢像曲不询这样毫不犹豫地信任邵元康，便没想起来去问邵元康。

可从之前邵元康对曲不询表露出的态度来看，他好像根本不认识曲不询啊……

"不会又是长孙寒说的吧？"她一顿。

曲不询偏过头来看她，微微倾身："长孙寒确实也这么想。可如果我说不是呢？"

沈如晚皱起了眉，心中思索：他这话是什么意思？

曲不询用手指点了点她的鼻尖，云淡风轻地笑了一下："那就是吧。"

沈如晚受不了了："你把话说清楚，什么叫'那就是吧'？"

曲不询和她打什么哑谜？

曲不询偏偏不回答，悠悠地转过身去："走了，我去找药人，你去找邵元康吧。"

他就该让她去追根究底。

按照来的路上陈缘深所指的方向，邵元康所在的盈袖山庄离此处很近，但沈如晚越朝那个方向走，就越觉得人烟稀少。盈袖山庄仿佛不是修士们聚居的地方，而是钟神山上某个荒无人烟的角落。

沈如晚能肯定，盈袖山庄附近已经很久没有人来过了。凡人若是误入其中，心中一定会惴惴不安。

山庄的大门在她面前悄无声息地打开了，门后却没有人。

沈如晚挑眉，垂眸一看，发现地上有一条绿油油的藤蔓，弯弯曲曲地攀过大门，从内部把门打开了，然后静静地停在那里，似乎在等她进去。

沈如晚觉得稀奇，打量起那条藤蔓来。这条藤蔓当然不是像绿绦琼枝那样开了智的灵植，甚至没带灵气，好像只是这座雪山中最常见的草木，没有一点儿特殊之处。

它既不是什么稀奇的灵植，也不是被人用法术催生出来的，但灵巧听话，这完全违背了沈如晚的常识。

邵元康再修行一百年也做不到这一点，那么是他的那位道侣做的吗？

"沈师妹，你来了？"邵元康的嗓门很大，熟悉的声音远远地传过来，和陈献有点儿像，"欢迎欢迎——那个和你关系非同一般的曲道友呢？"

沈如晚转过身，对于邵元康的调侃回以冷冷的白眼。

当初在蓬山时，沈如晚就从来不理别人的起哄。谁要是拿她和别人开玩笑，她要么微笑着走过去，要么冷眼相待，最后谁也不敢再开她的玩笑了。

这感觉，她真是久违了。

邵元康看着她，只觉得时光匆匆，青春短暂。

邵元康在盈袖山庄中似乎比在外面轻松很多，看起来也没那么沧桑了，且发自内心地幸福。

"你怎么知道我来了？"沈如晚问他。

邵元康还没有结丹，神识探测的范围没有这么远，也不可能永远盯着门口。

"你看见了吧？"邵元康看了一眼门上的藤蔓，笑容满面地说，"我道侣听说我的旧友来了钟神山，也很高兴，对你们很好奇。你难得来一趟，你们见一面？"

也就是说，这些藤蔓真的是邵元康的道侣做的。

可她究竟是怎么做到的？沈如晚不由得想到陈缘深之前说过的话，他说邵元康的道侣非常强大，连卢玄晟和白飞昙也要忌惮。

"你的道侣是个丹成修士？"沈如晚盯着邵元康说，"还是个精通木行道法的修士？"

如果是这样，那沈如晚一定要好好认识一下这位道友，请教一下对方是怎么做到隔这么远还不用灵气就能让一株普通的植物如此乖的。

沈如晚真没想到，一别多年，邵元康居然傍上了一位在木行道法上造诣比她还高的灵植师。现在的炼丹师为了获得更好的灵植居然能做到这种地步了？

邵元康一看到她的眼神，立马就知道她在想什么了。

"你想什么呢？"邵元康毫不客气地对她翻了个大白眼，"我要真是那样的人，我道侣还能看得上我？"

沈如晚跟着他往山庄内走，似笑非笑，说话也阴阳怪气的："那谁知道呢？邵师兄英姿飒爽，当年也是传遍蓬山的，指不定靠这张脸就吸引了哪位强大的女修呢？"

她当年在邵元康面前可不这样说话。

"哟……你果然是看我没用了，就对我半点儿不客气了，是吧？"邵元康和她斗嘴，"有用朝前，没用靠后，我真没想到啊，沈如晚，你居然是这样的人。"

沈如晚盯着他，回嘴道："我当初用你干什么了？是你靠我催生灵植才对吧？"

邵元康"哈哈"大笑："那还不是因为……"他说到这里，微妙地顿了一下，然后才继续说道，"算了算了，你说得也是，当年确实是我求你的时候比较多。"

沈如晚转开脸，直直地看向前方，把脸绷得紧紧的。

她一向讨厌别人卖关子，每次非得冷着脸打破砂锅问到底不可。可是现在邵元康说了一半又不继续说下去，她竟然半点儿问下去的胆子也没有，就那么僵着脖子不说话。

她不敢想邵元康没说的话是什么。

邵元康叹了一口气，谈兴也消退了，便道："算了，这么多年过去了，咱们都有新生活了，再说从前的事有什么意思呢？"

沈如晚微微蹙眉，看向了他。

不需要邵元康特意说明，他们都知道他说的"从前的事"是指长孙寒。

她有一点儿不适，可这不适感来得又没有道理，好像宽于律己、严于待人，又或者被谁戳穿了什么秘密。明明这些日子以来，她已经慢慢地学会放下长孙寒了，可当听到邵元康这么说，她的心口忽然疼了一下。

这很奇怪。

沈如晚觉得可能是因为邵元康的身份有点儿特殊——他是长孙寒的发小，是她和长孙寒之间唯一的桥梁。在她与长孙寒互不相识的时光里，长孙寒就生活在邵元康随口说出的话里。

也正是因为这样，沈如晚从邵元康的口中听到让她别再回忆长孙寒的话后愣怔起来，五脏六腑都好像收紧了，仿佛她和长孙寒之间最后的通道也关闭了。

从今往后，年年岁岁，她再也没有机会靠近那个她朝思暮想的人了。

她早就该明白这件事，轮不到在长孙寒去世十年后被邵元康的一句话点醒。

她从来没有哪一次像现在这样绝望，十年前长孙寒死过一次，死在她的剑下，可还有很多很多人记得他、想念他。如今，十年过去了，长孙寒迎来了另一种消亡——当曾经记得他、怀念他的故交渐渐拥有新的生活、将他忘却，当这个名字再也不会被谁想起的时候，长孙寒彻彻底底地死去了。

连邵元康也说出了这样的话，连她也一直在努力地放下长孙寒，还有谁会想起他？

沈如晚克制不住地颤抖着，看着邵元康，半晌说不出话来。

"我说这话，你可能觉得我冷血，毕竟我和老寒有这么多年的交情，说忘就忘，真不是个东西。"邵元康说着说着便笑了，神色复杂，"但我把你当成自己人，沈师妹。我当年不怪你杀了老寒，因为真的觉得这事不能怪你，你过得太苦了，我要是像童照辛一样骂你，你得苦成什么样啊？"

沈如晚颤抖得更厉害了。这么多年，她第一次听到故交说她过得太苦了。

"你这人我也看明白了，性子又冷又倔，可待人很好，要是把谁当成自己人，那是掏心掏肺地对他好。"邵元康低声说，"那时候听你说老寒死了，我都不敢信。可你说你没想杀他，我比谁都信。"

因为只有他亲眼见过沈如晚提及长孙寒时那双清亮的眼睛，见过沈如晚有意无意地向他打探长孙寒的消息时故作矜持的期待模样，还有一次又一次得不到回应后黯然神伤的眼神。

"当初我在雪原上把你救起来，看你被天川罡风伤得差点儿没命，就知道但凡你还有一点儿办法，老寒都不会死在归墟里。他的性格我了解，他最是桀骜不驯，也就是年岁长了，成熟了，才慢慢地收敛性格，活成一副克己自持、孤傲不群的样子。他要是真被逼到绝境，脾气上来了，那当真会六亲不认，疯得翻天覆地。"邵元康深吸一口气，叹道，"一晃十年了，我一看你就知道，你虽然嘴上不承认，可心里从来没放下过这件事，但是人总要向前看，一辈子还长着呢。沈师妹，你想了这么多年，该放下了。"

沈如晚忽然觉得眼眶酸涩，有一种落泪的冲动，但终究没落下泪来，因为泪水早就流干了。

"你猜出来了。"她低声说。

邵元康没再隐瞒："如果你说的是你喜欢老寒这事，那我确实早就看出来了。"

沈如晚有一种大石头"哐当"落地的感觉，既沉重，又释然。

邵元康果然猜到，当年她伪装得再好，他也看出了端倪。

"其实你现在和曲不询在一起挺好的。"邵元康笑了笑，"我感觉他对你是真心的，而且总觉得他莫名其妙地有点儿像老寒。"

沈如晚抬眸，有点儿意外——连邵元康也觉得曲不询像长孙寒。

"他说他和长孙寒是酒肉朋友，"她说，"还说长孙寒克己自持的样子都是装的，其实长孙寒压力很大，本性桀骜不驯。这都是真的吗？"

她蓦然想起了之前曲不询说过的话。

她不了解长孙寒，邵元康总该了解吧？

邵元康听到这里，眉毛都立了起来，每个字都透露着不可思议之意："酒肉朋友？老寒根本不喝酒，从来没有喝过。"

哪怕是年少轻狂的时候，长孙寒也没有喝过酒。

沈如晚突然怔住了。当曲不询和邵元康说的完全不一样的时候，她一时竟不知道该信哪一个了。

"他说长孙寒身为蓬山首徒，压力极大，所以只私下里避着人饮酒。"她看着邵元康，道，"他还说，长孙寒就是个酒坛子，喝多了什么话都说。"

"放屁！"邵元康情绪激动起来，"他这是诬蔑，胡说八道！老寒要是爱喝酒，根本就不会避着人。他克己自持是因为自我约束，才不是碍于首徒的身份，畏惧人言——长孙寒根本就不是在乎别人说什么的人。"

沈如晚看着他，疑惑起来："可是曲不询确实知道很多只有宗门的精英弟子才知道的事，也熟悉蓬山首徒的日常职责，甚至可以头头是道地给我捋一遍长孙寒一天要干哪些事。"

若非如此，沈如晚也不会信。

邵元康也愣住了。

"可我能肯定,老寒真的不是那样的人!你说他喝醉了什么话都说,如果真是这样,那他绝不会碰一滴酒。"邵元康急得不知道说什么好,"沈师妹,这个曲不询到底是什么来历?以前和长孙寒有仇吧?上赶着抹黑他。"

沈如晚沉默了。这也是她想问的。

说话间,两个人已走到一座小楼前,邵元康还满脸怒意:"我是真不能忍这种事!十年前老寒被缉杀,我没证据反驳,只能说不信。可这个曲不询如此造谣老寒,未免太缺德了。"

沈如晚也想问问曲不询,他到底是什么意思?有那么一瞬间,她甚至不愿再往前走,只想转身去找曲不询,把事情问清楚。

"亏我还念着他是蓬山同门,想和他好好地叙叙旧,谁知道他在你面前胡说八道!"邵元康怒气难消,又道,"不过也难怪他要这么对你说。"

沈如晚皱起了眉,不知道邵元康这话是什么意思。

邵元康冷笑一声,露出了轻蔑之色,颇为不屑地说:"我还不知道男人?男人为了把美人哄到手,什么胡话说不出来?什么龌龊事干不出来?你说他是个丹成剑修,在蓬山却只是个寂寂无闻的记名弟子,那他必然是当年见老寒风头无两,怀恨在心,背后编瞎话抹黑老寒。这种人我见得多了。"

沈如晚怔怔地看着他,一时之间不知该去想曲不询为了把她哄到手而满口胡话的事,还是惊讶于他说曲不询暗暗地记恨长孙寒,所以编瞎话抹黑长孙寒。

她挑男人的眼光竟然这么差吗?

"男人的嘴,骗人的鬼,这话真是错不了。沈师妹,我也是个男人,只有男人才懂得男人是什么货色。"邵元康语重心长地说,"当初老寒死在你的剑下,有不少人非议你,也有许多人说早知道长孙寒不是什么好东西。这个曲不询一定以为你杀了长孙寒,必定喜欢听人贬低长孙寒,所以在你面前编瞎话,这叫投其所好。"

沈如晚一时话也说不出来,垂在身侧的手用力地攥紧了。

"我反正不会多说什么,和谁在一起都是你的选择,但这个曲不询我是绝不待见的。"邵元康一挥手,把小楼的门推开,喊里面的人:"盈袖,这就是我跟你说过的那个沈师妹。以前在蓬山的时候,多亏她承包了我的药草,不然我炼丹的水平还不如现在呢。"

沈如晚站在门口,深吸了一口气,这才收拾好心情,不去想曲不询到底是不是邵元康所说的"那种货色"。

她提起心神,走进门内,抬眸一看便怔住了。

在沈如晚的想象中,邵元康的道侣应当是个实力强大的女修,结合他之前提到的身体不好,她猜想这位女修也许受了伤,留下了沉疴痼疾。可她没想到,邵元康的道侣根本不是人。

面前的女子衣袂飘飘，裙带飞扬，看着温婉大气，美得不似凡人。青萝作衣带，白雪为罗裳，山风袅袅拂青丝，初阳灿灿映环佩，她站在那里，便叫人觉得这方天地也为她臣服。

唯一美中不足的或者说让她看起来超凡脱俗的是她那近乎透明的身体，阳光穿透过去，直直地照在地面上，沈如晚甚至可以看清楚她身后的东西。

这可不是什么受了重伤的强大女修。

沈如晚愣在那里，不由自主地朝邵元康看了过去，心道：邵元康的道侣莫非是这钟神山中的精怪？

这……这……她可真的没想到啊。

"沈道友，你好。"精怪般的女人莞尔而笑，朝她温柔地点头，"我是钟盈袖，阿康的道侣。"

不管对方是人还是精怪，只要礼貌地打招呼，沈如晚就待之以礼。即使再惊讶，她依然颔首致意："钟道友。"

邵元康看沈如晚肯叫道友，猜想她不会觉得精怪低人一等，神色陡然放松，随即笑了起来，对钟盈袖道："我早就说了，沈师妹不是那种傲慢的人，必定不会大惊小怪，只怕羡慕我能找到你这么好的道侣还来不及。"

钟盈袖微微笑了，没接邵元康的话，而是看着沈如晚，温和地说："道友勿怪，阿康这些年来远居钟神山，和旧友联系不多，实在想念，就把你请来了，希望我没有吓到你。"

虽然修仙界对妖修、精怪也算一视同仁，并不滥杀，但绝大多数修士还是倾向于和人在一起，哪怕只是凡人，也好过成精的鸟兽花木。

也不是每个人都能接受自己的朋友和精怪在一起的。非己族类，他们终究难以接纳。

从前邵元康也见过几个旧友，稍一试探便发觉对方难以接受精怪，之后就绝口不提把对方带回山庄做客的事了。后来，他不再主动和旧友联系，每日深居简出，与过往的生活断得干干净净。

"这些年，委屈你了。"钟盈袖说到这里，轻轻地叹了一口气，伸出手，温柔地在邵元康的脸上抚过，然后对沈如晚说："也亏得沈道友心胸开阔、一视同仁，阿康有你这样的朋友是他的幸运。"

沈如晚惊觉她竟有一丝慈蔼、包容的神性，不似寻常的精怪。

"沈道友，我从这钟神山上诞生已有好些年了，你猜我见过的修士里，有多少是真正把我当成修士一样看待的人，又有多少人始终觉得精怪是异种，不能和修士相提并论的？"她说起这些来，竟没有半点儿愤慨之意，"能一视同仁的修士终究是少数啊！"

沈如晚不由得沉默了。

"好了，好了，既然沈师妹不是那等自高自大的人，那咱们皆大欢喜，何必再提起那些叫人扫兴的家伙？"邵元康急忙转移话题，问沈如晚，"沈师妹，我还没有问过你，你来钟神山是有什么事要办吗？说不定我们夫妇也能帮一把——虽然我没有什么本事，但是盈袖比我强了万倍不止。不是我吹，在这钟神山里，你可是比不上她的。"

钟盈袖温柔地看着他，数落起来，可语气里没有一点儿责备的意思："你呀你，就可劲给我吹牛吧。"

沈如晚不由得在心里揣测钟盈袖的底细：到底是什么样的精怪能让邵元康说出如此自信的话？看钟盈袖的模样，她似乎并不觉得邵元康说的话有什么不妥。可惜，自己若是贸然问人家是什么精，实在太过失礼，否则非得问一问不可。

她沉思了片刻后，说出了来意："邵师兄、钟道友，实不相瞒，我是来查一件陈年旧事的。"真要开口，她一时又不知从何说起，想了一会儿，还是先问她最上心的事情，"我想打听一下，这座灵女峰的内部是否还完好如初？"

既然钟盈袖是钟神山中的精怪，邵元康又在这里居住了这么久，两个人对灵女峰的情况应当再清楚不过了，她问起这个问题，应该能得到答案。

可沈如晚没想到，眼前这对道侣的神色竟然不约而同地变了。邵元康原本还乐呵呵地看着她，此刻竟然满脸怒意："原来你是为了这个来的！"

沈如晚一惊，一头雾水地道："怎么？我也是刚知道这件事。"

邵元康朝钟盈袖看去，神色悲愤又哀伤，却一言不发。

钟盈袖沉默了片刻，最终宽和地笑了一下，安抚地看了邵元康一眼，神色淡然地说："沈道友并不知道我的事，和那些人也没有关系，你怨谁都不应该怨她。她既然在查这件事，想必对那些人是不认同的，你尽管说给她听便是。"

沈如晚更加摸不着头脑了。

难不成钟盈袖正好被这件事影响到，所以才身体不好？

邵元康叹了口气，颓然地看向沈如晚，苦笑道："沈师妹，这件事你算是问对人了。你可知道盈袖的来历？她是这北地擎天之柱、万里钟神山的山鬼。"

巍巍峰峦，灵脉汇聚，钟灵毓秀，往往会诞生精魅。它们依托山峦而生，就是修士常说的山鬼，在凡人的传说中也被尊称为山神女，元灵不亚于修士。

山鬼与峰峦同生同源，只要钟盈袖愿意，整座山上的生灵都可以成为她的耳目，她也可以攻击这座山上的任何一个角落里的任何一个修士，谁也逃不开她的

350

追踪。

钟神山绵延千里,是神州最巍峨的擎天之峰,坐镇北方,镇压四州的地脉,定住神州三分之一的气运。钟盈袖若是钟神山的山鬼,那她的力量究竟该有多恐怖?若她不管不顾地利用钟神山的地脉对付谁,这世上又有什么人能与她为敌?

之前陈缘深说,就连卢玄晟几个人都对钟盈袖颇为忌惮的时候,沈如晚还在纳闷,如今便恍然大悟了。

"沈道友,你无须忧心,我是钟神山的山鬼,生于斯长于斯,怎么舍得伤害钟神山呢?我已经诞生一百多年了,在我之前还有一代又一代的山鬼,钟神山一直在这里。"钟盈袖不紧不慢地说。

之前沈如晚便觉得她身上隐约有一点儿神性,现在听到她轻缓的声音,顿时生出一种让人安心的力量,不由得暗道:果然如此。

沈如晚先前在心里猜测,邵元康可能傍上了一位强大的女修,现在一看,觉得这话再准确不过了,便下意识地朝邵元康看了过去。

"你那是什么眼神?"邵元康本来满面愁容,对上她意有所指的目光,瞬间被气得跳脚,"我是那样的人吗?我认识盈袖的时候又不知道她是钟神山的山鬼。不管她是什么,我喜欢的都是她。"

钟盈袖轻笑了一声,用温柔怜爱的目光看着邵元康,既像望情郎,又像看顽皮的孩子。钟盈袖如果真如她所说的那样诞生了一百多年,那么邵元康在她的眼里确实还是个年轻的晚辈。

"你看你,"她轻柔地抚了抚邵元康的鬓发,"沈道友明明只是开玩笑,你又不是看不出来。"

"玩笑也不能这么开。"邵元康哼了一声,不过没有真的生沈如晚的气,只是瞪了沈如晚一眼。

沈如晚知道他没放在心上,便笑着给他赔罪了。

"钟道友,既然你是山鬼,对钟神山再了解不过,那你应当知道那些人做了什么吧?"她把玩笑话暂且搁下,疑惑顿生,"灵女峰被挖空必然会影响整座钟神山,也会影响到你,难道你就这么看着吗?"

邵元康说钟盈袖身体不好,缠绵病榻,必然是因为灵女峰被挖空一事,否则沈如晚再想不到任何一种能让钟神山的山鬼元气大伤的可能。

钟盈袖沉默了,看着沈如晚,幽幽一叹。

邵元康冷笑起来,难掩眉眼间的悲愤之色:"我们何尝不想阻止那群人呢?沈师妹,你那个好师弟这些年都在做什么营生,你难道不知道吗?以人为花田,只为种上一株花，这样的事他们都能做，挖空一座山又算得了什么？"

这回轮到沈如晚无言以对了。

"沈道友，你有所不知，似我这般的钟神山山鬼，每三百年一生灭，元灵湮灭，回归天地，无所谓魂魄，更无所谓轮回，同你们人类修士是不一样的。"钟盈袖轻声说道，"本来我发现那群人的动作后，确实打算出手，将他们从钟神山上逐出去，可没想到他们竟掌握着上一位山鬼所遗留的一点儿元灵。"

通过那残存的元灵，他们能拥有部分近似山鬼的掌控力，在这钟神山中无往不利，悄无声息地将偌大的灵女峰挖空，只剩看似完好的空壳。

"钟神山是我的根基，也是我的家，我珍视这里的一草一木，不愿让它们受到一点儿伤害。可对于那些人来说，钟神山不过是他们选定的一个培育灵植的地方，他们若是无法达成目的，把钟神山全毁了也无妨。"钟盈袖神色黯然地说道，"那几个人本身实力强悍，又掌握着上一代山鬼的部分元灵，我没有办法把他们逐出钟神山，若真动手，反倒会给钟神山带来灭顶之灾。"

所以这些年来，双方心照不宣，对方只在灵女峰上活动，不染指其他峰峦，而钟盈袖只当没看见。

沈如晚不由得皱起了眉："此消彼长，你越发虚弱，对方只会越发嚣张。"

他们单单挖空一座灵女峰便让钟盈袖如此虚弱，若是得寸进尺呢？

钟盈袖叹了一口气，道："一座钟神山只容得下一尊山鬼，他们带来的上一代山鬼残存的元灵，本身便已经影响到我了。"

她投鼠忌器，力量又衰退，能有什么别的办法呢？

沈如晚默不作声地思考：钟盈袖和邵元康既然了解陈缘深这些年在做什么，也知道七夜白的事，那便意味着这些年都忍下来了。

"邵师兄，你是否回到蓬山向宗门禀报过？"她忽然问。

钟神山是北地安定的定海神针，又发生了培育七夜白这般阴损的事，蓬山理应出手。

邵元康无奈地笑了笑："你当我没想过吗？当年我在临邬城见到你时，就是在去蓬山的路上。可我回了蓬山，把这件事汇报上去，这人推那人，今天推明天，谁也不给我一个准话，反倒让我早点儿走人。等到我回到钟神山时，你猜怎么着？"

沈如晚的唇紧紧地抿了起来。

"我刚回来没多久，你的好师弟就登门拜访了，一副吞吞吐吐的窝囊样，让我别再去蓬山白费功夫了。他告诉我，他们背后有大人物，我再怎么闹，他们都能压下来。他还说，这次看在盈袖的面子上，他们让我平平安安地活着回来了，下次再去蓬山，我还能不能回来就不一定了。"邵元康克制不住地冷笑起来，"沈师妹，你说说，我们还能怎么办？"

沈如晚垂在身侧的手微微颤抖起来，她声音冰冷地说："他是这么和你们说的？你去蓬山的时候，能推断出他们背后的人是谁吗？"

邵元康怎么说也是蓬山小有名气的弟子，当年有不少故交，这些交情也许没法让他们违抗师长和上峰的指示，却不影响他们私下里和邵元康通气。

"确实有人给我透露过消息。"邵元康沉默了许久才说，怒意和不忿慢慢地退去了，只剩下疲倦之色，"但是他也说不清楚，总之必定是最上面授意的，要么是掌教，要么是希夷仙尊。"

希夷仙尊不是蓬山人，可在修仙界的地位不比掌教低，单单从声望上来说，甚至要胜过宁听澜。偶尔希夷仙尊插手蓬山的事务，蓬山弟子也会听命，或者说，希夷仙尊若要插手这修仙界中任何一个势力的部分事务，都不会有人拒绝。只不过希夷仙尊从来不会讨这份嫌，一直超然世外，这反倒让他名声显赫。

从前沈如晚从走火入魔中苏醒后曾见过希夷仙尊一面，希夷仙尊问了她当时的情况，也问了七夜白的事，还开解她，建议她去找长孙寒讨教。

沈如晚从来没把希夷仙尊和七夜白联系到一起，因为希夷仙尊对于整个修仙界来说就像一个只有名字的局外人，没有人知道他的来历，没有人和他有什么联系，也没有人知道他是个什么样的人。他似乎也没有什么故人，像一个游荡的魂灵，遥遥地观察着人世。

"我见过希夷仙尊。"沈如晚慢慢地说，"他应当和掌教年纪差不多，不像一个人人景仰的大修士。我第一眼看见他的时候，还以为他只是个凡人。"

邵元康看了她一会儿，忽然问道："沈师妹，你知道我先前为什么要你来盈袖山庄找我吗？"

沈如晚不由得看向邵元康，想起先前他暗示她，要同她说一些关于长孙寒的事。

"我有个还在蓬山的旧友曾经来信跟我说，这些年里一直有人打探老寒的消息。"邵元康神色莫测地说，"他偶然追溯踪迹，发现在搜集老寒过往之事的是尧皇城的《半月摘》，正好也知道《半月摘》的主笔人邬梦笔是谁。"

沈如晚直直地看向邵元康，只听他一字一顿地说："希夷仙尊，本名邬梦笔。"

说着说着，邵元康竟然笑了起来，语气中尽是嘲讽之意："想不到吧？超然世外的希夷仙尊在谁也不知道的时候，耳目已遍布神州了。如今哪个修士没看过《半月摘》，又有几个修士不对这份报纸上的信息信赖有加？"

沈如晚的心中惊起惊涛骇浪，她问："你的意思是说，你怀疑当初长孙寒是被希夷仙尊诬陷的？"

邵元康道："你我都知道，老寒根本不是缉凶令上说的那种人，也根本做不出那种丧心病狂的事。他一向是蓬山最得意的弟子，到底是什么样的事会让人不顾一切地硬给他扣上这等罪名？老寒当初会不会就是撞破了七夜白的事，才引得有人要杀他灭口？"

邵元康的意思是，当初陷害长孙寒、如今挖空灵女峰的幕后主使都是希夷仙尊。

沈如晚半晌没言语。

如果……如果长孙寒当初真的是因为撞破了七夜白的事而被诬陷，那她岂非助纣为虐，反倒成了仇人手里的一把刀？

"当初，是宁听澜让我去追杀他的。"她低声说。

邵元康显然已在心里认定希夷仙尊就是那个幕后主使，很快便回她："希夷仙尊若是主张下缉凶令，宁掌教自然会配合。缉凶令是整个蓬山的缉凶令，蓬山若不能尽快捉拿凶手，丢的是蓬山的脸面，宁掌教怎么会不上心？"

沈如晚无法反驳，心里一团乱麻。她一会儿觉得邵元康说得极有道理，希夷仙尊太过神秘，若和这件事有关，自然能瞒天过海；一会儿又忍不住思考先前在《半月摘》上看见的文章是真是假，是希夷仙尊构陷、攻击宁听澜，还是确有其事？

她不知道自己到底希望真相是什么样的。

"总之，我把我知道的事情都告诉你了，你如果还对真相表示怀疑，可以再去刨根问底。"邵元康的情绪也渐渐淡去了，他疲倦地说，"至于我……沈师妹，我累了，且还有新的生活，盈袖也需要我，我们现在还有更重要的事要做。"

"再怎么滚烫的心，任由时间消磨，终归是要变冷淡的。"邵元康自嘲地一笑，"你也别怪我麻木不仁、袖手旁观。热血已凉，青春不再，我已经成了自己从前也看不起的人了。那些药人是很惨，但也不是我害的。各人自扫门前雪，莫管他人瓦上霜。对我来说，谁也没有盈袖重要，我们已经找到了一条更好的出路，再过两年也许就成功了。"

沈如晚不由得沉默了。

同样是弹指十年，故人都在往前走，把过往抛在身后，为何只有她念念不忘呢？为什么偏偏只有她忘不掉呢？

"什么出路？"她低声问邵元康。

这对道侣不打算硬碰硬，还能有什么出路呢？

邵元康看了钟盈袖一眼，神情苦涩地道："自从那些人带着上一代山鬼残存的元灵过来，盈袖便日渐虚弱，更不要说灵女峰被挖空，损伤她的根基了。盈袖现在看着完好无损，其实已经虚弱无比，再强撑二三十年便要彻底地消散在天地间了。"

一代生，一代灭。人有魂灵，山鬼却没有，元灵消散了就是消散了，纵然会出现新的山鬼，也不是钟盈袖了。

"不过那些人也给了我灵感——既然他们能保留上一代山鬼的元灵，那么我也可以把盈袖的元灵保留下来，之后再给她打造一具新的身躯，到时候我们甚至可以离开钟神山，无处不能去了。"邵元康说到这里，振奋了起来，"我找了几年，终于找到了办法。沈师妹，你是否知道有一种傀儡，栩栩如生，仿若真人，能以假乱真？我说了你别生气，这是童照辛做出来的东西。我知道你们针锋相对，但这小子做出来的东西是真的厉害。"

沈如晚当然知道这种傀儡，这不就是在东仪岛上邬梦笔留给姚凛，最后用来假扮章清昱的傀儡吗？

当时曲不询还说他和童照辛也是旧友。

"这种傀儡不是只能用神识或血操纵，维持三到六个时辰吗？"她不解地问。

钟盈袖本身没有血肉之躯，只剩元灵的话，也不会有神识，怎么驱动傀儡呢？

邵元康苦笑道："我辗转寄信请教童照辛，问他还有没有别的办法，他还真想出了主意——童照辛专门帮我打造了一方镜匣，镜匣能收容盈袖的元灵，元灵蕴养在其中，就能操纵傀儡，仿若真人。至于那段被限制的时间……就当盈袖每日要睡上一觉吧。"

沈如晚一时不知说些什么，只好问："那……那钟道友的元灵被收容在镜匣后，钟神山怎么办呢？"

他们难道就把偌大一座钟神山、支撑整个北地气运和地脉的擎天之柱拱手让给那些人了吗？对方倘若得寸进尺，最终会害得整座钟神山轰然崩塌！到那个时候，整个神州都将迎来一场浩劫。

钟盈袖平静地微笑了一下："钟神山只能有一个山鬼，我走了，他们手里的上代山鬼的元灵便会复苏。她不会甘于被控制，必然会挣脱他们的摆布，到时他们便失去了最大的筹码。"说到这里，她顿了一下，遗憾又漠然地说，"反正外面的人不关心山里出了什么事，如果真的被影响到，不也是咎由自取吗？"

沈如晚骤然抬眸看向钟盈袖，发现钟盈袖依然用先前那种温柔又平和的目光看着她，仿佛半点儿也没意识到这话究竟有多残忍。

她又看了邵元康一眼，邵元康移开了视线，没与她对视。

那一瞬间，沈如晚忽然明白为什么有的修士会排斥精怪鬼魅了——原来再温柔、博爱的精魅也有冷酷如斯的一面。先前她觉得钟盈袖身上带有神性，可忘了神除了博爱之外，也有一视同仁的漠然。

"你们若有什么需要帮忙的，可以告诉我。"沈如晚沉默许久后，低声说道。

她已经不想再在这里待下去了。她和他们不是一路人，永远也不能坐视罪恶和苦厄。

知己、亲友、故交，陌路人纵使相逢，终要殊途。这一路走下来，她只信自己，也只能靠自己。

"沈师妹！"邵元康送她到盈袖山庄外，遥遥地看着她。

在茫茫白雪里，她是最后一抹亮色。

"沈师妹，你……你也多保重。这么多年，你大义凛然，一心为公，也算对得起心中的道义和手中的剑，往后的日子还是多对自己好一点儿吧。"

不是真的关心她的人说不出这些话。

邵元康终究还是为师妹着想，沈如晚过得好，总比为了道义而过得越来越苦强。

而沈如晚呢？她回头看了邵元康一眼，愣怔片刻，忽然笑了一下，眉眼间是寂然的笑意，似叹也似笑。她说："谢谢邵师兄，我也想这样，只是没办法……"

木叶萧萧，落雪皑皑，邵元康只听见她掷地有声地说："十年饮冰，难凉热血。我既然回了修仙界，若不还这周天乾坤个清明，就绝不会回去。"

在远处不知等了多久的曲不询听到这话，幽幽地一叹，摇了摇头，又笑了。

沈如晚这个人，打不死，摧不垮，压不折；无人可挡，无事可阻，无物可扰。任世事消磨如刀如火，她却百炼成钢。

"沈师妹啊沈师妹，"邵元康神色复杂地对着她的背影说道，"你当初若是真和老寒认识就好了。"

沈如晚从盈袖山庄里出来，突然看见曲不询，不由得一怔，想到方才自己同邵元康说的话，难免有一种矫情却被窥见的尴尬之感。

她纵然心里是这么想的，可义正词严地说出来，总觉得怪不好意思的。

真奇怪，别人说她坏话，她面色不改；可说她好话，她倒受不了了。

"你什么时候来的？"她蹙着眉问。

她看见曲不询，又想起了邵元康说得斩钉截铁的话——长孙寒从来不饮酒。

曲不询到底为什么要说谎？事实难道真如邵元康所说的那样？

曲不询观察着她，把她眉眼间淡淡的倦色收入眼底，却看不出她究竟猜出什么没有。他捉摸不定，试探道："我探察完了，自然就来看看，刚来没多久。大家毕竟都是同门，我也有几分好奇，你问出什么没有？"

沈如晚顿了一下，瞥了他一眼，语气复杂地道："我劝你以后还是不要再见邵元康比较好。"

不然她怕邵元康打人。

曲不询一怔，心想：这话是什么意思？难道邵元康对曲不询有什么意见？可是他们素昧平生，邵元康不过见了曲不询一面而已，能对他有什么意见啊？

这边沈如晚还在思索：她既不愿意承认曲不询是邵元康说的那种人，又不知道若曲不询向她解释，她该不该信。

若曲不询从头到尾说的都是谎言，那他这个人又有几分是真实的？难道曲不询是用谎言堆积起来的、一碰就碎的虚妄的人吗？

沈如晚垂下眼眸，忽然问："我有没有和你说过，我最讨厌谎言？"

曲不询忽然收紧了垂在身侧的手，简短地回道："你说过。"

她最讨厌谎言，可他们的相遇是他此生中最难抵赖的弥天大谎。

"嗯。"沈如晚只回了这一个字。

曲不询看向她，不明白她怎么不继续追问下去。

她究竟是什么意思？她是猜到了，还是没有？

"你怎么忽然问起这个？"他只觉得好像有重物悬在心上，摇摇欲坠，让他的心七上八下的，"你和邵元康说什么了？他怎么忽然不待见我了？"

沈如晚蓦然回头看了他一眼，目光如炬："邵元康说，长孙寒从不饮酒，也没有所谓的酒肉朋友，更不会嗜酒如命，醉后什么都说。"

当初他同沈如晚说过的话，竟有一大半被邵元康否认了。

曲不询听完，顿时松了一口气，平生第一次觉得被人揭穿是一件好事，省得他牵肠挂肚、犹疑不决。

"是吗？"他看着沈如晚，云淡风轻地笑了一下，"邵元康是这么说的？"

沈如晚紧紧地盯着他，没想到曲不询被拆穿谎言后居然是这样的反应。

"你不解释一下吗？"她的神色慢慢地冷了下来。

曲不询反倒问她："邵元康是怎么和你分析我的？"

邵元康没有猜到他重生归来也算情有可原，但以他对邵元康的了解来看，邵元康听了沈如晚的话后，不可能不对曲不询这个人加以揣测。

邵元康到底说了什么？

沈如晚说不出邵元康猜测的"投你所好，为了把你哄到手，什么鬼话都说得出来"这种话，只好问他："你从前在蓬山的时候，是不是十分眼红长孙寒，所以臆想出这些桥段来抹黑他？"

曲不询万万没想到自己会听到这么离谱的猜测，纵使做足了准备，也不由得一怔，呆若木鸡。

"我……"他语塞，"他……"

他忌妒长孙寒？

这世上最不会忌妒长孙寒的人就是长孙寒自己。

曲不询本来还期待邵元康能给沈如晚一点儿提示，借此试探一下沈如晚的反应，也好过自己犹豫是对沈如晚坦白还是继续隐瞒，万万想不到邵元康竟然会这么想。

这下可好，他一下子就从有苦衷而隐姓埋名之人变成了人品堪忧的骗子。

沈如晚静静地看着他，神色越发冰冷。她一字一顿地问道："我再问你一遍，你不打算给我一个解释吗？"

曲不询沉默了。

他该怎么向她解释呢？说了一个谎言后，就要用无数个谎言去圆谎，可他总有一天要揭开最底层的真相。

他已不怕被揭穿身份，但怕沈如晚接受不了。

"我从来没有忌妒过长孙寒，也绝不可能故意抹黑他。"曲不询说着，慢慢地抬起了手，"我以道心起誓，对你绝无恶意，往后余生，哪怕你把剑对准我的心口，我的剑锋也绝不指向你。若有违背，我平生修为再无寸进，运功时走火入魔而死。"

修士以道心起誓，沟通天地，山川乾坤皆为见证，修为越高深便越灵验。对于普通修士来说，道心誓发便发了，这辈子也未见得应验；可对于丹成修士来说，一旦违背誓言，报应的到来便是早晚的事了。

"你这是什么意思？"沈如晚错愕万分，接着便是一阵恼火，心中还有一种说不清道不明的复杂情绪，"我根本不需要你发这种誓言，只需要你解释。"

曲不询回道："我不解释。"

沈如晚简直要怀疑自己的耳朵，差点儿被气笑了。她冷冷地看着曲不询，重复道："你不解释？你是不是以为随便对我发一个誓言，我就可以被你轻飘飘地糊弄过去？"

曲不询深深地看了她一眼，说出口的话却前所未有的直白："你确定想知道？我不跟你说的原因很简单——你若是知道了真相，必然要和我翻脸。"

他直直地盯着她，竟有一种莫名其妙的偏执之意："沈如晚，我说过，我比长孙寒卑鄙得多。你招惹了我，我是怎么也不会放手的。"

听完他的话，沈如晚皱起眉头，说不上是恼还是怒："你威胁我？"

"没有。"曲不询平静地看着她，说出来的话更加可恶了，"我只是再说一遍，通知你。"

从前沈如晚听曲不询说他如何卑鄙、固执，心里都没有多少感觉，到此刻方觉心烦意乱。按照她的脾气，她本该当场和他翻脸的，绝不受这威胁，可仿佛错估了自己对曲不询的感觉，报着唇站在那里，一时说不出话来。

半响，她才说一句："你有病吧？"

曲不询干脆坦然地承认:"我病入膏肓,已为此死过一回了。"

"我偏不听。"她恼火地说,"你最好闭上你的嘴。"

曲不询本已做好了准备,下一句就要和她说个明白,却不料她忽然又不想听他的解释了。

他不由得怔在那里,神情错愕。

沈如晚冷笑道:"你就藏着你的身份吧,把我惹火了,我就给你一剑。反正你道心誓都已经发了,不能对我还手,我杀你还不是易如反掌?"

"也对,这点我比谁都相信。"他说,不知心中是何滋味,顿了顿,又忍不住问她,"可你真的不想听吗?"

沈如晚是真的不想听了,至少现在不想。她冷着脸说:"你就算和长孙寒有血海深仇,和我又有什么关系?"

曲不询不由得沉默了。

沈如晚的心里乱七八糟的,她既不明白自己究竟为什么不追问下去,也不明白自己为什么不和曲不询一刀两断。

曲不询站在一旁看了她好一会儿,随后深吸了一口气,开了个玩笑:"你是不是舍不得我啊?"

沈如晚偏过脸,不看他:"自作多情。"

她的声音冷冷的,可又没那么有气势,反倒像她恼怒了。

曲不询蓦然看向她,心中有一种难以言喻的悸动,那颗深藏在胸膛下隐隐钝痛的心脏也一下比一下更有力地跳动着,几乎要从胸口一跃而出。

沈如晚有多冷酷,他比谁都明白。她活得有多清醒,就有多痛苦,哪怕清醒的代价是痛苦也绝不求一个难得糊涂。可就是这样冷酷又清醒的沈如晚,此刻明知他有所隐瞒,却选择不追问。

她什么时候放弃过追问呢?每一次她都追问到底,哪怕答案的背后是血和泪。

可唯独对他,她绝不追问。

曲不询心里不知是什么滋味,低声叫她:"沈如晚,你这是自欺欺人。"

沈如晚蓦然回过头,眼神冰冷地看着他,心中恼火得无以复加:"关你什么事?你是不是以为我不愿意追究,你就算拿捏住我的把柄,以为我被你威胁到、怕你纠缠了?"

曲不询突然探过身去,捧住了她的脸颊,凝视着她的眼睛,深深地望进那双曾让他在无边黑暗里魂牵梦萦的清亮的眼瞳,看清了她那黑色眼瞳里的他。

"不是,不是,不是,都不是。"他耐心地回答每一个问题。

她问一万个问题,他便给出一万个回答。

沈如晚不再说话了,神色复杂地看着他。恍惚间,曲不询竟觉得她眼眸里有一点儿水光。

"可我想让你知道。"他说。

哪怕她恨他。

曲不询垂下头,近乎虔诚地一点点地凑近她,以唇触碰着她的唇,交换这片冰雪世界里最后的温度。

第十三章　一壶春

沈如晚从来没有觉得自己这么糊涂过，明知道曲不询可疑，该对他刨根问底，哪怕真相被揭开后两个人一刀两断，甚至是反目成仇，她都该问个明白。

她待沈晴谙是这样，待长孙寒也是这样，为什么独独待曲不询不同？

沈如晚第一次知道，她居然也会掩耳盗铃。

曲不询到底有什么特别的呢？他在她的心里又凭什么比其他人特别呢？

沈如晚想不通。

"你没有特别英俊倜傥，顶多就是万里挑一——这世上这么多人，多的是比你容貌出众的人；也没有显赫的身份——神州那么多丹成修士，我剑下的亡魂也多的是；更没有万贯家财——剑修穷得揭不开锅，每赚一块灵石都要拿命去换。"她一条条地说给曲不询听，越说越不客气，好似每说一句话便能把她心头的不甘情绪发泄出去。

他们早已离开盈袖山庄，回到了钟神山第一峰的街市，在街市上寻到了一处生意兴隆的酒家。店里没了座位，他们也没走，并肩坐在酒家的屋顶上，看夜色渐沉。

曲不询看着远方，默默地听她说话，并不反驳。

沈如晚说着说着便停下了，神色愣怔，不知又在想些什么复杂的心事。半晌她才回神，问道："你说，你有什么特别的？"

从前她还在蓬山的时候，和沈晴谙讨论过姻缘情爱，沈晴谙掰着指头给她列举条件，告诉她该配个什么样的道侣。

七姐说，她长得这样秀丽，天赋又高，还会培育灵植，富贵不愁，还有副阁主做师尊、沈家做靠山，找一个英俊倜傥、家财万贯、实力出众、对她体贴殷勤的道侣是最基本的。倘若世上没有这样的人，那她还不如不找。再不济，她一次多找几个也行。

往事都付诸一笑,她细数下来,这几个条件曲不询占了几样?这世上样样都占的人不知有多少。

怎么偏偏他就不一样?

曲不询低着头,随手提起搁在旁边的酒坛,不紧不慢地倒了一碗酒,然后将碗递到她面前。

沈如晚睜眸看了一眼,没去接。曲不询也不强求,心情复杂地端着那碗酒,一仰头,喝了半碗。

"我是没什么特别之处,没有万贯家财,也没有高贵的出身,"他没看她,而是神色深沉地看着远方阑珊的灯火,语气平淡地道,"可是沈如晚,你又不在乎这些。"

曲不询没有这些,他从来没有隐瞒过,可是沈如晚在意过吗?万贯的家财和高贵的出身在她的心里又算得了什么?

"我也不在乎。"曲不询垂下了头,淡淡地说。

她不在乎这些,他也不在乎,那他们在乎的是什么?若是换个人呢?沈如晚知道,纵是什么都一模一样的人,也不是她想要的那个。

她说不上来这种感觉,好似非得是曲不询不可,换一个人就不行,怎么样都不行。

沈如晚心绪复杂地伸出手,把曲不询手里的半碗酒夺了过去。

曲不询一怔,看她毫不顾忌地喝了一口,不知怎么的,竟有些不自在,险些没坐住。

说来也奇怪,他分明深深地吻过她一遍又一遍,可是刚才见她喝他喝过的那碗酒,竟然有些耳热,不由得狼狈地转过头去。

即便是当初还在蓬山一心学剑时,他也没有像现在这样沉不住气。

沈如晚没瞧见他的狼狈样子,眼睑微垂,一口一口地竟把那半碗酒都喝光了。然后她去拿搁在旁边的酒坛,又倒了一碗,默不作声地再次一饮而尽。

待曲不询调整好心态,若无其事地回过头看她时,沈如晚已经喝下好几碗酒了,动作越来越快,不像饮酒,倒像拿酒撒气。

他不由得眼皮一跳。

钟神山不是临邬城,这里的酒是卖给修士的,自然是能令修士也醉生梦死的灵酿。越好的酒就越醉人,他拿的这一坛酒可不是什么度数低的酒。

沈如晚从前总是拒绝喝酒,就连划拳也以茶代酒,曲不询怕她喝醉了,就想阻止她。

"这有什么可怕的?"沈如晚神色淡淡地说,"我醉了,难道会一剑刺向你?"

她方才没出手,现在也不至于。

曲不询苦笑着想:他哪是怕她醉后六亲不认?他是怕控制不住自己。

沈如晚不理他,低头看着只剩下半碗的酒,一瞬间想到,曲不询好歹也说过一句实话——酒不醉人人自醉。

她许多年不碰酒了，三杯两盏下肚，还没到酒酣便已经觉得耳热了，恨不得一醉解千愁。

"我七姐是我从小到大最好的姐妹，亲手把我送入绝境，眼睁睁地看着我去死。我这辈子最恨的人就是她，恨不得我从来都不认识她！"她端着那半碗酒，忽然咬牙切齿地说道，每说一个字都重得像要把谁的骨头嚼碎，"我那么信任她，她就这么骗我，想让我认命。我不认，偏不认！我才不要难得糊涂，也不要身不由己，哪怕粉身碎骨也要活得明明白白！谁背叛我，我也不在乎。"

沈如晚说到这里，忽然转过头，用一种冰冷到让人陌生的眼神看着曲不询，慢慢地说："可是你有什么特别的啊？"

曲不询究竟是哪里特别，以至于胜过沈晴谙、长孙寒和她的师尊？

沈如晚不明白，连自己也觉得陌生。

她不追问曲不询的身份，是不是对不起七姐呢？她对七姐尚且毫不退让，凭什么不问曲不询呢？

"我不是特别，只是恰逢其会。"他神色平静地说道，伸手将她手里的酒碗夺回，放在身旁，"你太累了，再也经不起失去了。"

沈如晚怔怔地看着他，半晌没有说话。

曲不询也直直地看着她："沈如晚，你醉了。"

"我没有。"沈如晚答得比谁都快。

曲不询无言。

这还没有呢？她眼看就要把屋顶掀翻了。

曲不询偏过头，深吸了一口气："行，既然你没醉，那我干脆就把你想知道的告诉你，免得你再追着问我哪里特别。"

"我不想听。"沈如晚还是拒绝。

曲不询被她弄得心里一团乱。她一会儿问他哪里特别，一会儿又不想听他的解释，他好不容易组织好语言，她又让他闭嘴。

他将手肘撑在膝上，只觉得每一盏灯都像在无声地嘲笑他作茧自缚。他从绝境杀机里走过一遭，心硬如钢，可是一对上她，竟优柔寡断得像换了个人一般。

说还是不说，他究竟有什么好犹豫的？他大不了软磨硬泡、死缠烂打，用千般手段把她留下，和她纠缠一辈子，死也不放手。

世人都说情关难过，他偏不信，非得把这情关踩得粉碎，届时还有什么过不得的？

曲不询深吸了一口气，语气强硬，不容置疑地道："你不想听，我也要说。"

这次他绝不依她。不管她说什么，他都不想再犹豫了。

可他还没等到沈如晚的回应，肩膀就忽然一沉，看到沈如晚细软的青丝垂在他的肩头，滑进了他的领口。

她静静地靠在他的肩头，眼眸合拢，呼吸均匀绵长，两颊的肌肤细腻，在昏暗的月光下显得越发柔和。

她竟这么靠在他的肩上沉沉地睡去了。

沈如晚这些年经历过腥风血雨，见过人性的黑暗，明知他有所隐瞒还这么信任地靠着他的肩头睡着了。

曲不询瞪着她，神色古怪，像见到了什么超出他认知的事一般，说不出自己现在是什么心情。

"我真是……"半晌，他深吸一口气，什么也没说出来，倒把自己气笑了。

他这一动，肩头也跟着动，沈如晚头一歪，整个人竟直直地向前栽去。

曲不询一惊，还没来得及细想，行动已先于意识，立刻伸出了手。他一只手揽住她的腰肢，另一只手扶着她的肩，紧紧地将她揽在怀里，任她的几缕发丝钻进他的脖颈，令他痒痒的，心猿意马。

他垂着头盯了她半晌，只觉得自己这辈子的复杂情绪都由她而起，偏偏她还根本不在意。

夜风萧瑟，楼下的酒家喧嚣吵闹，可屋脊上一片静谧，只有他和她。

曲不询忽然大声叹了一口气，好像想抱怨给谁听，但又不知道究竟能向谁抱怨，只好俯首认命地说："我上辈子欠了你的。"

他坐直了身体，微微调整了一下姿势，让她睡得更安稳一点儿。随后他漠然地看了一眼远处，将下巴搁在沈如晚的额头上，喃喃道："我怎么就栽在你的手里了呢？"

沈如晚没有回答，曲不询也不需要她的回答。

直到天色渐明，晨光熹微时，曲不询身披寒露，听见楼下有人发出震惊的声音："师父、沈前辈……你们……你们怎么……"

曲不询眉毛一挑，低头向下看去。楼下，陈献用力地仰着脖子，嘴巴张得能塞下一个鸡蛋，看着他们目瞪口呆地道："你……你们……你们居然是这种关系？"

曲不询无语。

他还没说什么，便感觉肩头微微一动，骤然绷紧了身体。

沈如晚醒了。

她睁开眼的时候还有几分茫然，歪头坐久了，脖颈酸涩，这是很多年没有过的感觉了。她催动灵气，酸涩感转瞬便消去了。然后她微微皱眉，坐正身子，用一种奇怪的眼神看着曲不询。

曲不询莫名其妙地有几分不自在，干咳了一声，解释道："昨晚你喝多了，自己靠过来的，可不是我故意占你的便宜。"

这话他说得很奇怪，他们俩连更亲密的事也做过了，昨晚不过是依偎在一起坐了一夜，他怎么就扯到占便宜上去了？

沈如晚已经想起昨晚沉睡前发生的事了。其实她没有醉得多厉害，至少没到昏昏睡去的地步，可不知怎么的，坐在那里看着天边的明月，忽然感觉自己很累，什么也不去想，什么也不用担忧，就这么睡上一觉也挺好的。

她想睡就睡了。

可她醒来时，睁开眼睛便看见了曲不询的下巴，于是怔在那里，久久没有回过神。

沈如晚皱着眉，试图回忆昨晚合眼前的感觉。

寒风瑟瑟，远处灯火阑珊，只有身侧的温热莫名其妙地让人安心，于是她如释重负，安然地进入梦乡，转眼便已天明。

"我睡了多久？"她问。

曲不询一直盯着她，听她问起这个，顿了一下，回道："两个时辰。"

从寅时到辰时正好两个时辰，对修仙者来说已足够恢复精神了。

沈如晚淡淡地点了点头，但心里还在纠结她为什么会在曲不询的身侧感到安心。

陈献还在楼下怀疑人生，对着楚瑶光碎碎念："我早该看出来的。之前师父跟我说他和沈前辈不是朋友的时候，我就该明白的，还有你说他们特别亲密的时候……可这也不能怪我，他们俩平时也不亲密啊！"

楚瑶光无奈地看着他，心道：两位前辈不是平时不亲密，是亲密的时候都被陈献打断了。

她本想拉着陈献走，没想到陈献总是快人一步，在不该快的时候格外机敏。

楚瑶光觉得不能再这样下去了，否则总有一天曲前辈会狠狠地揍陈献一顿。

曲不询从楼上下来，一伸手便在陈献的脑门上敲了一下，没好气地道："怎么，要我和你的沈前辈在你面前表演互诉衷情你才能满意？"

陈献"嘿嘿"一笑："那也不是不可以。"

沈如晚淡淡地瞥了他一眼，问："你们怎么在这儿？"

楚瑶光主动解释："我们觉得住在那个山庄里未免太被动了，那些人如果想窥探我们的动向，没有一点儿难度。思来想去，我们就想出来看看有没有合适的落脚点，最好能像先前在碎琼里那样租个院子。"

不必多说，这一定是楚瑶光的主意，陈献性子马虎，根本不会想这么多。

"我们挑了几家客栈，都地处灵气浓郁之处，适合修士修炼，但私密性很差，商家提供一定程度的安全保障。我看这些客栈不像给外来修士落脚的，倒像供给常驻钟神山的修士打坐修炼的。"楚瑶光仔细地介绍着，"但我们并不是想在这里清修打坐，这些客栈的保护对我们来说实在是鸡肋，所以我们最后选的是一家旺铺后的独院，前后隔开，各自开了一道门，很清净隐蔽。"

楚瑶光做事确实很靠谱，心思细腻，思路也灵活，找到的落脚点连沈如晚和曲不询也挑不出毛病来。

然而这院子明明是她挑的，带沈如晚和曲不询过去时，她却拉着陈献后退一步，往门口走："两位前辈，本来我打算租下这个院子凑合一下，没想到谈完了租金，连灵石也给了，陈献却忽然跟我说想体验一下钟神山客栈的修炼氛围。"楚瑶光说到这里，瞪了陈献一眼，"真是烦死人。"

陈献一脸蒙地看着楚瑶光，出声反驳："瑶光，我什么时候……"

"你别说了，我陪你去就是！"楚瑶光打断了他的话，"既然你非要去试一试，那我只好跟在旁边，防着客栈掌柜见财起意，趁你修炼时对你下手——我在那里起码还能救你。罢了，谁让你身上有方壶这样的至宝呢？"

陈献张了张口，当真是百口莫辩："我没有……"

"两位前辈，我会看好他的，等他在客栈里修炼几天，尝完了新鲜，兴趣差不多也该消退了。这几天我们在街市上逛一逛，顺带打听一下山庄在这里的风评，每天午时再来汇报消息。"

楚瑶光说完，不等陈献再反驳，一把扯住陈献的袖子就往门外走。

门被掩上，曲不询和沈如晚还能听见陈献不解的声音："我没想去客栈体验啊……"

楚瑶光的声音渐渐微弱，却很坚定："不，你想。"

曲不询抱着胳膊，看着合拢的门，一时不知道该做出什么样的表情。他张了张口，没有说话，一回头，见沈如晚的神色也怪怪的，就若无其事地笑了一下："喀，陈献这小子，果然想一出是一出，难为小楚愿意搭理他。"

沈如晚似笑非笑地看了他一眼，心说：陈献是不是真的想去住客栈，你还能看不出来吗？

"这地方选得还不错。"她不带情绪地说，懒得拆穿他们。

曲不询差点儿没绷住。

"我看见《半月摘》的办事处就在附近，正好去登报约杭意秋一见。之前在碎琼里，那个卖冰粉的老板说至少要等一个月才能排到我，我现在去约，一个月后钟神山的事应当也已经结了，不如就约杭意秋在尧皇城见吧。"沈如晚正色道。

正好，她本来就打算去尧皇城亲眼见一见邬梦笔，看看这位不问世事的希夷仙尊究竟在搞什么名堂。

曲不询应了一声："哦，这样啊。"

沈如晚目光微转，落在他的脸上，问道："不然你以为我说这地方好在哪里？"

曲不询偏过头，摸了摸鼻子，有一种自作多情的懊恼之感："没什么。"

沈如晚莫名其妙地有一点儿想笑。她故意追问下去，神色却淡淡的："没什么是什么？我猜不出你是什么意思，把话说清楚点儿。"

曲不询架不住她眼睛一眨不眨地看着他，但有口难言，于是干脆转移话题："昨晚我正打算跟你说我的身份，谁承想你竟然睡着了。现在你醒了，我总能说了。"

沈如晚才把这事抛在脑后，见他非要拾回来，不由得谈兴顿减，蹙起眉说："我都和你说了我不想听，你怎么偏要纠缠呢？你这么想说给我听，早干什么去了？"

他要是真想坦白，当初不如不骗她。

曲不询淡淡地说："可我若是现在不告诉你，以后你和我在一起，总是如鲠在喉，何必呢？不如我现在就告诉你，就算咱们反目成仇，我也会纠缠到死。"

反目成仇……纠缠到死……

沈如晚忽然沉默了。她想过曲不询隐瞒的真相会让自己不敢面对，可是没有想过会到两个人反目成仇的地步。

"这么严重吗？"她轻声问。

曲不询目光沉沉地看着她，沉默了许久，耸了耸肩。

沈如晚深深地凝视着他，又想起第一次见曲不询时，两个人隔着长街对望的画面。那时她有没有想过，自己有一天会把他当一回事，会毫无防备地靠在他的肩头沉沉地睡去，醒来也觉得平静、安心？

她应当是没有的。

就像她想不到沈晴谙会带她去沈家禁地，想不到长孙寒会死在她的剑下，想不到她没有实现年少时的任何一个心愿，活成了从前不敢相认的模样。

世事谁能预料？

"问你一个问题。"她忽然说，"你觉得我心狠吗？"

曲不询微怔，没料到她会忽然问出这样一个问题。他沉思了片刻，看着她回道："我觉得，一个本没有选择的人没必要问别人这样的问题。"

沈如晚忽然笑了。

自重逢后的第一面起，曲不询从未见过她如此舒展的眉眼，像久久蒙尘的珠宝终于被拂去了尘埃，熠熠生辉。

她朝他走近，站在他面前，语气古怪却平静："你想说随时都能说，等到现在还不开口，其实很犹豫吧？"

曲不询无言。

沈如晚看了他一会儿，忽然捧起他的脸颊，让他微微低下头来和她对视。

"你相信我还能拿起剑吗？"她问得很认真。

这又是一个风马牛不相及的问题。

曲不询神色晦暗，紧紧地盯着她清亮如水的眼睛："对于这一点，我比谁都深信不疑。"

"好。"沈如晚答得干脆，平静的语气里却充满杀气，"如果你是我的仇人，我会立刻杀了你。"

曲不询深深地凝视着她，好像想把她的眉眼都镌刻在心里。他笑了一声，波澜不惊地说："好。"

他深吸一口气，刚要张口继续说，不料沈如晚突然抬手捂住了他的唇，把他的话堵得严严实实的。

"我还没说完呢。"她向前倾身，几乎靠上了他的肩头，发丝钻进了他的脖颈。她凑在他的耳边，声音又轻又冰冷："你总是说第一次见我时你在想什么，可你知道我第一次见你时，我在想什么吗？"

曲不询伫立在那里，微微偏头，目光深沉地盯着她的侧脸，喉结慢慢地滚动了一下。

沈如晚捂在他唇边的手慢慢地松开了，从他的眉眼描摹到唇，指尖微微用力，一遍又一遍地抚过曲不询的唇。

"我在想我师兄。"她轻声说，"我喜欢我师兄。"

曲不询呼吸一顿，瞬间抬起手，强硬地把她圈在怀里，然后牢牢地攥住了她的手。他的神色也冷下去了，指节一点点地用力，瞳仁中是冰冷的偏执之色。

"是吗？我很像他？"

沈如晚笑了起来，一点儿也不犹豫地说："不像，没有人能和他比。"

"那我算什么？"曲不询声音冰冷地问。

沈如晚想了一会儿，毫无歉意、轻飘飘地说："你也知道的，消遣。"

消遣。

从前她说他是消遣时，两个人你来我往地斗嘴，他说他甘愿做她的消遣。

可谁甘心真的只是消遣？

他搭上年少时的一见钟情，搭上穿心的一剑，搭上半生难消的恨意，孤注一掷，最终换来了她的一句"消遣"。

曲不询握在她手腕上的五指用力地收紧，像一把冰冷坚硬的锁。他一字一顿，发狠般说道："沈如晚，你可真会糟践人。"

沈如晚出神地凝视着他愤怒的眉眼。

"可我想得到你。"她好像浑然不觉这话究竟有多露骨，又会引起别人何等的贪欲，只是静静地、专注地看着他，清亮的眼瞳里只剩下直白和坦诚的神色，几乎摄魂夺魄，让人只望一眼便会深深地陷落其中，越陷越深。她轻声说："从见到你的第一眼起，我就想得到你。"

所以她时不时地留意他，有意无意地和他说话，半真半假地对他发脾气，全是漫不经心的引诱。

可是这些引诱真的奏效了，她对此也感到非常意外。

"你也想要我，这我也知道。"她轻声一笑，"你装得好像根本没有这回事，一开始与我针锋相对，后来又对我那么殷勤，可见你从看到我的第一眼起就没打算放手。"

从前他看向她的眼神总是点到即止，他再怎么意乱情迷也会克制，可现在他的目光里只有直白又强硬的占有和欲望。

沈如晚散漫地轻笑了一下，低声说："你根本不用我撩拨。"

她捧着他的脸颊，吻了他。

曲不询的手抚过她的脊背，将她用力地抱在怀里。理智土崩瓦解，被掩盖的贪欲恣意地生长，一寸一寸地越过克制和礼数的边缘，他闭上眼，任欲念和贪婪将他吞噬。

"你不会后悔吧？"他低声笑了一下，凉凉的指尖一寸寸地探寻本不该去往的方向。他慢条斯理地吻上她的耳垂，没等她回答就勾起嘴角，语气漠然又愉悦地说，"那也晚了。"

沈如晚一只手搂着他的脖颈，微微颤抖着，另一只手忽然捧住他的脸颊，强硬地让他转头。她像猎手审视猎物一般看着他，微微蹙着眉，眼中暗藏着曲不询肆意放纵的手带起的一点儿欢愉之色。

曲不询一把扣住她的后颈，又深深地吻了她。

"明天再后悔，"她轻声说，忽然笑了一下，"或者后天。"

曲不询也笑着回应道："行，那就后天。"

今天和明天，都很绵长。

沈如晚第一次知道，原来自己也可以是妖。

什么仙风道骨都像轻飘飘的锦帛般碎裂了，谁在乎？

走进这座院子的第一天，她和他用每一寸肌肤丈量了每一个角落，连后院的花架也读懂了他们剧烈的脉搏和心跳。

就连最情难自禁的时刻她也紧紧地咬着唇，没有发出一点儿声音。可他强硬地撬开她的唇齿，把她的克制和余音都吞没了。

她在过去十年中的不甘心、难以忍耐又必须忍耐的痛苦在这一瞬间轰然炸开，把她淹没，而她只能用尽全力去挣扎，于是在理智出走的边缘，她的脸颊上多了一片冰凉的水光。

曲不询不知什么时候停下了，用拇指摩挲她的脸颊，一点儿一点儿地擦掉她的眼泪，若有所思。

"哭什么？"他低声问。

沈如晚没有回答，仰起头怔怔地看着他，重新深深地吻他，一次又一次地沉溺，一次又一次地攀越。

窗外不知何时下起了雨，轻轻地打在树叶上"噼啪"作响。可屋里红烛罗帐，仿佛是另一个世界。

曲不询俯下身，在她的颈边留下了缠绵的印记。修长有力的手指一寸寸地向下抚去，使她细腻光洁的皮肤染上红晕。

沉沉的喘息声里，他像低吼的凶兽："怎么忍得这么辛苦？喊出来也没事。"

沈如晚紧紧地蹙着眉，在他紧实的肩头上用力地掐了一下："谁要你教我……"

剩余的话被吞没在他的吻里了。

沈如晚搭在他肩头上的手猛然收紧，纤细的五指不断地收拢，指甲深深地陷入他的皮肉里，留下了几道月牙一样的掐痕。她再也没松手，直到一切都静止。

风透过半开的窗户吹进室内，拂过她的发丝，发丝在曲不询的肩头打着旋。他抬手，把她垂在颈边又绕到他心口的发丝拨开，别到她的耳后。

沈如晚的手还撑在曲不询的肩头上，她的大脑慢慢地回神。她乍一看，自己的指尖竟不知何时染上了一抹猩红。

沈如晚微怔，知道这自然不是她的血。方才她掐得太用力，把曲不询的肩膀掐破了。

"你一点儿也不手软。"曲不询瞥见她指尖的血，意味不明地说。

沈如晚乜了他一眼，没说话，伸手抚过他的肩头，抚摩那道细小的、早已止了血的掐痕。她将灵气汇聚在指尖上，在伤口上抹了一下，伤口转眼便愈合了，一点儿痕迹也没留下。

曲不询揽着她的腰肢，目光幽幽地注视着她。他贴着她的耳垂问："你如果待会儿打算给我一剑，会不会后悔现在给我治伤？"

沈如晚微微一顿，没好气地瞥了他一眼，手撑在他的肩头上，微微用力起身，却不料曲不询圈在她腰后的手蓦然收紧，又将她按回了他的膝盖上。

曲不询用力将她揽在怀里，冰凉的肌肤和滚烫的肌肤相触，竟像坚冰骤然触及烈火。两个人心口贴着心口，于是她感受到他紧实有力的胸膛下传来了一阵一阵的心跳声，那颗心脏似乎在用尽全力把跳动的频率传递给她。

沈如晚用手抚摩他的脊背，本是无心之举，可她的指尖传来了一种凹凸不平的触感。沈如晚不由得一愣，顺着抚摩过去，发现那是一道很长的伤疤。伤疤凹凸不平，足见他受伤时伤口一定极深，也许差一点儿就要伤到脊骨了。

方才楚雨巫云，她也发现了，只是没在意，毕竟曲不询是个剑修。

对于修士来说，若是受了普通的皮肉伤，只要催动灵气便能愈合，绝不会留疤。

倘若修士之间斗法，伤口里掺杂了异样的煞气，那得先拔除煞气，然后再治愈伤口。伤口里掺杂的煞气越多，修士便越需要静心休养，再辅以属性相合的灵药，才能将煞气尽数除去。若修士尚未拔除煞气便催动灵力强行愈合伤口，不仅极度痛苦，而且那股煞气会持续在体内作祟，经年不散，导致留下深深的伤疤，遇到险境时还有可能旧伤复发。

"这是我在归墟之下，被天川罡风伤到而留下的。"曲不询的声音低沉，像晦暗不明的风雨夜，"当时我没有时间逼出煞气，便强行让它愈合了。"

沈如晚不由得皱起了眉，又摩挲了几下伤疤。她还在曲不询的背后发现了许多细小的疤痕，就连肩头、上臂也有许多，只是没那么深，摸上去和普通的皮肤没什么区别罢了。

天川罡风何等锐利凶煞！强行催动法术愈合伤口，任由残余的罡风留在伤口中作祟究竟有多痛苦难耐，沈如晚比谁都清楚。

当初她身受重伤，勉强从归墟中出来，正好被听到长孙寒的消息后急忙赶来的邵元康救下。她喘了一口气，硬是连夜挑开一道道伤疤，拔除了残余的罡风，伤口才愈合。

曲不询身上有这么多天川罡风留下的伤疤，那得是何等销骨蚀心的非人之痛？

"事后怎么不挑开伤疤拔除？"她蹙着眉，伸手凝聚一缕灵气探入伤疤，片刻后松了一口气。还好，兴许是时日太久，天川罡风已被曲不询体内自行运转的灵气消磨耗尽了。

"没时间。"曲不询依然是这个回答。

他像一尊沉默的雕像，静静地坐在那里，没有半点儿往日洒脱自在的样子。

沈如晚觉得古怪，收回手若有所思地打量着他，问道："你在归墟里到底待了多久？"

他怎么连拔除天川罡风的时间都没有？

曲不询靠在床边，眼神晦暗不明，回道："八年。"

沈如晚止不住地惊愕。

谁能在归墟下待上整整八年？

曲不询忽然笑了一声，向前倾身，带着趴在他身上的沈如晚向后仰去，手还牢牢地箍在她的腰后，让她仰躺在罗帐里。

她什么也不说，只是仰首看着他，眼神深沉。

"沈如晚。"他紧紧地搂着她，喊了她一声。

风月过后，她仍是一副清冷的模样，浑然没有一点儿意乱情迷的样子，只剩眉眼间残余的餍足神色散发着一股倦怠慵懒的气息。

曲不询紧紧地盯着她，像要把她的每一寸肌肤都吞咽下去，一寸寸地占有。

"沈如晚。"他又叫了她一声。

沈如晚微微蹙眉："叫我干什么？"

曲不询没有回答，神情漠然，深沉的眼瞳中尽是狂暴的偏执神色。

"沈如晚。"他声音很沉，一字一顿地说道，像要把她的名字生生地嚼碎，和着血咽下去。

"曲不询。"沈如晚警告般叫了一声他的名字，希望他能识趣点儿，收敛一下，有事说事。

可他听到沈如晚喊他的名字，忽然低下头，肩膀古怪地颤动了一下，喉咙克制不住地溢出了一声冰冷的哂笑。

沈如晚是真的不耐烦了，便抬起手朝他的肩头推了一下，想把他推开，让她起身。可手刚碰到他的胸膛，她就愣住了，凝视起他胸前那道狰狞可怖的伤疤来。

那是剑伤。

哪怕现在那里只剩下一道疤痕，她也能一眼看出这道伤疤当初是由何等用尽全力、绝不留情的一剑造成的。

惊雷在她的耳畔炸响，她浑身僵硬，搭在他胸前的手忽然抖得厉害，一边颤抖一边落下。

曲不询在凝视着她，沈如晚感觉得到，可根本无暇顾及。她用颤抖的手抚过那道狰狞的剑伤，又将灵气聚在指尖上，探入剑痕中。

凛冽如冰的剑气骤然朝她探入的那一缕灵气斩来，锋利如刀，可在触及她的灵气的一刹那，如水般自然而然地融了进来，仿佛原本便同源。这道剑气和她的灵气确实本就同源。

十年前，她在雪原上给长孙寒的那一剑，她再过十年也忘不掉的一剑，封印了她所有的憧憬和爱恨。这世上能胜过天川罡风的煞气、深埋在心口十年也不会被灵气磨灭的气息本就不多——那是碎婴剑的剑气。

此刻，她只觉得全身血液倒流，因为曲不询心口的这一剑是她留下的。

沈如晚缓缓地抬眸，仿佛耗尽了她全部的力气，只这一个动作就沉重得让她难以承受。

曲不询微微低着头，手仍搂在她的腰间，脸上没什么表情，目光深沉地跟她对视。

沈如晚慢慢地收紧了抵在曲不询的心口上的手指，用目光反复地描摹他的脸，妄图从这张无比熟悉的脸上找出属于另一个人的痕迹，可是什么也找不到。她不信，于是一遍又一遍地看他。

曲不询眼睛一眨不眨地盯着她，没有错过她脸上的每一个表情，然后声音低沉地问道："你认出来了？"

沈如晚张了张口，连嘴唇都在颤抖，最终艰难地发出声音："你是谁？"

曲不询笑了一下，可眼里没有一点儿笑意。他只是直直地看着她，反问道："你觉得呢？"

沈如晚怔怔地看着他，声音轻轻的，好像怕惊扰了什么，迟疑地道："长孙……师兄？"

曲不询胸腔里那颗曾支离破碎的心不知为何忽然猛烈地颤了一下，又酸又麻的痛意从心口恣意地蔓延，遍布整个胸腔，爬过他的五脏六腑，差点儿让他支撑不住。

他微微晃动了一下，又强行稳住了，然后顺势往侧边一靠，坐在床边，垂眸看着她乌黑清亮的眼瞳。恍惚间，他想起十年前她在雪原上遥遥地看着他，神色冰冷，手中提着的青灯映在她的眼眸中，似火光一般。那时她也叫他"长孙师兄"。

"是我。"曲不询笑了起来，像在自嘲，"我也算个师兄。"

沈如晚蓦然起身，用力捧着曲不询的脸，一遍又一遍地摩挲着，眼睛一眨不眨地注视着指尖触碰过的地方，好像要从这张脸上看出易容和伪装的痕迹。

曲不询任她探究，静静地坐在那里，目光深沉，看着她没有半点儿情绪的脸。

沈如晚把他的脸摩挲了无数遍，却什么痕迹也没找到。她微微颤抖的手僵在那里，猛然又朝他的心口探了过去，用力地按在那道狰狞的剑伤上。灵气再次探入，又同一缕剑气融在了一起。

"你没有易容。"她呆呆地坐在那里，心中不知是什么滋味，每个字都干瘪乏味，百转千回的情绪像翻涌的潮水，一重又一重地拍到她的心头，几乎把她淹没，"可这确实是我刺向长孙寒的那一剑。"

她不自觉地蹙着眉头，那张清丽的面容上还带着昨夜未退去的情潮，可眉眼已冰冷了下来，不带半点儿情绪地看着他，像在打量一个从未见过的陌生人。

曲不询纳闷：师兄和师兄之间差别这么大吗？她若瞧见了她那个暗恋了多年的师兄，也会是这样的表情吗？

"因为这就是我现在的脸。"他漠然地说，"你若能看出易容，那才奇怪。"

沈如晚向后微微一仰，和他离得稍远了些，仍旧盯着他："那……你当年……没死？"

曲不询看着她不自觉地后退的动作，忽然低声笑了一下，带着冰冷的嘲讽之意，也不知在嘲讽谁。

"死了，我早就死了，尸骨无存，只剩下一颗破破烂烂的心。后来我遇到一把破铜烂铁般的废剑，怎么也不甘心，就活过来了。"

这简直闻所未闻。

死而复生……这种连典籍里也从未记载过的荒诞异闻居然真的发生了，而且就发生在她的眼前。

曲不询居然会告诉她。

"不循剑……所以你叫曲不询。"沈如晚低声说着,每个字都说得艰难极了,"你就不怕我把这事禀报给蓬山?我能杀你一回,就能杀你第二回。"

曲不询神色淡漠地道:"你大可以试试。"

十年前,他剑心动摇,死在她的剑下。八年归墟囹圄,他既然能出来,就不会再让人阻挡他的剑。

沈如晚下意识地绷紧了身体。

"不过,"曲不询平淡地看着她,"道心誓我也对你发过了,你不用担心我向你报仇。"

"那我要是把这事禀报给蓬山,禀报给宁听澜呢?"沈如晚眼神复杂,紧紧地盯着他,"你可是尽人皆知的大魔头,只要我说出去,你立刻就会像十年前一样人人喊打。"

曲不询凭什么把重生的秘密透露给她?他凭什么不警惕、敌视她?他又凭什么对她这样好,还要对她发道心誓?

他应该一看见她就拔剑相对,或者漠然地走远,把这个惊世骇俗的秘密深深地藏在心底,只透露给那些他能够信任的人,透露给当年那些绝不相信他身上的罪名的人。

总之,他倾诉秘密的对象不应该是她。

曲不询……长孙寒是疯了吗?

"你是想让我帮你?"她忽然低声说,"当初你忽然被缉杀,是和七夜白有关?你是蓬山首徒,能给你下缉凶令的一定是几位阁主,甚至是掌教。"

曲不询盯着她许久,说:"是,我是想让你帮我。"

果然,她就知道。

"可你凭什么觉得我会帮你?"她声音冷冷地道,"掌教对我有知遇之恩,我听从掌教之命,绝不会对你手下留情,怎么会帮你?"

曲不询叹了一口气,意味不明地看着她:"沈如晚,你是不是忘了,你之前还和我说过根本没想杀长孙寒?怎么又变了?"

沈如晚也不知道怎么回事,听到他这么说,浑身发颤。

"我当时以为你是长孙寒的朋友,当然会那么说,不过是见人说人话,见鬼说鬼话罢了,这你也信?"她想也没想就否认,"我骗你的。"

曲不询无言。

她这口是心非、嘴硬心软的毛病什么时候能改一改?什么离谱的事她都能往自己身上揽,这是什么好事不成?

"你没有。"他淡淡地说,说得斩钉截铁。

沈如晚忽然沉默了，动也不动地坐在罗帐中，像个美艳安静的傀儡。

他凭什么相信她？明明当初在雪原上不管她怎么问，他都只是疯狂地大笑，说他谁也不信，宁愿死。

她想起了曾经和曲不询在一起的一点一滴。他说他曾暗暗地恋慕过她，说长孙寒夸过她的剑意很美……他说："只要你说，我就信。"

他说了那么多或直白或委婉的话，究竟有几句是真的，几句是假的？

曲不询怎么会是长孙寒呢？

她鼓足勇气，放下漫长的过去，接纳一个崭新的未来。可她一睁眼，美梦醒来，又回到了看不见尽头的过去。

"我跟你说过吧？我最讨厌被骗。"她轻轻地说，闭了闭眼，"你现在又相信我了？为什么？"

曲不询凝视着她的眉眼，扯了扯嘴角，说："我本来不确定的，但现在知道了。你心悦我、在意我，我又为什么不敢信你？"

沈如晚骤然抬头看向他，声音颤抖地问："我……心悦你？"

曲不询这回不想让她再嘴硬地说出那些口是心非的话了。

"沈如晚，承认喜欢我对你来说就这么难吗？"

她先前甚至不愿追问他。她纵然再说一百遍"只是消遣"，他也不信。

沈如晚浑身冰凉，僵硬地坐在那里，脑子都是乱的——他知道她暗恋长孙寒？他是什么时候知道的？

"你早就知道？"她不自觉地蜷起腿，又向后退远了一点儿。

曲不询幽幽地看着她："猜到了一点儿，但我也没想到那居然是真的。"

沈如晚的心一片冰凉。

怪不得他十年前不信她，被她穿心一剑，十年后反倒敢来试着相信她了，原来早猜到她喜欢长孙寒了。

也对，当初她拜托邵元康把她引见给长孙寒，以他们的关系，兴许邵元康早就告诉他了，只是长孙寒根本不信，也根本不想见她。

什么"暗暗地恋慕过她"……这些话都是他知道她的心思，故意说出来刺激她的。但凡长孙寒对她有哪怕一点儿感觉，他们也不至于那么多年都没交集吧？

"现在你倒是对我感兴趣了。"她喃喃道，有一种冰冷的酸涩感。

他是因为被她捅了一剑，不甘心，所以要从别的地方找回面子吗？

"邵元康告诉你的？"她问。

曲不询微微蹙眉，愕然道："什么？"

这和邵元康有什么关系？

沈如晚心乱如麻，自己也不知道在想些什么，又究竟想要怎样，只觉得又酸又涩的情绪一浪又一浪地冲向她的心头，将她的五脏六腑都淹没了。

她避开他的目光，微微垂下头，支起了身。锦衾从她身上滑落，露出了她曼妙的身姿。

两个人经过漫长的欢好后，她白皙的肌肤上尽是暧昧的痕迹，方才半遮半掩，此时锦衾滑落后再无遮拦，春光潋滟。

曲不询的目光落在了她的身上，眼神一黯。沈如晚顺着他的视线看了自己一眼，觉得难堪极了。

说来也怪，若曲不询只是曲不询，她面对他时反倒不羞不怯，还敢引诱他。可现在曲不询忽然成了长孙寒，她竟然觉得难堪到无地自容，他直直地看过来的眼神让她浑身酥麻，身体也微微发颤。

她想象过那么多次和长孙寒相见的场景，却从来没想过会是现在这样。

她还不如不见他！

她抿着唇，神色微冷，极力保持镇定，伸手将一旁薄薄的外衣扯了过来，披在身上。

"当初我给了你一剑，让你掉下归墟，确实是我对不起你。既然你在查七夜白，我必然会和你一起查到底，这你不必担心。"她冷着脸披好外衣，坐了起来，准备朝帐外走去，"至于其他的事，你就不必多说了。我原以为你只是曲不询，这才……没想到竟是你。你就当之前的事没发生过……"

沈如晚刚要从榻上迈过去，猛然感觉到腰间传来一股力量——曲不询正牢牢地揽着她的腰肢。她不由得一惊，并拢两指，指尖上聚起一股灵气，抵在他的脖颈处。

曲不询强硬地把她摁在罗帐边，屈膝抵在她的腿上，垂首看着她："就当没发生过？"

沈如晚抬眸看他，觉得此时的他莫名其妙地瘆人，踌躇了片刻，最终收回了抵在他颈边的手。她偏过头不看他，淡淡地反问："不然呢？"

她侧过头时，露出了印在白皙的脖颈上的朱红的吻痕。曲不询看着这道红痕，微微出神。

沈如晚没听见回答，不由得疑惑起来，回过头时看见他目光深沉地凝视着她的脖颈，只觉浑身都酥酥麻麻的。她想也没想便抬手，急忙捂住了他的眼睛，语气急促地说："别看我！"

曲不询伸手握住她的手腕，用了点儿力，把她的手拉了下来。

昨晚她还尤花殢雪，妖精似的缠着他，今天就连他看一眼都不许了。

她就这么厌烦长孙寒？

"你还记得吧？"曲不询抬手捧着她的脸，让她转过头来正视他，然后慢慢地俯身凑近，和她对视，深深地凝视着她眼中的他的倒影，声音沙哑地说，"我说过的，属于我的东西，我绝不放手，除非我死。"

她属于他……同样的话在不同的情境下似乎有着截然不同的感觉。

可究竟哪里不一样？

沈如晚微微蹙眉，难堪地抿着唇，思考起来：是因为她偷偷地喜欢过长孙寒，十年来都对他念念不忘，所以他就觉得她非他不可了吗？他既然早知道她喜欢他，那这些日子里听她说起她有多喜欢她的师兄，心里又是怎么想的？他不会暗暗地觉得好笑吧？

这个念头一旦产生，便再难被抹去了，像阴冷的风一样，侵蚀她的五脏六腑。

她忽然想起了很多年前她距离长孙寒最近的一次。

那时她在藏经阁里，从书架上抽出一本厚重的典籍，没想到在典籍空出的缝隙中看见了长孙寒的脸。他也愕然地拿着一本典籍，透过那处缝隙看着她，朝她微笑了一下，点了点头。

她又惊又喜，回了他一个紧张的微笑。

她咬着唇，想说点儿什么，忽然听见有人在喊长孙寒。于是长孙寒回过头去，朝他身后的方向笑了一下，和对方打起招呼，再也没回头。

她忐忑又失落地站在原地等了一会儿，心知大概是等不到他回头了，他纵使回头，也不会再看她一眼了。于是她抿着唇，轻轻地把那册典籍塞回到书架上，那道小小的缝隙就消失了。

那时她就想：在长孙寒面前，她就只适合做一个没有姓名的师妹，和长孙寒大概是没有缘分的。

可在曲不询面前，她是沈如晚，只是沈如晚。

"我什么时候说我属于你了？我是喜欢过你，可也随时都能喜欢上别人。"沈如晚辩驳道。

如果曲不询不是长孙寒，如果这个荒诞的事不是真的，她已经放下了，早就放下了。

曲不询的眼神一下就变了，他一言不发地注视着她，深沉的眼神中慢慢地浮现出了偏执的占有欲，疯狂是其最深的底色。

这样的曲不询看起来太陌生了。

无论是长孙寒还是曲不询，她好像从来都不认识。

沈如晚下意识地想把他推开，却猛然被他握住了手腕。

"你不是说，如果我是你的仇人，你会立刻给我一剑吗？你的剑呢？"曲不询勾起嘴角，笑意里尽是疯狂。

他用掌心平托着那把金色的匕首，然后硬生生地将匕首塞进她的手里，拢着她的五指握紧，将锋利的刀尖对准他的心口："来，朝这里捅。"

沈如晚惊愕至极，下意识地握拢不循剑化成的匕首，抵在他的心口处，然而手微微颤抖起来。

"你疯了？"她难以置信地道。

曲不询挑了挑眉，慢条斯理地笑了一下。

疯？他早就疯了。

"你下不了手？"他声音低沉地说，好像在极力压制从心口到喉咙的酸麻与阵痛，把所有疯狂和占有欲都掩在冰冷的表情之下，"怎么会呢？你不是说我只是消遣吗？十年前你可以杀了我，现在为什么不行？"

沈如晚握着匕首的手越攥越紧，她冷冰冰地说："你疯了……你怎么这样啊？"

曲不询低声笑了，用力地抚摸了一下她的脸颊，轻轻地说："我一直是这样的。你被吓到了？"

沈如晚觉得那把匕首沉重得让她握不住，要用尽全力才行。

曲不询垂眸，看着胸前的匕首，说："这样吧，我来帮你下决心。"

然后他在沈如晚愣怔的目光里忽然倾身，心口正对着匕首，朝她吻了过来。

他的行为太出人意料，匕首骤然刺进他的胸膛，渗出了殷红的血。沈如晚像被烫到了一般，猛地抽走了匕首。

曲不询的唇已吻在了她的唇上。

这个吻比平常更热烈。曲不询强硬地撬开她的唇齿，放肆地索求，仿佛要撕破从前体面的表象，露出伪装下贪婪的凶兽。

他铺天盖地的气息将她淹没了，匕首从她的手里滑落，"哐啷"一声掉落在地面上。

沈如晚将手抵在他的心口处，与他紧紧地相贴，不留一点儿空隙。她淹没在炽烈的情潮里，像漂浮在风浪里的一叶孤舟。

她的脸颊上不知何时流下了两行清泪。

曲不询愣住了，看着她颊边的泪痕，犹豫了片刻，想抬手去擦，却被她用力地推开了。

"你早就知道了，是不是？"她一边说，眼泪一边扑簌簌地坠落下来，"你从来都知道。"

长孙寒死前对她拔剑相向，不屑对她解释一个字，凭什么死过一次就信她不会对他动手了？两个人同门十年，他从来没和她见过面，从来没和她说过一句话，所有见面的机会都被他找这样或那样的借口推掉了,现在他活着回来了,却一改从前的态度,对她有兴趣了?

他隐姓埋名地来到她身边,看她一次又一次地提及他,听她说觉得自己和他不配,心里是什么感觉?看她如他所料般对他下不了手,他是不是很得意?

她用十年时间放下过去,他一个晚上就撕碎了这份释然。

"长孙寒,"她第一次在他面前叫出这个名字,问道,"我是你的囊中之物吗?"

曲不询愕然地看着她,皱起了眉:"我早就知道什么?你说清楚一点儿。"

好像有什么细碎的流光从曲不询的脑海里一闪而过,可闪得太快,他抓也抓不住,于是只能伸手去握她的手,可她躲开了。

她披着外衣,赤足踩在地面上,白皙的脚下是罗帐的一角。不循剑化成的匕首静静地躺在一旁,一点儿殷红的血洇在罗帐上,几乎看不出了。

"如你所愿,"她拭去泪水,用无比复杂的目光看着他,声音冷冷的,像终年不化的冰,"我早就握不住剑了。"

"曲不询,你不是笑话,"她笑了一下,自嘲道,"我才是。"

钟神山的晴日也是冰冷的,明媚璀璨的日光照着终年不化的冰雪和山川,明净清亮远胜他处。可天光越明亮,周围便越寒冷,若非钟神山上的人都是修士,不畏寒凉,只怕鼻子也要被冻掉了。

屋檐下,阳光顺着檐角洒落,照在檐下躺在躺椅上的人的脸上,一半明,一半暗。

曲不询久违地梦见了很久以前的事,考虑到自己睡觉何其浅,又觉得似乎只是回想起了往事。

那是在藏经阁里发生的事。

浩如烟海的典籍被重重的阵法和符箓妥当地保护着,是蓬山弟子口中的漫漫书山。谁若是走进去漫无目的地乱逛,逛上三天三夜也逛不完,故而平日里大家都是选定了方向再去找想要的书。

长孙寒走进书山,一开始还能见到许多刚入门的小弟子凑在一起选书,越往里走,人迹便越稀疏。

眼熟的同门见到他,便纷纷点头打招呼,恭敬地唤他"长孙师兄",他挨个致意,不知不觉间便走到了剑首部。

剑首部专门收录剑典,他平日会来此处寻前人的手记。

蓬山以剑阁为首,学剑、用剑的弟子数不胜数,所以剑首部最深处也时常有人驻足捧书细读。他无意搅扰他人,于是半点儿声响也没出,悄无声息地拐进了一条小径，顺着书海漫游。

这本书他已看过；那本书的作者总爱写长篇累牍的作品，他不读也罢……到了中段，他才放缓脚步，看到一本《孟氏坤剑残谱十式拆解》。

孟氏坤剑的残谱有点儿名气，他看过。那是早已在浩劫中被天雷击中，沉入海中的方壶遗脉带到神州来的剑法，原本有二十六式，现存的只有其中十式。这套剑法晦涩难懂，修仙界有许多剑修平生致力于拆解这十式，试图重新编撰出二十六式。

藏经阁里的所有典籍都是按照书架的高度重新书写、装帧的版本，被塞进书架里后书架只留下书上方不及一指宽的空间。他伸手把这本一掌宽的厚重的剑谱从书架上抽了出来，这才空出一段缝隙来。

"唰——"

对面的书竟同时被抽了出去，正好和这本相对。长孙寒注意到小小的缝隙里露出了一张如明珠般清丽的面容，黛眉宛如春山，幽暗的书山方隅也似被她的容光映得明媚了。

那是第九阁的沈如晚沈师妹，他们前些日子才见过一面。

虽然……她见到的只是个傀儡，实际上并不认识他。

她的目光穿过了狭小的缝隙，她看见他，似乎也愣怔了一下，乌黑清亮的眼瞳里好像有星光抖落。

他下意识地朝她笑了一下，微微颔首。这本是他从前做过无数遍的动作，面对任何一个同门做都不会出错，可偏偏这次他笑得嘴角僵硬，竟不知这到底是自己的躯体还是他操纵过的傀儡了。

这也太逊了！他恨不得狠狠地给自己来一巴掌，不知道抽的是什么风。

没想到，她微微翘起嘴角，朝他莞尔而笑，又轻轻地咬了一下殷红的唇，目光盈盈似秋水。

有那么一瞬间，他的心漏跳了一拍。他顿在那里，忘了要说什么。

如果她也和其他人一样，客套地叫他一声"长孙师兄"就好了，这样他还能全凭本能地唤她一声"沈师妹"，说上两句无关紧要的寒暄话，也算是终于和她认识了——等等，她没说话，不会是因为根本不认识他吧？

从前他根本不在乎自己有几分名气，觉得旁人认识或不认识他都无所谓，也从不觉得自己成了首徒之后别人就得认识他。可偏偏这一刻，他恨不得全天下都认识他这张脸，听说过他的名字，这样他也不必忐忑地猜测她究竟认不认得他了。

他目不转睛地看着她，眼睛似乎忽然成了别人的眼睛，明知失礼却挪不开视线；嘴巴似乎也忽然成了别人的嘴巴，笨嘴拙舌，半天说不出一句话；就连脑袋也一片空白，没有一点儿灵活的思绪。

别愣着，快说点儿什么啊！他在心里如此命令自己。

他张了张口，至少要唤她一声吧？

"长孙师兄？"旁边忽然有人叫他。

于是，到了唇边的话又被他咽了下去，他顿了顿，不情不愿地转头看了过去。叫他的人是剑阁的同门，最近正好有些疑问，便来藏经阁里找典籍解惑，但不知该看哪一本，见了他就立刻惊喜地过来请教。

两个人一来一回地讨论，耽误了好一会儿工夫。等他终于把对方送走，再回过头去看时，不由得一愣——那道窄小的缝隙已经被封堵住了，她不知何时把手里的书重新塞回到书架上，他什么也看不见了。

他想也没想，从他这一侧把《孟氏坤剑残谱十式拆解》正对着的那本书抽了出来，可缝隙后空荡荡的，早没了人影。于是他的心仿佛也缺了一块，莫名其妙地让他感觉空落落的。

这是怎么了？他有几分茫然。

他低头看了一眼她方才拿着的典籍，发现是他以前看过的，顿时有些懊恼。他若是借着这本典籍和她聊上几句也好，怎么就卡在那里说不出话了？

长孙寒啊长孙寒，枉你平日里自持稳重，到头来却像个呆瓜，不过是和同门师妹说两句话，竟能嘴笨成这样！

他叹了一口气，又瞟了一眼手里的两本典籍，想了想，一起借走了。

温故知新也未尝不可。

走出藏经阁，他回头看了一眼，书海浩瀚，光影朦胧。这景色在梦里一寸一寸地崩塌、湮灭，就像他远去的记忆。

可在梦境中，他不觉得惊异，只是平静地看着，心想：毕竟他们是蓬山同门，日后总有机会再见的，到时候他再和她打招呼也不迟。

什么时候沈师妹也能叫他一声"长孙师兄"就好了。

藏经阁的梦境散去，只剩下一片黑暗，而后出现了一片白茫茫的雪原。簌簌的风雪朝他席卷而来，寒风仿佛钻进了他的骨缝，让他的每一步都走得很艰难。

他本不该来这里的。

所有人都以为他会逃进碎琼里隐姓埋名，他本来也是这么打算的，可即将进入桃叶渡的时候，又忽然觉得不甘心。

他不甘心。

他的下半辈子难道要如过街老鼠一般不能见人，东躲西藏，不得安生，毕生都不能堂堂正正地说出自己的名字吗？他过这种日子还不如死了。

所以他改道绕过碎琼里，径直去往无边雪原。这也许超出了所有人的想象，但确实给了他喘息之机——那些在碎琼里等着埋伏他的人都扑了个空。

只是这个办法挡不住每一个人，总会有人反应过来，追到雪原上，势必要让他伏诛。

走到茫茫的雪原前，他希望来的人不是他的任何一个故人。但来到没有一丝人迹的雪原后，他改了主意，忽然希望来的人是他的熟人。因为这样一来，如果他们之间注定有一个人没法走出雪原，那么另一个人至少能把对方的尸骨带出去，带对方回家。

他不希望死者的尸骨遗落在被所有人忘记的地方，在风雪里被消磨、掩盖，成为茫茫的冰雪世界里永世只身独影的孤魂野鬼。

蓬山是他的家吗？应该是吧？他觉得是，别人还接不接纳他不重要。

幽暗里忽然透出一丝光亮，也许是他又出现了幻觉。

这些天他伤重难愈，没时间管，应当是损伤了元气，踏上雪地后便常常出现幻觉。平时也就罢了，现在他若遇上强敌，这伤口就是催命符。

他强打起精神，觉得那束光越来越亮了，不由得攥紧了剑柄，顺着光亮的方向看去。视野的尽头似乎有一道人影，在风雪里摇摇晃晃地走着，由远及近，似乎是朝着他的方向来的。

平日里鲜有人来这鬼地方吧？他知道这是追兵来了。

来的人会是谁呢？他漫无边际地想着：这一路上见过太多熟人反目成仇，他都习惯了。现在哪怕是老邵来了，他也能付之一笑。

他看到青灯散发着微弱的光到了眼前，朦朦胧胧的，在昏暗的雪夜中照亮了一道窈窕清瘦的身影，如一缕清风吹入了他的世界。

他紧紧地攥着剑柄，愣了片刻。

原来是她，竟然是她。

"长孙师兄。"她轻声叫他。

"你认得我？"他突兀地问。

她清冷的面容上出现了一丝讶异的神色，她似乎怕他不认识，犹豫了一下，自我介绍道："我姓沈，也是蓬山弟子。"

他知道，当然知道。

他怎么会不知道呢？她的担忧简直是多此一举。

他看了她一会儿，笑了笑，没有出声。

他已经没有必要说什么了，也没什么可说的了。

他改主意了。既然来的人是她，那他还不如留在雪原上，起码这样留在她印象里的他是死前那一刻的他，而不是一堆枯骨烂肉。

在风雪夜色里，他将剑尖指向她，暗淡的血污遮住了剑光，却遮不住寒冷刺骨的剑锋。

他听见自己说："碎婴剑，你尽管来。"

画面一转，一切都暗了下来，只剩下杂乱的声音。

"其实我挺恨他的。我从来没有在毫无罪证的情况下杀过任何一个人，只有他。"

"你从前是蓬山上下百年来最有去无回的剑，现在还提得起剑吗？"

"你要是不信，咱们俩改天比比？"

"我很久不用剑了，不比。"

"是，没错！她和从前不一样了。"

"她从前就像一把剑，平生只知以杀止杀，浑身都是杀气和戾气，没有一点儿感情。至于现在……她现在就像一把断剑。"

"谁跟你说我不用剑是因为我握不住剑？我不用是因为我不想，只要我有一天需要握剑，就一定能握住！"

"如你所愿，我早就握不住了。"

"曲不询，你不是笑话，我才是。"

梦境骤然崩塌。

曲不询猛然从躺椅上坐起，胸口剧烈地起伏起来。他在一片刺眼的日光里怔了一下，闭了闭眼，长舒了一口气。

门内是陈献的声音，他好像在和谁说话："沈前辈，你这是要去哪里啊？"

曲不询的动作不由得一顿。

自从前天曲不询向她坦白了身份后，他们就没说过话了。沈如晚好像生足了气，也不发脾气，只是冷冷淡淡的，又回到从前他们还不熟悉的模样，无论他说什么都不接话。

"去《半月摘》办事处登一则寻人启事，约杭意秋见面。"沈如晚的声音隔着门传了过来，"我昨天把地址告诉了陈缘深，若是他来寻我，你们让他等我一会儿。"

"沈姐姐，你去《半月摘》办事处啊？"楚瑶光问，"我还没有登过报，能和你一起去长长见识吗？"

沈如晚同意了，然后曲不询听到了门被合上的声音。

"师父？"陈献还在寻找曲不询的踪迹，没走两步就推开了门，"师父，你怎么在这儿啊？沈前辈要出去，你不陪她一起去吗？"

曲不询没好气地看了陈献一眼。

楚瑶光和陈献昨天就来过，那时他和沈如晚刚闹翻，被他们发现了。陈献这傻瓜迟钝成这样，居然也敢偷偷地指点他怎么哄人？他倒是想和沈如晚说话，可她压根就不搭理他。

想到这里，他又懊恼起来，长叹了一声，心道：自己不该逼她的。她本就有心魔，自己把剑塞到她的手里，她怎么会不受刺激呢？

后来他想补救，却没有机会了，问她"你早就知道了"是什么意思，她也只是冷笑。他只能再等等，等她消气了再说。

"你一定是惹到沈前辈了。"陈献还在落井下石。

曲不询没理他。

"哎，我和瑶光都商量好了，让瑶光去安慰沈前辈，免得沈前辈被你气坏了。瑶光比我聪明多了，一定有办法。"陈献拍了拍胸口，一副为了师父的幸福操碎了心的模样，"要是只靠师父肯定不行的。"

曲不询快被陈献气笑了，没好气地说："你到底是来干什么的？没事的话，你可以先走了。"

陈献忧心地叹了一口气，认真地说道："是这样的，我可能找到进山的办法了。"

闻言，曲不询挑了挑眉。

"我们能不能先进去探一探情况？"陈献兴冲冲地说，"我们如果能直接找到他们关押药人的地方，说不定可以把人救出来！"

"你们找到进入峰体内部的方法了？"那头，沈如晚出了门，听楚瑶光说起这件事，微微挑眉，有些诧异。

她之前问过钟盈袖，钟盈袖只能隐约地感觉到药人所在的方位，确切的地点被对方用上代山鬼的元灵隐藏起来了。

就连陈缘深也说不清究竟是怎么进入的，只知道自己被带着直接遁入灵女峰的内部，每个月去一趟，选择一批人来种七夜白。故而沈如晚和他约定，等到下次他进入时，她要跟着去探寻方位。

不过，这是几天后的事。如今楚瑶光却告诉她，他们已经找到了方法，岂不让人诧异？

"还不确定呢。"楚瑶光摇了摇头，说，"我们只是在客栈里听人说灵女峰近几年有变化，灵气的流向也变了，好几家客栈为此不得不停业、迁址——钟神山的这些客栈本就是为想要静修的修士提供的，里面住的自然是对灵气变化最敏感的人。"

正因为这两天楚瑶光和陈献住在客栈里，才能听到这些消息。他们本就有心，便立刻联想到了灵女峰内部被凿空的事。只是他们对灵气的流向的推演并不擅长，所以只好回来求助前辈。

"这倒也是个线索。"沈如晚若有所思地道。

两个人过街，朝《半月摘》办事处走去。楚瑶光用余光偷偷地看了沈如晚不止一回，但一直没有开口。沈如晚被她看得烦了，睇了一眼过去，问："你总看我干什么？"

楚瑶光甜甜地笑了一下，试探着问："沈姐姐，你和曲前辈吵架了吗？"

沈如晚没料到楚瑶光会问起这个，不由得一愣，偏过头看见楚瑶光眼中的好奇和小心翼翼的神色，心里觉得古怪极了。

她已经有很多年不曾被人问及这种问题了，也根本没有亲密到可以谈这个话题的朋友。楚瑶光在她的心里还是个小女孩呢，难道她要和一个小女孩说她和曲不询的纠葛？这未免也太奇怪了吧？

沈如晚语塞，半天才憋出一句："大人的事，小孩子不要管。"

楚瑶光本来只是试探地问一下，听见这个回答，立马抗议起来："我已经十七岁了，哪里还是小孩子？你们大人不愿回答的时候，怎么都爱说别人是小孩子？"

沈如晚看着楚瑶光的样子，微笑了一下，开始回忆自己十七岁的样子。那时她在干什么呢？除了日常清修，她什么都能玩，也跟谁都玩得来，还有工夫仰慕师兄，没有太多心事。

那时候的她多快乐啊！

若没有沈家的那些事，也许她能一直这么轻松、快乐。

楚瑶光看着她，犹豫了一会儿，旁敲侧击道："曲前辈是不是惹你生气啦？"

沈如晚又偏过头看了楚瑶光一眼，反问她："你怎么知道不是我惹他生气呢？"

楚瑶光在心里嘀咕：看曲前辈探头探脑的样子，我就知道生气的人到底是谁了。

沈如晚确实很久没有可以谈论这些少女心事的朋友了，想了一会儿，觉得楚瑶光虽然年纪小了点儿，但只是聊聊天的话也不是不可以。

"如果你很喜欢一个人，但知道他对你献的一切殷勤都别有用心，其实他并不怎么喜欢你，你会怎么做？"

楚瑶光越听越觉得奇怪："你说的这个人是曲前辈吗？"

沈如晚语焉不详地说："算是吧。"

"可是沈姐姐，曲前辈没有不喜欢你呀？"楚瑶光诧异地道，"我觉得他很喜欢你，特别特别喜欢。"

沈如晚想笑，也真的笑了，但说出口的话充满讽刺的意味："你怎么知道呢？殷勤是可以装出来的，甜言蜜语也是可以骗人的。"

楚瑶光想了想，忽然抬起手指了指眼睛："可是这里是藏不住的。"

闻言，沈如晚愣怔地看着她。

楚瑶光认真地说："喜欢藏在眼睛里，遮也遮不住。沈姐姐，曲前辈一定是很喜欢你的，你没发现吗？他一直在看着你。"

沈如晚看着楚瑶光，一瞬间竟然想起沈晴谙来了，因为七姐是唯一一个看出她喜欢长孙寒的人。

其实她没想过瞒着七姐，但总是不好意思说。心事被沈晴谙一语道破的时候，她羞赧得只想钻到地底下，于是一口否认。

当时七姐戳着她的脑门，说："你还装？你每次见到长孙寒，眼睛都跟着他转，以为我看不出来？"

沈如晚忽然心思一动，生出一种很荒诞的妄念来：既然长孙寒没有死，还离奇地重生回来找她了，那有没有一种可能，七姐也还活着呢？会不会在某个她不知道的地方，七姐也在想她？

虽然当初宁听澜告诉她沈晴谙死了，但若是搞错了呢？又或者如《半月摘》所写，宁听澜别有所图，故意骗她呢？

她原本是怎么也不愿去想这种可能的，因为这意味着她过去的十年活得像一个笑话。可若是这样能换沈晴谙活过来，那她心甘情愿地当个笑话。

"沈姐姐？"楚瑶光见沈如晚聊着聊着忽然就不说话了，不由得讶异，"沈姐姐？"

沈如晚回过神来，心不在焉地说："你别为他说话了，我不在乎他到底怎么想。"

楚瑶光觉得沈如晚现在的这副模样怎么都和"不在乎"搭不上边。她要是真的不在乎，楚瑶光也不会问她了。

"沈姐姐，我发现你特别喜欢口是心非。"楚瑶光总结道。

沈如晚皱起眉，想反驳。

楚瑶光小心翼翼地看着她，抢先解释道："这样对你不太好，有些人真的会信的。"

沈如晚冷淡地说："我从不管别人怎么看我。"她顿了一下，又说，"你别以为别人对你一脸和气的样子就是好人，实际上人家背地里不知道怎么编派你。你掏心掏肺给谁看？"

楚瑶光说："可是这样会伤害到真心对你好的人啊。"

沈如晚不自觉地冷笑起来，又想起沈晴谙了。刚才她还对沈晴谙思念不已，现在又恨沈晴谙恨得牙根痒痒。

"你以为对你很好的人，说不定转头就捅你一刀。每个人身上都披着一层皮，你怎么分清啊？"

楚瑶光抿着唇，开始犯难了。

她不由得叹气，心想：沈姐姐未免太命途多舛了吧？放在寻常人身上都适用的

386

道理，放在沈姐姐身上怎么就没那么合适？

心结虽难解，可自己难道就任她十年如一日地消沉下去吗？

"那你就对你在乎的人坦诚一点儿，"楚瑶光忽然说，"至于对方怎么想、怎么对你、会有什么样的反应，你管他呢？沈姐姐，我如果像你这样坚强又强大，就不会害怕受伤。"

沈如晚怔了一下，惆怅地咀嚼着这半句话："不会害怕受伤？"

这话说起来容易，做起来何其难？青春年少时的她或许还可以做到，如今早就不行了。

"人小鬼大。"她伸手点了点楚瑶光的额头，"你懂得还挺多的。"

这其实是沈如晚想要结束话题的意思，可楚瑶光再怎么聪颖也还是没克制住，心里一急，脱口而出："不是我懂得多。其实沈姐姐都懂，只是受尽世事磨难，不想懂了。可你既然经得起风刀霜剑严相逼，为什么不敢再试一次，再信别人一次呢？为什么一定要把事情往最坏处想？也许结果并不是你所想的那样呢！"

沈如晚沉默不语，垂着眼睑，一脚跨进了《半月摘》办事处的大门。

"我想登一则寻人启事。"她径直走到坐在柜台后面的修士面前，取出两块灵石放在柜台上，"够吗？"

柜台后的修士是个编着两根短短的麻花辫，看起来很秀气俏丽的女修。沈如晚看不出她的修为，甚至感觉她像个凡人。

"填表吧。"女修懒洋洋地抬起头来，从柜子里抽出纸和笔，"现在给你排上，三个月内能发。"

这个时间比沈如晚在碎琼里听来的更长。

沈如晚疑惑地问："不是说一两个月就能排上吗？"

女修翻了个白眼："那都是去年的事了。现在一年一个样，看《半月摘》的人越来越多，想登报的人当然也越来越多。"

沈如晚无言。

不过她不算太急，而且除了填表也没别的办法了。

女修支着下巴看她写字，一个字一个字地辨认："蓬山弟子沈如晚，诚意寻杭意秋道友一见……你是碎婴剑沈如晚？"

她"腾"的一下从座椅上站了起来，瞪大眼睛看着沈如晚，眼神狂热。

沈如晚还没见过听了她的名字就表现得这么夸张的人，不由得皱起眉头看过去："怎么？"

"身量高挑纤细，容貌清丽秀美，性格冷清，擅长木行道法……没错了！之前大闹街市，把另一个丹成修士按着揍，被喊了一声'沈姐姐'才停下的那个丹成修士就是你！都对上了！"女修越说越激动，几乎要翻过柜台来握住沈如晚的手，"道友你好，我是个意修，你有没有兴趣和我聊聊？我来给你写传记，保证让你名扬四海，无人不知，无人不晓。"

"意修？"沈如晚诧异地看着女修。

她当然知道意修，从前在东仪岛的时候还同曲不询提过。意修以幻想和故事为道法，只要真的相信自己所想的事物存在，所思便能成真。只是意修难学难精，神州少有传承，沈如晚还没有见过意修。

意修的修行法与旁人不同，完全凭心念，大显身手时超越常人的想象，平时却羸弱如凡人，甚至几乎可以等同于凡人。怪不得这个女修身上几乎没什么修为和灵气。

"你给我写传记？"沈如晚疑惑地问，神色古怪极了，"你为什么要给我写传记？"

这是沈如晚听过的最荒唐的请求。

"因为我仰慕你多年。"女修诚恳地说。

沈如晚轻飘飘地笑了一声，冷酷地说："说实话。"

女修叹了一口气，解释道："我们意修想要精进，就得让更多人相信我们编撰出来的故事。可故事若是没人感兴趣，又有谁去看、去信呢？"她很苦恼地说，"若是给早已成名的修士写传记就不一样了，大家都对你们感兴趣，传记自然一经刊发便能售空，看的人多了，信的人不就多了？"

"你放心，我很擅长编故事的。"女修信誓旦旦地拍胸脯保证，"只要你愿意跟我说一说细节，我能给你编出任何你想要的故事。"

沈如晚越听越觉得离奇："你不是给我写传记吗？怎么又成编故事了？"

女修露出一副过来人的样子，道："根据真实情况改编的故事当然要编，不然实话实说，遇上你不愿意被人评判的事，你是说还是不说？春秋笔法还是实话实说？还不如我给你定制一本传记，你想要什么样的都行——你就直说吧，你希望传记里的你美若天仙、人见人爱，还是剑斩鬼神、所向披靡？我都能写。"

就连楚瑶光都听得呆住了："我还以为……我还以为《半月摘》上写的文章至少不会瞎说……"

女修耸了耸肩，无所谓地道："《半月摘》上倒是有几个版面被要求必须是真的，但类似《风月债》这种版面，上面的文章全是编的。"

楚瑶光一副天都塌了的模样。

沈如晚若有所思地看着女修，问："照你这么说，《半月摘》上有不少意修在撰稿？"

女修点了点头：“《半月摘》自从创刊以来，一直在招撰稿者，特别适合意修。从前我们意修想要修炼，那可真是难如登天。但自从有了《半月摘》，据我所知，神州大半的意修都来供稿了。"

沈如晚不置可否，盯着麻花辫女修，问道：“所以，邬梦笔也是个意修？"

女修笑了起来：“那不然呢？梦笔先生可是我们所有意修的楷模，也是恩人，硬生生地为我们开出了一条更宽广的仙路。"

这可真是个出人意料的答案。

邬梦笔——修仙界人人尊敬的希夷仙尊——居然是个没有灵气的意修？

沈如晚惊愕极了。

怪不得邬梦笔能被尊为仙尊——以《半月摘》现在流传的范围，他可不就是神州第一意修了？

也不对。

《半月摘》是八九年前创办的，而邬梦笔被尊为仙尊已是很多年前的事了，这说明在《半月摘》创办之前，邬梦笔便已有了传遍大江南北的作品？什么作品能流传得这么广？

"沈道友，你就同意吧，"女修还在眼巴巴地看着她，"我一定把你写成仙女！"

沈如晚瞥了这个女修一眼。她可不想把自己的事变成故事，供人取乐。

"你有过什么作品？"她问。

女修立刻翻箱倒柜，取出几张报纸来。

沈如晚扫了一眼署名，又问：“还有吗？"

女修又掏出了两张。

沈如晚还是看一眼署名就道：“还有吗？"

女修摇了摇头，可怜巴巴地说：“没了……但这是因为我没有灵感，只要你愿意跟我说一说，我一定能写好……"

沈如晚直接拒绝道：“不用了。"她把报纸还给女修，隔着柜台似笑非笑地看着女修，"我记住你的名字了。如果以后在《半月摘》或者别的什么书上看见有人胡乱编派我的事，我追到天涯海角也能找到你。你懂我的意思吧？"

女修顿时张口结舌，半晌，苦兮兮地看了沈如晚一眼，长叹一声，活像枯萎的干花。

沈如晚眼神坚定，亲眼看着女修把她的寻人启事通过阵法传回尧皇城，这才转身出门。

楚瑶光恍恍惚惚的，仿佛十分伤心，跟在沈如晚后面走出了门。她发现沈如晚停住了脚步，不由得抬起头，看到沈如晚皱着眉头盯着侧方，也顺势看去。街市一角，有两个修士面对面地坐着说话，还都很眼熟。

"那不是陈献的六哥和沈姐姐的同门吗？"她讶异地道。

沈如晚紧紧地盯着那个方向，眉头紧锁。

正如楚瑶光所说，远处交谈的两个修士是陈缘深和邵元康，神情俱很冷淡。

这倒怪了。

沈如晚知道邵元康和陈缘深关系不睦，当初邵元康从蓬山回来，上门威胁他的人就是陈缘深。虽然陈缘深是迫不得已而为之，但邵元康看不上陈缘深这种助纣为虐、没有骨气的人。

当初她遇见邵元康的时候，陈缘深站得远远的，甚至没来打个招呼，现在这两个人为什么会单独约见？

两个人俱是一副不悦的样子，又在身侧下了禁制，隔绝了交谈声，很谨慎。他们有什么话要私下说？

沈如晚自然有把握破开禁制，但免不了惊动这两个人。她深深地凝视了一会儿，然后收回了目光，招呼楚瑶光："走吧。"

楚瑶光跟在后面，一直觑着沈如晚的脸色，张了张口，欲言又止。

她现在算是明白沈如晚的感觉了，和阴谋诡计打交道多了，难免容易把人往坏处想。譬如说，她现在也止不住地去猜测那两个人到底在聊什么，会不会和七夜白有关系。

陈缘深和七夜白有关系，这事她们早就知道了，若邵元康也和七夜白有关系……可他是和沈如晚关系颇好的旧友，谁能骤然接受自己的师弟和旧友同时和七夜白有关系呢？

沈姐姐经历过那么多背叛和反目的事，又是怎么挨过来的？

沈如晚似乎察觉到了她的想法，忽然回头，伸手抚了抚她的脑袋，语气淡淡的，像在安慰她："自己若不够坚强和强大，就硬逼着自己不害怕、不难过，接受不了现实也要接受。"

楚瑶光怔怔地看着她。

沈如晚淡淡地笑了一下，眼神复杂，让人看不出任何情绪："我以前关系最好的姐姐是我的掘墓人。她或许只想逼我做出选择，不想让我死，但引我上绝路的人就是她。"

可那又怎么样？她的命比谁都硬，活得也比谁都久。所以今天是她站在这里顽固又矛盾地把故人思来想去，而不是早早死去，活在别人的愧疚里。

看到楚瑶光一路上都以一种小心翼翼甚至近乎怯生生的目光看着自己，把自己当成什么一碰就碎的瓷人，沈如晚就有点儿想笑。小女孩就是这样的，触及别人的伤痛就好像做了什么坏事一样战战兢兢，其实根本没必要。

她能对人说起往事，便意味着已经放下了。真正放不下的事，她怎么也开不了口。

回到院子里，推开门的一刹那，楚瑶光忽然问："沈姐姐，那……如果那个人活过来，你会原谅她、跟她和好吗？"

如果七姐活着，自己会原谅七姐吗？沈如晚不由得停住了脚步。

她站在门边，竟为这个问题陷入沉思，半晌都没有说话。

庭院里，曲不询刚好从屋里出来，听见这句话后也怔住了。

他倚在门廊上，抱肘看着沈如晚，神色复杂。

沈如晚终于得出了结论，斩钉截铁地说："会！我求之不得。"

楚瑶光不由得瞪大了眼睛。

"不过，"沈如晚话锋一转，顿了一下，瞬间变得杀气腾腾，"在原谅她之前，我要先狠狠地揍她一顿。"

闻言，曲不询挑了挑眉。

"曲前辈。"楚瑶光和他打招呼。

沈如晚偏头看了他一眼，神色淡淡的，半个字也没和他说，径直走到一边去了。

曲不询压下高高扬起的眉毛，等楚瑶光走了，才换了个离她更近的柱子倚着，抱着胳膊，若有所思地看着她。

沈如晚冷冷地瞥了他一眼。

曲不询清了清嗓子，故作不经意的样子问道："要不，我让你狠狠地揍一顿？"

沈如晚瞪大了双眼，想骂他有毛病。

"我保证不躲，也绝不还手。"曲不询很诚恳地说。

沈如晚还是没忍住，没好气地道："你趁早找个医修看看脑子。"

她总算愿意和他说话了，曲不询在心里叹了一口气。

沈如晚抿着唇，忽然想起了楚瑶光说的"爱意藏在眼睛里"，心思一动。她明明不信，却没忍住抬起了眸，想冷冷地看他一眼。

四目相对时，她愣住了——曲不询正目不转睛地看着她，眼神专注至极。

不知怎么的，她忽然想起，多年以前自己总在人群里默默地注视长孙寒的身影。无论有多少个人，只要他身在其中，她都能一眼看见他，目光粘在他的身上，直到他的身影消失不见，留下自己怅然若失。

可长孙寒从来没有朝她的方向看过一眼。

她眼前的这个人和长孙寒真的是同一个人吗？他们如果真的是同一个人，又何以差别如此之大呢？

她沉默了一会儿，起身朝反方向走去。

曲不询没拦她，只是在她经过小门的时候低声说："知道我还活着的时候，你是高兴还是不高兴啊？"

沈如晚脚步一顿，强忍住回头的冲动，愣在原地。

她当然是高兴的。

发现他是长孙寒的时候，有那么一瞬间，她几乎要抱着他委屈地哭上半天，什么也不想，什么也不管，只是抱着他哭，像见到失而复得的珍宝一样。

这些年来，她一直在心里反复地后悔，发誓若能回到从前，她一定会直接冲到长孙寒面前介绍自己，缠着他，直到他愿意接受她为止。可当真正发现曲不询是长孙寒的时候，她连问清楚的勇气都没有。

人只能一次又一次地重蹈覆辙。

她深吸了一口气，想要否认："当然是……"

不高兴。

可话到嘴边，她忽然收了声，楚瑶光的话还回响在她的耳边——

"那你就对你在乎的人坦诚一点儿。

"我如果像你这样坚强又强大，就不会害怕受伤。"

不怕受伤……沈如晚在心里默默地咀嚼这几个字。

她的唇颤动了两下，她回过头，看了看曲不询。他还靠在柱子上，微扬着头看着天空，神色不明。

不行，她还是说不出实话。

可她也不想说假话。

于是她说："你猜？"

曲不询仿佛早已确定她会说不高兴，但在听到一个完全没想到的答案时，猛然回过头来，满脸惊愕的表情，忘了说话，直直地看着她。

沈如晚冷淡地转过头，决然地走过转角，连一片衣袂也不留给他。

走到他看不见的地方，她忍不住回想他满脸惊愕的模样。

他像个呆瓜，她想。

她怎么会喜欢一个呆瓜这么多年呢？

她没留神，嘴角微微翘了一下。

第十四章　无名之辈

陈缘深在第二日踏入了这座小院，一进门就看见了桌上摆着的两盘红玉春饼，不由得愣了一下。

红玉春饼是蓬山第七阁小有名气的吃食，从前还在蓬山的时候，陈缘深最爱吃这个，只是手里的灵石不够多，总要攒一攒才能吃上一顿。现在手头阔绰了，他却很多年不曾吃过了。

"师姐为我准备的？"他笑了一下，再多的忧愁都在踏入小院的那一瞬间全都消解了。他走到沈如晚边上坐下："我还记得第一次吃的红玉春饼是沈晴谙师姐带给你的，你分了两块给我，我当时觉得此物只应天上有，从此再难忘怀。"

那时候陈缘深才七八岁。

沈如晚半撑着额头，听到那个名字，淡淡地笑了一下："沈晴谙在食之一道确实很有天赋。"

所以沈如晚一直很有口福，跟着沈晴谙认识了许多第七阁的师兄、师姐，尝遍了第七阁有名、无名的吃食，对其如数家珍。

"可惜我来了钟神山后就再没吃过红玉春饼，也找不到能做红玉春饼的第七阁的同门了。"陈缘深的目光微微一黯，"没想到师姐还记得。"

"我确实没找到有人卖这个，所以闲着没事干，就自己做了两盘。我的手艺不精，你将就着吃吧。"沈如晚神色平平地道，仿佛没把这当一回事，然后看向陈缘深，"你今天过来，是因为那边商量出结果了？"

陈缘深拈着一块红玉春饼，苦笑一声，点了点头："他们会在五日后带我进入灵女峰内部，再种一次七夜白。为了防止师姐坏他们的事，翁拂打算让我来骗你跟着我一起进入灵女峰,然后利用峰体内的阵法制伏你,届时对你出手,再催动杀阵,双管齐下。"

"之前他们让你骗我在杀阵上滴血,你是怎么解决的?"她问陈缘深。

她当然不可能再在杀阵上滴下自己的血,也绝不会再把命运悬在别人的掌心中,所以陈缘深拿回去的还是空白的杀阵。

陈缘深含混地说:"我想办法把杀阵调换了,让他们以为我成功了。"

沈如晚深深地看了他一眼。

陈缘深连谎都不会说,对着最熟悉的师姐都支支吾吾的,对上那些手里沾过数不清的鲜血的暴徒,又是怎么敷衍过去的呢?或者说,他试图敷衍、隐瞒的到底是那些人还是她?

她用力地闭了闭眼睛,又问:"你现在对我也不说实话了吗?"

陈缘深瞬间惊慌失措,可是很快就强行掩饰住了。他勉强笑着,几乎是用恳求的目光看着她:"师姐,我没骗你,我说的都是真的。"

沈如晚深吸了一口气。

"我不会害你的,师姐。"陈缘深低声说。

沈如晚的神色淡了下来,明明并不严厉,却有一种让人难以坦然地直视的锋芒。她问:"是吗?"

陈缘深和她目光相对了一瞬,又垂下了眼睑:"是真的,师姐。"

沈如晚一把捏碎了手中的红玉春饼,发出了一声酥脆的轻响。陈缘深低着头,没说话。

阔别多年的师姐弟在冰冷的庭院里面对面地坐着,谁也没有看谁,只剩下无声的对峙。

过了很久,沈如晚终于说:"我知道了。"

那块红玉春饼的粉屑扑簌簌地从她的指间落下,她轻轻地挥了挥,那些粉屑便如金粉一般湮灭,好似最后的希冀与侥幸,半点儿也没剩下。

其实这才是她人生中的常态,她接受不了也要接受。

"为什么?"她还是没忍住,问道。

陈缘深飞快地抬头看了她一眼,又怕被她盯住,低头闷闷地说:"师姐,你信我一回。"

沈如晚没有说话,向后一仰,靠在了宽大的椅背上。脑海里一片空白,她什么都没想,什么都不愿去想。

"师姐,你还记得吗?"陈缘深好像缓过来了,没事人一样笑着对她说,"从前在师门的时候,你和沈晴谙关系最好,总去第七阁找她,有时还顺手把我也带去蹭饭。有一次,我要去参道堂上课,散课了才去百味塔,结果到那里才发现你们已经吃完了，什么都没给我剩下，差点儿把我气哭了。"

沈如晚沉默了片刻，终究还是应了："是有这么一回事。"

陈缘深见她还记得，唇边的微笑更深了，更加不满足了，搜肠刮肚地找寻更多的记忆："后来我就学聪明了，每次看见师姐去百味塔的时候就跟上去，能蹭上一次是一次。要是等你来找我一同去，我还不知道要等多久呢。"

那时候陈缘深就像她的小尾巴，她甩也甩不掉。

沈如晚既有点儿烦他，又没那么烦他，十次里有三四次允许他跟着。

"说起来，我又想起一件事。"陈缘深忽然振奋起来，义愤填膺地看着沈如晚，"师姐，你还记得童照辛吗？就是在你缉杀了长孙寒后，一直针对你的那个人。我想起来了，我以前在百味塔等你，看见过他好几次。他拿着食盒，路过很多空位也不坐，每次都故意坐在你附近的位置。"

沈如晚起身，惊愕地道："什么？"

她虽然听清了陈缘深说的每一个字，可这些字组合在一起，她就听不明白了。她既不懂陈缘深的意思，也想不通童照辛到底想做什么。

"我觉得他肯定早就想针对你了。"陈缘深很认真地说，"长孙寒的事不过是个引子罢了，师姐，你这是遇见小人了。"

沈如晚又靠回椅背上去了。

她命里犯煞，天生容易招惹小人，这又不是什么稀奇事。

"我当时就觉得他不对劲，只是没想到……"陈缘深愤愤地说，"我还以为……"

那时他比谁都敏感，能第一时间发现师姐周遭有哪些异常的人，所以早早地盯上了童照辛，还以为这人想和他抢师姐。

沈如晚重新陷入了漫长的出神中，心思根本不在他的话上。

陈缘深看着她，眼神慢慢地黯淡下去："师姐，五日后，你会来吗？"

沈如晚看了他一眼，淡淡地说："会去的，我当然要跟着一起去。"

于是陈缘深微微笑了一下，长舒一口气，站起身来："不打扰师姐了，我回山庄去，再探探情况。五日后，我在山庄等你。"

"你到底在想什么？我真是不明白。"沈如晚蓦然开口，说每个字时都仿佛在经受刻骨之痛，"我已经没有多少故人了，陈缘深，你别让我再少一个。"

陈缘深的嘴唇颤了颤，他仿佛没听见沈如晚的话，走到门口时回过头问："师姐，你很信任曲不询吗？"

沈如晚怔了一下，不明白陈缘深为什么话题转变得这么快。上次陈缘深也问过她和曲不询是什么关系，那时在她的眼里，曲不询只是曲不询。如今呢？陈缘深又是出于什么目的向她问这个问题的？

陈缘深没等到她的答案，又追问她："他很强吗？可靠吗？你相信他吗？"

沈如晚平静地说："他是我如今在这世上最信任的人，无论从哪一个方面来说都是。"

陈缘深的动作似乎因为她的话语而微微一顿，他沉默了一会儿，笑了笑，什么也没有说，伸手拉开了门。门外，曲不询还保持着准备叩门的姿势，一动不动地停在那里。

明明眼前的人是陈缘深，可曲不询的目光径直越过他，落在了只露出半个身影的沈如晚身上，眼神深沉。

庭院的大门上设有隔绝阵法，院内的人除非时刻将神识探出门外，否则根本察觉不到有人靠近这座小院。沈如晚也没想到曲不询竟然就在门外——他不是和陈献一起去找进入灵女峰内的办法了吗？他早不回来，晚不回来，怎么偏偏这个时候回来了？

她姿态僵硬地坐在那里，半点儿也没动一下，仿佛连睫毛颤了一下都会招致什么可怕的后果一样，像一尊沉默的雕塑。

陈缘深的唇边不由得泛起一点儿苦涩的笑意，他什么话也没说，跟跄了一下，从曲不询的旁边走出大门，肩膀撞了曲不询一下。他撞得骨头都疼，却像没有知觉一般，自顾自地走远了。

曲不询没去管陈缘深，而是倚在门上，看了她半响，两个人像两尊靠沉默来较劲的雕像。过了好一会儿，他才挑了挑眉，仿佛不经意地开口："哦，原来我在你的心里还挺重要的。"

沈如晚像终于被触发了机关的木偶人，骤然抬起头，恼怒地看着他："你不要自作多情……"

"'他是我如今在这世上最信任的人，无论从哪一个方面来说都是'。"曲不询抑扬顿挫地重复刚刚沈如晚说过的话，然后直直地看着她，"那我说的话，你信还是不信？"

沈如晚抿着唇站了起来，不想再听他说话，免得平添烦恼。可曲不询好像预料到了她的反应一般，三两步走到她身侧，堵住了她的去路。

"不管你信还是不信，接下来的话你都给我听好了，最好能记在心里，一个字都别忘。"他垂着头，目光深沉地看着她，深吸了一口气，"我不是为了利用你，也不会为了利用或者报复你做到这一步——我没必要搭上我自己。从见到你的那一刻起，我就对你神魂颠倒了。"

沈如晚僵硬地站在原地，大脑一片空白："我……"

她怔怔地看着曲不询的脸，嘴唇微微颤动着，惊愕的情绪好像急促的浪，将她一次又一次地淹没。她有一种头重脚轻的感觉，像在做梦，本能地排斥这种感觉，又恨不得一头坠入其中。

曲不询始终盯着她，想听她会说什么。

"我……爱信不信！"她憋出几个字，落荒而逃。

曲不询始料未及，赶紧伸手去拉沈如晚，可沈如晚走得太快了，只有衣袂擦过了他的指尖。他无言地看着她的背影消失在门后，半晌，竟被气笑了。

爱信不信？

沈如晚的脑袋瓜究竟是怎么想出这些稀奇古怪又模棱两可的回答的？他怎么也想不明白。

他没好气地低下头，看见了桌上的那盘红玉春饼。不必多说，这自然是她为她那个好师弟殷勤地准备的。

曲不询想不通，他和陈缘深都是她十年未见的故人，怎么只有他总被横眉冷对？

曲不询越想越烦躁，抓起盘子里的红玉春饼，三两下就全部吃光了，半个也没剩下。他再抬起头时，唇间只余一股淡淡的清甜。

他忽然想：其实这春饼很美味，但或许是他魔怔了，又或许他从前克己自持的样子都是装的，实际上他的心里藏着一匹贪得无厌的恶狼，他已尝过这世上最销魂的滋味。

从此往后，他只想夜夜笙歌。

沈如晚呆呆地坐在窗边，一声不吭，动也不动一下。外面的天色已经昏暗了，风雪"呜呜"地吹，好像深山的呜咽，一声比一声凄惨。

窗户合拢着，屋里还没点燃灯火，她保持这个姿势已经很久了。

窗外传来了脚步声，来人好像有意让她听见，让她做好心理准备，所以走得不紧不慢的。

沈如晚的心忽然提了起来，十指也跟着交握。等到脚步声停在门口时，她好像嫌自己不够稳重一般，深吸了一口气，强行镇定下来，然后神色冷淡地看向门口。

雕花门被轻轻地叩了三下。沈如晚没说话。

她当然知道外面的人是谁，外面的人也知道她一定听见了，只是她不愿动。

室内一片静谧。

过了一会儿，外面的人又在门上敲了三下。

沈如晚轻轻地咬了一下嘴唇，既想看见曲不询，又不想看见他。

敲门的人好像并不着急，手还悬在半空中，影子映在窗户纸上，沉默地与她僵持。

门第三次被叩响了，沈如晚终于起身，猛然拉开了房门，看见曲不询披着一肩风雪立在门口。

走廊上本就没有点灯，只有丝丝缕缕的天光照过来。他身形高大，挡住了大半扇门，使得屋里屋外同样暗淡。

沈如晚淡淡地瞥了他一眼，然后转身朝屋内走去，问道："你来干什么？"

她走进屋里，轻轻地弹指点燃了桌上的灯，侧身坐在椅子上，只把侧脸留给他。

曲不询沉默了一会儿，向前踏出一步，顺手关上了门，走到她对面坐下了。

"方才我和陈献一起去了他们发现灵气有变化的地方，发现情况不太乐观。"他直接道，"灵女峰内部一定被侵蚀得很厉害，我怀疑那几个人根本不懂，也没好好地算过怎么挖才能把对灵女峰地脉的伤害降到最小。"

灵女峰是钟神山十三峰峦中最高也最重要的一座，山体内部的灵脉纷繁复杂，牵一发而动全身。那帮人掌握了上代山鬼的元灵，只是获得了力量，却并没有真正了解这座山——想必破坏山体的人本来也不打算了解这座山。

"若有一天听说天被人捅出一个窟窿来，我也不会觉得奇怪。"沈如晚低声说。

这山水人间，并非每一个人都会珍惜，可到最后，总是珍惜的人给不珍惜的人还债。

"能还债总比没法补偿要好。"曲不询淡淡地说，"灵女峰还没倒，钟神山还在，北地也还算风平浪静，我们还有补救的机会，这已足够了。"

沈如晚不由得抬眸看向他。

只这么一句话，那种难以言说的属于长孙寒的感觉就透过这张迥异的面容疯狂地袭来。从知道曲不询就是长孙寒之后，她第一次这么清晰地感觉到，他还是他，无论改换何种容颜，无论再过多少年，无论性情如何判若两人，他身上总有那么一点儿磨不去、碾不碎的独属于长孙寒的感觉。

曲不询看着她，神态依稀似旧年，仿佛遇见什么样的困难都气定神闲，有他在，连天塌下来也无妨。

原来一个人的灵魂可以超越皮囊的束缚，在全然不同的面孔上留下如出一辙的痕迹。

她终于明白为什么自己看着曲不询就能想起长孙寒了。

容貌可改，性情可变，但灵魂永存。

沈如晚蓦然垂眸，避开他的目光，蜷起五指，轻声问："这么说来，你没找到进入峰体的地方？"

曲不询缓缓地点了一下头："我们若不管不顾地挖开山体，这灵女峰未必经得起再一次的摧残。"他沉思片刻后道，"不到万不得已，我们最好不要冒险，挖开山体只能作为最后的办法。"

沈如晚微妙地沉默了一瞬，然后说："刚才陈缘深来找过我，说他们五日后会进入灵女峰内，他会带上我一起去。不管他到底打的是什么主意，我觉得这至少是个机会。"

曲不询皱了皱眉。

他对陈缘深不抱希望,但既然沈如晚已经有了心理准备,他也不说讨人嫌的话:"只怕来者不善,我和你一起去。"

山庄里有卢玄晟和白飞昙两个丹成修士,还有上代山鬼的元灵,沈如晚一个人去难免吃亏。

沈如晚点了一下头:"把陈献和楚瑶光也带上吧。陈献不是有绝对嗅感吗?万一进入山体内部后找不到他们,我们可以靠陈献来追一追踪迹。白飞昙的异火祟气太重,我就算能把他杀了,想化解祟气也要花不少功夫,不如让楚瑶光来。"

曲不询想了一下,点头同意了。

以他们俩的实力,他们斗法时带上两个"拖油瓶"也没什么大不了的。而且楚瑶光就是为了找妹妹才来的,要是能早点儿进灵女峰内,只怕比他们更积极。

"这几日我观察过云中栈道的出入情况,他们应当没有提前将药人转移走。"曲不询沉思片刻,道,"只是不知道他们是否还有别的通道出入钟神山,若是提前将药人送走就麻烦了。"

沈如晚摇了摇头,否认了他的想法,并细致地向曲不询讲述了七夜白的部分生长特性:"当初孟华胥留下的那一本册子上记了一部分,其他的是我推测出来的。"

即使是七夜白这样由人培育出来的花,也是要遵循道法规则的。

她说完,不经意地抬眼看了曲不询一眼,发现他神情微妙,便问:"没听懂?"

曲不询沉默地点了点头。

沈如晚因为他是长孙寒而怦然心动的感觉又沉寂了下来,她绷着脸坐在那里,活像个大冤种。

"剑修。"她意味不明地低声说。

就算他是长孙寒,也不过是个不懂法术、脾气和毛病一大堆的剑修。

长孙寒不是遥遥地悬在云间的明月,也是个凡夫俗子,是个一入红尘便满身风尘的普通人。

"术业有专攻,我要是什么都懂,还给不给别人活路了?"曲不询挑着眉懒洋洋地说。

他真是一点儿也不谦虚,沈如晚没好气地想。

"总之,你的意思是,他们不会轻易地转移药人,因为花开之前最好不改动培育的环境,所以我们无须担心,是这样吧?"曲不询笑了。

沈如晚想,他还算能听懂人话。

"行,那时候我们一起去。"曲不询站起身,朝屋外走去。

沈如晚看着他,动了动嘴唇,直到他走到门边,终于没忍住,问道:"你就这么走了？"

曲不询背对着她停在门口，没转身，也没去推门，声音听起来很平淡："不然呢？"

沈如晚攥着手不说话。

他还和她说"自从见到你就神魂颠倒"的疯话，不打算解释一下？哪有他这样的人？！

"你还想让我说什么？"曲不询侧过身来，意味不明地看着她。

沈如晚板着脸问："所以你当初被缉杀也是因为七夜白？柳家……"

"我只杀了拦我离开的人，至于柳家是怎么被灭门的，一点儿都不知道。"曲不询说。

沈如晚神色复杂地看着他："你因为七夜白死过一回了，好不容易活过来又来查？你一点儿都不怕吗？"

曲不询神态自若地笑了一下："总归没有在雪原上看到你的时候那么怕。"

沈如晚微怔，有点儿不确定地看着他。她那时候确实有点儿名气了，但不至于让长孙寒一看到就害怕吧？

"什么意思？你那时候就认识我了？"

曲不询看了她一会儿，道："沈师妹，你对自己的名气没什么认知吧？"

她不是对自己的名气没有认知，而是从不觉得长孙寒会知道她是谁。

所以，他当时就知道她是谁了……

这个事实本身就足够让她雀跃了，她像在做梦一样，顿了好一会儿才不确定地轻声问："你说对我一见钟情，是真的吗？"

曲不询反问她："我有必要骗你吗？"

沈如晚沉默了好一会儿才道："那你当初为什么……"

其实她追究长孙寒那时为什么不信她是强人所难，任谁忽然被诬蔑、缉杀，逃过了十四州，都不会相信一个没什么交集的人。可她总是忍不住去想，如果他当时信她一下，哪怕只是一下就好了。

"因为当时我觉得活着没什么意思。"曲不询不需要她说完便能明白她的意思，平静地说，"我觉得死在你的剑下也不错。"

沈如晚微怔，不解地看着他。

长孙寒这种性格坚韧的人也会觉得活着没意思吗？她觉得不可思议，又觉得仿佛本应如此。

"你和我想象的很不一样。"她轻轻地说。

曲不询问她："哪里不一样？"

沈如晚不回答，又问他："那你现在为什么又不想死了？你忽然想追究到底了？"

曲不询站在那里没动，想了想，笑了："我死了也就罢了，既然又活了，总不能永远背着骂名吧？再说了，你不是说你杀了我之后，我的旧交都对你横眉冷对、没一句好话吗？我要是不活过来把事情弄个水落石出，你岂不是要一直白白地被恨？"

"本来就是我动的手，他们恨我又如何，不恨我又如何？"沈如晚淡漠地说，"我争那些浮名虚利有什么意思？数百年之后，谁还不是黄土一抔？"

"你不争不抢，数百年后，不也还是黄土一抔？"曲不询反问她。

沈如晚一顿，抬眸看他。曲不询背着灯光，侧身站在那里，半张脸都藏匿在阴影里，脸部的轮廓流畅，目光灼灼如火，依稀还是从前那个蓬山首徒的样子。

一晃十年而过，他从前是清辉，现在是孤月。

"你能不能闭上眼？"她问。

曲不询一怔："为什么？"

不需要她的回答，他已经乖乖地闭上了眼睛。

沈如晚走了过去，把头埋在他的颈窝里，抱住了他。

曲不询蓦然睁开了眼，下意识地抬手圈住她，却被她轻轻地捂住了眼睛。

"我说了，让你闭上眼。"她轻轻地说，有点儿嗔怪的意思。

如果长孙寒还是长孙寒，她一定远远地看他一眼，然后默默地走开。可现在他是曲不询，是一个只会用剑，不擅长法术的讨厌的剑修；是一个也会心灰意冷，无意苟活的末路人；是一个走过绝路，挣扎着爬出来后还能对她说"不争不抢，数百年后，不也还是黄土一抔？"的人。

长孙寒让她觉得胆怯，可曲不询不会。

"你真的会对我神魂颠倒吗？"她看着他被遮住眉眼的脸，轻声问，声音轻柔到好像游弋在风里的细丝，"现在也是吗？"

曲不询微微垂下头，温热的气息拂过她的脸颊。

"你还是不要说了。"沈如晚的手忽然往下挪了一点儿，从眉眼处落到他的唇边，轻轻地按了一下，"我不相信你的话。"

注意到曲不询眼神深沉地看着自己，沈如晚低声说："我自己来看。"

她说完，用手指摩挲了一下他的唇，微微仰起头，吻了他。

曲不询呼吸一滞，反应过来后，反手抚上她的后颈，低下头加深了这个吻。

这不是他第一次吻她，可他比之前任何一次都贪婪。他一寸一寸地掠夺，不知餍足，像贪得无厌的恶狼，和她想象中的长孙寒一点儿都不一样。

"你真的是长孙寒吗？"她不知道什么时候被他抵在门上，气息微乱，眼神茫然，衣衫松松垮垮地从肩头滑落，露出了如雪般的肩颈。

曲不询的喉结缓缓地滚动着，他问："我不像？"

沈如晚轻声说："我以为长孙寒不会把女孩子抵在门上亲吻的，而是一心修炼、没什么凡尘俗念的人。"

曲不询被这话逗笑了，一边垂头顺着她的脖颈吻下去，一边说："让你失望了，我六根不净，七情不舍，是这世上最寻常不过的大俗人。"

沈如晚的手从他的腰腹攀升到他的心口，摩挲了一下那道狰狞的剑痕。她恍惚了片刻，听到了自己紊乱的呼吸和凌乱的轻喘声，还有身后的雕花木门"吱呀吱呀"的颤动声。

这一切像一个长久而绮丽的梦，她曾经触不可及的寒月坠落了，只剩下越过他的肩膀照过来的一点儿昏暗的灯光。

"你不是长孙寒就好了。"她伏在他的肩头，轻轻地说。

这样就免得她自我纠结这么久了。

身后的门被更加用力地撞了几下，沈如晚咬了一下嘴唇，把到喉咙的痒意强行地咽了下去。

"可惜我是。"曲不询声音沙哑地说。

陈缘深回到山庄的时候，钟神山又下起了暴雪。天色昏暗，他没用遁法，就这么迎着风雪走在被坚冰和碎雪覆盖的山路上，步履沉重地走进了山庄。

这场雪要下很久，他想，好大的雪啊，只有钟神山才有。

蓬山是没有雪的，那里四季如春，草木丰美，是世人都艳羡的桃源仙山，但不在世外。

有人的地方就是茫茫红尘。

"哟，回来了？"白飞昙就站在门后，位置有点儿隐蔽。

陈缘深听见声音，心一跳，转过身来才看见白飞昙。白飞昙仍然是那副自视甚高又肆无忌惮的样子，看着陈缘深进门便不怀好意地笑了："你不会在沈如晚面前哭着喊'师姐救我'吧？"

陈缘深面无表情地看着白飞昙："你很在意我师姐？为什么？你们之前又没见过面。"

这世上成名的修士那么多，为什么白飞昙偏偏要针对沈如晚？

白飞昙直直地盯着陈缘深，然后咧开嘴，露出了一个寒气森森的笑容："因为她是个废物，身边的人是废物，就连杀过的人也个个都是废物。"

陈缘深皱起了眉，试图揣测白飞昙的话里的意思。

白飞昙伸出手，摊开手掌，一缕幽幽的火苗在他的掌心生了起来，随着他五指聚拢的动作不断地扭曲、变幻，起起落落。他忽然神情专注起来，甚至有点儿异样的兴奋，声音好像贴着人的头皮爬过的蛇，让人浑身发寒："我要把她烧成灰，就用这种异火。我要听见她在火焰里惨叫，连骨头也被烧成渣的声音。"

陈缘深强忍着不适的感觉，冷笑道："就凭你？我看你是想多了。"

白飞昙蓦然抬眼，用轻蔑的眼神看着陈缘深："你这种废物能懂什么？"

陈缘深依然冷笑着："我是废物，看不明白，但翁拂和卢玄晟总能看清你几斤几两吧？为什么在计划里，我把师姐引到山庄后，要先把那个剑修带进灵女峰内击杀，而把师姐困在山庄内？你们还不是怕她在木行道法上造诣太深，在灵女峰内如鱼得水？"

白飞昙露出了不以为然的神情："要不是因为七夜白也是灵药，谁在乎她？她就是一个连剑都握不起来的废人罢了，况且……你懂什么？"

陈缘深紧紧地盯着他："有什么事情是我不知道的？"

白飞昙一哂："你连蛊虫都下在她身上了，还在这儿装什么师姐弟情深？废物一个，你问那么多做什么？你只需要知道，她这种徒有虚名的人，最大的成就就是成为我的踏脚石。"

陈缘深冷着脸，看白飞昙大摇大摆地走过自己身旁。他用力握紧了垂在身侧的手，不知为何，心里总有些不安。

灵女峰一连下了好几日的雪，山道两边尽是坚硬的冰凌，只有山道上清清爽爽，只覆着一层薄薄的雪。修士经过时随手用法术消除薄雪，山道便又干净起来了。

倘若这里是凡间，人光是打理这山道便需要不少功夫。

"凡人的日子可真是不好过。"陈献感慨道，"要是修仙者能帮帮凡人就好了。"

沈如晚偏头看了他一眼，轻笑一声，意味不明地说："修仙者帮凡人？怎么帮啊？"

陈献没体会出她笑里的意思，也没细想，张口便道："修仙者保护凡人，遇上这种天气也能搭把手啊。"

沈如晚问他："修士住在钟神山，凡人住在临邬城，修士怎么搭把手？"

天底下的修士当然不是只住在钟神山上，凡人也不是只住在临邬城里。修士与凡人虽同在神州，却身处两个世界——从认知到事实都截然不同的两个世界。对于一些修士来说，凡人甚至可以成为一种资源。

陈献怔住了。对于他这种家境不错的少年修士来说，这个问题未免太过现实、

403

残酷了。

"可这世上会种下七夜白的修士终归还是少数吧？神州的修士还是有风骨的，连妖修都一视同仁，何况凡人？"

沈如晚没有反驳，只是淡淡地笑。

神州的修士往往不去加害凡人，但也看不上凡人。各人自扫门前雪，又有几个人会如陈献所说的那样帮助凡人？凡人过得好不好，和修仙者本就没什么关系。

"不管是谁，命都要靠自己去争，"曲不询轻轻地敲了敲陈献的脑门，"靠别人去帮，永远不长久。"

陈献还有点儿执拗："凡人怎么争呢？他们也没法修仙啊。"

曲不询神色平淡地说："那是凡人需要考虑的事情，而你我能做的就是让所有倚仗道法欺压弱者的人得到报应。"

"报应？"沈如晚直直地看了他一眼，轻轻地重复道。

不是惩罚？

曲不询笑了笑，悠悠地说："是，报应。我们就是他们的报应。"

他们不需要遵循什么金科玉律，也不必替谁降下惩罚。报应就是报应，孑然身，霜雪剑，且随心。

山庄就在他们眼前了，在茫茫的风雪里像一座荒僻的孤岛，要把每个误入其中的人都吞没。

"师姐，你来了。"陈缘深似乎等了很久，可身上没有一点儿风雪的痕迹，恰如他身后的山庄，任钟神山上大雪纷飞，山庄内仿佛只有春天一个季节。

他看见沈如晚的时候，脸上第一次没有一点儿喜意。他仔细地打量了她很久才道："待会儿我们就要启程了。"

沈如晚直直地看着他，问："你怎么和他们说的？他们竟然没有怀疑你？"

那帮人马上就要进入灵女峰的内部了，她这个曾经因七夜白而走火入魔的人却上门了，翁拂只要脑子没问题，就一定会觉得不对劲。

陈缘深神色平静，也许早就打好了腹稿："师姐别急，我和他们说过这件事，他们打算把你们带进灵女峰内部后再动手。"

这话听起来倒有几分可信度。

沈如晚的目光从陈缘深的脸上拂过，她总觉得他还有所隐瞒，但现在情况不明朗，贸然追问也许适得其反。

"若是遇到危险，你记得往我身后跑。"她在和陈缘深并肩时低声说，"无论发生什么都别怕，我不会丢下你的。"

陈缘深无论是不是别有用心，会不会在抉择中放弃了她，只要反悔，还想回来，沈如晚就不会丢下他。

陈缘深猛然一颤，表情像笑也像哭。他深深地看了沈如晚一眼："师姐，是我太没用了。如果我也能保护你就好了。"

沈如晚微微蹙眉，对他这句话有点儿不解："我不需要你来保护我，自己可以，不需要任何人来保护我。"

陈缘深垂下头，默不作声，氛围一时安静无比。

楚瑶光适时地开口，问陈缘深："今天山庄里似乎没什么人，他们都去哪里了？"

陈缘深朝她温和地笑了一下，虽然有几分勉强，但已恢复了从容的感觉："每当我们要去灵女峰内部的时候，山庄都会遣走与七夜白不相干的人，算是给大家几天休沐的时间，但是不能留在山庄里。等我们从灵女峰内部出来了，山庄才会被重新打开。"

对于在山庄内拿钱办事的修士来说，这座山庄自然是很神秘的。但修仙界最不缺的就是隐秘，只要工钱照发，他们才不管山庄究竟在做什么。

不知这些修士是否想过，看起来平平无奇的东家种的却是夺命花，发的是死人财。

"你们从前也没这么神秘吧？"沈如晚忽然问陈缘深，"我听说你们还会对外招人试药。"

当初在碎琼里遇到的驹娘一家便是被优厚的报酬吸引来的，驹娘的母亲所说的那个把第一朵七夜白送给他们的庄主无疑就是陈缘深。

陈缘深怔了一下，苦笑道："是，最初我没什么经验，总以为能凭一己之力消除七夜白种两次人必死的特性，实在是高看自己了。"

试药的人多了，七夜白只能种一次的事便慢慢地在新老药人里传播开了。翁拂本来就不看好他试图改良七夜白的行为，见状，便要杀了那些药人灭口，被陈缘深设法拦下来了。最终不知他们想了什么办法，将药人转移到灵女峰内部了。

"所以我才知道，七夜白还有个别名，叫作不二悔。"陈缘深低声说，"人生是没有第二次选择的，所谓的第二次选择就是绝路。"

他好像在说七夜白，又好像在说他自己。

沈如晚忍不住看向他，很想问问这个她从小看着长大，阔别多年后却再也看不明白的师弟，既然他明白，为什么当初不能更坚定一点儿，反抗一次？为什么要随波逐流，默默地待在这深山里，种这夺命花这么多年？

这个问题藏在她的心里很多年了，她想问沈晴谙，想问师尊，想问沈家人，如今还想问陈缘深。

陈缘深苦笑起来。这世上有几个人如师姐一般，甘心玉碎，决意珠沉？

陈缘深答非所问："师姐，你多年未回蓬山，还记得回去的路吗？"

她怎么会不记得呢？这世上的人，但凡是个修士，就不可能找不到蓬山。

沈如晚听不懂他到底是什么意思。

多年不见，陈缘深居然也学会了打哑谜，轮到她一头雾水地看着他了。她恨不得扒开他的脑袋，看看里面到底都装了些什么。

陈缘深笑得很温和，可这笑容苦涩又绵长。他说："可我已经忘了。等哪天师姐得闲，回了蓬山，帮我看看旧时的路吧。"

沈如晚沉默了，听懂了陈缘深未尽的话。他说时光荏苒，世事蹉跎，人是会变的。

晏晏韶年过，人间忽已秋。

"就算你忘了回去的路，蓬山就在那里，哪怕走一程问一程，总能寻到。"她声音冰冷地道，"没有什么回不去的说法，要回去咱们就一起回去。"

陈缘深看了她很久，笑了笑，垂下头很轻很轻地说："好，我和师姐一起回去。"

沈如晚心随意动，觉得寻常走不了多久的路，今日不知怎么的，竟漫长至极。她一时分辨不出是这路当真比往常更漫长，还是她的心思太绵长，把本来不长的路都拉长了。

陈缘深究竟对她隐瞒了什么？他还会回头吗？她还需要像十多年前将剑锋对准沈晴谙和师尊一样，把剑锋再次对准他吗？她这十年未曾握剑的手还能像从前一样稳吗？

沈如晚想到这里，不自觉地握紧了垂在身侧的手，忽觉五指冰凉。

她不怕危险，也不怕阴谋，怕的是和故人拔刀相向，只剩下她自己。

身侧忽然伸过来一只手，掌心炙热，紧紧地握住了她的手。沈如晚微怔，抬眸看了一眼。

曲不询目不斜视地看着前方，神色淡淡的，仿佛握着她的那只手并不长在他身上，又或者他握着她是理所应当的事，不值得他特意留神。

沈如晚这才意识到自己的手在抖，直到被他的手握住，她的手才不颤抖了。

曲不询早就发现了吗？

她盯着他，可曲不询好似打定主意不回头，只是用力握紧她的手，把温热和力量顺着五指传递给她。

不知怎么的，沈如晚很突兀地想：如果十年前在沈家禁地的时候也有这么一只手拉着她，那她一定不会走火入魔。

原来她这么多年希望得到的只是茫茫风雪里的一只温热的手，可兜兜转转那么多年，谁也没给她。

她忽然很用力地回握他的手，好像凛冬风雪里攥紧了枯枝薪柴的旅人，以至于曲不询微微僵了一下，出乎意料地回过头来看了她一眼。

沈如晚也不解释，只是和他十指相扣，不留一点儿空隙。冰天雪地里，两只手紧紧相握，不分彼此。

"哟，还拖家带口？"白飞昙抱着胳膊，和翁拂、卢玄晟站在不远处。他用目光扫过几个人，压根不把他们放在眼里，然后直直地盯着沈如晚："我还以为你不敢来了。"

沈如晚厌烦地皱了皱眉，心里了然：对于他们俩来说，彼此早已心知各自的立场，与其说今天是一场算计，倒不如说是心照不宣的交锋。她想救人，捣毁此处，对方自然也想杀了她，消除隐患。

"好了，好了，你们别这么剑拔弩张的，让陈庄主左右为难。"翁拂这回倒是没看热闹，很快就打断了白飞昙的话，"既然陈庄主回来了，那咱们就走吧。"

地面上画好了阵法，很大，众人一眼看不全。从眼前的走势看，这似乎是个空间阵法，起码也有十重变换。

沈如晚蹙起了眉，暗自揣测：他们进入灵女峰内部靠的是阵法？

这倒有些古怪，她只知道用于平地上短距离传送的阵法，从未听说过什么阵法能把人送到山体内部。况且，这和陈缘深之前说的也不太一样。

翁拂不慌不忙地拿出阵旗，插在阵法之间，每插下一面旗，四周便出现一些云雾。不一会儿，四周就一片雾蒙蒙的了。

沈如晚立刻提高了警觉。她的神识虽比眼睛看得更清楚些，但这些云雾对神识也有隔绝作用。

天上不知从什么时候开始飞雪，目之所及都变成白茫茫一片。沈如晚时刻留神曲不询等人和对方的动静，确定每个人有一点儿动作都能被她的神识察觉，自己随时都能动手。

就在翁拂慢悠悠地插下最后一面阵旗时，眼前的空间一阵扭曲，竟与他们在碎琼里所见到的破碎空间有些相似，被吞没的碎物刹那间分崩离析了。

扭曲的空间一闪而过后，一切又如常，只剩下茫茫的烟尘。

沈如晚的眼瞳忽然一缩，耳旁传来陈献的惊呼声："师父，师父？"

茫茫的云雾里，她用神识扫了一圈又一圈，可无论是翁拂等人还是曲不询和陈缘深，竟都消失了！

沈如晚难以置信，消失的人竟然不是她，而是曲不询！

他们不知道曲不询的身份，怎么会针对曲不询呢？

"沈前辈，师父不见了！"陈献惊慌起来。

一瞬间，沈如晚的脑海里闪过很多纷乱的猜测，好的、坏的，乱七八糟地朝她涌来。她几乎下意识地伸出手，仿佛时隔十多年依然能瞬间回到从前，握紧手里的那把剑。

可她五指并拢，握了个空。

身侧既没有一双温热的手，也没有那把和她相依为命的剑。

"现在只有我们了。"有人轻飘飘地说，既不是陈献，也不是楚瑶光。

沈如晚蓦然看去，发现在浓密的雾霭后，白飞昙的身影若隐若现。她看不清他的面容，只能看到他模糊的轮廓不断地变换着，逐渐和雾霭融合在一起。

她微微皱眉，用神识辨认出陈献和楚瑶光的位置，然后不动声色地朝他们的方向走过去。

陈献和楚瑶光修为尚浅，神识探索的范围也小，明明相隔不远，但在迷雾里就是找不到彼此的位置。他们听见了白飞昙的声音后，忽然都不再说话了，警惕地站在原地。

很快，沈如晚便发觉这阵法有些古怪，似乎能变换方位。她明明是朝着楚瑶光的方向走过去的，可还没走出几步，眼前一花，竟然走向了另一个方向。

这里的方向变化无常，没有规律可循，她无论如何快速地移动，都只会如无头的苍蝇一般乱转。

"没用的。"白飞昙看着她先是走，再用遁法，换了数种办法，依然未能靠近楚瑶光，脸上不由得露出嘲讽的笑容来，"这里的阵法足足有十三重变换，每一重都对应着钟神山的一座峰峦。只要钟神山一日不倒，这阵法便一日不会破。当今世上顶尖的阵道大师也不过能解开十二重变换，就连布下阵法的那个人也解不开这一道阵法。不过——"他微妙地笑了笑，拖长了声音，"我忘了，你虽然没了碎婴剑，却还会点儿木行道法，说不定能靠野草野花爬出去呢？"

他说完，忽然不知从哪里连根拔起一朵野花来，随手一搓，将其碾得粉碎，只剩下沾着尘土的花茎和半片花瓣。他朝沈如晚劈头盖脸地扔了过去，嘲讽道："喏，你的法宝，用吧。你已经没了剑，若没了它，可还怎么活啊？"

陈献和楚瑶光饶是遥遥地看着，也被白飞昙嚣张的挑衅气得够呛，实在难以想象沈如晚被这般羞辱，得气成什么样。他们一边忧心沈如晚会不会被刺激得再次走火入魔，一边不自觉地期待沈如晚能像上次一样把白飞昙狠狠地揍一顿。

可沈如晚那边一点儿声音也没有。

白飞昙掷出的那朵野花越过了两个人之间的距离，并没有如她方才那般打转，而是直直地落到了她的面前。她心中了然：白飞昙能在一定程度上控制这座阵法!

方才白飞昙所说的十三重变换阵法，她只信了一半。据她所知，神州顶尖的阵道大师确实曾设下过十三重变换的阵法，且没人能解开。倘若七夜白背后的人是宁听澜或希夷仙尊，那么在这里布下一座独步天下的阵法倒也说得过去。

但没有人会给自己布下一座解不开的阵法，解不开的阵法必然无法被控制，故而设下这座阵法的人当初必定留了一条后路。

沈如晚皱着眉看那朵野花，对白飞昙的挑衅充耳不闻。

她抬手拈起那朵花，发现它连根带泥，花叶都被揉碎了。这原本只是一朵再普通不过的野花，既不特殊，也没什么大用，多它少它都无人在意，可它用尽全力开得灿烂，从不管旁人在不在意。

这样一朵竭力绽放的野花既没得罪谁，也不曾做过恶，好好地开在那里，有一天却被连根拔起、碾得粉碎，要向谁申冤？又有谁听？

"他们在哪里？"她冷淡地问。

白飞昙越过重重雾霭，隐约看见她没有半点儿变化的神色，不由得"啧"了一声，不太满意她的反应。

"你还不知道吧？这是你的废物师弟提出来的建议。他说你早就走火入魔，再也拿不起剑了，却在木行道法上有一手。我们如果带你进入灵女峰内部，谁知道你会不会影响到七夜白？倒不如先把你困在山庄里，把你身边那个丹成剑修解决了，再回来对付你。"

他说到这里，恶意满满地看着沈如晚："你没想到吧？你保护的不仅是个没有担当的废物，还是个遇到危险时毫不犹豫地出卖你的叛徒。我都替你感到可悲，你这辈子就像个笑话！"

陈献听到这话，神色仓皇："胡说！我六哥和沈前辈是师姐弟，他们从小一起长大，他怎么可能出卖师姐？你少来挑拨离间！"

白飞昙嗤笑："师姐弟？这又算什么？"他似乎想欣赏沈如晚的神情一般，慢慢地说："他还在你身上下了蛊虫，你想不到吧？"

陈献和楚瑶光惊慌失措地看向沈如晚，却愣住了。

只见沈如晚神色冰冷，好像半点儿也没被白飞昙的话影响到，碧玉般的枝条从她的袖口悄悄地滑出来，一寸寸地生长，转眼间长成数丈长，伴着让人头皮发麻的"咔咔"声融入了雾霭，在这个不见天日的地方显得非常妖异。

沈如晚的眼神不带一点儿情绪，她一字一顿地重复道："他们在哪里？"

灵女峰内，到处是暗红色的岩浆。岩浆汇聚成河，在狭长的甬道上方流过，如同遥挂在天边的星河，只有零星的火光"噼啪"坠落，又在山石间湮灭。

陈缘深骤然出现在甬道里，整个人一个踉跄，没能站稳，向前扑了过去，扶着山石才堪堪站稳。他刚一站定便猛然回过头去，没见到沈如晚的身影，这才松了一口气。

只要师姐没有跟过来便好，否则以卢玄晟几个人的实力，他们一旦斗起法来，师姐再次走火入魔，那就危险了。

陈缘深想到这里，眼神复杂地看了曲不询一眼。曲不询发现只有自己被带了过来，挑了挑眉，强敌环伺之下，竟没有一点儿畏惧之意。他看了陈缘深一眼，似笑非笑，眼中满是嘲意。

陈缘深冷淡地移开了目光，问翁拂："你们还在等什么？我已经把人带过来了，不是说好你们动手吗？"

他说到这里，眼神忽然一凝——眼前的几个人里竟然没有白飞凫的身影！

"白飞凫呢？"他骤然一惊，控制不住地追问，"他怎么不在？"

翁拂笑眯眯地看过来，一副和颜悦色的模样，却越看越让人觉得面目可憎："你这次做得确实不错，不过光把沈如晚困在阵法里，未免太浪费时间了。正好白飞凫自告奋勇，我就让他留在那里，掌握阵法杀了沈如晚就是。"

陈缘深骤然攥紧了垂在身侧的手，难以置信地看向翁拂："什么？我们不是说好了，等出去……"

翁拂的脸上依旧是那副让人生厌的笑容："我忽然改了主意，反正沈如晚早晚都要死，让白飞凫杀她又有什么区别？"

陈缘深瞬间脸色煞白，想起上次在街市时，沈如晚因白飞凫的一席话而险些走火入魔的样子。现在白飞凫竟被留在了山庄里，还掌握着阵法，一旦师姐再次被刺激得走火入魔，自己岂不是罪魁祸首？

他抬眸，憎恨地看着翁拂。

"你说你，蛊虫都已经下了，怎么还是不坚定呢？"翁拂戏谑地说，"朝秦暮楚可不是什么好品德。既然你下不了决心，就只能由我们帮你了。"

"你故意骗我，说等回到山庄后再解决沈如晚，实际上早就打算把白飞凫留在山庄里了！"他浑身冰冷，几乎要说不下去了，"哪怕我……哪怕我把蛊虫下在……她身上，你还是不信？"

"谁叫你们师姐弟深情义重呢？"翁拂慢悠悠地说，"没办法，我只能多想几招了。等你没了退路，咱们自然就能互相信任了。"

陈缘深浑身止不住地颤抖，咬紧牙关发出"咯吱"的声响，可半句话也说不出来。

"蛊虫？"曲不询忽然开口，目光沉沉地看了陈缘深一眼，"什么蛊虫？"

这个唯一被带到山中的倒霉蛋剑修面对显然不妙的局势，听着陈缘深方才毫不掩饰的算计，一直默不作声，神色平静，没有一点儿惊恐之色。直到此刻，他才第一次开口，问的竟然不是和他自己有关的事，而是沈如晚的事。

"你在你师姐身上下了蛊虫？"曲不询的神色骤然阴沉下去，声音也渐渐低了。

他就像在荒野上蛰伏的凶兽，明明声音不大，说的每个字却都让人心惊肉跳。

陈缘深无法与这样的目光对视，匆匆地移开了目光，神色复杂地朝翁拂的方向看了一眼，忽然转身顺着甬道朝尽头跑去。

跑！用力跑！陈缘深要去他多年来最熟悉的暗室，在蛊虫被催动前，在万蚁蚀心前，亲手把所有的药人带走，做完那件日日夜夜令他辗转反侧、他一直想做却没有做的事。

曲不询站在他的身后，神色冰冷。

灵气转瞬便凝结成剑气，顺着甬道向陈缘深劈过去。陈缘深觉得身后忽然传来了一阵让他浑身战栗的刺痛，脚步跌跌撞撞起来，脑海中一片空白，却还在用尽全力地向前跑。

不能被这剑气追上！一旦被追上，他便再也动不了，也无法完成他想做的事了！

然而这甬道仿佛长得没有尽头，背后的剑气也越来越近，他无法逃脱。

"唉，我好不容易找到一个还凑合的灵植师，可不能让你弄死了。"

就在剑气即将落下时，一道暗黄色的灵气后发先至，抢先挡在了陈缘深身后，剑气撞上灵气，灵气轰然碎裂。

这一瞬间足够陈缘深遁入甬道尽头的暗室了，曲不询看到陈缘深的背影在黑色的曜石门后一闪而过。

剑气狠狠地劈在曜石门上，留下了一道深深的剑痕，可曜石门太厚重，连颤也没颤一下。

翁拂和卢玄晟看着那道剑痕，都沉默了。

这道曜石门可是神州最坚不可摧的天材异宝，不管什么灵剑妙法都无法将其破开，可曲不询随手一挥就在曜石门上留下了剑痕。

"你到底是什么人？"卢玄晟终于开口了，惊疑不定地看着曲不询。

这位早已名满神州、威震天下的前辈此时神色凝重，眼神中满是忌惮之色。他仔细地打量起这个他先前一直没放在眼里的对手："神州什么时候出了你这样一个剑修？我竟从没听说过你的名字。"

曲不询还在盯着那道曜石门，听到这话，冷冷地转过头来，面无表情地看了一

411

眼这个曾经被他视为超越目标的前辈。他一抬手,金色的匕首骤然飞出,转眼便化作一柄厚重的巨剑,剑光冰冷彻骨。

从前他想过很多次在对手面前自报家门的情景,可真正站在这里时,姓名改了,面貌也变了,连当时的心境他也半点儿都找不到了。他现在只想搞清楚蛊虫是什么,沈如晚又在哪里。他知道面前这两个人不会乖乖地给出答案。

那他自己来找。

"你不需要知道,"曲不询说道,将冰冷的剑锋遥遥地指向对面,"无名之辈。"

第十五章　螳　臂

枝叶生长也是有声音的吗?

春来万物生长,这个过程似乎总是无声无息的。枝条在不经意中铺天盖地,那需要经年累月的生长。

可如果漫长的岁月融会于一刹那呢?

令人头皮发麻的近乎撕裂般的喧嚣在重重雾霭中蔓延,千万条枝丫一齐飞速生长的声音竟好像凶兽磨牙吮血时的低吼声,让人肝胆生寒。

陈献和楚瑶光周身全是雾霭,因修为尚浅,他们无法看得太远,只能听见从远处传来的嗡鸣声和撕裂声。他们明知这是沈如晚的法术,却都本能地取出了自己的法宝,这才稍稍抵消那股蚀心的寒意。

植物的生长声越来越响,一个庞然大物的影子渐渐升起,在迷雾中更显狰狞。周围的一排亭台被怪物般的枝丫触碰时,竟好像纸做的玩物一般崩塌了。然而只有崩毁声,没有坍圮声,因为那枝丫已在亭台坍塌前恣意生长,把一切空隙都占据了。

"你可真是油盐不进啊。"白飞崟那副猫戏老鼠般的笑意终于退了下去,他皱了皱眉,神色阴冷地看着沈如晚,似乎正为没能将她激怒而感到不悦,"你这么在乎那个废物,他却背叛了你,你竟然一点儿都不生气?沈如晚,你可真是个窝囊废!"

窝囊废……这还是第一次有人用这样的词来形容她。

沈如晚微微抬眸,隔着雾霭遥遥地看了白飞崟一眼。

绿绦琼枝转眼便生长得如同平地升起的楼阁般庞大,枝丫疯狂地延伸到十丈外时,却好似触碰到什么铜墙铁壁一般。坚硬的枝丫被迫弯曲,改换方向,曲折地盘旋生长起来,攫取仅存的一点儿空隙,长成了一座坚实而顽固的堡垒。

果然不出她所料，就连绿绦琼枝催生出来的枝丫也没法突破阵法的限制，别说直接攻击白飞昙了，就连把陈献和楚瑶光拉到身边她也做不到。

"窝囊废？"她轻飘飘地重复。

白飞昙冷笑道："我可真是高看你了，你和你的孽种师弟就是一路货色，三棍子打不出一个屁。要不是你的命好，拿着那把碎婴剑，你以为你会有现在的名声？"

他说完，面无表情地抬起手，掌心乍然生出一簇火光。

阴冷的气息如潮水般弥漫，悄无声息地占据了山庄的每一寸空间，好像阴毒的蛇吐着蛇芯子，爬过千家万户。原本的楼阁好像忽然被灼烧了一般，瞬间变成了焦炭。

"咔——"

高楼轰然倒塌，碎裂的墙壁和屋瓦落到地面时，却没有发出巨响，反而无声无息地化为了烟尘。

白飞昙这一次催动的火焰与那日在街市上催动的灵火简直如霄壤之别，仅从气息上便能让人窥得那掩盖不住的威势。其中的祟气更是污秽至极，销腐万物，连法宝也能被侵蚀。

陈献和楚瑶光修为不足，在这气息里克制不住地浑身发颤。

楚瑶光深吸一口气，双手平托在身前，掌心升起一点儿碧色光芒，堪堪将她遮蔽，然后她周围一丈内的所有祟气便如消融的冰雪一般瞬间散去了。更远一点儿的地方她鞭长莫及，甚至连隔了不过几丈远的陈献也顾不到。

白飞昙察觉到异状，不由得微微偏过头去，待看清楚瑶光周身的碧色光芒只能覆盖一丈后，又嗤之以鼻，对沈如晚道："你身边带着的都是些中看不中用的玩意儿？"

他一抬手，一道火光便骤然从他掌心的火焰中分离，朝楚瑶光的方向飞去。

"瑶光！"陈献惊呼一声。

沈如晚皱着眉，指尖轻弹出一缕灵气。可那一缕灵气朝火光飞去的途中碰到了无形的阻碍，瞬间被弹飞了，根本到不了楚瑶光附近，更拦不住那道火光。

不过须臾，森森的焰火就飞到了楚瑶光面前，祟气当头而至。

楚瑶光站在一株数丈高的树下，火光还没靠近她，那株粗壮的大树便从树冠开始无声无息地化为脓水，化成了一摊诡异的黑水。从远处看去，楚瑶光似乎已被祟气重重包裹，完全淹没在其中，只隐隐约约地看到一点儿碧色的荧光。

陈献自己周围萦绕着祟气，可看着楚瑶光，反倒更担忧，不禁大喊："瑶光！"

这阵法好像用无形的铜墙铁壁把他们分隔在不同的区域里，谁也无法脱逃，只有白飞昙可以肆意地对任何人动手。

沈如晚垂眸，蜷在一起的枝丫忽然悄无声息地伸入了泥土中。

地上无路，那地下呢？

她一面不动声色地驱动枝丫深入泥土，使其遍布地面之下，另一面抬眸朝白飞昙看去。

"天天说别人这里不行那里不行，你不也只是个倚仗异火之力的幸运儿？你若没有侥幸地得到异火，又算得了什么？就你这样的人，也好意思说别人徒有虚名？"沈如晚轻飘飘地笑了一声，嘲讽道，"我为什么有名气，自己心里有数；可你为什么没名气，你心里怕是没数。"

她不紧不慢地说着，字字冰冷："像你这样自视甚高的无名之辈，我见得多了。"

"锵——"

黝黑的火焰骤然攀升，从白飞昙的掌心爆射而出，化作漫天火雨，如利箭般朝沈如晚扑过去。

"你懂什么？！"白飞昙狂怒地高声喝道，"我怎么会和你这种只靠运气的无能之辈一样？你自己没了碎婴剑便成了任人宰割的废物，怎知我的异火每一分每一毫都是我亲自催生出来的？这世上没我便没有它，就算哪天有人夺了我的异火，我照样能催生出新的来！"

祟气如潮水般随着火雨倾泻而下，落在那缠在一起的枝丫上，刹那间便升腾起滚滚浓烟。枝丫在炽烈的火光里出于本能不断地收缩着，被火焰一层又一层地焚为飞灰。

整个山庄猛然变成了火海，燥热到几乎能灼伤人的肌肤。

陈献一边艰难地对抗祟气，一边忧心楚瑶光的安危，时不时地朝楚瑶光的方向看去，却只能看见在浓密的黑雾里隐约存在的一丁点儿碧色的光芒。他一个不注意，冷不丁地被蹿飞的火苗烧到，一时没握住手中的剑。他眼睁睁地看着剑飞了出去，火苗扑到他的胸前，眼前一黑，自觉命不久矣。等他再次睁开眼，却发现周围风平浪静，自己活得好好的，方才的火苗也消失不见了。

陈献愣住了，忽然伸手从胸口摸到腰间，摸到了发烫的方壶。他灵机一动，把方壶掏了出来，试探着对准周围的祟气，发现祟气竟真的一点儿一点儿地被吸纳进去了。

只不过方壶在他手里吸纳祟气的速度极慢，只能勉强让他保持周身洁净，想要收纳更多的祟气却做不到。

空怀宝物却无法让其派上最大的用场，陈献站在原地，急得如热锅上的蚂蚁。他眼巴巴地朝沈如晚的方向看去，只见沈如晚催生出来的那些让他头皮发麻的枝丫在白飞昙的异火下一寸寸地收缩，原先如堡垒一般的庞然大物转眼间便收缩得只有半间屋舍那般大。

木助火势，火随风行，火势越来越大，半座山庄都化为了火海。远远看去，火光冲天，黑烟蔽日。

"拿异火对付木行道法，白飞昙，你还要不要脸？"陈献一边捧着方壶，吸纳烧到脚下的火，一边恨恨地说道。

沈前辈修炼的是木行道法，对上寻常的火行道法已经吃亏了，更何况异火？这并非沈前辈实力不足，实在是万物相生相克，自有定数，非人之过。

白飞昙又是靠异火，又是借助阵法之利，居然还有脸说沈前辈全靠运气——这人简直无耻至极！

火海中，沈如晚的声音仍如先前一般淡定，仿佛她压根没有意识到自己的道法已被对手压制。

"你催生的？"她似乎有些惊愕，断然说道，"我从未听说有什么异火是修士能催生出来的，你想自抬身价也不必编出这么离谱的谎话。"

"我编谎话？"她越是平淡，白飞昙便越怒不可遏，"你们蓬山的修士不过是一群道貌岸然的无知之徒，见识不过如此。"

阴森炽烈的异火伴着污秽的祟气铺天盖地地落下，覆盖在最底层的枝干上，发出"噼里啪啦"的灼烧声。浓烈的腐臭弥漫在空中，让人作呕。

"你不是很好奇我为什么一直留意你吗？"白飞昙大笑起来，"你还记得吗？十多年前，你在蓬山附近杀过一个邪修，从他的手里带走了一批少女和女童。你就没好奇过，他为什么要劫走那么多女童，又为什么不直接杀了她们练功，反而把她们关在一起？"

沈如晚本来神色淡淡的，听他说到这里，忽然抬起头，脑海里仿佛有一道惊雷骤然劈落。她万万没有想到白飞昙会和多年前的旧事联系在一起——她就是在那时救下了章清昱。

难怪她初见白飞昙时便觉得他的灵火有一股熟悉的感觉，却想不起在哪里见过。

她想起来了，当初她去救章清昱的时候，遇见的那个邪修身上的气息同白飞昙的气息如出一脉。

"那人和你有关系？"她眉头紧锁，双眸骤然染上了寒霜，"怎么可能？十多年前你不过十一二岁。那个邪修是你的什么人？"

白飞昙大笑起来："我的什么人？什么人也不是，他不过是一个与我同门的修炼未成便身死的废物罢了。只有你们这些自诩正道的修士才会说什么可笑的同门深情。"

他掌心的烈火跃动着，炽烈的火光将他衬得仿若神祇。他站在火海的尽头，高高在上地俯视着沈如晚："你以为这异火是天地生成的至宝？我告诉你，这里的每一丝火光都是我亲手从活人身上榨取出来的元气。"

"我辛苦了十年，汇聚了成百上千的精魂元气，一辈子都在等这一片滔天火海。我的每一分实力都是自己亲手造就的，就凭你，也配和我相提并论？"白飞崟看着那片被火海覆盖的地方，志得意满地冷笑起来，"沈如晚，我早就说了，你这种没用的修士，离了碎婴剑，什么都不是。"

"轰——"

火海中忽然传出了一声山崩地裂般的巨响。

白飞崟一愣，那副傲慢的表情凝固在了脸上。紧接着，他露出惊疑不定的神色来，皱着眉头看向火海中："什么东西？"

"轰——"

又是一声轰鸣。

白飞崟有些绷不住了，不断地催动掌心的烈焰，加大火势。看着层层火浪翻滚，他冷笑道："你还没死是不是？命还挺硬的，我再送你一程，你……"

"轰隆——"

惊雷般的响声中，一条庞大的枝干拔地而起，转眼便疯狂地生长到直入九霄。仿佛呼应着这条枝干，数不清的虬枝骤然从山庄里的角落中生出，每一条都被火海烧得焦黑如枯骨，却都用尽全力生长着，在熊熊烈焰里长成了一片密林。

白飞崟脸色巨变，拼命地催生烈焰去焚烧那些枝干。然而火势越盛，那些枝干便越发疯狂地生长起来，焦黑的枝叶不断地从枝干上坠落，化为飞灰，可无论异火怎样焚烧，枝干却越来越粗壮、庞大。

火光冲天，枝干也仿佛压抑到了极点，骤然开出了无数绚烂夺目的花，朵朵璀璨如星辰。枝干包围了整座山庄，花便也开满了整个山庄。

"什……怎么可能？！山庄里的阵法是依托钟神山建成的，你怎么可能越过阵法施展道法？"白飞崟傲慢的神色已经全部消失，只剩下无法掩饰的惊慌失措之色，"你用的是什么灵植？这世上怎么可能有灵植不怕我的异火？！这世上怎么会有不畏火的花？！"

陈献抱着方壶躲在角落里，整个人灰头土脸的，看起来和那些枝干一样黑不溜秋。他靠在身后的一株枝干上，愣愣地抬起头，遥看漫山遍野绽放得如星辰般的花。

他忽然想起当初在碎琼里的时候，他不经意地问过沈前辈："这世上有不畏火的花吗？"

"有啊，极北冰原上的寒髓花、归墟之下的温柔肠断草，都是绝世异宝，都不畏火。"

"那普通的灵植呢？真的没有不畏火的凡花吗？"

"这个嘛，众所周知的凡花自然没有不畏火的。"

众所周知的凡花……那是不是意味着，人所不知的凡花里当真有不畏火的呢？

陈献将星光般的花看了一遍又一遍，耳畔仿佛又响起了沈前辈的轻笑："这世间的规律确实是很难悖逆的。"

沈如晚一步一步地从火海中走了出来，烈焰在她身侧湮灭殆尽，化为了虚无。

"可这世上总有异类能够挣脱命运的囚笼。"她将手平摊开，一株晶莹剔透的琼枝从掌心垂落，所有的枝干都出自这一根枝条。

陈献瞪大了眼睛。

那不是沈前辈的绿绦琼枝吗？原来当初他问沈前辈的时候，答案便已在他的眼前了。

"阵法是很精妙，我破不开。"沈如晚波澜不惊地说，"可我不需要破开。"

每一株看似羸弱平凡的草木都会利用埋在泥土中的根茎用尽全力去攫取生机，生长在每一寸能够生长的地方，扎根在深不可测的地方，将所有的奋力和挣扎写在无人知晓处。

谁说草木便弱，烈火便强呢？

在郁郁葱葱的密林下，在漫山遍野的花中，沈如晚抬起了手，白飞昙周边的枝干便骤然蜷起来，织成一张铺天盖地的巨网朝他飞去。

白飞昙想逃，可到处都是枝干，每一株都沉默地伸展着，如同血盆大口。所有的路被封锁了，所有的遁法也被阻断了，他无路可逃。

他重重地跌落在地上，被无数的枝干按压在地面，浑身的骨骼都仿佛被碾碎了。

沈如晚还站在原地，眼神冰冷地看着他。她分明没有做出什么凶恶的姿态，只是那么一看，眼中便仿佛露出这世上最可怖的杀意。

她轻轻地抬手，操控枝条骤然飞出，"啪"，白飞昙发出了一阵非人般的惨叫声，在静谧的山庄里回响，让人脊背发凉。

雾霭比方才淡了许多，陈献也能看清那边的景象了。他壮着胆子看过去，不由得抱着方壶倒抽一口冷气。

沈如晚竟然用那根枝条硬生生地刺破了白飞昙的丹田，又挑断了他的琵琶骨。

丹田一破，白飞昙的修为便彻底被毁了，他这辈子都无缘仙途了，更严重的话，甚至连命也保不住。

对于修仙者来说，这是最可怕的惩罚。

沈如晚的脸色没有一点儿变化，她问："你是不是觉得这世上只有你是成大事者，不拘小节？只有你最狠得下心，不把别人的命当命，所以越来越强？"

她轻轻地笑了一下，可眼中没有一点儿笑意，在繁花的映衬下有一种森然可怖的美。

"你以为我做不到吗？"她慢慢地说，"踩着他人的血泪往前走，是这世上最简单的事。"

在白飞昙因痛苦而发出的刺耳的惨叫声里，沈如晚木然地看着巨大的枝条一下又一下地将白飞昙的每一根骨头打得粉碎。

陈献跟不知什么时候已经摆脱了祟气的楚瑶光一起目瞪口呆地看着这一幕，然后齐齐地看向神色平淡的沈如晚，不知怎么的，他们的脑海里不约而同地生出了同一个惊雷般的念头：怪不得当初叶胜萍只是看了沈如晚一眼便被吓得失了魂。

沈如晚封刀挂剑太久，久到所有人都忘了她曾是神州最独步天下、心硬手狠的不世杀神。

"我不想再听你说那些恶心的罪行了。"她面无表情地看着伏在地上奄奄一息的白飞昙，一字一顿地道，"我再问你最后一遍，他们在哪里？"

超越极限的痛楚像永无止境的惊涛骇浪，白飞昙的神志好像浪涛里脆弱不堪的小舟，风平浪静时，小舟顺水而行，可风浪一来，小舟便无声地翻了，掀不起一点儿浪花。

"山……山里……"白飞昙跟从前他最不屑一顾的蝼蚁一样，狼狈不堪地趴在地面上，如同一只死狗，"他们去了山里。"

沈如晚没什么情绪地看着他："怎么去灵女峰内部？这里的阵法又该如何解开？"

白飞昙张了张嘴："我不知道。之前都是翁拂带我们去的，我真的不知道。这个阵法也是他控制的，我这个地方是阵眼，不受阵法阻碍，但我也走不出去。"

沈如晚抬起手，枝干便立刻如鞭子一般扬起，然后朝白飞昙狠狠地落下，发出了一声巨响，让他剧烈地哀号一声。

"我真的不知道，我们三个人里只有翁拂是那人的心腹，我和卢玄晟都不过是那人的打手罢了，翁拂手里有上代山鬼的元灵。"

这话和陈缘深、钟盈袖的说法对上了。

沈如晚的眉头蹙得更紧了，她心想：手里握着上代山鬼的元灵的翁拂，再加上一个成名多年的卢玄晟，曲不询一个人究竟能否应付得了？

她自然比谁都相信长孙寒的实力。当初他在雪原上穷途末路时尚且让她惊心动魄，重生后能在归墟里熬过来，必定实力大增。可一个人就算再强大，又怎么能和北天之极的擎天之柱抗衡？

沈如晚并没有表露出心里的忧虑，紧紧地盯着白飞昙问："你们背后的人是谁？"

　　白飞昙被枝条按在地上，脸贴在地面上，拼命地抬起头，试图看清沈如晚脸上的表情，姿态看起来十分滑稽。此刻他全然不似先前那般傲慢了，丝毫不在乎自己有多么可笑，而是暗自揣度着沈如晚的心思，讨价还价："我说了，你就把我放了？"

　　沈如晚没有说话，抬起手张开五指，然后慢慢地握拢，白飞昙周围的枝条竟然也用力地收拢了起来。虽然她的动作不大，可万千枝条拧在一起，犹如一根铁索，让白飞昙动弹不得，连骨头也发出了"咯咯"的声响。

　　"是……是蓬山的人！"白飞昙又惨叫一声，将所有的小心思抛到了九霄云外。

　　他平生第一次知道，从前他最不屑的木行道法竟如此厉害。苦难当头，他同他从前折磨过的那些人一样狼狈、软弱。

　　沈如晚并没有因为他的妥协而停下来，仍然控制着那些铁索般的枝条，像看蝼蚁一样看着白飞昙，冷冰冰地出声："蓬山的谁？"

　　白飞昙浑身半点儿力气也没有，此时只能任由她拿捏，如竹筒倒豆子一般说："我也不知道那是蓬山的什么人。我根本不认识他，但知道他肯定是蓬山的大人物——卢玄晟认识他！"

　　沈如晚静静地站在原地，说不出心头究竟是什么滋味。

　　蓬山……蓬山……

　　白飞昙的话其实并没有提供什么新线索，只不过是对过去得到的线索的印证，让她越发明白过去的这些年好似笑话。

　　原来她兜兜转转，想要的真相一直在身后。

　　她漠然地看着还在挣扎的白飞昙，心头忽然生出一股难以遏制的戾气，好像潜伏多年后骤然撕破了皮囊的凶兽。

　　枝条再次收紧，白飞昙的身体慢慢地扭曲了，脊骨以诡异的方式蜷起来，他始料未及，再次痛呼起来，每一声惨叫都带着恐惧之意："我都说了！我全都说了！"

　　沈如晚的声音没有一点儿温度，她慢慢地说："可我没说我会放过你。"

　　白飞昙在绝望和恐惧里哀号起来。他永远无法想象，同样的话从自己的口中和从别人的口中说出来，竟有天壤之别。

　　沈如晚此刻完全变了一副模样，撕下淡漠疏离的面具，露出了狰狞的獠牙，满身戾气，好像一把只知杀伐的剑。

　　寒锋出鞘，便要饮血。

　　"沈姐姐？"楚瑶光在远处惊疑不定地喊她，"我们赶紧想办法离开这里，去和曲前辈会合吧？不要在这个人身上浪费时间了。"

　　楚瑶光这个机灵的姑娘总能第一时间察觉到她不对劲。

沈如晚也觉得自己不太对劲，第一次如此清醒地感受到那些融在她的血里的、无法抹去的过去。她曾经封存的东西原来如此令人畏惧。

身怀利器，杀心自起，她用了那么多年去封存的戾气只用一场斗法便卷土重来了。

她毕生都致力于对得起手中的碎婴剑，那么究竟是一把剑还是一个人？她若是一把剑，何至于如此痛苦？若是一个人，又何以什么也留不住？

与所亲、所爱阴阳相隔，这么多年过去，她还剩下什么？

沈如晚漠然地在原地站了很久，随后一抬手，枝条就拖着白飞昙越过半座庭院，将他像死狗一样拖到了她的面前。

"你刚才说，陈缘深在我身上下了蛊虫？"她慢慢地低下头，看着地上的白飞昙，抬脚踩在了他的背上，"在哪里？什么时候下的？"

白飞昙几乎是用气音回答："就是你们刚来山庄的时候，他们说要催动蛊虫，让你体验万蚁噬心的感觉，助我击杀你……可你身上的蛊毒为什么没有发作？"

白飞昙等到最后也没有想明白这是为什么。

沈如晚微微用力，"咔"的一下踩断了他的脖子，神色平静地看着他慢慢地咽气。

陈献和楚瑶光小心翼翼地看着沈如晚，生怕她一抬起头就走火入魔，大开杀戒。

可沈如晚只是静静地站在那里，不知究竟在想些什么，再抬起头时，脸色没有一点儿变化，就像不小心踹死一只蚂蚁一般波澜不惊。

"我吓到你们了？"她声音如常地说，轻轻地笑了一下，"别怕。"

她此刻分明和颜悦色，可一想到方才她那冰冷无情的模样，谁又能真的一点儿也不怕呢？

陈献和楚瑶光对视一眼，俱是欲言又止的模样。

可还不等他们出声，脚下便忽然传来了一阵"轰隆隆"的震动，几个人几乎站不稳，差点儿被掀翻在地。

峰峦轰鸣，如同山神狂怒，地龙翻身。

沈如晚蓦然抬起头，神色骤变。

山峦摇摆，大地震动，这对于本就危如累卵的灵女峰而言，岂非灭顶之灾？

不过一会儿工夫，灵女峰内究竟发生了什么，才会引起这样大的变故？

她心急如焚，想要解开阵法，却毫无头绪。

"轰——"

又一声巨响从峰峦的内部传来，如同一场浩劫的先兆。随后，地崩山摧，几个人忽然脚下一轻，随着山石一起陷落了！

陈缘深用尽全力逃入曜石门后，整个人脱力一般倚靠在墙壁上，慢慢地滑落到地上。他扶着墙壁大口地喘息，抬起头时，目光正好对上一双死灰般的眼睛，那眼神无悲无喜、无憎无惧。

陈缘深的动作一下子便顿住了——他认得这双眼睛的主人！这是一个不过十来岁的少年，和家人大吵一架后离家出走，被人拐了过来，从此在这暗无天日的地方成了七夜白的花田。

这样的经历或许很惨，可在这里并不稀奇。药人来自神州各地，一生只能种下两朵花，所以消耗得很快，需要不断地补充。陈缘深见过太多和这少年相似的药人了，他们的区别只在于少年还活着，而那些药人已经种过两朵七夜白，都死了。

这是他亲手种下也亲手摘下的花。

陈缘深的嘴唇微微翕动着。

"陈先生，你来了？"少年忽然和他打招呼，"我觉得这株花快要开了，你帮我看看是不是这样的？我听他们说这种花开起来很美——也是，毕竟这是要命的花，不美一点儿也对不起我啊……"

真的很奇怪，明明他是罪魁祸首，是直接种下七夜白的那个人，但这里的药人并不恨他，哪怕是被翁拂嫌恶地称作"最不识相"的药人也只是对他冷眼相待，偶尔嘲讽几句。

相对于翁拂那几个人来说，陈缘深甚至觉得这些药人都很信任、依赖他。只因他在亲手种下七夜白的时候，会露出一点儿不忍心的神色；只因他和他们说话时仍然好声好气，像对待一个普通的人，而非阶下囚；只因他看起来也身不由己。

这多可悲啊，他只需要用一点儿完全没有价值的"不忍心"就能收获友善。

陈缘深无法理解，也知道自己的不忍心有多脆弱。

他不忍心面对所有注定要被七夜白攫取生机的人，所以不听、不看，但还是会给他们种下七夜白。

只凭这样可笑的"不忍心"，他们凭什么觉得他和翁拂那样的人不一样呢？

他和翁拂、白飞暠其实是一样的，只是用软弱掩盖了残忍。

"这是你第一次被种下七夜白，对吧？"陈缘深轻声问少年。

少年点了点头。

"疼吗？"陈缘深问。

他其实知道答案。在过去的日日夜夜里，他从无数个和少年的命运相似的药人身上得到过答案。

"还好，就是我偶尔觉得浑身发麻，毕竟有花茎在经脉里生长。幸好这没有特别痛苦，人死得也挺快的。"

其实少年根本不知道七夜白的生长原理，这些只是他从别的药人那里听到的说法。

陈缘深颤抖了一下。

不是每个人都和少年一样满不在乎的，他见过许多在咒骂和绝望里死去的药人，和更多的行尸走肉一般的药人。

"你还有亲人在找你吧？"他问少年。

少年愣住了，那双死灰般的眼睛里出现了一丝痛苦的神色。

"那又怎么样呢？"少年说，"就让他们以为我在外面漂泊、快活、乐不思蜀好了，反正他们也不见得有多在乎我。"

陈缘深想：人这么说的时候，被提起的人是否真的在乎，他不确定，可这个说话的人一定非常在乎对方。

他忍不住去想那个可能在远方疯狂地寻找少年的人，那也许是个有些年纪的女修，也许是个满脸焦躁的中年男人，寻遍碧落黄泉也找不到这个被困在峰峦内的人。

这是一个很不妙的联想，陈缘深心里清楚。他不能太共情这些药人，哪怕他走进这道曜石门时本就打算解救他们。

他知道自己有多怯懦，又有多容易感到痛苦。药人们的情绪和经历会把他整个人压垮，最可悲的是，他无能为力，除了感到痛苦之外什么也做不了。

可想法和行动是两回事，即使陈缘深不断地在心里告诫自己不要再去联想，但那些画面还是源源不断地浮现出来，连带着这些年他淡忘的、早已经死去的人，把他淹没。

陈缘深用力地深吸了一口气："你……"

还没等他说出什么，少年忽然道："陈先生，我是不是要开花了？"

少年的嘴巴忽然张得很大很大，几乎要把上下牙齿彻底分开一般，不亲眼见证的人很难想象一个人的嘴竟然能张大到这种程度，就像一个不见底的深渊。

在这黑洞洞的深渊里，花枝悠悠地伸了出来，细小的花苞还合拢着，可是没过两个呼吸的工夫便慢慢地绽放开来。

陈缘深又见到了月光，皎洁的、冰冷的、美到炫目的月光——那是从骨头和血肉里开出的花。

少年痛苦地蜷缩起来，同时瞪大了眼睛，凝视着这朵从他的血肉里生长出来的花。

陈缘深的手颤抖着，慢慢地伸到少年的面前，像曾经做过千百次的那样，将那朵月光一样的花摘了下来。

少年口中的花枝慢慢地收了回去，转眼便消失了。月光也消失了，室内重新变得暗淡,只剩下他掌心里的花。

为了防止药人自尽,他们给每个药人都戴上了禁制,所以此刻少年形容枯槁,表情痛苦,站不稳一般靠在了墙壁上。可他的目光还落在陈缘深的手上,厌恶之中带着一丝好奇——那种人见到奇异的宝物时本能的好奇。

陈缘深攥着那朵花,手微微地颤抖了一会儿。

下一瞬,他在少年惊愕的眼神里,一把将那朵花塞回了少年的口中,说:"走吧,回家。"

少年以为陈缘深在说梦话:"回家?我怎么出去啊?"

陈缘深从怀里掏出一个镜匣,说:"这东西是我从一个……朋友那里得来的。只要有这个东西在,翁拂就无法探察到这里的情况。我给你们解开禁制,你们想办法逃吧。"

这个密道被施加了隔绝飞行和遁法的阵法,但大家都是修士,只要摆脱了禁制的束缚,不被探察到行踪,无论是强行掘开一条通道还是用上什么土遁术、水遁术,总能逃走的吧?

"我没什么本事,只能帮你们到这一步了。"陈缘深轻声说,"你们小心点儿,用力跑,别被抓回来了。"

少年瞪大了眼睛,下意识地问:"为什么以前你没有……?"

陈缘深笑了起来,好像觉得自己说的话很荒唐:"因为如果我不这么做,就会有另一个人过来救你们。那还是我自己来吧,她帮我做的事已经够多了。"

少年没懂,可听出来陈缘深似乎早就有办法解救他们,却一直拖延,直到现在才不得不行动。

少年明明先前也觉得陈先生迫不得已,可这一刻,不知怎么的,心里浮现出一种本能的怨恨来。

陈先生如果能救他们,为什么不早一点儿来呢?

陈缘深注意到少年的目光里露出了怨恨的神色,张了张口,又闭上了。

他装作没看见少年的眼神,若无其事地说:"我必须留在这里断后,用灵力催动这个镜匣,才能掩盖翁拂的探察。你们走吧。"

少年又看了他一眼,好像想要说点儿什么,可最后什么也没说,转身走了。

陈缘深催动着灵力,一处处地走过,去找每一个药人。有些人已经种下了两朵七夜白,随时都会开花,迎来死期,可即使是这样,当听说能从这里逃出去的时候,他们死灰般的眼睛也闪出了一抹光彩。

哪怕他们只能出去一天、一个时辰、一个呼吸的工夫,陈缘深觉得自己也不算徒劳无功。

有人临走时给了陈缘深一巴掌——真的很奇怪，这些人在得知他们能出去之前对他很温和，可偏偏在他救他们出去的时候开始怨恨他。

不过这是他应得的。那些信任、依赖才是不属于他的、被他窃取的东西。

陈缘深托着镜匣，半边脸有点儿发肿。可他不在乎，只是认真地看着掌心里的东西。那是一个崭新的镜匣，新得仿佛被锻造出来还不超过半个月。

一阵剧烈的痛楚忽然从他的心口迸发，一瞬间夺走了他所有的力气。他痛得倒在地上，剧烈地抽搐着，满地打滚。镜匣从他的手里掉落，"啪"的一声，摔得粉碎。

为什么在蓬山十八阁中，剑阁永远是第一阁？这浩浩的神州中有那么多修士，为什么剑修被称为最强？从前翁拂和卢玄晟的心里没有答案，可当沉重的剑锋势如破竹地劈来的时候，答案便浮出了水面。

"你也是蓬山弟子吧？"卢玄晟沉着脸问，"蓬山剑法的痕迹是抹不掉的，可我从未听说蓬山有你这样一个剑修。"

卢玄晟从十几岁开始在神州挑战各路强者，为人傲气狂放，谁也不放在眼里。他从来没有想过自己有一天会遇到这样一个剑修，即使他和手持上代山鬼的元灵的翁拂联手，对方竟也不落下风。

这……就算蓬山掌教亲至，也未必能做到如此吧？

卢玄晟虽然一向敬重宁听澜，可也清楚宁听澜一直忙于蓬山的事务，年纪大了以后，实力并未有多少精进。就算如此，宁听澜仍是神州当之无愧的绝代高手，否则，卢玄晟这种脾气的人怎么会尊崇他？

卢玄晟在交手的间隙打量曲不询，发现这个剑眉星目、容貌英俊的青年并没有年轻人特有的跳脱和轻浮的气质，反而眼神坚定，颇有稳重之感。卢玄晟见过的人太多，一眼就能看出这个对手战斗经验丰富，绝非等闲之辈。

卢玄晟开始试探起对方的底细来："你看起来年纪不大，蓬山近些年的新晋弟子我了解过，却从来没有听说过你。看你的实力，只怕现在蓬山最有名的几个剑修弟子给你做徒弟都不配——非要说的话，只怕当初声名大噪的前任首徒长孙寒也比不上你吧？怪了，有你这样的弟子在，蓬山剑阁究竟怎么舍得让那个长孙寒专美于前？"

他一面说着，一面转头朝翁拂看去，朝这个他平日里看不上的搭档使了个眼色。

他们原先还打算收敛一些，可看这瓮中鳖竟是一尾金鲤，一遇风云便化龙，再顾忌下去，只怕不好收场。

翁拂的手里托着一方镜匣，里面封存着上代山鬼的元灵，供他驱动，令这个尚未结丹的修士在这座擎天的峰峦中有更胜丹成修士的强大力量。

他看见卢玄晟的眼神，不由得皱了皱眉头。他和卢玄晟、白飞景不一样，是这座山庄里唯一真正受到信任的人,也是最看重这些七夜白的人。

之前翁拂拿着这个镜匣,出手时总是点到为止——他们对灵女峰的改动已经很大了,再在这里任意地斗法,稍有不慎便会让灵女峰动摇甚至崩塌。

灵女峰若是崩塌,会影响到整个北地。翁拂不在乎北地,可在乎藏在灵女峰中的药人。那可是一朵朵七夜白,是数不清的金钱,若他救之不及,那些钱就都打水漂了。

可卢玄晟的考量也没错,对手的实力远超他们的想象。事到如今,他们只能顺势而为,哪怕葬送这一批药人,也不能让眼前的人活着离开。

翁拂想到这里,微不可察地颔首,然后疯狂地催动灵气,驱动起手中略显陈旧的镜匣。

群峰轰鸣,峰峦遥响,如同数千里的山川一齐发出怒吼,声震寰宇。

这条狭窄的甬道本就因为方才的斗法而千疮百孔,此刻在剧烈的震颤中,竟然直接崩塌了。

曲不询的神色终于变了,他皱起眉,眼神冰冷地道:"动摇灵女峰会使山峦崩摧,北天之极一旦崩塌,整个北地都将生灵涂炭。你们不在乎几个药人的性命也就罢了,如今竟连整个北地的人命也不放在心上吗?这千家万户当真没有一处和你们有关吗?"

翁拂托着镜匣,磅礴的灵气在他周身盘旋,如同水龙环伺。

"那也是他们的命!"他在呼啸的狂风里大笑起来,"剑修啊剑修,都说论杀伐,你们剑修天下第一。为什么?我偏不认!再强的剑修也比不上这一座擎天之峰!"

辨不清的尖叫声和惊慌的叫喊声从四面八方响起,融汇在这一声巨响中。鲜活的生命在山崩时压根无力反击,只会被尽数淹没。

曲不询冷着脸,握着那把锋利的重剑,在崩塌的山石滚落声和纷乱的嘈杂声里慢慢地道:"你们真是丧心病狂,可惜我的徒弟不在这儿,否则我还能顺便教教徒弟。"

剑光自无形处而生,在这一座崩塌的峰峦面前竟丝毫不落下风,让人产生一种幻觉,仿佛那剑光也是一座威不可撼的山峦,比灵女峰更加不可动摇,给人不可望其项背之感。

岁月山海动不得它,宵小奸邪动不了它,天地轮回,它也亘古不灭。

"你问剑修为什么天下第一?没有为什么。"曲不询漠然地道,"剑修的剑能斩人、斩妖,当然也能斩天地鬼神。"

剑光所到之处,摇山撼海。

在翁拂难以置信的目光里,镜匣从他的手里倏然飞出,落到了曲不询的手中,而翁拂则随着碎裂的山石一起落入了深渊中。

曲不询轻飘飘地笑了一下："剑修若连这都做不到，还当什么剑修、学什么剑法、握什么剑？"

据白飞昙所说，山庄里的阵法依托钟神山十三峰而建，借了钟神山之力，谁也破不开。

这世上能尝试推演十三重变化阵法的阵道大师，沈如晚掰着指头都能数出来。无论哪一位设下了这一处阵法，都足够惊世骇俗，传到神州，立刻便会被冠以"神州阵道第一人"的称号。

可这位阵道大师设下阵法的时候，或许从来不曾想过，巍巍钟神山、堂堂北地擎天之峰竟然有朝一日会崩塌，连带着这处阵法也在顷刻间湮灭了。

骤然经历陷落感之后，沈如晚很快便催动灵气稳住身形，悬在了半空中。她垂眸看去，发现山石纷纷向下坠落，大大小小的碎石块到处乱飞，若不加以防卫，不慎被石块击中，修士也要当场毙命。

修仙界形容修士的强大神通时，往往喜欢用天地山河作比，说某人势如滔滔江河，说某人威若苍山，说某人出手时惊天动地，如山崩地塌。可唯有真正见证了一座传奇般的山岳在面前崩塌时，这些人才知道那些都是溢美之词。

真正的山河胜过这世上的任何一个修士。

数不清的修士飞遁起来，又因为灵气不足而到处乱窜，不幸被山石打落，坠入了无尽的深渊中。

而这只是这场浩劫的开始。

灵女峰崩塌后，其余十二峰难免也会受到波及，钟神山气运折损，灵气改易，这座千年不倒的北天之极也许从此便会一峰一峰地倾倒，北地多年的安定将烟消云散。从此，北地将再也不是风调雨顺的沃土，而是灾祸不断的赤地。修士们会受到极大的影响，但总能迁往更安定的地方，只有凡人，无力自保，也无路可逃。

沈如晚没有时间细想，掌心向下一翻，感受到绿绦琼枝的存在后，瞬间调动全身的灵力，尽数灌入绿绦琼枝中，驱动琼枝快速生长。

一个成名已久的丹成修士孤注一掷，究竟能有多大的声势？

陈献摇摇晃晃地催动灵气，勉强飘浮在半空中，刚刚站稳就听见一声巨大的山崩的轰鸣声，紧接着又听见了江河奔涌的声音，好像有滔滔江水滚滚而下，声势浩大，甚至掩盖了山崩的巨响。

可是钟神山附近哪里来的大江大河呢？

陈献抱着方壶，将当头砸落的山石收到里面，有一点儿余力便低下头看去，不由得被吓呆了。

就在"轰隆隆"地崩塌的山岳之上，绿意不断地攀上分崩离析的山体，疯狂地生长出枝条，织成了一张草木巨网，由内而外将半座灵女峰都覆盖住了。万千枝条齐齐发力，竟将这座崩塌的峰峦硬生生地撑住了。

草木漫山遍野，目光所及之处一片苍翠，万千枝条攀在这座终年不化的皑皑雪山上，如同落在白帛之上的丹青，有一种难以描述的美。

陈献情不自禁地张大了嘴，愣愣地看着这也许会转瞬即逝的美，然后忽然反应过来，猛然抬起了头。

沈如晚御风而立，比先前的高度要低，可因为这座峰峦在崩塌、下坠，此时她反倒成了唯一还停留在高处的人。狂烈的风吹过，她满头的青丝都被吹乱了，纷繁无序地在她身后飞舞着。

和话本里风姿绰约的隐士高人不同的是，她既不举重若轻，也不措置裕如，不能抬手便令天地翻覆、山河倒悬，就连催生草木、枝条网住峰峦也已让她耗尽体力。但凡还有余力抬头仰望她的人都能看出来，此刻她已是强弩之末，可于这座峰峦来说，她做的一切不过是螳臂当车，只能阻止片刻崩塌。

山石在草木间纷纷坠落，这张漫山遍野的天罗巨网绷紧到极致，无数的枝条不断地断裂，又有无数新的枝条不顾一切地生长出来，兜住这座摇摇晃晃的山峰。可谁都看得出来，新生的枝条远不如断裂的多。

周围的喧嚣也在这一刻变得寂静了。

沈如晚想了很多。自己在螳臂当车，这一点她比谁都清楚。当草木网住崩塌的峰峦时，她便已知天地如何浩荡，人力又何其渺小。

丹成……丹成……她纵然在修士中出类拔萃，对上山河天地时，又算得了什么？

方才和白飞霠斗法，她虽消耗了许多灵气，可心里未必没有因为这无可争议的碾压而自矜——没了碎婴剑，她照样独步一方。可此刻她经脉剧痛，灵力也消耗殆尽，即使用尽全力也只能眼睁睁地看着山石不断地崩落，峰峦摇摇欲坠，平生第一次生出一种前路清晰却无能为力的茫然。

钟盈袖……沈如晚心里想：钟盈袖为什么还不出现？

钟神山是钟盈袖的本源，这位山鬼纵然不愿掺和到人类修士的钩心斗角中来，可灵女峰即将崩塌，她总要来吧？

沈如晚知道自己只能再维持三个呼吸的时间。在这短短的三个呼吸的时间里，她思绪纷乱，各种念头如潮水般一阵来一阵去。

钟盈袖不会真的不来了吧？

428

先前在盈袖山庄里，钟盈袖说过，反正外面的人不关心山里出了什么事，如果真的被影响到，也是咎由自取。那时沈如晚没想到，这才没过多久，钟盈袖就真的要眼睁睁地看着灵女峰崩塌了。

沈如晚想：不是吧？钟盈袖不用真的说到做到吧？难道她当真不在乎灵女峰？

若连在钟神山内衍生成灵、与其性命相依的山鬼也不在乎灵女峰崩塌，还有谁在乎呢？

沈如晚在风里剧烈地颤抖着，倏然坠落在一截矮矮的山峰上，随着摇摇欲坠的灵女峰晃荡起来。她的能力、修士的极限也就到这里了，之后的每一刻，灵力都好像是从骨髓里榨出来的。

撼动山峦之举是以卵击石，她若还想长长久久地做独步天下的丹成修士，现在就该放手，以免伤及根骨。

她已为这徒劳无功之事尽她所能，对得起任何一个人，也对得起她心里的道义。连钟盈袖都不见了踪影，她又有什么义务螳臂当车？

她已为心里的道义和手中的剑做了那么多，为什么不能自私一点儿？为什么她总是遇上这样的抉择？

她想举起，重若千钧；想放下，却也重若千钧。

倘若连她也放手了，钟神山怎么办？北地怎么办？难道真的让她眼睁睁地看着地脉横流、气运流逝，神州无端地生出一场浩劫？

"沈如晚！"山石轰鸣声里，有人叫她的名字。

沈如晚感觉脸颊上一片冰凉，但没有余力去抹，只是茫然地想：她是哭了吗？不应当吧？她经历过那么多，怎么会因为这一点儿小事而落泪？她总不至于这么没出息。

可还没等她想明白，身下无数的枝条再也兜不住欲坠的山石，忽然断了，数不尽的山石轰然炸开，向下滚落。她撑不住了，也跟着滑落下去，向深不见底的深渊坠去。

突然，有人一把抓住了她的手腕。

不用看也不用猜，她知道拉住她的人是谁。

这一瞬间，她信他胜过信自己，几乎成了一种宿命般的本能。她知道他一定会拉住自己的。

她不知从哪里迸发出一股力量，借着他的力栽进了他的怀里。可她一点儿也不在乎，紧紧地攥着他的衣角，抬起头，眸中全是光彩。

"长孙师兄！"她叫他。

她叫的不是曲不询，而是长孙寒，是长孙师兄，是无论遇上什么艰难险阻都能迎刃而解的长孙师兄，是不需要任何理由就让她相信其无所不能的长孙师兄。

她只是叫他，可就是这么没头没脑的一声，已胜过千言万语。

这一刻，曲不询连呼吸也忘了。他看到沈如晚的眼中没有含情脉脉，也没有柔情温存，有的是不加掩饰的信任。

"用这个。"曲不询握住沈如晚的手，把一个陈旧的镜匣塞到她的掌心里，简短地说。

沈如晚既没问这是什么，也没问曲不询为什么不自己用，只是握紧那个镜匣，分出一点儿灵力去催动它。

下一瞬，她就明白这是什么东西了。

她合上眼眸，感觉自己仿佛成了风，跨越山川、悠游天地的风。整座钟神山都好像成了她的一部分，拥抱她、服从她，也挚爱她。

这一定就是翁拂掌握的上代山鬼的元灵。

这个镜匣非常精密，只有极其精通法术的人才能驱动。曲不询是剑修，催动不了，必须给她。

沈如晚的唇微微颤动，她大喊："我没灵力了，帮我！"

曲不询没有半点儿犹豫，五指一拢，将手覆在她白皙纤细但因脱力而青筋暴起的手上，持续不断地将灵力渡过去，好像春潮注入了干涸的河床。

漫山遍野的草木瞬间退去，山峦又摇摇晃晃起来，好像早已力竭却不愿跌倒的病弱身体。在让人目眩神迷之时，这座威可擎天的北天之极竟越摆越正，颤颤巍巍地立住了，稳稳地伫立在十二峰之中。

只是，灵女峰本是钟神山十三峰中最高不可攀的主峰，经过这一场浩劫，峰峦坍塌下去，伏在群峰之间，倒成了最矮的那一座。

沈如晚的手指已脱力了，她只觉得浑身绵软，全靠曲不询紧紧地握着她的手，才没让镜匣脱手飞出去。

这副身躯似乎成了桎梏她的峰峦，沉沉地压着她的心神，使她站立不稳，潮水般的疲倦将她淹没。她微微向前倾，靠在曲不询身上，喃喃道："我好累。"

不知怎么的，她总觉得这话听起来像在撒娇，可太累了，累得不想去细想。

曲不询用力地将她圈在怀里，抬手轻轻地抚过她的脸颊，脸上没什么表情，可眼神专注至极。他慢慢地说："沈师妹，你是我见过的所有修士里最了不起的那一个。"

沈如晚有些迷惑地看着他。

"最了不起的一点是，你自己居然从来没这样觉得。"他低声说。

沈如晚累得想不通他到底在说什么，想起方才自己脸颊上一片冰凉的感觉，问他："我哭了吗？"

曲不询沉默地摊开手，掌心里是一片血红色。

沈如晚怔了一下。

他的手没有受伤，所以血是她的。

他抚过她的脸颊，抹去了她颊边的血。

怪不得她觉得浑身都疼，原来连眼睛也流了血。

她瞥了一眼就移开了目光，闭上眼，把头埋在了他的怀里。周围只剩下簌簌的风雪声和隐隐约约的哭喊声，不知是谁在这一场浩劫里失了所爱、丧了亲友，也不知是谁埋骨于冰川之下，从此亘古永寂，再也没有人能找到他、打扰他、记得他。

被这一场风雪埋葬的人里会有她的亲友吗？她是否会加入这些哭喊的人中，哭得肝肠寸断呢？

沈如晚不知道，也不愿去想。

这一刻她太倦了，唯有眼眶酸涩，在曲不询宽阔的臂膀下，她的眼泪把他的衣襟沾湿了。

"修仙，修仙，修的到底是什么仙呢？"她轻轻地问。

修士既不兼济天下，也不清心寡欲，修这神通又有什么意思？难道他们只为了逞凶斗狠，让生灵涂炭，把苦厄强加给不如自己的人？

曲不询垂下头，用下巴用力地抵住她的额头，仿佛在告诉她，自己永远陪在她身边。

他没回答，沈如晚也不需要他回答。

"曲不询。"她把头埋在他的肩头，忽然叫他。

曲不询声音低沉地回道："我在。"

沈如晚安静了一会儿，没多久又叫他："曲不询。"

曲不询应道："我在。"

沈如晚叫了他很多声，多到自己也数不清叫了几次。曲不询应了她一声又一声，直到她的声音慢慢地低了下去。

她沉默了很久很久，好像已经沉沉地昏睡过去。可到最后，好像生怕被谁听见，又像害怕惊走了谁一般，她用微不可察的声音喊他："长孙师兄。"

曲不询忽然没了声音。

过了很久，他才重新开口，声音低沉，蕴藏着让人安心的力量，慢慢地说："我在。沈师妹，我一直都在。"

第十六章　浮生梦

陈献和楚瑶光找到沈如晚和曲不询的时候，沈如晚静静地靠在曲不询的肩头，一动也不动。

曲不询圈着她的腰，靠在嶙峋的岩壁上，眼眸半张半合，神色不明地看着喧嚣的山外。

他们明明是两个神通能摇山撼海的丹成修士，在山崩地裂的大戏散场后，竟然就这么席地而坐，不管那些好奇的目光，平淡得好似度过一个寻常的日夜。

陈献看见他们，张口想要唤一声。曲不询向他微微摇了摇头，然后看了沈如晚一眼，于是陈献识趣地闭上了嘴。

陈献走到曲不询的面前，用气声问："沈前辈怎么了？"

沈如晚太累了，精神一直紧绷着，灵力和神识都透支了。此刻她好不容易松懈下来，支撑不住，就靠着他的肩头昏睡过去了。

一个丹成修士落到这种狼狈的境地，实为罕见。

"你们那儿有疗伤的灵药吗？"曲不询垂眸看着沈如晚额前凌乱的发丝，问。

楚瑶光备了一些带在身上，立刻把药取了出来。陈献瞪大眼睛，看了沈如晚一眼，小声问："沈前辈受伤了？"

曲不询示意楚瑶光搭把手扶着沈如晚，又朝陈献招了招手。陈献攥着白玉瓶走过去，被吓了一跳。

曲不询的背上横着一道手掌宽的伤口，鲜血淋漓，看着狰狞可怖，让人心惊肉跳。

"师父？你这伤也太严重了。"陈献没控制住声音，"这是什么法宝留下的伤口？

师父,你必须得拔除残留在里面的灵气才能上药,不然要疼死——大概就像硬生生地刮掉一层肉那么疼。"

陈献虽出身于药王陈家,一眼便将曲不询的伤情看得分明,但以他的修为,没法帮曲不询拔除灵气。

"师父,要不你自己来?就是在体内运行灵气,将不属于自己的气息逼出去。这个方法可能会有点儿慢,但不会留疤。"说到这里,陈献又注意到曲不询背上有许多大大小小的旧疤痕,不由得问道,"师父,你怎么有这么多疤啊?"

曲不询神色不变,说:"你把药敷上去就行了。我已经把伤口里的气息逼出去一大半了,再逼出剩下的太麻烦,直接上药。"

陈献张了张嘴,想说伤口里哪怕只剩下一点儿作祟的灵气也足够让人痛苦难耐,可看了看曲不询背上大大小小的伤疤,又无话可说,只好把灵药敷了上去。

"这伤是谁干的啊?"陈献愤愤地说,"下手也太狠了。"

曲不询挑了挑眉,心说:下手狠?放在生死面前,这种伤也不算什么。

"卢玄晟用的是龙头杖,我一个没注意,被他扫到了。"曲不询随口说,"后来他见势不妙,想跑,我拦也拦不住,只能遥遥地给他一剑,直接将他击杀,好过让他逃走。"

陈献和楚瑶光听完,惊异万分。之前他们才听说卢玄晟是神州赫赫有名的高手,成名五十年来未逢一败,怎么在曲前辈面前就这么轻飘飘地被一剑击杀了?

"师父,原来你这么强啊?"陈献把眼睛瞪得溜圆,"卢玄晟都是你的手下败将,那你岂不是也能去争一争'神州第一人'的称号?说不定以后人家也叫你'仙尊'呢!"

曲不询颇为无语地说:"希夷仙尊不是靠实力服众的。他要是真的凭实力独步天下,也不会被称为仙尊了。"

陈献不理解后面那句话,问道:"为什么啊?"

难道不是实力越强的人越能服众吗?

曲不询淡淡地笑了一下:"身怀利器,杀心自起。谁都不例外。"

正因为希夷仙尊多年来从不与人斗狠争强,修仙界的人才愿意敬他。若是换成其他争强好胜的人,哪怕实力再强,也得不到这样的地位。

楚瑶光若有所思,但陈献还似懂非懂。

靠在楚瑶光的肩头的沈如晚微微动了一下,似要醒来,于是三个人都不说话了,静静地看了过去。

沈如晚做了个很长的梦。

她梦见自己又回到了很多年前,沈晴谙还没有死,沈家也还没有覆灭,她每日忙碌，还无尽快活，做什么都很轻快。她唯一的烦恼就是小师弟的学习进度实在太慢，让她觉得在师尊面前抬不起头。

那天她捏着皱巴巴的卷轴，气势汹汹地杀到参道堂，打算在放课时堵住小师弟，狠狠地给他来一场加训。她没想到的是，等了小半个时辰都没等到人，以为表面乖巧的师弟逃课了，被气得握紧了拳头，沉着脸冲进参道堂，想问问师弟这个月的实到情况。

没想到，她刚走过楼梯的转角就看见了陈缘深——蔫巴巴、浑身脏兮兮、抹着眼泪的陈缘深。

"师姐？"他小声喊道，眼睛红红的，看见她时被吓了一跳。

沈如晚还捏着那卷卷轴，卷轴的一角差点儿被她揉碎了。

"谁干的？"她怒气上涌。

陈缘深摇了摇头，不敢说。

"我问你，谁干的？"沈如晚的脸色变得阴沉起来。

陈缘深过了好一会儿才轻轻地开口，嗫嚅着说："师姐，我自己可以解决的。"

"好啊，那你打算怎么解决？"沈如晚面无表情地问。

陈缘深不说话了。

"你又打算忍下去，是吧？要是我没有亲眼见到，你就永远等着挨揍，是吧？"沈如晚神色冰冷地说。

陈缘深怕她生气，犹豫又胆怯地看着她。

沈如晚冷着脸，一把揉碎了手里的卷轴，拉起他的手就强势地扯着他往前走去。

"师姐？"陈缘深惊惶地道。

"跟我走。"沈如晚忽然回过头，目光锐利，一字一顿地说，"师姐带你去把他们一个一个揍回来。"

什么以大欺小、恃强凌弱，沈如晚才不在乎这个。谁揍了她的师弟，她冲上去就是一顿暴揍，遇上不服气的小孩大喊"我马上叫我师兄来打你"，干脆直接找上门去，打完小的打大的，气势汹汹的，差点儿把事情闹大。

有那么一段时间，在蓬山的师弟、师妹等参道堂的弟子中流传着一个"霸道师姐和她的小可怜师弟"的传说。

传说中的主角已事了拂衣去，发现自己一气之下把师弟的作业撕了，数落他的话也说不出来了，被气得绷紧了脸，一句话也不想说。

陈缘深亦步亦趋地跟在她后面，小心翼翼地看着她："师姐，我以后会更加努力的，一定不让你生气。"

沈如晚还是板着脸，硬邦邦地说："你努力不努力倒是不会让我生气。但下次再遇上这种事，你得自己揍回去。"

陈缘深腼腆地笑着，没说话。

沈如晚看着他，没了脾气，问："今天的课讲了什么？那些人有没有影响到你听课？我借给你的手记你看过了吧？虽然我离开参道堂好几年了，但知识都是差不多的，你对应着看。"

陈缘深点着头，从包里掏出一本手记来，摊开给沈如晚看："师姐，这里写得有点儿模糊，我没看明白……"

师姐弟并肩走在一起，一高一矮，神色都专注极了，一边走一边讨论手记上的内容。他们走过转角时，一张单薄的白纸从书页里飞出来，掉在了地上，谁也没发现。

没多久，有人从转角处经过，看见地上的白纸，俯身拾了起来。他发现白纸上面只有零星的几处笔墨，并无署名，怔了一下，抬头想找寻失主。可四下空空，哪里还有人影？

"长孙师兄？你手里拿的是什么？"有人路过，好奇地同他打招呼。

丰神俊秀的青年淡淡地一笑，平静地将那张纸收了起来："一张白纸罢了，不知是哪位同门遗落的手记。等会儿我把它放到拾遗亭里，待他想起来再去领吧。"

后来，那张手记在拾遗亭里等了一春又一春，等到纸页发潮，也没等到来领它的那个人。

沈如晚半寐半醒，隐约听见"会疼死的""太麻烦""下手也太狠了"这几句话，一点点地从梦境里苏醒过来，好像魂魄骤然从云层中重重地坠落进身体里一般，痛楚和疲倦如潮水般涌现。

她睁开了眼。

"沈前辈，你醒啦？"陈献有点儿激动，"刚才你那一手实在是太厉害了，我都看呆了——原来木行道法这么厉害！"

沈如晚还没完全清醒，听见这一大串夸赞的话，愣了好一会儿才反应过来。

她浅浅地笑了一下，有气无力地说："怎么？你要甩掉剑修师父，拜入我的门下了？"

陈献"呃"了一声，不好意思地挠了挠头："那倒不是，我还是更喜欢学剑。"

沈如晚听完，并不觉得意外。

"我刚才怎么听到有人受伤了？"她目光一抬，落在曲不询的身上，发现他衣冠整齐，看不出伤势。她顿了一下，问他："你受伤了？"

曲不询毫不在意地摇了一下头："一点儿小伤，我已经处理好了。"

陈献大呼小叫道："这还叫小伤？"

曲不询挑着眉反问:"这还不算?你的见识还是浅了。你还不如担心一下你的沈前辈,她透支了灵力和神识,现在可是个瓷美人。"

沈如晚似笑非笑地瞥了他一眼,看曲不询神色如常,就不追问了。随后,她想起了方才的那个梦,直起身问道:"陈缘深呢?"

卢玄晟被曲不询当场击杀,白飞峎死在她的手里,翁拂垂死挣扎,死在灵女峰下,那陈缘深呢?

曲不询怔了一下,神色微冷地道:"他们说陈缘深给你下了蛊虫。我本来要杀了他,可惜被拦了一下,让他跑了。"

沈如晚猛然站起身,可又因为脱力,腿一软,险些没站稳。

曲不询下意识地抬起手要去扶她,可牵动了背上的伤口,慢了一拍。沈如晚扶着楚瑶光的胳膊站稳,眉头紧锁:"白飞峎也说陈缘深在我身上下了蛊虫,可直到灵女峰崩塌,我也没察觉到蛊虫的踪迹。"

曲不询微微皱眉:"你的意思是……?"

沈如晚愣了一会儿,慢慢地摇了摇头:"我不知道,只是在想,会不会……他根本就没给我下蛊虫?"

曲不询不太相信有这种可能。

在他对陈缘深不算好的短暂的印象中,陈缘深只知道依赖沈如晚,懦弱地把危险都推给师姐。这样的人被翁拂一逼迫,只会乖乖地就范。反正无论陈缘深如何选择,沈如晚都会兜底,不是吗?

曲不询自己也觉得这念头酸了吧唧的,于是紧紧地抿起了唇。

"你既然这么担心,不如现在去找他求证。"过了一会儿,曲不询淡淡地说,"我后来没有对他出手,所以他只要运气不太差,没有死在方才的山崩里,就一定还活着。"

是非曲直,他们对质一下就知道了。

沈如晚一看曲不询这副样子,就知道他又吃醋了。

之前曲不询就吃了一连串莫名其妙的醋——先是陈缘深,然后是邵元康——可那时她还不知道曲不询就是长孙寒。

长孙寒……居然也会吃醋吗?

不知为什么,她感觉十分古怪,有点儿好笑,又有点儿难以置信。

可这些纷乱的念头最后都被陈缘深的事压了下去,让她的心沉甸甸的。

"你别误会。"她连忙说。

曲不询刚抬起眼皮,就发现她已经转身走了。她明明体力不济,行动似弱柳扶风,脚步却快得很,没一会儿就走远了。

他无奈地想：别误会？她觉得他会误会什么？她凭什么不让他误会？她既然说了，怎么就不能说得明白点儿？

可沈如晚已经走了。

曲不询坐在原地，思绪复杂地想了半晌，最终叹了一口气。随后他忍着背后刀刮一般刺骨的痛楚站起身，顺着她走的方向，不紧不慢地跟了上去。

偌大的灵女峰，白日还是钟神山十三峰中最高的那座，到了黄昏时，竟变成了最矮的一座。修士总说沧海桑田，却从未见过朝夕间山河改易。这事可谓惊天动地，谁也想不到。

幸而久居钟神山的人都是修士，在方才那一场巨变里总有许多手段来保命，不必如凡人一般在灾难面前束手无策，只能绝望地等死。

沈如晚透支了灵力和神识，强行催动只会损伤元气，没有一两个月恢复不了，所以此刻只能放弃遁术，像个凡人一样用脚步丈量每一寸新生的山道，行动很慢。

她在碎石间艰难地挪动，一个不注意踩在了蓬松的冰雪上，脚步打滑，向下坠去，险些跌下灵女峰。

曲不询紧跟在她后面，三两步便跃到她身侧，手臂一伸，圈在她腰间，将她揽了回来。可他动作太急，牵动了背后的伤口，微不可察地皱了一下眉，神色如常后垂眸看了沈如晚一眼。

"这时候我是不是该笑你一声，法修？"他似笑非笑地说道。

剑修在练剑之外还要锻炼躯体，法修却只注重灵力，不重躯体。曲不询总是被她取笑不懂法术，总算轮到他笑她一回了。

沈如晚懊恼地瞪了他一眼。

曲不询和她想象中的长孙寒实在相差太远了，她从前根本想不到那个孤月般的蓬山首徒竟然还会记仇和取笑人。

"只许你说，我就说不得？"曲不询挑眉。

沈如晚无话可说，没好气地挥开了他的手："没用的法修用不着你，行了吧？"

曲不询叹了一口气，垂眸看她冷着脸往前走，摇了摇头，伸出手扶住了她的胳膊。

沈如晚偏过头看了他一眼，发现曲不询直视前方，可扶在她手肘后的手灼热有力，毫无松开之意。

沈如晚的心情慢慢地复杂起来。再往前十年，她哪里能想到长孙寒还有这样一面呢？

"你以前在蓬山的时候也是这个脾气吗？"她问。

曲不询瞥了她一眼，在心里吐槽：他又有什么脾气了？

"当首徒的时候，我总得为宗门弟子做表率，克己自持，约束自身。"他平淡地说，"现在自然不一样了，谁认得我啊？"

他眼中含笑，轻描淡写地道："无名之辈自然无拘无束。"

看着曲不询风轻云淡的洒脱样子，沈如晚抿了抿唇，心里颇不是滋味。

他从一呼百应、万人景仰的蓬山首徒到被人追杀、人人鄙夷的逃犯，经一场大梦后再醒来，改换了容貌和名姓，成了这俗世里没有一点儿分量的局外人。这般大起大落有几个人能接受？

若曲不询颓废自伤，她固然怜他，却不会如现在这般觉得不是滋味。他越是不羁，她的心情就越复杂。

他怎么偏偏如此豁达呢？

可话又说回来，曲不询不豁达又能怎么办呢？

沈如晚半晌才开口："谁说没人认得你？我现在不就认得？"

闻言，曲不询怔住了。

可沈如晚垂着眼睑，半点儿没有同他对视的意思。

曲不询直直地看了她一会儿，忽然一笑："说得也是，至少还有你记得我。"

沈如晚说的是"认得"，曲不询偏偏说"记得"，惹得她不由得抬头看了他一眼。

若非曲不询自己坦白，她确实认不出他就是长孙寒。他若介意这件事，她也确实只能算记得他。

"从前我们连话也没说过一句，唯一的交集就是我给了你一剑，我还记得你就不错了。"她说，语气硬邦邦的。

曲不询顿了一下，语气忽然微妙起来："可不是吗？我自然比不上你心里的那个师兄，让你魂牵梦萦。"

沈如晚不由得怔住了，心想：什么师兄？他在说什么？

她不确定地问道："哪个师兄？"

曲不询的心里梗着一口气，心说：分明是她口口声声地说有个朝思暮想、无人可比的师兄，那日欢好时也不忘拿这个师兄来作践他一番。谁想到没过几日，她竟然像个没事人一般问他说的是谁。

他被气得冷笑一声："还能有哪个师兄？不就是那个'没有人能和他比'的师兄吗？"

沈如晚迷惑地看着他，思考起来：她心里那个"没有人能和他比"的师兄不就是长孙寒吗？曲不询不是早就知道了吗？他如今又在阴阳怪气什么？

"你……"她怔怔地看着他，心底骤然生出一个令她自己都难以置信的猜想，试探地问，"原来……你不知道？"

曲不询不明白她打的是哪门子的哑谜。

"我知道什么？"他皱着眉，用探究的目光看着沈如晚，"之前我坦言身份时，你就追着我问是不是早知道，如今又问我是不是不知道——我究竟该知道什么？"

沈如晚觉得喉咙苦涩，心思纷乱得不像话，千言万语堵在嘴边，说不出来。

这怎么可能？曲不询竟然不知道她曾暗暗地恋慕他？

可那日他分明……是了，那日他只说他知道她心悦他、在意他，却没说知道她从前还在蓬山时就心悦他。若曲不询说的是知道她在他们重逢后喜欢上他，那也完全说得过去。

原来是她自己误会了？

沈如晚觉得难以置信。既然邵元康早就猜出她暗暗地恋慕长孙寒，以他们两个人的交情，邵元康怎么可能没有告诉长孙寒呢？

"沈如晚？"曲不询叫她。

她忽然一惊，回过神来，匆匆地移开了视线："我……"

本来她都接受了长孙寒早就知道她恋慕他，只是当时对她没有半点儿旖旎心思，因此和她没有交集的事实，如今发现情况并非如此，叫她怎么自处？

她若追问，难免被曲不询猜出端倪；若坦承……又说不出口。

他到底是知道还是不知道啊？

离开钟神山前，她非得去找邵元康问个清楚不可——邵元康当初到底有没有同长孙寒说过她的事？

"你不知道就算了。"沈如晚垂着眼睑，低声说，"这又不是什么重要的事。"

曲不询被她气笑了。

这不是什么重要的事？这事若真不重要，她当初何至于拒他于千里之外？

"是，我的事都不重要。"他轻笑一声，自嘲道，"只有你的师兄和师弟最重要。"

沈如晚本来就挂念着陈缘深的事，和曲不询多说了几句，转移了心神，此时被他一提，万般心思压在心头，五味杂陈。

"你这又是说的什么怪话？"她从前做梦也没想过，长孙寒竟会同她说这种话。

曲不询神色沉沉地转过头去，把嘴抿成了一条线。

沈如晚一边忧心陈缘深，一边频频地看曲不询。她蹙起眉头，半晌，轻轻地叹了一口气，反手挽住了他的胳膊。

"当初是谁同我说，人人都有情窦初开的时候，保证不再提了？"她微微仰头，似笑非笑地看着他，"怎么，曲不询变成长孙寒，从前的承诺都不作数了吗？"

曲不询紧抿薄唇，半晌没说话。

沈如晚轻轻地叫他："长孙师兄？"

曲不询的心蓦然一颤，胸腔里莫名其妙地酥麻起来。他仿佛捕捉到了一些头绪，可理不清楚，只好转过头来，没好气地看了她一眼。

从前他只说不在她面前贬低她的好师兄，可没说不提。况且，在他面前把他贬得一文不值的人不是她吗？

只是如今她这个人都已经在他身侧了，他再翻来覆去地提过去的事又有什么意思？

曲不询看了她许久，最终哂笑一声："那什么时候沈师妹的心里也有长孙师兄呢？"

沈如晚越发确定他是真不知道她曾暗恋他，也不知道她说的那个师兄就是他，甚至真以为他在她的心里比不上那个所谓的师兄。

她垂眸，想笑，但还是忍住了，半嗔半恼地说："你怎么呆头呆脑的？你平时不是很机灵，连我口是心非也能看出来吗？"

曲不询偏过头，微怔。

"当初我越是迷恋你，越要说你不如他。你平时能想明白，怎么现在忽然想不明白了？"她恼火极了，"不然你要我说，我喜欢你喜欢得要下决心把他忘了？我是会说那种话的人吗？"

她当时真的决定放下长孙寒了，只是没想到曲不询就是长孙寒，让她的一番挣扎都白费了。

沈如晚想到这里，狠狠地瞪了曲不询一眼。

等她问过邵元康，不管这人到底知不知道她暗恋过他，她都不想告诉他了。

"笨死你得了！"她咬牙切齿地道。

曲不询愣在原地，眼睛一眨不眨地看着她。

沈如晚被他看得不自在，微微抿唇，转身要走："走了，我还忙着去找陈缘深。"

曲不询轻轻地笑了一下，摊开手放在她面前。沈如晚冷冷地盯着他伸出来的手，没动。

曲不询叹了一口气，伸手去拉她，却被沈如晚一下子打开了。他也不恼，反而用力地握紧了她的手。

沈如晚甩了一下，没甩开，于是别开脸，不再看他了。

天寒地冻，一场兵荒马乱，万物支离破碎。她惴惴不安地思考自己是否又要面临一场背叛，又或者这次真的能留住谁。

她从没留住过谁，可这一次似乎和从前的每一次都不一样。

"等我找到陈缘深，一定要好好地揍他一顿。"沈如晚喃喃地说，"不管怎么说，他从前做过错事，我要想办法带着他赎罪、还债。"

沈如晚微微仰起头，凝视风雪中的天空，那张清瘦秀美的面上也露出了一点儿近乎天真的喜悦之色。

"真好，"她说，眼中带着无限的憧憬，"这是第一次我还来得及做点儿什么。"

曲不询凝视着她的眉眼，不知怎么的，忽然噤声了。

沈如晚刚来钟神山时，此处是修士云集的胜地，是凡人的传说里的世外仙山，纵然是冰雪天地，依然繁华鼎盛、秩序井然、一派安泰。可不过大半个月的光景，一场浩劫过去，人人身上都带着伤，满目萧然。

山道漫长，中段几度断裂。沈如晚走到半山腰时，发现前方的路被数不清的山石覆盖了，附近的修仙者便聚在一起，齐力疏通山道。

二人走近了，便听见众修仙者忙碌中的交谈声。

"好好的灵女峰怎么会塌呢？我真是想不通。它千年万年都不塌，偏偏在今天塌了，以后不会还要塌吧？钟神山闹出这么大的动静，太吓人了，往后谁还敢住在这儿？"

"谁说不是呢？我在钟神山上修炼了这么多年，从来没见过这么大的变故。要我说，这真是奇了怪了，天灾人祸，总得占一样吧？要说这是天灾……也没半点儿迹象。"

"你这是什么意思？"有人不由得问。

"之前灵女峰崩塌的时候，有个丹成女修出来阻止，她的同伴叫她沈如晚，她不就是从前蓬山的那个碎婴剑吗？"那人压低了嗓音，慢慢地说，"怎么事情就这么凑巧，灵女峰崩塌的时候，她正好在场？这到底是她适逢其会、见义勇为的结果还是她弄出来的烂摊子，各位自己思量吧。"

几个修为不高的修士一边说，一边合力将一块小楼高的山石从山道上搬开，行动颇为艰难，可聊起闲话，竟一点儿也不嫌累。

曲不询就在沈如晚身侧，听到这里，不由得皱起了眉。他下意识地转过头去看沈如晚，昏暗的光照在她的脸颊上，让她看起来神色难辨。

"你这揣测未免太恶毒了，她本来就是神州有名的急公好义之人，正好在钟神山，遇见这样的事就顺便出手相助了，有什么好奇怪的？要不是她，谁知道灵女峰崩塌后会乱成什么样？现在你这么揣测她，以后谁还敢站出来？"

"我没说灵女峰坍塌一定是因为她，不就是随便猜一猜吗？"先前猜疑沈如晚的人也不恼，笑嘻嘻地说，"我只是觉得这实在太巧了。况且，你凭什么觉得我的猜测没道理？在这群大人物的眼里，我们这种普通修士何时算个人了？"

这话一说出口，周围的几个人都不说话了，只剩下几声尴尬的笑声，把这话敷衍过去了。

沈如晚垂眸站在那里，就这样默默地听着旁人说她的闲话。

其实这样的话，她已经听了不知多少回了。

她没有出声反驳，可站在她身侧的曲不询却忽然哂笑起来："我算是明白这世上怎么总是恶人活得恣意了，"他对沈如晚说，声音不轻不重，刚好能被那几个修士听见，"可见现在你无论是做好事还是坏事，最后都会被打为恶人。你做了好事，人家便揣测你有阴谋；做了坏事，人家又说你原形毕露。还不如大家一道做尽恶事，世人说不定还把你往好处想。"

无论是曲不询还是当初在蓬山时的长孙寒，一般都不会置喙陌生人随口交谈的内容。听到他骤然开口，那几个路人还未来得及惊愕，沈如晚倒是朝他看了过去，神色愣怔，低声问他："你这是做什么？人家随口聊天，你管他们干什么？"

曲不询眉毛也没动一下，反问她："怎么了？我也是随口同你聊两句，不可以？"

沈如晚一时无言，余光瞥见那几个修士尴尬地朝他们看过来。

她早就习惯了。

当初沈氏覆灭时，有人揣测她想杀人灭口，也有人猜测她沽名钓誉。哪怕蓬山为她担保，他们也要说一句："她本就是沈氏弟子，沈氏若做了什么恶事，也该有她的一份才对。怎么她对沈氏大开杀戒，反倒把自己择出来了？"

她什么也不做时，没有人在意她，也没有人会诋毁她；可尽力想去做点儿什么的时候，一切都成了沽名钓誉的"罪证"。

闲言碎语如山高，只想将她压垮。她退隐后，又人人都说她的好了。

沈如晚不怪谁，也不恨谁。

这世上有翁拂这样不把人命当一回事的人，也有当真沽名钓誉的人，谁分得清呢？眼前这几个修士实力不够，无自保之力，往往只能任人宰割，自然满心愤懑和不安，信不信她都在情理之中。

她只是觉得很累。

"你说了又有什么用？"她淡淡地说，不知说给谁听，"恶意揣度你的人非得把你往坏处想，你就是把心掏出来给他看，他也不会信。"

这话让那几个修士更为尴尬了，他们硬着头皮挪开眼睛看向远处，眼角的余光却还是打量着他们——方才力挽狂澜的不就是一男一女两个丹成修士吗？这个女修，不会就是沈如晚吧？

想到此处，那个频频质疑沈如晚的修士脸色一白，恨不得立刻远遁逃离这里，可他的遁术哪里比得上丹成修士？逃也没用，他惨白着脸，战战兢兢地看着沈如晚。

可无论是沈如晚还是曲不询,谁也没朝他们看上一眼。

"他自揣度他的去,被我听见就是不行。"曲不询不冷不热地说,"我不爱听,也不许旁人在我面前说。"

沈如晚没忍住,目光微妙地在他的脸上打量了一番:"这说的是你还是我啊?"

她这么说,已是变相地承认她就是沈如晚了。那几个修士一听,顿时面色如土,大气也不敢出。

曲不询心想:她练就这般面对闲言碎语却视若无睹的功夫,究竟要经受多少次质疑?

他不说话,沈如晚也不追问,微微垂眸,浅浅地翘了一下嘴角。

被山石覆盖的山道里忽然传出了一阵古怪的敲击声。那几个正在搬开山石的修士原本还在战战兢兢地留心他们,冷不丁地听见这声音,被吓了一大跳,以为灵女峰又要崩塌,连连退了好几步,然后才发现这个声音不像山体坍塌的声音,反倒像从山体内部传出来的敲击声。

"不会是灵女峰崩塌,有人被困在里面了吧?"

沈如晚微微蹙起了眉。

方才她催动镜匣扶正灵女峰,顺便留意了一下,山体内部没有人,按理说不应当有人被困在山中。

想到这里,她不由得走了过去。

山体中隐隐约约地传来了嘈杂的交谈声,好像藏着不少人,他们你一言我一语地商量着什么,最后达成了一致。

一声巨响后,沈如晚面前的山石骤然被炸开,碎石向四面八方飞了出来,劈头盖脸地砸向沈如晚。

她抬手想要驱动灵力挡住碎石,却觉得经络酸涩刺痛,浑身的灵力仿佛干涸的河水,从前汹涌不绝,如今却只剩个底,慢慢地淌着,根本无法催动。

沈如晚的心一沉,她从前何曾想过自己会有被碎石砸到头的一天?

可还没等碎石落下,她的手肘就被人猛地一拽,整个人往后退了两步。金色的匕首浮在她的面前,滴溜溜地转,仿佛一个陀螺,将四面八方的碎石一个不落地击飞出去。

被破开的山石后面忽然爆发出一阵欢呼声。

"出来了!我终于出来了!"山石后面冲出来一个形销骨立的修士,瘦得如同骷髅一般,眼睛却亮得惊人,脸上带着狂喜和难以置信的神色,"我从那个鬼地方逃出来了!我不用死了!"

那几个正在清理山道的修士听得云里雾里,还不明白这是怎么回事,沈如晚就猛然上前一步，问道："你们是被关在灵女峰内的药人？"

此时恰好是黄昏，一个又一个骨瘦如柴的修士从后面争抢着挤了出来，看见照在他们身上的昏暗的光，仿佛见到了什么珍宝，颤抖着伸出手，似乎想把光留住，不知不觉，泪已流满了他们的脸颊。

这些人听见沈如晚提起"药人"这两个字，狂喜的动作忽然停滞了，好似被谁当头浇了一盆冷水，没有人说话，都用带着畏惧和敌视的目光看着她。

"你说什么东西？"最先出来的那个人开口，语气蛮横，带着一种强撑出来的无礼之意，"什么药人？没听说过，别来烦我们。"

可沈如晚确定他们就是先前被关在灵女峰内的药人，于是想也不想，急切地向前走了几步，问道："你们从灵女峰内逃出来了？怎么出来的？陈缘深呢？是他把你们放出来的吗？"

听到她说出陈缘深的名字，这些药人都不说话了。

"你是说陈先生……那个人？"最先出来的药人沉默了一会儿，问她，"真的是你杀了那些人吗？陈……他是你的什么人？"

沈如晚急不可耐地向后伸手，拉着曲不询上前一步，指着他说："翁拂是他杀的，白飞凫是我杀的。我叫沈如晚，是陈缘深的师姐，不会骗你们的。"

曲不询猛然被她拉过去做人证，不由得有几分无奈，觉得她实在是关心则乱。这些药人又不认识他，也没见到他击杀翁拂，她把他拉过来做证有什么用呢？可他看见她眉眼间难以掩饰的焦躁之色，又不由得心疼起来。

"是，翁拂和卢玄晟都是我杀的。"曲不询顺着她的话点了点头，"你们被关在一扇曜石门后，我亲眼看见陈缘深进去了。"他说到这里，反客为主地问道，"方才灵女峰动荡，你们是怎么逃出来的？"

"沈如晚"这个名字一出，就已经有人愿意信了。

"沈前辈，那个陈先生是你的师弟啊？"有一个药人忍不住说，"你的名声这么好，你怎么会有这样一个败类师弟？你知道他这些年都干了什么吗？他把我们当药人，种那种要命的花！我要是你，就直接把他打死了，免得他玷污了师门的清誉！"

这话就像一记重锤，砸向了沈如晚。

沈如晚方才听见旁人暗地里揣测她扶峰岳于将倾是沽名钓誉、贼喊捉贼，脸色都没有任何变化，可此时面对这样的质问，她原本便因灵力透支而显得苍白的脸颊变得更加惨白了。

沈如晚下意识地攥紧了衣角，半句话也说不出来。

"你怎么能这么说呢？"最先出来的那个药人听见这话，竟然不悦起来，回过头瞪了说话的人一眼，"当初不也是你说陈先生身不由己，和我们一样不自由吗？你怪他做什么？怎么，现在人家把你救出来了，你反倒说人家的坏话？"

那个药人半点儿也不示弱："当初我是真的以为他没办法帮我们，可现在你们都看见了，他是有办法让我们逃出来的，只是为了自保，不愿意帮我们，就拿我们的命去换他自己的安稳！他还好意思在我们面前装和善？我不骂他这个自私的懦夫，难道还要谢他？呸！"

沈如晚的唇微微颤抖着，她不由自主地偏了偏头，觉得万般滋味涌上心头，难堪极了。

这难堪既是因为陈缘深，也是因为她自己。

为什么她总是摊上这样两难的事情？她可以不在乎旁人的猜疑和恶意揣度，反正都习惯了，可陈缘深是她仅有的亲故了。

最先开口的药人其实只是一个年纪不大的少年，只是因为被种过七夜白而显得形销骨立，一时让人看不出年纪罢了。

"他虽然对不起我们，但最终还是冒着危险救了我们……"说到这里，最先开口的药人说不下去了，看向沈如晚，神色复杂，"他拿了一个匣子一样的法宝，跟我们说这东西能够让翁拂探察不到我们的踪迹，让我们自己想办法逃出去。"

沈如晚蹙起了眉，重复道："匣子一样的法宝？"

不知怎么的，她方寸大乱，心里忽然生出一种不祥的预感来。她赶紧思考刚才把东西放在哪里了，可一着急，怎么也找不到，还是曲不询伸出手，将镜匣递到了她的眼前——那正是收容了上代山鬼的元灵的镜匣。

沈如晚想也没想便将镜匣举起来，问道："是这样的镜匣吗？"

最先开口的少年药人凝眸看了一眼："就是这样的！"

陈缘深竟不声不响地拿到了另一方镜匣，可究竟是从哪里弄来的镜匣？若镜匣里没有山鬼的元灵，它怎么能隔绝翁拂的探察？

沈如晚的嘴唇止不住地颤抖，她急切地追问道："那他人呢？他和你们一起出来了吗？"

最先开口的少年药人摇了摇头："他说他得留在那里才能一直隔绝翁拂的探察，让我们先走，不知道现在有没有出来。"

陈缘深拿着镜匣留在灵女峰里了。

方才灵女峰山崩地裂，他就在山的正中间，一个没多少自保之力的普通灵植师该怎么从里面出来呢？

沈如晚呼吸一滞，怔怔地看着少年药人，半晌没说话。

"你居然还去担心他？心肠这么好？"方才让沈如晚清理门户的药人嗤笑道，"你被他种了花，不恨他就罢了，居然还担心他？一身耗子命，却去操心猫。他拿着那么

· 445 ·

好的宝贝，谁信他不能自保啊？他那种懦夫，要不是确定自己能活，怎么可能来救你？他说不定比你我跑得还快——你真信他会留在原地给你断后啊？"

这话并不好听，可给沈如晚注入了一腔希望。她猛然攥紧了手里的镜匣，抬眸看向曲不询，说："我要去找他。"她的神情不自觉地凝重起来，她顿了一下，道，"我没灵力了，你能帮我吗？"

曲不询眉头紧锁，看向沈如晚苍白的脸颊，对上她那双满是希冀的眼睛，低声说："沈如晚，你的神识早就透支了，现在你若是强行催动灵力，一不小心是会要命的！"

沈如晚想也没想就说："我会小心的，哪里有那么严重？这不过是个精巧些的法宝罢了，我怎么可能受伤？"

曲不询本来只是蹙眉，听她这般不拿自己的身体当回事，心中不由得生出一股无名火来。

"你不会受伤？那你的灵力和神识是怎么透支的？"他强行压制着怒火，冷冷地说，"你师弟的性命和安危重要，你自己的命就不值一提吗？"

沈如晚的胸腔剧烈起伏着，好像满腔的希冀忽然被冷水浇灭了一般。她静静地站在那里，半晌无言。

过了许久，她才抬手设下一个隔绝禁制，把她和曲不询圈在里面，周围顿时只剩下一片冰冷的死寂。

沈如晚抬眸看向他，声音也慢慢地平静了下来："那不然我能怎么办呢？让我眼睁睁地看着他去死，一点儿都不管他吗？万一他还活着呢？连我也要放弃他吗？"

她只能眼睁睁看着她的过去无可挽回地一点儿一点儿地消耗殆尽，连她自己也被吞没吗？

"当初你坠入归墟，我也追下去找过你。"她说着，不知何时眼中竟盈满了泪水，"我不该下去吗？你如果当时也在场，会希望我转头就走，不去找你吗？"

曲不询微怔，凝神看着她泪光盈盈的眼眸，下意识地伸出手去拉她。

沈如晚蓦然躲开了他的手，喃喃地说："我没有什么亲故了，再少一个，就永远没了。"

她紧紧地握着那方镜匣，神色漠然，强行运转起灵力和神识，忍着身体被撕裂般的痛楚，催动了镜匣。

这方收容了上代山鬼的元灵的镜匣很奇异，被注入神识之前看起来普普通通，没有半点儿灵气，很难想象其中竟能容纳一方元灵。唯有沈如晚真正催动了它，才能发现其中藏山纳海般的广阔天地。

它越是藏山纳海，便越消耗神识。沈如晚两次催动这镜匣，状态都不算好，此刻只觉得头痛欲裂，勉强打起精神。她小心翼翼地循着匣中的关窍驱动山鬼的元灵，从群峰之巅开始慢慢地向下搜寻。

驱动镜匣时，她能清晰地感觉到镜匣中的元灵还蕴含着生机，只不过陷入了漫长的沉睡，很虚弱，也很脆弱。她现在只不过是借助元灵的力量，元灵若是苏醒，再有一具可供使用的躯体，便能直接调动钟神山的力量了。

邵元康说他和钟盈袖联系了童照辛这个炼器天才制成了镜匣，打算借助镜匣和傀儡脱离钟神山，如此奇思妙想竟当真是可行的。

沈如晚想到这里，饶是头痛不止，却也忍不住放任心思跑远。钟盈袖诞生已有一百余年了，上代山鬼陨灭只会是更久远的事，那时童照辛的父母尚且未出生，又是谁打造了镜匣？是谁想了别的办法，将上代山鬼的元灵收容起来，使其一百多年仍未消散？

那时收容山鬼的元灵的人，究竟是为了什么才这么做？

她一分神，未能掌控好镜匣中的禁制，被其中一道狠狠地反噬了。那感觉如同数只虫蚁钻进她的大脑中大肆地啃噬一般，胜过削肌磨骨之痛，让她情不自禁地闷哼了一声。她眼角温热，落下滚烫的血珠来，斑斑点点，殷红得刺眼。

修士的神识极其重要，受伤后疗伤要花费的时间、承受的痛楚远胜过躯体的损伤，因此修仙者们往往妥帖地保护自己的神识，轻易不会使其受伤。

沈如晚上一次神识受伤已是很多年前的事了。

她自踏上仙途起，神识总共受过三次伤。

第一次，她在沈家走火入魔，大开杀戒，误打误撞地结了丹，丹田和神识却被伤到了根基。宁听澜给了她一颗回天丹，她又在榻上躺了数月，这才恢复如初。

第二次，她一路追长孙寒到雪原之上，在他穷途末路时和他一决生死，从剑式到剑意，从手中剑到心中剑，竭尽全力地给了他穿心一剑，自己也伤得不轻，还强下归墟去寻他，险些丧命。

那次她幸而遇见了急着赶回蓬山的邵元康，否则无论是身上的伤还是神识的伤，都有可能要了她的命。

第三次是现在。这次她只是透支神识和灵力便解决了最大的危机，比起先前，似乎幸运了太多，可唯独不知道陈缘深的下落，只能再次强行催动镜匣，宁愿神识受伤。

她每一次神识受伤都伴随着失去。

十来年，她失去了最好的朋友和姐姐，失去了曾经朝思暮想的懵懂情愫，也失去了她心里那杆能衡量公平正义的秤。

若手染鲜血便是恶，那她早已恶贯满盈；若问心无愧便能横行神州，那翁拂之流也从不觉得愧疚。她自以为在做对的事，却不可避免地成了旁人的刀。

她退隐红尘，却放不下；想要投身，却四顾茫然。她从出生到拜入师尊的门下，再到结丹成名，永远身处泥沼，跳也跳不出来。

沈如晚紧紧地蹙着眉，抿着嘴唇，强忍着痛楚，脑后却如有尖锥刺入一般疼，让她的神识寸步难行。

她反复忍耐，最终半点儿力也使不出了，握着镜匣的手也因疼痛而失了力气，镜匣"当啷"一声落在了地上。

她呆呆地站在那里，一动也不动，没有弯腰去捡，也没有说话，好像把什么都遗忘了，成了一块风吹不动的顽石，愚钝又固执。

一片静谧的风雪里，她听见曲不询慢慢地叹了一口气。他俯下身，拾起那方古旧的镜匣，随手掸去尘与雪，伸手握住她颤抖的手，将镜匣塞入她的掌心，五指一拢，把她的手连带着镜匣一起握紧了。

"有时我总是想，你生得这么秀气，怎么偏生配了一副牛脾气？又倔又冷，死不罢休。"曲不询垂眸看着两个人握在一起的手，神色淡淡的，"可你要是审时度势、八面玲珑、知难而退，就不是你了。"

宁为玉碎不为瓦全的人是她，在风雪中奔赴万里毅然执剑的人是她，山崩地裂却奋不顾身挽天倾的人也是她。她倘若真有一点儿顾及自己的心思，今天也不会站在这里了。

凭她的实力和出身，沈氏乐得为她造势，蓬山也从不惜力为弟子在修仙界塑金身，她若想随波逐流，什么样的荣华富贵、绝代盛名求不到？

碎婴剑？这盛名固然好，可换一条更好走的路，她照样也能得到这些。

只是她不愿要。

曲不询轻轻地唱叹一声，微微低下头朝她靠过去，说："别动，不要反抗。"

他温热的额头与她的相抵，他感觉到她的额头一片冰凉。

曲不询用拇指轻轻地抚过她颊边的血，低声说："闭上眼睛。既然你非得要一个结果，那就去找吧。"

一股不属于她的神识侵入她的脑海，并不蛮横，却十分强势。沈如晚不由得紧蹙眉头，被人侵入脑海的感觉让她下意识地排斥，本能地要击退他的神识。然而，她想到他方才说的话，强行克制住了，忍着浑身不自在的感觉僵在那里。

曲不询轻而易举地找到了她干涸受损的神识，好像万里江河一朝枯竭，只剩下涓涓细流，看起来颇为可怜，可见她的神识损伤之严重。

他闭上眼睛，神识缓缓地上前，刚触到她的神识，她便一僵。

曲不询的神识也僵住了。

神识是修士最隐秘的感知，无形无质，平时不会因探察外物而产生感觉，能感受到的从神识传来的感觉便是痛楚，沈如晚和曲不询也不例外。可他们未料到，当神识卸去所有的防备和排斥，触碰到他人的神识便生出了一种奇异的感觉，又酥又麻，绵延到心口，痒得让人发颤。

沈如晚只觉得心口一阵清凉，酥酥麻麻的，好像有药草敷在了伤口上，又轻轻地撩拨着肌肤。挠也挠不得，忍也忍不住，她不自觉地咬紧了下唇，声音变得轻飘飘的，好似春水，没有半点儿力气："你……"

曲不询浑身都绷紧了，忍不住打断了她的话，嗓音喑哑："你别出声，专心一点儿。"

她还要怎么专心？她还怎么专心得起来？

沈如晚本就没有多少力气，身体晃了一下，索性靠在他的身上，攥着他的衣襟，紧紧地闭上了眼。

曲不询深吸了好几口气，咬着牙催动神识向前，骤然同她的神识融在一起。

二者甫一融汇，他便闷哼了一声，一只手还握着她的手，另一只手却骤然一圈，将她紧紧地搂在了怀里。

神识与神识交融，干涸的河床顿时涌进了滚滚的浪涛，汇成一条大河，澎湃着奔涌向前。

不必再等他指点，沈如晚已明白了他的用意，强忍着那股酥麻的痒意，带着他的神识一起坠入了镜匣中。

沈如晚头一次这么轻而易举地掌控这件奇迹般的法宝，神识轻盈得好像能飞上云端，感受万物逆旅的苍茫之感。这座被神州称作北天之极的擎天之峰就在她的掌心里，她可以看到万里群峰的每一个角落，从一株花上坠落的露珠到深埋于泥土中恣意生长的根茎。

她若闲来无事，也许能在这烂漫的天地间遨游十年八载，把钟神山的每一个角落都仔细地看一遍，俯仰天地之大，可现在不行。

沈如晚将神识投入嶙峋的山石中，越过数不清的尘土和草木向下，一直向下。每一次呼吸都好像漫长的折磨，她克制不住地想：陈缘深还活着吗？他在哪个角落里？是否在等着师姐来拯救他？

总被人依赖的感觉是很累的，可她宁愿这一刻是累着的。

她的神识一寸寸地掠过泥土与山石，山体黑暗、潮湿又冰冷，几乎让不会感到寒冷的神识产生了幻觉。她觉得神识开始慢慢地滞涩了起来，借旁人之力终究不能长久，灵力也并非无穷无尽。

陈缘深到底在哪里？

她好像一条被困在浅滩上的游鱼，奋力地向前，可怎么也追不上潮水，用尽了全力也寻觅不到一点儿陈缘深的踪迹。

灵女峰静静地伫立着，任她搜寻，给她冰冷无望的回应。

每一个角落、每一块山石都见证了她的徒劳。除了冰冷的失望，她什么也没找到。

潮水终于退去，她搁浅在滩涂上，再没有一点儿力气了。

那方镜匣已被她握得温热，可她已无余力催动，它便不再回应她了。

曲不询微微抬起头，身体向后仰，和她拉开了一点儿距离。他什么也没说，只是搂着她的腰，给她支撑。

沈如晚怔怔地站在那里，冷得浑身发抖，近乎茫然地问道："为什么？我找不到他，为什么？"

曲不询没说话。

先前沈如晚设下的隔绝禁制已因她的灵气被耗尽而悄无声息地散去了，她听见身后有人说："他拿着那个镜匣，本来就是为了隔绝你手里那个镜匣的探察，你现在用这个去找他，怎么可能找得到呢？"

沈如晚想转身，却因为动作太急，险些栽倒。曲不询伸手扶她，看见了对面的人，不由得微微皱了皱眉。

"邵元康？"沈如晚急迫地看着身后说话的人，"陈缘深手里的那个镜匣是不是你给他的？如果没有钟盈袖，他手里的镜匣也不可能有这样的效果吧？你一定知道怎么找到他，对不对？"

孰料，前些日子还对她有颇多规劝的邵元康，此时神色竟无比冰冷："是啊，那方镜匣确实是他软硬兼施，强行夺走的，能隔绝探察。既然如此，自然谁都找不到他了。他求仁得仁，我劝你不要白费力气了。"

沈如晚愣怔地看着他，好像没听懂他的意思。

"那方镜匣里只有盈袖的一点儿元灵，少得可怜，并不能让他驱动钟神山的力量。你觉得单凭陈缘深的本事，他能在灵女峰的中心活下来吗？"邵元康说到这里，看着沈如晚苍白的面颊，顿了一下，语气终于缓和了一点儿，"沈师妹，别白费力气了，你找不到他的，谁也找不到他了。无论是活人还是他的尸体，除非你把这座山挖开，否则永远也不可能找到他。"

沈如晚只觉得一阵头晕目眩，无论是风雪还是邵元康的脸，都影影绰绰的，好像晃动的水中的倒影，让她感觉天旋地转。

邵元康的嘴还在一张一合地说："活着没有一点儿存在感，死也死得悄无声息，对陈缘深而言，不是很合适吗？"

这是她昏厥前听到的最后的声音，随后，漫无边际的黑暗压了下来，将她笼罩起来。她最后一眼看到的是曲不询心疼的眼神。

在神志消散的那一瞬间，她想说，她不信。

她真的想这么说，如果回到十年前，一定能斩钉截铁地说出来。可如今话到了嘴边，成了只有她自己听得清的声响，每个字都重重地敲在她的心上。

她说："曲不询，我好累啊。"

盈袖山庄内，曲不询站在榻边，垂首静静地看了沈如晚许久。她微微皱着眉头，好像在沉沉的昏睡中还有解不开的愁绪。

无论是清醒还是沉睡，对她来说都是一种折磨。

曲不询伸出手，用拇指抚了抚她的眉心，将她蹙着的眉揉开，可没多久，她的眉头又慢慢地蹙起来了。

他再次抚上去，不厌其烦地揉开她紧皱的眉头，直到她倦了，黛眉舒展开了，只是她仍未醒来。

他慢慢地收回手，无声地转身走出房间，反手关拢了房门。

看到邵元康在庭院对面等着自己，一言不发，曲不询缓缓地走了过去。

"沈如晚的伤什么时候能好？"邵元康神色冷淡，半点儿不客气地问，不像面对昔日的好友，倒像是面对一个毫无好感的陌生人。

不过在邵元康的眼里，他们确实是陌生人。

曲不询没有直接回答，而是看了邵元康一眼，问："你找她有事？"

邵元康烦躁地踱了几步："她怎么偏偏在这个时候受伤……"他皱着眉看向曲不询，问，"半个月内她能恢复过来吗？"

曲不询凝神打量了邵元康片刻，缓缓地摇了摇头。别说半个月恢复了，半个月内沈如晚能动用神识便已算恢复得极快了，想恢复到巅峰时的状态，起码要三五个月。

邵元康越发焦躁了："三五个月？到时候黄花菜都凉了。"

曲不询太熟悉邵元康了，知道邵元康不是这么急躁的人，除非当真有重要的事找沈如晚。

曲不询按捺住挑起的眉头，平淡地问："你和她先前见过几面，那时候没说要找她帮忙，现在却没她不行了？"

邵元康脱口而出："我没想到你们一来，灵女峰就塌了。"

曲不询不由得皱起眉来："灵女峰坍塌和你有什么关系？"

邵元康一怔。这话就像一盆冰水，把他心头的焦躁情绪暂时冻住了。

邵元康想：是了，盈袖是钟神山的山鬼这件事是他和钟盈袖这对道侣的秘密，以沈如晚的性格，她绝不会把他人的隐秘透露给旁人。

他原以为，以沈如晚和曲不询的关系，沈如晚或许会告诉他，却没想到沈如晚真的什么都没和曲不询说。

邵元康沉默下来，一时无话。

"算了，"他长叹一声，"是我和盈袖时运不济……"

言辞之间颇有凄凉之感。

曲不询眉头紧锁，心道：有些话邵元康能对沈如晚说，却不能和他说，自然是因为"曲不询"和邵元康素昧平生。可邵元康若当真有什么急事，非要等沈如晚醒来再解决，得等到什么时候？

曲不询和邵元康有多年的交情，他还是信任邵元康的人品的，只恐物是人非，邵元康身不由己。譬如陈缘深，本来不是什么恶人，不也被困在这钟神山里种了多年的七夜白？

"你的道侣身体不好？"曲不询没追问邵元康想要找沈如晚做什么，忽然问道，"反正陈缘深就在附近，你和他认识，怎么没想过找他买一株七夜白来试试？说不定给你道侣服下就好了。"

邵元康猛然抬起头，目光锐利地盯着曲不询，脸颊短暂地抽搐了一下。十年过去，邵元康容貌大改，衰老了许多，这样的反应在他的脸上看起来极度怪异。

曲不询平静地看着邵元康，把邵元康的表情收入了眼中。

"从他那儿买七夜白？用别人的性命来成全我和盈袖？那我和畜生有什么区别？"过了一会儿，邵元康才露出一种看破曲不询的伎俩的眼神，轻蔑地说，"你不必拿七夜白来诈我，我是不会拿别人的命当我的垫脚石的，这点你大可放心。"

他说不会拿别人的命当垫脚石，但没说不会用七夜白。

曲不询的目光微微一顿，他紧紧盯着邵元康的脸，神色沉了下来，语气冰冷地问："你在自己身上种过七夜白了？"

邵元康的表情忽然僵在脸上，他一动不动地站在那里，只有眼珠子在眼眶里转动着，一遍遍地打量着曲不询。

曲不询的心沉到了底——邵元康每次被说中心事总是这副神态，多少年了都没有长进。

"你是不是傻？这是能随便尝试的事吗？世上有那么多灵丹妙药，你偏要用七夜白来试？"曲不询压抑着怒气，将一个个问题劈头盖脸地丢在邵元康的脸上，"邵元康，我可真是小看了你，真没想到你竟然是个多情种！"

邵元康自种下七夜白后，总是为此而忐忑，总觉得在厌恶陈缘深等人拿这种邪门的灵草做草菅人命的生意的同时,自己又种下七夜白,似乎在道义上对不起谁。可若说后悔,那他是从来没有的。对于他来说,能以一朵七夜白稳定盈袖的状态,这是再划算不过的事。

故而被曲不询乍然逼问,他有些惭色,却没料到曲不询会勃然大怒,对着他好一通冷嘲热讽。

邵元康直接蒙了,满心恼火地想:他和曲不询也没熟到这个份上吧?这人凭什么对他冷嘲热讽啊?

可不知怎么的,从这一通数落里,邵元康竟有了一种熟悉的感觉,仿佛瞬间回到了十多年前还在蓬山修仙的时候,自己偶尔做了一些蠢事,被长孙寒恨铁不成钢地痛斥。

邵元康愣愣地看着曲不询,下意识地在曲不询的脸上看了又看,面前的这张脸与长孙寒的截然不同,但是眉眼间的神态他怎么看怎么觉得相似。

"你……"邵元康张了张口,还没问出口就觉得自己魔怔了,可还是没忍住,"你到底是谁啊?"

曲不询神色阴沉地看着邵元康,皮笑肉不笑地说:"你说我是谁?你真认不出来了?"

这阴阳怪气的语气也十成十地像长孙寒。

邵元康感到心惊肉跳,觉得自己的猜测未免太过荒唐可笑,闭上嘴沉默了片刻,然后小心翼翼地问:"老寒?"

曲不询冷笑一声:"真不容易,我还以为你种花把脑子都种坏了。"

邵元康大声说了一句脏话发泄情绪,然后好像一句脏话还不够似的,站在原地把脏话说了一遍又一遍。

"怎么会是你啊?"他难以置信地看着曲不询,忽然抬手对着曲不询的肩膀狠狠地捶了一拳,"你小子在我面前装了这么久,是吧?你装陌生的同门,是吧?真有你的,长孙寒!"

曲不询的神色微微放松了一些,他不冷不热地说:"对于一个会拿自己去种七夜白的人,我很难一见面就承认身份。谁知道你和他们是不是一伙的,你说是吧?"

邵元康又大声骂了一句:"我是那样的人吗?我和盈袖要是愿意和他们同流合污,你以为你和沈如晚现在还能活着?你们压根就走不出这座钟神山!"

曲不询挑了挑眉:"是吗?"

先前曲不询有意隐瞒身份,行动和言语都和从前有所不同,看起来还没那么像长孙寒。但如今他不再掩饰,将神态和臭脾气一展现出来,邵元康几乎没有任何怀疑便相信了曲不询就是长孙寒——这世上没有第二个人会同长孙寒这么相似。

对于长孙寒，邵元康自然没什么可保留的，便将说给沈如晚听的事情又给曲不询说了一遍。

"你的道侣是钟神山的山鬼？"曲不询听完，皱起了眉，很快便反应过来，"灵女峰陷落……你道侣的情况恶化了？"

邵元康的心事浮了上来，方才因和旧友相认而产生的快意淡了下去。

"上代山鬼的元灵被收容后带出了钟神山，故而盈袖自诞生之初便比历代的山鬼虚弱，等到几年前，这些人带着上代山鬼的元灵回到这里，盈袖甚至只能时断时续地现身。"他心情沉重地说，"当时我想尽了办法，实在是走投无路，只好去找陈缘深。"

那时邵元康已因七夜白的事回过一趟蓬山，试图禀报，却又被打发走了。回到钟神山后，邵元康被陈缘深登门警告，当时怒不可遏，直接把陈缘深骂走了。此后两边就过着互不干涉的日子。

可后来，邵元康放下所有的坚持，觍着脸去了他从前耻于踏足的地方，求陈缘深帮他种下一朵七夜白。

邵元康心情复杂地说："我做不出用别人的命成全自己的事，但在自己身上种花，心甘情愿，没有对不起谁。"

曲不询没说话，忽然想起那日在邬仙湖上，沈如晚轻描淡写地说，花草无善恶，是用它做恶事、满足自己利欲的人该杀。

"这花被种出来本就是为了治病救人的。大凶大奸之人也用剑，难道我就不用了？"邵元康笑了一下，有些释然，"其实陈缘深这小子挺矛盾的。我是真看不上他没有一点儿担当的样子，他是我最瞧不起的那种人。可要说陈缘深的脾气，其实真的不错。我大骂他为虎作伥，后来又上门找他帮忙种花，他也没刁难我，没提条件就答应了。"

可后来这事被翁拂知道了，翁拂跟邵元康说，有个能让钟盈袖摆脱困境的办法，只要他们不插手七夜白的事，他就告诉他们。邵元康当时想着，反正自己也去蓬山试过了，就算不想袖手旁观也上诉无门，于是答应了。

再之后，邵元康就从翁拂那里得到了镜匣的消息。

"就连童照辛也是翁拂推荐给我的，说这个炼器大师可以炼制镜匣。"邵元康说到这里，顿了一下，"我记得童照辛和你关系不错，如果遇到这人，你记得小心一点儿，我不确定他和这些种七夜白的人是不是有关系。"

曲不询神色凝重起来。

"就是因为当初陈缘深帮我种了七夜白，所以前段时间来向我借镜匣，说要救人。我虽然看不上他，可还是决定还他人情，就请盈袖出手，在镜匣里附了一点儿零星的元灵。这样一来，两代山鬼不相容，翁拂手里的那个镜匣便探察不到他的痕迹了，谁想到……"

谁想到灵女峰竟然就这么坍塌了，险些完全毁灭。

"钟神山是盈袖的根基，她的元灵还没被收容，离不开这里。灵女峰坍塌让她大受影响，她现在几乎不能现身，只剩下元灵了。"邵元康说到此处，语气里是无尽的苦涩之意，"我只能想办法提前把她收进镜匣，可那镜匣被陈缘深借走了，找不回来，事到如今，你说我还能怎么办？"

曲不询眉头紧锁，思考起来：若事实如邵元康所说，那如今他确实是上天无路，下地无门，只能用那个旧镜匣收容钟盈袖的元灵了。

"镜匣可以给你。"曲不询说，"但你能用吗？"

邵元康露出苦涩的笑意："我不是法修，怎么可能会用？只不过这些年我一直在学，有了些进益。可盈袖如今的状态实在太差，我不敢动手，只能请一个信得过的法修来。"

可是面对山鬼这样奇异的存在，面对镜匣这般稀罕的法宝，又有几个人是他信得过的？他信得过的这些人里，又有几个人能催动镜匣？

眼下除了沈如晚，实在没有第二个合适的人。

"你的道侣当真找不到陈缘深和那个镜匣？"曲不询问。

邵元康叹了一口气："真的找不到。早知道事情会变成这样，我就不该把镜匣借给陈缘深那小子！"

话是这么说，可陈缘深拿走镜匣是为了救人，邵元康再后悔一千次、一万次，重回到借出镜匣的那一刻，也说不出拒绝的话。

"我要是能和那些豺狼虎豹一样，什么也不在乎，也不至于沦落到今日这般田地！"邵元康恨恨地说。

凭什么毫无底线的大凶大恶之人可以踩着无数人的性命逍遥地度日？每日恪守本分、坚守底线的人却要处处受到拘束，做那个最后清账的人？

凭什么？

曲不询默然地站在那里，竟也无话可说。

邵元康最终长叹一声，露出痛苦的神色来："算了，沈如晚还昏迷着，我在这儿着急也没用。我再去想想别的办法，实在不行……我……我只能自己动手，让盈袖冒险了。"

曲不询沉默不语，知道自己再怎么实力高强、天资聪颖，也只是一个剑修，在这件事上有心无力。于是他轻轻地喟叹一声，拍了拍邵元康的肩膀，以表安慰。

"不管怎么说，今天总归还有这么一个好消息。"邵元康勉强笑了一下，"我现在还和做梦一样——你居然没死！"

曲不询无语。他们都聊这么久了，邵元康怎么忽然惊叹起这个了？

"我早就知道……"邵元康摇了摇头，"当初在雪原上，沈师妹遍体鳞伤，气息奄奄，还哭着跟我说你死了。我根本不信，说老寒不可能死，这不就被我说中了？"

曲不询顿了一下，语气有些微妙地问："那时候你在雪原上遇见她了？"

邵元康点了点头："可不是嘛！当时沈师妹进了归墟好几趟，只为了找你。你也别怪我不够兄弟，明知沈师妹杀了你也没和她绝交，实在是当时见到她的模样，不忍心怪她了！她伤得太重，那样子真是可怜极了，要不是被我遇见，差一点儿就死了。"邵元康一边说，一边比画了一下，"这么深、这么长的伤口，从肩膀到腰后，都是天川罡风留下的。当时她整个人好像被血染过一样，就连事后重新挑开伤口拔除罡风，也差点儿要了她的命。现在你竟和她在一起了，我也是没想到。"

曲不询不由得怔在原地。

他只知道沈如晚下归墟找过他。原来那时她竟受了这么重的伤？

沈如晚不知道自己在哪里，睁不开眼，又或许睁开了，只看到一片黑暗。她很冷，好像又回到了归墟，在天川罡风里清晰地感受到自己的生命在一点点地流逝。

"师姐，我是不是很没用？如果我也能保护你就好了。"

不是，她在心里说，不是。

她知道陈缘深有点儿懦弱，遇事没什么主意，也不是那种天赋异禀的修士，而是这渺渺尘世里最平凡的那种人，没有很多勇气，也不够狠心。对于他这样的人来说，平安顺遂的生活才是最好的，他也应该有那样的生活。

她从来没有要求陈缘深多么勇敢、强大，只希望陈缘深过得快乐。他不需要做任何了不起的事去证明自己——平凡有什么不好呢？

她默默地哂笑。

如果能够保护自己想要保护的人才算强大、有用，那她比陈缘深没用一万倍。

在归墟下感受到死亡慢慢地靠近的时候，痛楚也不那么明显了，她谁也留不住，永远无能为力。她痛恨自己的无能，找不到活下去的意义。她本可以一了百了，可为什么没有？

她听见了很多重叠在一起的声音——

"如果你不动手，我会催动杀阵。"

"我想看看你是不是真的把自己炼成了一把锋利无比、斩神斩鬼都不留情的剑。"

"碎婴剑，你尽管来！"

这一路走来，她一直在失去，把想要的、不想要的都丢了，最后两手空空，还强行说自己不想要。

她除了满身伤痕,还留下了什么?

她太累了,不如就在这片黑暗里坠落。现在是时候休息了。

记忆里有一个模糊的剪影,那是陈缘深。他回过头,唇边挂着苦涩的微笑,说:"师姐,你多年未回蓬山,还记得回去的路吗?

"等哪天师姐得闲,回了蓬山,帮我也看看旧时的路吧。"

沈如晚的思绪变得悠远起来。

蓬山啊……

那里寄托了她对仙道长生的无尽憧憬,见证了她全部的青春和所有的情思,是一切的起点。

蓬山有一片忘愁海,所有新入门的弟子初来宗门,都要亲手划着灵船驶过忘愁海,到达蓬莱渡,踏进蓬山的山门,这才算真正拜入宗门。

忘愁海很大,灵船也很难划,对于没有多少灵力的小弟子们来说,这是一件极其艰巨的任务。

那天她划了很久的船,浑身都被海面的潮气染得湿漉漉的,鬓边的发丝也凌乱了。她好不容易筋疲力尽地上了岸,却发现自己在同期的弟子中竟然是最快的,等在对岸的接引师姐好好地打量了她一番。

她有点儿狼狈地取了玉牒要走,却听见身后一片喧嚣。她没忍住,回过头看去,只见云里长虹浩荡而来,划破九霄,数名剑修自远处而至,转眼便落在山门前,谈笑风生,气势惊人。

这些剑修簇拥在一起,正中间的那个少年无意识地偏了一下头,视线正对着沈如晚的方向,寒月正照着她。

他看起来明明是这些剑修中最年轻的那个,却似乎也是最受人信服的那一个。身侧的每个人都在闲谈,可当他开口,寥寥地说了几句后,每个人都住了口,去听他的话。

"那是剑阁的人吧?"沈如晚身侧,有人闲聊,"我好像听说过中间的那个剑修,他应该就是最近声名远扬的剑修天才,一入剑阁便被看重了。"

"我记得他,他好像叫……长孙寒。"

那是她漫漫仙途的起点,也是她多少年爱恨难辨的开端。

有开端就有终结,她给长孙寒穿心一剑的时候,一切就该终结了。她该转身离去,再也不会想起来。

可她为什么没有?!

发白的嘴唇微不可察地颤抖着,她需要用尽全力才能吐露、咆哮、呐喊、嘶吼——"我就是不甘心!"

她不甘心这辈子就这么过，不甘心苦苦地追寻多年，却落得两手空空的结果，不甘心挣扎十余年，最后黯然收场，不甘心有朝一日对着镜子里疲倦的脸，承认自己是个彻头彻尾的输家，这一生过得像个笑话。

她怎么可能甘心？

退隐红尘是逃避，心灰意冷是伪装，她没有一天放下过这些事，也没有一天甘心。无论错过多少次、失去多少次，她一直没有停歇。

"绝……不……"她重重地咀嚼着这两个字。

"哎，沈前辈好像醒了！师父，沈前辈醒了！她刚刚说话了，你快来！"

大呼小叫的声音好像从很远的地方传了过来，隔着一层屏障，让沈如晚听不真切。过了一会儿，声音越发清晰起来，沈如晚微微皱了皱眉头，心想：这是谁啊？吵死了。

可那个大喊大叫的人毫不知趣，还在号叫着："总算醒了，沈前辈这次受伤真的好严重啊！"

这个人知道她受伤还大吵大闹的，生怕她静养是吧？沈如晚没好气地想着，好像有一身的脾气不知道往哪里发泄，满心烦躁。

"别吵。"她用尽全力开了嗓，声音很轻，听起来特别沙哑，还很疲倦。

这声音把所有人都吓了一跳，房间里忽然没声音了。

沈如晚也一惊：这是她的声音？

她已经有好多年没听见自己这么沙哑的声音了，上一次还是在雪原上被邵元康救起的时候。那时候她既庆幸自己还活着，又痛恨自己还活着，这么多年，她一直都在想这件事。

可现在不一样了。

她想：她再也不会执着于忘却和回避了。她现在想要的是真相，是成功，是把想要追求的东西都紧紧地握在手里，谁也夺不走，除非她死。

现在，她想睁开眼睛，重新回到那个她熟悉的世界里。

沈如晚的眼皮微微颤动了几下，好像微风拂过花瓣一般，她轻轻地睁开了眼睛。

曲不询就坐在榻边，紧紧地盯着她，神色深沉，眉头紧锁，在她睁眼的那一瞬间和她对视。

沈如晚的目光直直地落在了他的脸上。

"我睡了多久？"她忽然问道，声音还是很哑，但听起来比方才有了一点儿力气。

曲不询若无其事地说："二十多天了。我知道你爱睡觉，可你也不能睡这么久吧？"

在他原本的预期里，沈如晚十五日左右便该醒了。可日子一天天地过去，她一直昏睡不醒，气息仍旧微弱，神识也没什么波动，仿佛要一直睡下去一般。

"沈前辈，我师父可是被吓坏了！"陈献忽然探出头来，"你是没看见，前几天我师父的脸色那叫一个冷，他恨不得把你叫醒，自己躺下。这几天我被吓得大气都不敢喘，我们都特别担心你。"

陈献和楚瑶光凑在她的床榻边，喜气洋洋地看着她。

沈如晚的眼珠慢慢地转了一圈，她好久没见过这样真切地为她欢喜的脸了，于是轻轻地勾起了嘴角。

但是这微小的表情似乎很耗费力气，让她疲倦不堪。

"找到陈缘深了吗？"她问道。

大家听到她的问话，脸上的笑容忽然消失了。无论是陈献还是楚瑶光，都用一种忐忑的眼神看着她，欲言又止。

只有曲不询神色深沉，平静地说："没有。没有人见到他，钟盈袖也不知道——这未必是个坏消息。"

他们没有找到陈缘深，至少没有找到他的尸体，就不能说陈缘深死了。事情总没到最坏的地步。

也许，这也算个寄托。

沈如晚没说话，半合着眸，微微抬了抬手，示意他们把她扶起来。曲不询默不作声地揽着她的后背，稳稳地将她扶着坐了起来。

沈如晚无力地靠着曲不询，脊背不像从前那样永远挺直了。不知道为什么，她抬眸时，曲不询总觉得她和往常不太一样。

"我要回蓬山。"她说。

曲不询一怔，没想到沈如晚刚醒来就说这话，从前沈如晚不是一直回避回蓬山吗？

"我受够这些事了。"沈如晚无波无澜地说，可每个字都很强硬，好像忽然被拂去了尘埃，露出了冰冷坚硬的剑身，"我需要一个真相，也需要一个了结。我等得太久了，不耐烦了。"

日子久了，伤口会变成糜烂的腐肉，每况愈下。她越回避它，就越任它生长，任自己变得衰弱。她每次触碰都会撕心裂肺，慢慢地失去更多东西。

她要剜肉医疮。

"你有没有从翁拂那里问出什么消息？"她问曲不询，"我还没问过你，翁拂说出他背后的人是谁了吗？"

曲不询回答："当时灵女峰要崩塌，翁拂宁愿死都不说，我来不及细问，得到的答案多半不准。"

他只说不准，却没说翁拂的答案是什么。

"啊？原来翁拂死前交代过了？"陈献听了，讶然，"师父，你之前都没和我们说！"

曲不询瞥了他一眼，神色平静地问道："我和你说了有什么用？难不成你能帮我找出幕后真凶？"

陈献还是有点儿自知之明的，知道自己显然不是动脑子的能手，便道："可是瑶光的脑子好使啊！而且瑶光一直在找她的妹妹，也想知道背后的真凶是谁啊！"

沈如晚听到这里，不由得朝楚瑶光看去："没错，你是来找你妹妹的，在这里没找到吗？"

楚瑶光看起来颇为忧愁，皱着眉头说："我问过那些药人了，没人见过她。她如果不在钟神山，又会在哪里呢？难道还有别处在种七夜白吗？"

这些天楚瑶光走遍了灵女峰，既是为了清除之前白飞昙的异火留下的祟气，也是为了打探妹妹的消息，可惜一无所获。

"多半是没有了。"曲不询说。

其他三个人一起向他看去。

"十几年前，七夜白被毁过一批，十年前，又被毁了一次，再然后，最擅长种七夜白的灵植师也死了，现在我们见到的这几个人都是幕后之人重新组织起来的。陈缘深天赋不高，经验也少，试验了几年之后才慢慢地熟练种植七夜白，更别提去教旁人了。"曲不询淡淡地说，"算算时间，他们应该没法再开辟新址。"

曲不询语焉不详，可沈如晚心知肚明，第一次被毁的是沈家，第二次指的是长孙寒被诬陷的那次，而那个身死的灵植师就是死在她手下的师尊。

楚瑶光听了这一番解释，不仅没解忧，眉头反而蹙得更紧了。她很苦恼："那我妹妹到底在哪里啊？"

沈如晚问她："你当初为什么确定你妹妹失踪和七夜白有关系？"

楚瑶光从未提起过这事。

楚瑶光沉默了好一会儿才说："说来实在是难以启齿。舍妹资质不佳，修仙无望，偏爱世间离奇的异闻传说，总想亲身体验一番，成为话本里的故事主角。她不知从哪儿听来了七夜白这种奇花，正巧和家里闹了不愉快，就收拾了包袱，出来找七夜白了。"

楚瑶光也是后来才知道这世上还有这样的奇花。她不用想也知道，这样惊世骇俗却少有人知晓的花，背后一定藏着许多吊诡的过往，或者被人当作摇钱树攫取财富，岂容他人觊觎？

楚瑶光倒不怕妹妹遇上打不过的人——妹妹靠楚家给她的法器和符箓就足够自保了——最怕的是小女孩不知道人心险恶，被掳去当药人。

"这就奇怪了。"沈如晚说，"你妹妹一直待在家里，是怎么知道七夜白的？"

"她似乎是出去闲逛听散修聊天时听见的。"楚瑶光说，"后来我们去寻那个散修的踪迹，已经找不到人了，只知道那个散修是个年岁很大的老爷子，收拾得很精神，为人也很讲究，花钱很有一手，天天念叨'千金散尽还复来'，而且嘴巴很毒，骂起人来阴阳怪气的。"

曲不询和沈如晚还没听出头绪来，陈献却越听越觉得不对劲："这老头儿不会长得很高，一副天底下他最聪明、其他人都是傻瓜、他不稀罕和你们计较的样子吧？"

楚瑶光怔了一下，努力回忆那个人的模样："似乎有人这么说过。"

陈献神色古怪地说："这不是……老头儿吗？"

陈献口中的老头儿？

曲不询挑着眉问道："孟华胥？"

陈献点头："就是他啊！他是我见过最臭屁的老头子，那绝对是他，没错！"

陈献说起孟华胥的时候，表情比往日更生动了，还阴阳怪气地翻了个白眼。不过他不是对着曲不询翻的，而是对着记忆里的孟华胥翻的。

他虽然每次提起孟华胥时都阴阳怪气的，却并不代表真的讨厌孟华胥，反倒表明在他的心里，孟华胥有很重要的地位。

曲不询默不作声地和沈如晚对视了一眼，然后语气平淡地道："这事我们一时也商量不出头绪，你们沈前辈刚醒，有点儿累了，让她再歇一会儿吧。"

他虽说着要让沈如晚休息，却还坐在榻边，没有一点儿起身的意思。

"哦，好。"陈献老老实实地起身，却没走，问道，"师父，你不走啊？"

楚瑶光还在想妹妹的事，听到这里又没忍住，狠狠地戳了陈献的后腰一下，把他戳得倒吸一口凉气。

"走就走了，那么多话干什么呀？"楚瑶光拉着陈献的胳膊往外走，脚步匆匆，好像被什么凶兽追着跑，"你让曲前辈和沈前辈单独说会儿话。"

门被掩上了，吵吵闹闹的声音被隔绝在了外面。

曲不询舒了一口气，目光一转，看见沈如晚似笑非笑地看着他，不由得一顿。

沈如晚的声音还是轻轻的，她问："说吧，翁拂当时和你说了什么？"

之前曲不询含混过去了，好像不愿说给沈如晚听的样子。她猜测他可能是在避着陈献或楚瑶光，现在两个人走了，他总该说了。

曲不询不由得又皱起了眉头，朝门口看了一眼，抬手下了个隔绝声音的禁制，声音低沉地说："翁拂当时确实答了，可答得含混不清。他说，'想找罪魁祸首，那就去找孟华胥吧'。"

这和他们之前猜想的根本不一样。

从他们之前获得的线索来看，钟神山的幕后真凶要么是宁听澜，要么是希夷仙尊邬梦笔，其余人绝不可能有那么大的本事瞒天过海。

至于一开始被当作重要线索的孟华胥，因为太过神秘，且在种植七夜白的事中没留下什么痕迹，所以他渐渐解除了嫌疑。曲不询和沈如晚没想到，今日将新的线索一拼凑，孟华胥竟又带着新的嫌疑出现了。

难怪曲不询要避开陈献，私下同她说。以陈献对孟华胥那种看似嫌弃实则亲近的态度，他乍然听见这话，还不得当场爆炸？

从当初他们在东仪岛上得到的笔记来看，她基本可以确定七夜白是孟华胥培植出来的；楚瑶光的妹妹从孟华胥那里听说了七夜白；翁拂让他们去找孟华胥……沈如晚在脑中整理了一遍线索，黛眉慢慢地蹙了起来。

宁听澜和邬梦笔虽身份显赫，很难对付，可明明白白地存在着，沈如晚他们顺藤摸瓜就能查到许多东西。孟华胥就不一样了，简直像个游离在世外的人，太神秘了。

神州这么大，他们要去哪里捞这么个神秘莫测的人啊？

"你方才说要回蓬山？"曲不询问她，"你打算去找宁听澜吗？"

沈如晚抬眸看向他："不错，有些事我总要问清楚，无论是关于七夜白还是关于……我和沈家。"

曲不询微微颔首："我倒不是打算拦着你。不过你回蓬山前，总要再找点儿线索吧？"他顿了一下，又道，"既然孟华胥和邬梦笔是朋友，那我们直接去找邬梦笔问个明白。"

邬梦笔就在尧皇城，通过《半月摘》就能找到。

"好，我是该见他一面。"沈如晚垂眸，简短地应道，疲倦的面容上带着一丝冷意。

曲不询不作声地看着她，压下微微挑起的眉头，反复地打量她，罕见地有些举棋不定。

"你不认识我了？"沈如晚瞥了他一眼，轻飘飘地说。

曲不询不动声色地舒了一口气，脸上带着笑意，语气平淡地说："你好像和之前有点儿不一样了，我是有点儿不敢认。"

沈如晚斜靠在那里看着他，慢慢地抬起手，攥着他的袖口把他拉得离她更近了一点儿，指尖顺着颈边抚上了他的脸颊。她轻轻地问："哪里变了？"

曲不询俯下身，和她贴得很近，几乎要吻上去了。

"眼神。"他低声说，凝视着她那双清亮的眼睛，目光深沉。

先前沈如晚的眼睛里没有那么多势在必得的神色。

"你知道吗？"他忽然出声，"这些日子里，我和邵元康相认了。我们聊到从前的事，他跟我说，当初你去归墟下找我，被伤得很重，若不是被他救下，很有可能丧命。"

沈如晚微怔。

曲不询用拇指一点点地抚过她的唇，好像在拭去什么，又好像在描摹，让她感到止不住地痒。他的声音在胸腔里轻轻地震颤一番，然后传递到她的耳边，他低声说："沈师妹，你是不是该给我解释一下，一个素昧平生的师兄怎么值得你奋不顾身地跳下归墟去找？"

沈如晚小幅度地瑟缩了一下，看着曲不询近在咫尺的眉眼，神色有些复杂。

"他怎么连这个也同你说了？"她的语气淡淡的，带着一点儿抱怨的意思。

曲不询垂眸看着她，看得她心中惴惴不安，只觉得在他面前什么也瞒不住，只好轻轻地咬了一下嘴唇，目光幽幽地看着他，什么也不说。

她的眼瞳如幽泉，含着潋滟的光，令人忍不住深究，可又如雾中花一般让人看不分明。

曲不询看了她好一会儿，发现她始终不说话，便轻轻一哂，问道："我不能知道？"

沈如晚用目光轻轻地掠过他的眉眼，声音轻缓地道："这又不是什么大不了的事。当初是我害你掉下去的，我去找你又有什么稀奇的？你不是早就知道了？"

当初在碎琼里的时候，她不知道曲不询就是长孙寒，已经同他说起过这件事了。

曲不询觉得不然，她为了找他下归墟和为了找他差点儿死在归墟里还是不一样的。

从前不知道她为找他险些身死时，他从来没有想过这种可能，也不觉得她有必要为他做这些。可她就是做了，他也偏偏知道了。

人一旦被超越界限地偏爱，就难免心痒难耐地去寻根究底，索求一个为什么。

明明沈如晚从前和他并不相识，甚至连话也没有跟他说过，心里还有个不知名的师兄……

仿佛晴天霹雳一般，他忽然生出一个不可思议的念头：沈如晚心心念念的、谁也比不上的那个师兄，不会就是他吧？

这个念头如此荒唐，甚至显得他自作多情，十分可笑。

沈如晚若当真恋慕他，怎么会给他穿心一剑，又怎么会在他揭晓身份后，神色凄惨，没有半点儿好脸色？

可这个念头一生,妄念便起,如野草覆过荒原,恣意地疯长,成了魔障。

或许沈如晚恋慕的师兄当真是他呢?

她说过,她最崇拜的剑修便是长孙寒。他装作长孙寒的旧友却不执着于给长孙寒报仇,她便讥讽他;待他坦白了身份,她脱口而出"你知道了"。

他该知道什么?这个问题他曾翻来覆去地回想,先前从未联想到自己身上,可如今便将一切都串联起来了,仿佛成了万般荒诞的妄念的佐证,让他热血沸腾,心绪难平。

沸血滚过他的心口,又滚过喉咙,她纵是将钟神山十三峰的冰雪都浇化,也浇不灭这一瞬间他热情似火的心。

"是吗?不是什么大不了的事?"曲不询紧紧地盯着她,直直地看进她的眼中,不容她回避半点儿,近乎执拗地问,"换个别的什么人,你也会为他舍命下归墟?"

沈如晚凝眸看着他的眼睛。这其实是一双和长孙寒不太相似的眼睛,但当她凝视这双眼睛的时候,便会不自觉地回忆起那个在陈年旧岁里熠熠生辉的身影。

她从来都只敢偷偷地窥觑,不敢靠近那道身影。

"不会。"她轻轻地说。

曲不询的眼睛一眨不眨地看着她,眼里骤然焕发出一种难以用言辞形容的慑人的光彩,眼神灼热到好像寒夜里也熄不灭的火,几乎让人化掉。

"不会?"他低声重复道。

沈如晚微微前倾,将额头抵在了他的肩上。她浅浅地吐露心思,可只开了个头,不说下去,只是静静地依偎在他的肩头。

曲不询伸手将她圈了过去,一只手捧着她的脸颊,垂眸和她对视:"为什么别人就不行,对我就可以?"他不紧不慢地说,好像在引诱,"沈如晚,沈师妹,你告诉我,为什么我就是特别的?"

这个问题沈如晚该怎么回答?自始至终,他都是她的例外。

沈如晚抬起手,很慢地抚了抚他的耳垂,问他:"那你先告诉我,你说对我一见钟情、神魂颠倒又是什么时候的事?你什么时候认识我的?不是雪原上,难道是我执碎婴剑的时候?"

曲不询还是揽着她的腰肢,但她伤口未愈,没多少力气,索性倚在他的身上。

她的身体曼妙得如同杨柳枝,可半点儿也不似杨柳般柔弱,她面容清冷,眼神却缠绵,带着若有若无的引诱和探寻之意。

他沉默了片刻,然后喟叹一声:"更早。"

沈如晚有些错愕。

"你是否还记得,我们先前在东仪岛上发现的那个傀儡?那是童照辛的独门傀

464

儡，邵元康用镜匣收容钟盈袖的元灵后，也打算配上那个傀儡，当作钟盈袖的新躯体。"曲不询慢慢地说，"这样珍奇的傀儡自然不是童照辛一拍脑袋想出来的，他从很多年前便开始钻研、完善，其间需要神识较强的修士来帮他测试。我和他关系不错，每次都应下这件事，常常帮他操纵傀儡。"

沈如晚微微皱起眉头，不明白曲不询为什么忽然说起这个。

"这种傀儡有两种操纵方式，一种是靠血，另一种是靠神识。钟盈袖的元灵也算神识，故而能用这种傀儡。"她点了一下头，说，"我之前救下章清昱的时候，也见过这种傀儡……"

她说到这里，顿住了，神色不断地变化起来，颇有进退两难之感。

曲不询微妙地沉默了片刻，然后状若无事般说了下去："当初你遇到的那个傀儡就是我操控的。"

沈如晚蓦然看向他，难以置信地道："什么？"

曲不询对上她的目光，不由得干咳一声："那时我和童照辛为了一桩宗门任务，调查邪修的踪迹和窝点。邪修狡诈谨慎，我们迫不得已，将傀儡混入人质中，却没想到会遇见你。"

沈如晚的心绪顿时翻腾如浪。

先前她在东仪岛上发现曾经见过的人是个傀儡，恼火不已，恨不得立刻找出那个耍她的人，将对方狠狠地教训一顿。此刻她想到这件事，狠狠地瞪了曲不询一眼："在东仪岛上的时候，你还假装那件事跟你没关系。"

曲不询轻轻地哂笑了一声，叹道："你心思细腻，我怎么敢说？我还怕你认出我是长孙寒，立刻转头给我一剑。"

沈如晚抿着唇不说话。

"就是那一日，你从云外来，一剑破天光，我在人群中见到了你……"他说到这里，顿了顿，语气带着一点儿自嘲之意，"那时我就觉得，你的剑意是我见过的最美的剑意。"

沈如晚不由得出神地看向他，蓦然想起先前在碎琼里时他们读过的报纸上的故事，想起在秋梧叶赌坊外他说的那句"觉得你的剑意很美的人是我"。

他说："沈师妹，你看看我，多喜欢我一点儿，别让我这一辈子活得像个笑话。"

一阵山崩海啸般不可思议的感觉将她席卷，她怔在那里，忘了此身何处、今夕何年。

多荒诞啊，她还记得她救章清昱纯属偶然，全是因为期待和长孙寒见上一面，却临时得知他不来。那时她失落极了，便报了轮值任务，排解郁闷的心情，却永远也想不到，她心心念念地想认识的长孙师兄就在她的眼前，就在她解救的凡人之间，因她的一剑而对她生了情。

这简直是个阴错阳差的笑话。

若她早知道……若她早知道……

沈如晚沉默了一会儿，用了很久才找回自己的声音，颤抖地、有点儿沙哑地说："可……可你后来也没来结识我啊？"

曲不询尝试牵动嘴角，却只是徒劳，只剩下眼中的一点儿酸涩之意，又被他刻意掩饰起来。他轻描淡写地说道："那时我不解风情，怕吓着你，以为我们同门一场，往后总有机会相见，不必强求。谁知十年一晃而过……"

他说到这里，垂下头笑了一声，其中尽是冰冷的自嘲之意。

沈如晚不轻不重地捻着他的耳垂，眼神幽幽，意味不明地说："照你这么说，你说着'对我神魂颠倒'，实际上也没多喜欢吧？"

他要是真的喜欢她，怎么会自己都不知道呢？

她初见长孙寒时年岁比他更小，尚且一望便知自己的情感，此后年年岁岁都在向他奔赴。若非总是阴错阳差，她早该认识他了。

从前她心里明白，她在长孙寒的眼里只是个没有姓名的路人和同门，她的喜欢也只是她一个人的酸甜苦辣，与他没有一点儿关系。

那时她虽然偶尔觉得辛酸，可都习以为常了。怎么如今知道长孙寒对她并非毫无了解，甚至还对她有些许好感，只是没她那么浓烈，她反倒觉得心里一阵酸涩，没来由地觉得委屈呢？

她那么喜欢他，而他对她只是有那么一点儿好感罢了。

这一切就像一个美梦，可美梦成真本身就是代价。

这份悬浮的感情被她看得那么重，可真的落在她的怀中的时候，便成了沉沉的负担。

沈如晚垂眸，似笑非笑地道："看来这些都是长孙师兄拿来哄师妹开心的话罢了，也不知道长孙师兄究竟对多少个师妹说过这样的甜言蜜语。"

曲不询被她的话气得哽住了，心说：他哪儿还有什么别的师妹？这下他跳进黄河也洗不清了！

沈如晚轻轻地哼了一声，说："忘了和你说，先前携走章清昱、被我杀了的那个邪修和白飞昙是同门师兄弟，白飞昙的异火就是从这里来的。如果你当时是为了调查这件事，如今也算是水落石出了。"

迟了十多年的真相以谁也没预料到的方式到来了，不过也没那么晚。

"起码你得到了真相。"沈如晚说。

曲不询沉默了。

沈如晚抿了抿唇，然后轻轻地推了曲不询一下："好了，你还不走？"

曲不询还在想着邪修和异火的事，闻言，挑了挑眉，思考起来：他之前是在问她那个师兄是不是他吧？怎么被她把这事含混过去了？

他不置可否地看了沈如晚一眼，扯了扯嘴角，话还没说出口，突然眉头一皱，身体晃动了一下。他迅速调整好姿势，将手撑在她的身侧，以便稳住身形。

沈如晚在他身上淡淡的皂角的气味里不经意地闻到了一点儿血腥气，微怔，问："你受伤了？"

曲不询不过失态了一瞬，转眼便直起身，若无其事地道："没什么，不过是先前灵女峰崩塌时受了点儿伤，已经快好了。"

沈如晚怎么会信他这胡编乱造的话？她若是寻常的安稳地修行的修士也就罢了，可偏偏也曾刀口舔血，受伤如家常便饭，最懂治伤、疗伤。她抬手按在他的肩头上，语气强硬地说："别动。"

曲不询僵了一下。

沈如晚不等他拒绝，将手伸进他的衣领中向后一探，触碰到伤口时不由得愣住了，错愕地问道："你怎么不拔除灵气就上药了？"

曲不询身上本就有许多旧伤，都是因为受伤后未拔除伤口中的灵气便直接上了药才留下了狰狞的伤疤，如今她摸到的伤口明显是最近留下的。

"不是什么大不了的伤。"曲不询语气平平，仿佛在说一件寻常的事，"拔除灵气要花太多时间，不必。"

沈如晚的眉头蹙了起来。

当时她扶正灵女峰耗尽了全力，昏昏沉沉地睡去了，醒来时陈献已帮曲不询上完了药。她根本没有看见曲不询的伤口，还以为他伤得不重，便没多问，那之后更是忙于寻找陈缘深，无暇顾及他的伤势。没想到，曲不询将伤口处理得如此快并不是因为伤势轻，而是这个人根本不把自己的伤当一回事！

"我昏睡了这么久，你又不赶时间，为什么不拔除灵气？"沈如晚有些生气，"纵是再费心思也不过是七八日的事，总来得及。"

当初她去归墟下找他，被救后也不过花了十来日拔除灵气，若不处理，那便会三年五年、日日夜夜地疼。

曲不询偏过头看她，神色莫测。他想笑，可最后只喟叹一声，道："你觉得，如今我还能面不改色地把后背交给旁人吗？"

沈如晚一怔。

拔除伤口中的灵气是个精细活，若伤口在后背，修士是很难自己拔除的，得由旁人帮忙。一般修士都会选择到医馆寻医修代劳，可曲不询不同，他经历过太多背叛，已没法再交付给谁这般沉重的信任了。

"我还以为……"她自知失言，垂眸说，"我还以为你至少会信邵元康。"

毕竟曲不询和邵元康是那么多年的朋友，也已经把自己的身份向邵元康坦白了。

曲不询淡淡地笑了，不紧不慢地说："我们这么多年没见，彼此各有人生，就不必再考验人性了。短暂相逢，长久分别，人人都是过客。"

沈如晚怔怔地看着他，根本想不到有朝一日会听见长孙寒用这样平淡的语气评价曾经最好的朋友。他没有一点儿怅然的样子，又或许是将情绪都藏起来了，所以才显得如此淡漠。

不知怎么的，她忽然问他："那我呢？"

她的神色淡淡的，好像她只是随口一问，并不需要答案。

曲不询愣了一下，没想到她会这么问，一时没回答。

沈如晚用指腹推着他的脸颊，轻声说："低头。"

曲不询便顺从地低下了头。

她微微扯开他的衣领，从领口看去，一道手掌宽的伤疤几乎延伸到肩头，被领口挡住了。她看不清这道伤口究竟有多长，但是一眼便能明白这伤有多重。

"这不是什么大不了的伤？"她重复他方才的话，质问他。

是她想当然了，他独战卢玄晟和翁拂——前者是神州成名多年的前辈，后者手握前代山鬼的元灵——引得整座灵女峰当场崩塌，再强也不可能从容不迫。他能以雷霆万钧之势斩杀两个人、取走镜匣，必定是铤而走险。剑修疯起来，什么时候会顾及自己的死活？

她怎么就没想到呢？

"你转过来。"沈如晚低声说，"我给你拔除。"

曲不询眼睛一眨不眨地凝视着她，把她脸上那一点儿怜爱之意都收入眼底，不知怎么的，竟生出几分不自在来。他转眼按捺下情绪，垂着眼睑，意味不明地笑了一声："你倒是很自信，我不愿意把后背交付给旁人，就愿意交付给你了？"

沈如晚一顿，这才想到曲不询方才的话里并没有提到她。可这又怎么样呢？她瞥了他一眼，淡淡地反问："我连人都得手了，又有什么不自信的？你赶紧转过去，把上衣脱了。"

看到她这理直气壮的样子，曲不询有点儿想笑，迟疑了片刻，在她的凝视下，忍着不自在的情绪脱下上衣，背过身去，留给沈如晚一个宽厚的背。

他身上的伤口已经结痂，可总是好不透，表面看起来在愈合，里面的灵气还在横冲直撞地作祟，偶尔冲破伤疤，渗出血来。曲不询方才因此闷哼一声，伤口已变成一片血痕了。

沈如晚抚上他的肩胛骨，看着他伤痕累累的脊背，沉默了半晌。

"你还说我不爱惜自己……"她的声音低低的，语气不明，"曲不询，你也没多爱惜你自己。"

曲不询背对着她，悠悠地笑了："怎么，你心疼我？"

沈如晚明知他看不见，还是朝他翻了个白眼。可下一瞬，她微微向前倾身，凑到他的后颈边轻轻地吻了一下。

曲不询浑身绷紧，想要转过身来面对她，可转到一半，又被沈如晚推了回去。

"别动。"她不轻不重地说，"我给你拔除灵气，你别捣乱。"

沈如晚昏睡了许久，先前透支的神识和灵力倒是恢复了许多，虽然和完好时的状态没得比，但替人拔除伤口里残存的灵气还是可以做到的。

曲不询只得一动不动地坐着，身体微僵，像一块不会动的顽石。

虽说他不过是赤着上身，用后背对着她，比起先前欢好时的样子来不值一提，可就这么任她的目光一寸寸地掠过他的脊背，他的心中仍生出一阵痒意，酥酥麻麻地挠着他。

"有点儿痛。"她轻声说，"你忍一忍。"

剑修哪有不受伤的？曲不询从踏上仙途以来，受过的伤数也数不清。从没有人把受伤当回事，都跟他说忍一忍。虽说有些同门的师姐、师妹会关切地问他疼不疼，但他只觉得这关切太多余，对他来说没半点儿用。可沈如晚只是轻轻地说了一句，他反倒把这一句话不厌其烦地想了又想。

沈如晚并拢两指，让灵气在她的指尖游走，森森的寒气如锋利的刀一般落下，循着曲不询绷紧的脊背划过那道深深的伤疤，将渗血的疤痕重新割开。殷红的血瞬间涌了出来，染红了他的脊背。

曲不询皱起眉头，可没有发出半点儿声音，只是神色深沉地坐着，仿佛感觉不到背后的伤口裂开了。

沈如晚一边将自己的神识探进伤口找寻残存的灵气，一边慢慢地催动灵气治愈曲不询的伤口，免得伤口血流不止，损伤他的元气。

拔除伤口中的灵气耗时、耗力，沈如晚花了很多心思。曲不询虽然盼着能立刻站起身来，逃离这非人般的折磨，可还是任她慢慢地治疗，一言不发。

反倒是沈如晚比他更焦躁，不断地催动神识，只觉得头晕目眩，按在曲不询背上的手也微微颤抖起来，手心里都是细密的汗。

拔除完，她用力地闭上了眼，向后靠着休憩，手无力地滑落下来，脸上是浓浓的倦色："好了，你勤敷灵药，再过五六天便能好了。"

曲不询不作声地转过身来，目光落在她疲倦的眉眼间。他顿了一会儿，伸出手按在她的太阳穴上，用舒缓的力道一下一下地帮她揉。

沈如晚没力气动，就合眸任他揉太阳穴，方才因神识被用得太急而生出的轻微的刺痛感也缓解了许多。

曲不询不知怎么的，轻轻地喟叹了一声。

"怎么了？"她没睁开眼，问他。

曲不询抚过她的面颊，说："没什么。我只是在想，十来年前，你我还在蓬山的时候，你是什么样的。"

沈如晚神色淡淡地说："能是什么样？我就是平平无奇的蓬山弟子，既没什么名气，也没什么特别之处。"

曲不询没忍住，笑了，调侃般问道："你还平平无奇？沈师妹，你的要求很高啊。"

沈如晚轻轻地笑了一声。

她的要求当然很高，她一眼就看上了蓬山最出类拔萃的天才，蓬山那么多弟子，无人比得上长孙寒。

曲不询笑着笑着就停下了，摩挲着她的脸颊，声音低沉地说："可惜，我从来没有机会认识你。"

沈如晚情不自禁地睁开眼看他，在心里吐槽：是他没机会认识她吗？反过来才对吧？！

她抿了抿唇，然后轻飘飘地说："认识不认识倒也不重要了，我若在十几岁的时候知道你是这么个脾性的人，一定转身就走，谁还要和你认识啊？"

她暗暗地恋慕的是那个卓尔不群的长孙师兄，和他曲不询有什么关系？

曲不询瞬间愣在原地，语气微妙地说："哦，你的意思是，你喜欢长孙寒，没错吧？"

沈如晚僵住了。两个人沉默地坐在那里，谁都不说话，也不肯让步。

"沈如晚，"他郑重其事地叫她的名字，"你以前就喜欢我，是不是？"

沈如晚凝视着他，嘴唇微微颤着，竟有一种退无可退的感觉。她蓦然偏过头，心烦意乱地说："曲不询，你好烦啊，烦死了。"

曲不询伸手捧着她的脸，执着地看着她，声音低沉地重复问道："是不是？"

沈如晚不回答，他就一遍又一遍地问，像个固执的小孩，不达目的誓不罢休。

"喜欢我吧，沈师妹。"他低声说。

沈如晚没办法，便无可奈何地说："是，我是有那么一点儿喜欢你，这总行了吧？"

曲不询深深地凝视着她的眼睛，脸紧绷着，好像紧张到忘了从容。

"只有一点儿？"他问。

沈如晚垂下眼眸，不看他："只有一点儿。"

曲不询低声笑了，将额头抵在她的额头上，神识如慢慢涨起的潮水，一点儿一点儿地朝她涌来。

神识与神识相融、交缠，沈如晚浑身一颤，感觉冰凉又酥麻，自己好像慢慢地向下滑落，随他沉浮。

"可我对你的喜欢不止一点儿。"他低声说。

沈如晚感觉到了，在那汹涌如潮水般的纠缠里的，是最缠绵的痴迷、最炽烈的爱意和最疯狂的占有，浓烈得让人心悸。

"别……"她的声音轻得像别样的邀请。

曲不询接受了她的邀请。

残存的犹疑都在须臾间被冲破、碾碎，她睁着眼睛，无力地倚靠在他身上，神魂颠倒，不知该看向哪里。

曲不询听见她的声音轻轻的，濒临破碎："比一点儿再多一点儿吧。"

第十七章 梦为鱼

雪岭的长夜未尽，暗淡的夜幕笼罩着皑皑雪山，群峰在零星的几颗星子下沉默地伫立。万籁俱寂，只剩下风吹过山巅时带起的雪的声音。

三个安静的背影并排坐在山崖边，好像苍凉的群峰。

倘若有谁无意间闯入这静谧的画面，一定会情不自禁地多看上几眼，瞧瞧这几个修为出众的修士为什么毫无形象地坐在雪地里肆意妄为，为何像十七八岁的少年人一样随性不羁。

邵元康盘着腿，轻轻地抚着手边的那个陈旧的镜匣，长长地舒了一口气："我可真没想到啊，十来年前还在蓬山的时候，我们三个人从来没有坐在一起说过话，十多年后反倒有这个机会了。"他看着远处沉寂的群峰，茫然地说着，"世事难料，真是谁也说不准。"

沈如晚抱膝坐在中间，好像回到了遥远的少年时期，那个没有半点儿负担的时候。她凝神看着无尽的山峦，只觉得一阵恍惚。

"如果我们能回到那个时候就好了，"她说得很随意，没有思量太多，正如青春年少时那样，想到什么就说到什么，"此后的每一年都比上一年更多磨、更多愁。"

她手里紧握的东西越来越少，失去的东西越来越多。

谁料邵元康听她说完，忽然笑了起来。

沈如晚皱着眉看向他，眼神不善地问："什么意思？你笑话我？"

邵元康往她的另一侧瞟了一眼，笑得止不住："你愿意回去，某个人愿不愿意那可就不一定了。往前十几年，他连一句话都没和你说过吧？"

沈如晚转头朝另一侧看过去，发现曲不询屈起一条腿，懒洋洋地仰躺着，看星子稀疏的天空。他被邵元康嘲笑也面不改色，好似邵元康说的人压根就不是他。

"你这就说错了，"曲不询漫不经心地说，"话呢，我还是跟她说过一句半句的。"

邵元康一愣："什么时候的事？"

在他的印象里，无论是长孙寒还是沈如晚，从来都没说过自己认识对方。

沈如晚也不由得看向了曲不询，愕然地问："我怎么没有印象？"

她的记忆里可从来没有这种事。

以她对长孙寒的在意程度，如果长孙师兄当真和她说过话，哪怕只有一两个字，她也会牢牢地记在心里，别说十年了，就是再过一百年也不会忘记。

曲不询挑了挑眉，怅然地说："那就得问问沈师妹了。有一次我去蓬山下的坊市，打算购买一些修炼用的灵草，正巧撞见你站在大柜台后面核对草药的数目。我想过去问店里有没有我要的灵草，刚一开口，后面不知道是谁叫了你一声，你转身就走了，直接把我晾在那儿了。"他说着，偏过头和她对视，似笑非笑，"那次你可是连头也没抬一下，看也没看我一眼。"

沈如晚蹙着眉头回忆："我什么时候在蓬山坊市的灵药铺子里做过工了？我从没……"

她说着说着，忽然愣神了。

当年她拜入蓬山第九阁后，说不上有多阔绰，但手头还算宽裕，单靠培育灵植便够她生活了，自然不会跑去坊市的铺子里打杂。她平日培育了灵植，往往会委托给相熟的修士寄卖，所以对坊市里卖灵草、灵药的掌柜都很熟悉。若说哪一次店里人手不足，她搭了一把手，那也是有可能的事。

曲不询轻轻地笑了一声，有一种岁月寂然之感："后来我再去那里，就再也没有见过你了。"

沈如晚怔怔地坐在那儿，声音很轻很轻，好像在呢喃："还有这种事……"

邵元康在另一侧忍不住低声说："老寒，你真行啊，还有这种事？我都不知道。你藏得够深啊？"

他一直以为长孙寒当年根本不认识沈如晚，全靠他这个中间人时不时地向对方提及呢，合着他们俩彼此都有意相识！

曲不询微哂，没有说话，只是悠悠地仰首看着隐隐泛白的夜幕在群山的边缘透出的暖红色的光晕。

那段短暂的往事好像一块骤然落在湖面上的巨石，曾惊乱了一池湖水，让他久久不能平复。起时岁消磨，世事浪打浪，巨石便深深地沉入湖底，当初掀起的风浪回归了平静，于是往事被封存在角落里，沾了尘灰，连他自己都遗忘了。直到此刻，在只言片语里，记忆蓦然启封，犹如怆惚一梦。

他记得那天她攥着半张纸，皱着眉坐在光线的尽头处，一点儿一点儿地核对灵草的数目。响午的日光只照到她的半边面颊，如同洒落在霜雪间，让人连呼吸都停滞了，生怕惊扰到她。

铺子里人来人往，时不时地有人凑过去问她该如何选买灵药，她却连头也没抬一下，一心二用，一边核对一边流利地解答。他还没回过神，就已经走到她面前去了。

"呃，沈师妹。"

他记得他是这么说的，还磕巴了一下，那一瞬，他不像言谈举止从容不迫的蓬山首徒，更像一个青涩的呆头鹅，没头没脑地栽进情窦里，半点儿不自知。

忽然，有人叫了她一声，她抬起了头，没来得及看他一眼，纤细笔挺的身影就消失了，只匆匆忙忙地丢下一句："不好意思，你换个人问吧。"

徒留他一个人站在原地，怅然若失。

"你说说，这是不是你的错？"曲不询扬着眉毛，哼笑一声，"当初你要是慢一步，看我一眼，哪里还用得着偷偷地喜欢我？你但凡客套地叫我一声，我就想方设法地和你搭话了。"

沈如晚仍抱着膝，心绪复杂。

从前她一直以为只有她在悄悄地靠近他，谁想到在她未曾留意的地方，两个人近在咫尺，只要一抬头，所想之人便唾手可得。

可世事弄人，她就差那么一点儿。

"这我可就要为沈师妹叫屈了，当初她何止一次托我引见你？我是数也数不清了——谁叫我是炼丹师，她偏偏是一个天赋惊人的灵植师呢？沈师妹的请求我肯定是当仁不让。"邵元康说道，"我想尽了办法，安排了一次又一次的见面，可到头来，不是这个有事就是那个没空。"

邵元康说着说着就乐不可支了："沈师妹，你还记得吗？有一次，我们几个人凑在一起商量给老寒庆祝生辰，我当时故意说给你听，就猜到你会来问我。后来果然不出我所料，你一听我提到此事，表情都变了，卖给我的灵草又便宜了一成，假装若无其事地问我能不能带你一起去凑凑热闹——我就知道我买灵草的时候说老寒的事能捡到便宜！"

曲不询猛然直起身，神色莫测地盯着沈如晚，问："你以前托他引见我？"

那次意外爽约的生辰小聚他自然是有印象的，正是在导致他爽约的那次任务中，他第一次见到了沈如晚。

"原来那时你就打算认识我？"他不可思议地问，垂在身侧的手不自觉地攥紧了。

冰雪被他抓了满手，而他浑然不觉，仿佛有一道电光顺着他的脊骨一路向上攀到脑后，激得他浑身战栗。

他克制不住地想：倘若那时他没有被叫走，而是应约参加生辰小聚，是否就会在那天的小宴上见到她？他们是否不必有更多的错过，不会再有那么多阴错阳差，也不会多年后在雪原上拔剑相对时才怅然地说出第一句话？

曲不询掌心的冰雪化成了雪水，从他的指缝间流淌下来。他又神色难辨地躺了下去，心情复杂。

沈如晚早已坐不住，一脚踹在邵元康身上，恼羞成怒地道："你胡说八道什么呢？！我给你低价，只是因为觉得和你投缘，你怎么扯到他身上了？没有的事！"

邵元康往后一躲，笑得前仰后合："都这个时候了，你就别嘴硬了，除了把我笑死还能有什么用？"

沈如晚气得直打他。

邵元康一把抓起身边的镜匣，左右闪躲，嘴里还叫着曲不询："老寒，劝劝，劝劝！我可是为了兄弟义气才说的。"

曲不询这才回过神来，却一动也不动，悠悠地笑了一声："那你就为兄弟义气再多承受一点儿吧。"

邵元康怪叫一声，攥着镜匣起身就跑，结果被沈如晚蓦然催生的荒草一绊，狠狠地挨了两拳。

"重色轻友啊，重色轻友！"他痛心疾首地道。

冰天雪地里，少有人踏足的落寞之地上回荡着嬉笑怒骂声，三个人仿若青春再临，可又比青春年少时多了几分美梦成真的感觉。失落的年华好像从未流走，而是凝成了一段璀璨的时光。谁舍得叫这一瞬溜走？

沈如晚不自觉地出神了。

不知不觉中，他们都安静下来，与寂静的群峰相对。

璀璨的韶光又渐渐地从他们身边逝去了，快得好像在指间融化的冰雪。

一片沉默中，邵元康先开了口，声音有点儿干涩："沈师妹，按理说你神识透支，状态不佳，我不该来找你的，可我和老寒都不是法修，盈袖的状态又一天不如一天……我实在没办法。"

沈如晚已听曲不询说过了，默不作声地凝视着远处峰峦上的那层明亮的、暖红色的光晕，莫名其妙地觉得那是不经意流走的属于她的韶光，去了遥远的天际，再也不会归来了。

邵元康声音干涩地说："你和老寒向来对我有颇多照拂，一个是天资惊人的灵植师，帮了我这个没用的炼丹师很多大忙，另一个更不必说，蓬山首徒。和你们做朋友,向来是我占便宜更多……"

曲不询打断了他的话:"老邵,别说了。"

邵元康这次却没听他的,微微哽咽了一下,继续说了下去:"我知道我没什么资格求你们,但……"

沈如晚听不下去,直接把他手里的镜匣夺了过来,语气很不好,神色也不耐烦了:"啰里吧唆的,废话连篇,怪不得当初我没认识长孙寒,就你这性子,我能认识他才怪了。"

邵元康看着她手里的镜匣,一阵狂喜,结结巴巴地问:"你……你愿意出手帮忙?"

沈如晚无语地看着他,心说:我都拿着镜匣了,不是帮忙的意思还能是什么?

邵元康的嘴角微微抖动着,他激动得说不出话来。

曲不询看了看沈如晚,皱起了眉头,可当目光停在邵元康喜极而泣的脸上时,又微微叹了一口气。

沈如晚垂眸看着手里的镜匣,问道:"你先给我说清楚,我该怎么做?这镜匣里本就有上代山鬼的元灵,还能容纳钟盈袖吗?"

邵元康答得很快:"镜匣只能收容一个元灵,你把盈袖的元灵收进去,上代山鬼的元灵自然就被排斥出来了。我会带着盈袖离开这里,不会影响到她,过不了多久,上代山鬼便能醒来,代替盈袖成为新的山鬼了。"

这听起来像是皆大欢喜的好事。长久地沉睡的元灵能重获新生,而不是被人玩弄于股掌之间,成为他人获取利益的工具;邵元康和钟盈袖也能如愿以偿,离开这座看似辉煌实则是囚笼的擎天之峰,不必忍受与珍视之人分离之痛。正因沈如晚太过明白,才希望旁人不受这份苦楚。

生离死别是人间最让人惆怅之事,没有人比沈如晚更明白这断肠之痛。

日光就要透过云层,慢慢地照耀这片静谧的雪山了。沈如晚遥望群峰,遗憾的是始终没有找到陈缘深的下落。

沈如晚摩挲着镜匣:"我怎么收容钟盈袖的元灵?"

"你闭上眼,驱动镜匣中的禁制,感受钟神山的脉搏。"邵元康说得玄而又玄,所幸仙途典籍里也是这般模棱两可的言辞,修士们早已习惯了,"我刚认识盈袖的时候,她化作清风,转眼间从山巅飘至山谷,美得灵动轻盈、不似凡人,所以后来我叫她盈袖。"

沈如晚合上了眼眸,用恢复了一半的神识不紧不慢地催动镜匣中的禁制,在黑暗里感受邵元康所说的属于钟神山的脉搏。

山峦也有脉搏吗?

在一次次日升月落下，在一阵阵绵长且萧瑟的风雪中，在数不清的万物复苏与衰败里，有风吹来，拂过山岗，拂过冰雪，拂过每一寸被覆盖却未消逝的灵植，最终吹到她的鬓边，抚着她的发丝。

沈如晚的神识蓦然一动，深深地拥抱住这股浩渺的清风，如同拥抱住浩大的天地、无边的峰峦，汇须弥于芥子，将无尽的风用力地收拢于一个小小的镜匣中。她隐约察觉到什么东西在顷刻间被镜匣排挤了出去，归于天地，在云海中翻腾，如天仙狂醉，把浮云揉碎。

而在那翻涌的云浪后，日光如同碎金般倾泻下来，铺洒在冰冷的雪山之巅，刹那间便将皑皑的白雪映成璀璨的流金，神圣又玄妙。

沈如晚怔怔地看着那美到炫目的日照金山奇景，几乎听不清耳畔邵元康捧着镜匣喜极而泣的呜咽声。

曲不询抚了抚她的面颊，一言不发地和她并肩而立。璀璨的流金映照在他们身上，为他们镀上了一层金光。

"后悔吗？"曲不询忽然问她。

沈如晚微微偏过头，用眼神问：后悔什么？

曲不询虽然并没有看她，但接收到了她的疑惑，说："当初你如果在沈氏族地没有反抗，跟着你堂姐随波逐流，也许会比现在过得好。七夜白被掩藏得很好，这么多年也没有暴露，你能从中分一杯羹，还能和你的亲朋好友一起生活。"

而不是像现在一样，除了一点儿虚名，她什么也没留下。

沈如晚觉得这个问题很无聊，收回了目光："我跟着他们一起种七夜白，然后守在一个类似钟神山这样见不得人的地方，等着你找上门吗？那时如果我哭着求你放过我，你会心软吗？"

她难得开了个玩笑，可这个玩笑不太好笑。

曲不询转过头，直直地看着她，答得毫不犹豫："会，我会尽力帮你争取到将功折罪的机会。"

沈如晚没想到他真的会回答这个无厘头的问题，很快便说："那你不会有这个机会的。当年我如果真的妥协了，被你抓住后就会自裁的。"

长孙寒不仅是她偷偷喜欢的师兄，更是她向往、追逐的月亮。她如果真的选择随波逐流，哪怕地位再高、收获再多，也填不满内心的虚无，不过是行尸走肉。再见到长孙寒，她肯定没法面对自己的从前，只能靠死亡来结束痛苦。

所以对于她来说，其实只有两个选择：死在沈氏族地，或者死在漫长的悔恨中。

只不过，她用玉碎珠沉的决意抢来了选项之外的生路。

曲不询就着曦光看了她很久。

他知道她说的都是真的，也知道人若是一心求死，谁也拦不住。他如果不够了解沈如晚，很可能没办法预见她的无望，也不会特别留意她，也许会眼睁睁地看着她失去生命。

"但我如果能提前发现，就不会让你死。"他高高地挑起眉毛，强势地说。

沈如晚抿了抿唇，然后似笑非笑地道："一个只会夸我的剑意真美的人还是算了吧。"

曲不询被她的话噎住了，想为自己辩解两句，却觉得说什么都没有说服力。

他就不该跟她说这句话。

"沈师妹、老寒，盈袖有话想和你们说。"邵元康捧着那个镜匣，在后面叫他们。

钟盈袖的元灵被收容进镜匣后，没办法直接和人交流，唯有邵元康能从模糊的感觉中揣摩出一点儿意思，这下他和钟盈袖提前准备的傀儡终于派上了用场。

盈袖山庄里，一具专门为钟盈袖定制的、面容和她一模一样的傀儡躺在榻上，被注入生机之后，傀儡的睫毛微微颤抖起来，一点儿一点儿地睁开了眼睛。原本木讷死板的眉眼忽然生动了起来，傀儡莞尔而笑，眼睛清亮。

傀儡……活了！

邵元康的反应是最激烈的，他连忙唤道："盈袖！"

他欣喜若狂地看着钟盈袖，嘴唇张了又合，好像有千言万语堵着喉咙，眼睛一眨不眨地看着她，只一个劲地叫她的名字——盈袖，盈袖。

沈如晚和曲不询默不作声地站在边上，没打扰他们。

钟盈袖温柔地抚了抚邵元康的手，然后看向沈如晚，说："谢谢你，如果没有你帮忙，我们不会这么顺利。"

"在刚进入镜匣的时候，我和上一代山鬼有过短暂的交流，我想有些东西会是你们想知道的。"钟盈袖缓缓地说，"你们找的那种花，我和上代山鬼从前都没有见过，也不知道背后决定种花的人是谁。但是我知道那个将上代山鬼的元灵收入镜匣并带出钟神山的人是谁。"

能将山鬼的元灵收容并保存上百年的人，很有可能就是把镜匣交给翁拂带回钟神山使用的人，也就是多年来躲藏在幕后的那个人。

沈如晚猛然上前一步，问道："是谁？"

钟盈袖陷入了回忆，道："在上代山鬼的回忆里，我看不到那个人的脸，但能听见他的声音，他说他叫邬梦笔。"

沈如晚瞳孔微缩，回过头朝曲不询看了一眼。

又是邬梦笔！

"难怪，果然是希夷仙尊！"邵元康却最先开口了，朝沈如晚看过去，"沈师妹，你还记得吧？希夷仙尊就是《半月摘》的主笔人邬梦笔，这些年来一直在神州各地打探老寒的过往，可疑得很——我早就说了，这人一定有很大的野心，七夜白肯定是他种下的！"

从邵元康得到的这些线索看，邬梦笔确实极为可疑。他是孟华胥的旧友，有很多的机会接触七夜白；又是神龙见首不见尾的希夷仙尊，将《半月摘》传遍了神州；还把上代山鬼的元灵收入镜匣。

真相似乎就在眼前了，可沈如晚总觉得古怪，止不住地去想东仪岛上那本孟华胥的手记。为什么邬梦笔要把手记留在那里？为什么他要给姚凛留下一个傀儡？

"为什么上代山鬼会知道那人的名字？她为什么会被收进镜匣里？"沈如晚追问。

钟盈袖平静地说："因为上代山鬼和我一样，都是主动离开钟神山的。她在钟神山待了很久，一直很孤独，再过几年就要消散了。这时有一个人告诉她，能保存她的元灵，带她离开这里，她就答应了那个人。"钟盈袖慢慢地说，"我想……我能理解她。"

钟神山是个大盒子，上代山鬼在盒子里面待得太久了，就忍不住想要看看盒子外面的世界。反正她已经快要消散了，为什么不试试呢？

她若是到死都看不见外面的世界，那多可悲啊！

"所以，百年前邬梦笔就拿出了镜匣？这东西不是童照辛做出来的？"沈如晚问。

钟盈袖说："那时就有镜匣了，童先生只是被推荐给我们制作镜匣和傀儡的人。我猜童先生被推荐只是因为他会制作傀儡。"

镜匣是早就有的东西，而傀儡则是童照辛自己琢磨出来的，所以上代山鬼并没能和钟盈袖一样获得新的躯体，而是一直沉睡在镜匣中。

沈如晚不自觉地皱起眉来："这么多年，上代山鬼一直都在镜匣里沉睡？"

她这种离开钟神山的方式有什么意义？

钟盈袖很慢很慢地摇了摇头，看着沈如晚说："沈道友，你不会明白的。对于我们来说，离开这里本身就是意义。我们永远不会为离开而后悔。"

她在这里诞生灵智，每天过得无忧无虑。然后她发现这里有那么多的修士，他们和她不一样，从不同的地方来，每天都忙忙碌碌的，有很多事可以做。他们还有那么多的奇思妙想，总是说起山外面的世界，于是她心驰神往，想要出去看一看。

可是她出不去，被大山母亲困住了。她有脚，可永远也走不出这座山。

她的寿命比人类修士的更长，所以她不会衰老，只会看着一张张熟悉的面孔失去青春直至死亡，用漫长的岁月去回忆、去想象。

于是离开成了她的执念。

她不是怨恨钟神山，不是不爱自己生长的地方，只是如果生来就注定无法离开，那离开这件事本身就充满意义。

"也许你们人类修士会觉得我们很傻吧，我们天生就有漫长的寿命、强大的力量，却拼命想要得到你们不屑一顾的东西。"钟盈袖微笑起来，"一定有人愿意一辈子都待在一个地方，换我们有的这些东西，但对于我们来说，只要能离开这里，什么方法都值得试一试。"

上代山鬼在镜匣里沉睡了百年，被当成了人类修士攫取利益的工具，可离开镜匣、重归山峦的时候并没有后悔。

人类很难理解精怪的想法，不过精怪也不在乎人类怎么想。

沈如晚紧紧地蹙着眉，心里还有很多理不清的头绪。她还记得刚到山庄时撞见卢玄晟对着报纸大发雷霆的样子、那张报纸上描述宁听澜的每一句话，还有从前那些被她忽略的一点一滴。她总觉得一切都如同迷雾，而她只抓住了手边的一点儿碎絮。

"你现在还在找你的师弟吗？"钟盈袖忽然问她。

沈如晚微怔，蓦然抬眸看向钟盈袖："你能找到他？"

钟盈袖摇了摇头："我不知道他在哪里。"

先前还未被收入镜匣的时候，她就不知道陈缘深在哪里，现在就更不知道了。

沈如晚沉默了，没有失望，只是抿了抿唇。

从她因神识透支而昏迷过去到如今已有大半个月了，陈缘深哪怕当时侥幸在山崩里活了下来，在这无人知晓、无人救助的二十多天里，也该熬到油尽灯枯了。

沈如晚从醒过来开始就已经不抱什么希望了。

"但上代山鬼知道。"钟盈袖继续说，"陈缘深拿着的镜匣里有我的一点儿灵性，所以你们无法靠眼前的这个镜匣找到他，但上代山鬼可以察觉到什么地方她探察不到。"

整座山都在山鬼的感知下，只有一小片地方无法探察，证明陈缘深拿着的那个镜匣就在那里。

沈如晚整个人都微微颤抖起来，轻轻地问："他在哪儿？他还活着吗？"

钟盈袖看着她，没有回答，露出了困惑的神情。

沈如晚忽然意识到，钟盈袖既然无法探察到陈缘深的踪迹，当然也无从得知他是否还活着。

她问了一个愚蠢的问题。

现在去找陈缘深，她也许会看见一具尸体……自己真的做好准备了吗？

沈如晚怔怔地站在原地，一时竟不敢动了。

曲不询倚在门廊下看她，在她踏出门扉的那一刻，低声在她的耳畔说："要不然……我去吧。"

有那么一瞬间，沈如晚几乎就要点头了。她不必去经历最煎熬、最忐忑的那一刻，不必去直面最痛苦的结果，总归是好一些的。

可最后她还是忍住了，说："他应该……会想见到我。"

她经历过那么多次生离死别，手上被迫沾染了那么多血，辗转反侧地想过很多遍：他们如果还活着，还愿意见一见她吗？

她知道，她无论想多少遍也永远得不到答案。

可陈缘深会想见她的。

不过一个多月，除了一些害怕灵女峰再次崩塌的修士选择离开之外，灵女峰外渐渐恢复了从前的秩序。修士无论在哪儿都有着最旺盛的生命力，在废墟之上筑起了新的山庄和坊市。那场天灾留下的影响似乎完全消失了，一切又变回了从前的模样。

可灵女峰内，那些与山峦同生同长的微小的生命远远没有如此顽强，陨灭在了那场坍塌之中，只剩下一片无人知晓的死寂。灵女峰也变得消沉了，开始了漫长的恢复，而这场恢复也许是以十数年为计的。

"我大概找到六哥在哪里了，可是……"陈献一反常态，声音迟缓，带着犹疑之意。

之前翁拂利用上代山鬼的元灵掘开了一条通向灵女峰腹部的通道，所以能来去自如，畅通无阻。如今灵女峰崩塌过一回，通道被阻断，沈如晚等人再想进入峰体内部便成了一件难事。倘若他们如翁拂一般不顾灵女峰的灵脉走势，随意再挖一条通道，那灵女峰早晚要塌第二回。

神识无法深入山体内探察，他们只能从钟盈袖的提示中确认陈缘深所在位置的大致范围，在这种情况下，拥有绝对嗅感的陈献是最有可能找到陈缘深的人。

"可是什么？"沈如晚问。

她垂眸站在那里，有一种别样的沉着，看上去比往常更清冷。

陈献用余光悄悄地看过去，有点儿摸不着头脑。先前沈前辈听说陈缘深很难生还，一时悲痛不已，还昏了过去。他以为现在沈前辈的反应会更加强烈，没想到竟然这么平静。

"可是我也不知道他算是死了还是活着。"陈献慢慢地说。

虽说他和陈缘深这个族兄没有太多交集，但毕竟是同族的血亲，不免也为族兄伤感。

话音刚落，眼前白光一现，陈献下意识地闭上了眼睛。他再睁开眼时，发现眼前空空荡荡的，只剩下楚瑶光的身影。

陈献站在原地，张了张嘴，叹了一口气。

沈如晚循着陈献指点的方向，绕开山体内复杂的灵脉，向山体中心遁去。

凭虚御风和瞬息千里都是修士在地面上才能运用的道法，她想要潜入地表之下，则需要对土行道法有所了解。

沈如晚算不上多精通土行道法，要花数倍的精力才能勉强维持速度。虽然这速度对于普通修士来说已经很快了，可她还是觉得太慢了。

她既希望这段阴冷潮湿的路能快点儿到尽头，又希望能晚些面对结局。

她微微沉下身体，从微腥的土壤里脱离出来，伏在一段逼仄狭小的空隙里——这是山体崩塌时山石挤压留下的空隙。按照钟盈袖和陈献的说法，陈缘深应当就在附近，沈如晚运气好的话，也许陈缘深就在这段空隙中。

沈如晚不得不低头钻进去，逼仄的空间好像从四面八方挤压着她，让她以一种极为别扭的姿势蜷曲起来，就像笼中的困兽。眼前的通道是唯一的出路，她不敢在狭小的空间里用遁术，甚至不敢燃起一点儿火光，以免灵气波动致使空隙崩塌，只能选择用手和脚慢慢地向前爬，像个凡人一样。

无论是在蓬山时还是离开蓬山后，沈如晚从来没有以这种难堪的姿态前行过，阴冷潮湿的山石和泥土环绕着她，即使将灵气覆盖全身，也能透过薄薄的灵气感受到掌心里绵软的淤泥，让人作呕。

四周黑暗，没有一点儿光亮，不知从哪里传来的细碎的流水声格外清晰，一声声落在她的耳畔，让她有一种冷到骨子里的感觉。

这里太安静了，也太黑了，她忍不住想起了一些纷乱的往事。

沈如晚不知道这条空隙究竟有多长，只知道爬了很久，久到以为这里没有尽头。

突然，她的脚踝被人握住了。

在这样进退两难甚至难以转身的狭小空间里，她身后竟然有人，这让她毛骨悚然。

"谁？"她骤然一惊，可刚一开口就感受到了身后的气息。

原来曲不询跟着她一起潜入了灵女峰内。

四周一片昏黑，她根本看不见他的脸，甚至看不清他的身形，可她太熟悉他的气息了。

"别往前了。"他低声说，声音在狭小的空隙里回响，"你跟我来。"

他的手准确无误地在黑暗里攥住了她的手腕，灼热有力，和阴冷坚硬的泥石截然不同。

沈如晚一瞬间分神了，然后艰难地转过身，跟着曲不询一起往回爬。

她先前爬过的路上有被曲不询强行掰开的山石，山石在这狭小的空间里阻断了来时的路，但出现了另一条空隙。

沈如晚的心"怦怦"地跳着，她低声说："你的胆子也太大了，万一上面支撑不住，坍塌了怎么办？"

曲不询此时已进了另一条通道，比他们所在的这条更高一些，也更逼仄。

他回过身来，把她拉了上去。沈如晚勉强挤了进去，但身下好像有什么嶙峋古怪的山石，硌得她腿疼。她伸手探了一下，愣住了——她竟然坐在了曲不询的腿上。

"不怕。"他低声说。

他的声音就在她的耳畔，好像拂过的暖融融的风。

沈如晚下意识地往后仰了一下，手在身后一撑，触到的竟不是坚硬的山石或泥沙，而是……一只手。

她怎么会摸到一只手？

她怔了一瞬，忽然浑身僵硬，微微颤抖起来。

这通道太逼仄，她完全回不了头，只能慢慢地向后摸索。她在粗糙的泥土中重新摸到那只手，指尖微颤着搭在了手腕上。

那是轻微到她几乎难以觉察的跳动！

曲不询感觉到沈如晚那一瞬间浑身都绷紧了。

"他还活着……"她的声音里满是难以掩盖的狂喜之意，攥着他的衣襟的手无意识地收紧了，几乎要把他的衣襟扯破，"曲不询，他还活着！"

这里明明没有一点儿光亮，可不知怎么的，曲不询的眼前浮现出了她清亮的眼瞳，里面蓦然迸发出无限的光彩。

可他张了张口，沉默了一瞬，然后低声叫她："沈如晚，你先别着急……你再看一看。"

沈如晚没有明白他的意思，等理智慢慢地回笼才想明白，普通修士在山体内被困一个月应当是绝无生路的，她却摸到了脉搏，这怎么也不太对劲。她做好了给陈缘深收尸的准备才进来的，可当真发现他还活着，又觉得难以置信。

她难以转身，便放出神识，朝身后那个人探了过去。

神识不受黑暗的影响，将那熟悉的五官清晰地展现在了沈如晚的脑海里。

陈缘深以一种蜷缩的姿势静静地躺在山石之间，五官微微扭曲，好像承受着莫大的痛苦和折磨，不得安宁。可他还有微弱的呼吸，脸上还有生机，看上去分明还活着，只是睡着了。

沈如晚怔怔地靠在山石上。

她分明感知到了陈缘深的生机，可她的心不知怎么的，蓦然沉了下去，如坠深渊。

陈缘深如果真的毫发无伤,早就该醒了,还会试图离开这里,而不是这样平静地蜷缩在黑暗又逼仄的空隙里。

他的安然无恙正是最不祥的象征。

她的手微微颤抖,再次探出的时候,却稳稳地朝陈缘深的心口按了过去。

就在她的掌心即将触碰到他的心口时,如寒锋一般的冰冷气息骤然浮现,沈如晚的手猛然一翻,避开了攻击,随后五指一拢,攥住了薄片一般的东西,那东西似乎还会动。

沈如晚紧紧地抿着唇,收回了手。灵光游走在她的指尖上,将她握拢的东西照得分明——她的掌心里躺着一只铁片般的蛊虫,已被她掐灭了生机,只靠本能在蠕动。

身后,陈缘深的躯体忽然抽动了一下,可沈如晚仔细一看,抽动的不是肌骨,而是在皮下起伏如筋络的东西。

她全身僵硬,毫无保留地放出神识,将陈缘深全身都探察了个遍。

那哪里是什么筋络?骨肉之下分明是肆意生长的蛊虫!蛊虫在这具躯体里疯狂地繁衍,将陈缘深的身体当成了虫巢。正因如此,他的身体才能保持完好。

她忽然想到离开前陈献神色复杂地说"可是我也不知道他算是死了还是活着"。

沈如晚的脑中一片空白,她想起白飞昙说起的蛊虫,想起山庄里陈缘深勉强的微笑,想起他一反常态的勇敢和大胆的样子,想起他似笑也似哭地看着她说——"师姐,你多年未回蓬山,还记得回去的路吗?"

原来从很早的时候起,陈缘深就没想过活。

"为什么……?"她喃喃地说着,但无人能给出答案。

曲不询忽然伸出手,在她身后拿到了什么,然后塞进了她的手里。

那是陈缘深从邵元康那里借来的镜匣。

"镜匣可以保存山鬼的元灵,应该也能保存修士的神识。"曲不询低声说,"陈缘深如果在被困住的时候还有意识,说不定会在里面留下点儿什么。"

沈如晚没什么反应,然后很慢很慢地握住那个镜匣,过了好久才听懂他的话,把神识探入了镜匣中。

出乎她意料的是,她真的在里面找到了陈缘深留下的一段神识,而这段神识似乎也承受着万般痛苦。

她那个懦弱的、平庸的师弟断断续续地说:"师姐,我大概要死了。我本来不希望你找到我,这样你也许就会以为我还活着,没那么伤心,但我发现……但我发现我还是很害怕,怕我永远留在这儿,谁也不知道我死在这里,就好像我从来没有活过。

"我真的很怕……所以师姐，你如果能找到我，能不能带我回蓬山？你把我埋在师尊边上就行了，我不挑坟，就想回蓬山。"

"我想回蓬山，师姐。"

神识倏然消散了。

从头到尾，他也没说过一句后悔。

沈如晚的掌心里全是冰冷的汗水，镜匣从她的手中滑落，"哐当"一声掉在了地上。

她一动不动，想：废话连篇。

为什么他最后的言语也词不达意，重复又琐碎，没有一点儿解释？

他既然这么害怕，就不要冒险，为什么要心存死志，一个人留在冰冷狭窄的空隙里，在无人知晓的地方等到最后一刻？

陈缘深不是很依赖她吗？为什么这次他偏偏没有依赖她？

"找到什么了吗？"曲不询低声问她。

沈如晚木然地点了一下头，声音轻飘飘的："他说，让我带他回家。"

陈缘深的身体最终被焚化了，沈如晚把骨灰封存在一个小小的匣子里，托在掌心里，感觉轻飘飘的。

修士往往如此，没有死无全尸、挫骨扬灰的忌讳，死就死了，一把火烧了干净，倘若尸身完好地下葬，反倒不得安宁，容易引来邪修的觊觎——修士的尸身也是极佳的修炼材料。

虽然陈缘深看起来已没有半点儿生还的可能，但他的身躯还有生机。这世界上有那么多奇异的宝物，谁说陈缘深没有机会醒过来呢？

沈如晚花了很多心思，想留住他的躯体，至少还有一点儿念想。可没过多久，那具身体中的蛊虫好像察觉到了危机，躁动不安地蠕动起来，争先恐后地钻了出来，撕裂了陈缘深的皮肉，转瞬就把完好的身体毁得不成样子。

陈缘深的身体本就靠这些蛊虫来维持生机，离了蛊虫便无声无息地干瘪下去，成了一副破败的残躯。

"他不会怪你的。"曲不询对她说。

沈如晚垂着头，静静地看着手里的匣子："我知道。"

"我只是觉得我做错了很多事。"她这么说着，还有点儿迷茫，可心里已经有了一个答案。

曲不询看了她一会儿，转过头去，随意地打量起远处通向云端的云中栈道来，很捧场地问她："怎么错了？"

沈如晚沉默了一会儿，然后说："如果当初我没有离开蓬山就好了。陈缘深说得对，我如果没有离开蓬山，现在至少是第九阁的副阁主。"

曲不询高高地挑起了半边眉毛。

沈如晚紧紧地抿着唇，想起了在碎琼里的茶楼里陈缘深对她说的话——"你会后悔的，师姐。你根本不知道你会有多后悔。"

那时她怎么回答的？

她说："我就算会后悔，也是自己选的。认识我这么多年，你见我后悔过吗？"

如果时光能倒回到那一天，她再也不会说这样笃定的话。

她会告诉自己，她确实后悔了，很后悔。

"我如果是蓬山的阁主之一，早该把事情查个水落石出了。"她慢慢地说，"陈缘深也就不会被骗来种七夜白了。"

曲不询的神色恢复了平静，他转过头，目光柔和地看着她："你没有必要把这件事怪在自己身上，这不是你的错。人生到处都是岔路，不走下去谁也不知道后面是什么。况且，你若留在蓬山，宁听澜未必能容得下你。"

沈如晚执碎婴剑纵横神州，杀的是旁人不敢杀的人，得罪的也是旁人不愿得罪的势力。声名显赫之下，非议众多，若宁听澜想给她安上个罪名，再把她除掉，没人给她喊冤。好在她在名声最盛之时退隐，还没等到鸟尽弓藏的时候，且退得干干净净，这才和宁听澜相安无事。

这次沈如晚没有再为宁听澜辩解了，现在对宁听澜也怀着相同的怀疑，无可反驳，也不需要反驳。

"邬梦笔、孟华胥、宁听澜，"她慢慢地说着，语气逐渐转冷，"不管到底是谁，一个一个来，谁也躲不掉。"

身后，陈献中气十足的喊声传来："师父、沈前辈，我们买好票了，可以出发了！"

曲不询接过那个手环，随意地看了一眼，又抛回给陈献。

"啊？师父，你不拿着？"陈献伸手一捞，接住了手环。

曲不询只留给他一个背影："山崩地裂都能扶回去，还要它做什么？"

他站在崖边，轻飘飘地坠了下去，落向万丈雪原，声音回荡在无边无际的云海里。

挤在云中栈道前的修士听见了，嘟嘟囔囔地说："谁啊？这牛吹得都上天了！"

可是这个修士一回头，正好看见曲不询跳下去，瞬间瞪大了眼睛，撕心裂肺地喊起来："天哪！他怎么真的跳下去了？！谁来救人啊？"

还没等话音落下，那道身影转眼间便出现在远处的云端之上，懒洋洋地朝山巅招手,声音隔着云海悠悠地传来:"走啊。"

是他们不想走吗?

那一瞬,所有排在云中栈道前的修士的心中同时生出怨念:难道我是因为享受排长队的感觉才挤在这里,不直接跳下去的吗?他以为人人都和他一样,能在万丈高空如履平地啊?他还朝这边招手,真以为这里有人能和他一起走啊?就算是丹成修士,能这么随心所欲的人也是屈指可数的——他们这儿难道还有一个丹成修士不成?丹成修士又不是大白菜⋯⋯

但是还真有人回应。

沈如晚静静地遥看他在无边的云海里的身影,抿了抿唇,然后轻轻地哼了一声:"烧包。"

这回曲不询离得远,是真的没有听见。

她叹了一口气,忽然浅浅地笑了一下,回过头,声音轻快地对陈献和楚瑶光说:"我先走了。栈道出口见。"

陈献和楚瑶光瞪大了眼睛:"哎,前辈⋯⋯"

下一瞬,所有在山巅等待的修士看见她轻快地踏出崖边,如一道幽幽的山风,越过重重白云,跨过茫茫雪原,和云端的身影一起消失在云海中。

一片沉寂无声的氛围里,不知谁在人群里感慨了一句:"翱翔天地,放眼江湖,东方丹丘西太华,朝游北海暮苍梧。修士活成这样才叫修仙吧?"

从钟神山到尧皇城需要跨越半个神州,万年不化的冻土渐渐变为蒸腾着炎炎暑气的沃野。

对于凡人来说,这是一段可以耗尽半生的旅程;可对于修仙者来说,两个月便绰绰有余。

修士赶路时最好用的自然是自己的飞行法宝,行千里万里也随心所欲。然而尧皇城方圆千里之内,任何飞行法宝都被禁止了,所有修士不得在尧皇城上空飞行。倘若有谁想要违逆这个规矩,那么尧皇城的执法堂不介意让对方付出随心所欲的代价。

不错,与钟神山和碎琼里这些地方不同,尧皇城是有执法堂的。

"无论是碎琼里还是钟神山,甚至是蓬山,都是秉天地之灵而生的奇境圣地,修士自发聚集,后来才形成了秩序。"楚瑶光详细地介绍,"但尧皇城不一样,是由尧皇城城主组织并建立起来的修仙者的城市,有修士也有凡人,经历了百年才慢慢扩大。"

从尧皇城被建立起来的那一天起,整个城市都是为了如今的繁华而运转的。

沈如晚和曲不询都不是第一次去尧皇城,早就知道这些旧事,所以楚瑶光主要是讲给陈献听的。

"城主很开明,迎八方来客,对所有人一视同仁,不干涉城中的大小事,只维护日常秩序。尧皇城不需普通人缴纳入城费,只对在城中做生意的修士抽成。此外,修士倘若在城中购置产业,也要缴纳一笔灵石——尧皇城的房子很贵,这是神州修士尽人皆知的事情。"楚瑶光很自然地说,"我家在尧皇城有些生意,等我们到了,可以在那里下榻。"

蜀岭楚家家大业大也是尽人皆知的,旁人羡慕不来。

陈献小鸡啄米似的一下一下地点着头,问楚瑶光:"不能用飞行法宝,我们怎么进去啊?"

尧皇城方圆千里内禁止修士飞行,遁术也不是人人精通的,难不成让所有修士走进城中?

楚瑶光还没来得及开口,他们所乘的宝车便停下了。松伯敲开了门:"大小姐,咱们该下去了。我刚才看见了远处的红云,想来霓衣风马很快就要到了,咱们赶紧过去吧!"

楚瑶光一听,立刻拽着陈献的袖子,说:"沈前辈、曲前辈,我们快去吧,霓衣风马半个时辰才来一趟,咱们要是错过的话,又得等好久呢。"

陈献一头雾水,老老实实地跟在她后面,问道:"霓衣风马是什么?"

楚瑶光却不解释,只是说:"你看见了就知道了。"

陈献左看看,右看看,只见沈如晚和曲不询皆神色自若,就他一个人满脸茫然,有点儿不解:"明明我也是修士,为什么只有我不知道啊?"

他的这些话让大家都情不自禁地转头看他,心道:你这样也不是第一天了,为什么今天如此震惊啊?

众人下了宝车后,走了一二里路,远远地就看见许多修士聚在一片平原上,三三两两地说着话,神色淡定,似乎都在等着什么。

陈献忍不住挠头,实在好奇,问道:"瑶光,你就告诉我吧。"

楚瑶光抿着唇笑,刚要解释,忽然抬头朝天边看去:"不用我解释啦——你看,霓衣风马已经来啦。"

陈献立刻回头看去。

天边升起了铺天盖地的绚烂到极致的云岚,把整片天空染成了绯红色,好似缎带霓裳一般,朝他们笼罩过来。

等云岚离得近了,陈献才看清云霓之上还立着一个人影,那人在云端中气十足地大喊:"一人一裳,不许多取,若有妄图贪昧者,就等着去执法堂见吧!"

在平原上等着的修士们吵吵嚷嚷地应了。

陈献看到一个修士伸出手,触碰到漫天的云霞后,竟然一把扯下了一片红云!红云被披在身上,立刻化为了披风,那修士注入一点儿灵气,披风便瞬间飘了起来,带着修士飞上了云端。

陈献顿时瞠目结舌,回头看到楚瑶光笑靥如花地说:"霓为衣兮风为马,这就是霓衣风马呀!"

陈献瞪大了眼睛:"可……可尧皇城不是不允许修士飞行吗?"

曲不询取了一件披风,伸手敲在笨徒弟的脑门上:"修士不能驱动飞行法宝,又不代表尧皇城不能提供飞行法宝。"

陈献愣住了。

"尧皇城禁止修士飞行是因为这里的修士太多,如果大家都乱糟糟地飞,只怕天天都要死人。"沈如晚笑了起来,难得解释,"所以在尧皇城外有霓衣风马,尧皇城内有城际灵舟,绕城而飞,专门供修士搭乘。"

在尧皇城,谁都不可以自己飞,但可以被带着飞。

神州浩大,修仙者聚居的城市数不胜数,可尧皇城是当之无愧的天下第一城,誉冠二十六州,无人不知。

除了尧皇城外,再没有哪里能如此大手笔地为八方来客提供人人可搭乘的飞行法宝。城际灵舟从城东开到城西,停泊数次,总共也不过耗时一个时辰,虽然对于丹成修士来说很慢,可对于普通修士乃至凡人来说便是实打实的方便。

无怪乎尧皇城地价如此之高,却依然有数不清的修士愿意来这里碰运气。

每天城际灵舟上都会有初来乍到的外乡人的身影,今天就有几个刚来尧皇城的修士。

"瑶光,你看,这里居然还有字!"一个十七八岁的少年踏进灵舟,站在门板前好奇地看了几眼,"老周记炒货?就是那家特别有名的炒货店吗?店家居然把名字印到这里来了?!"

站在他边上的少女身着锦衣华服,举止从容,一看就不是第一次来尧皇城。只看她的衣着,若非本城禁止修士自行驱动飞行法宝,只怕如今灵舟上的其他乘客都没有和她打交道的机会。

可谁叫尧皇城只能乘城际灵舟飞行?十年修得同船渡,这就是摸不透的缘分。

"这是老周记炒货出了钱,特意印在这里的,让人留下印象,去他家买东西。"楚瑶光早已习惯了陈献的好奇心,轻声回答完便坐在了空位上,然后朝身侧默不作声的中年女修伸出了手:"梅姨,反正还要等好久才到,我想看看《半月摘》。"

先前他们去碎琼里和钟神山的时候,因出入不太方便,松伯和梅姨便在附近等着做策应。这次他们来尧皇城，蜀岭楚家本就有产业，这两个人便一道跟了上来，只是一路上都不太说话。

梅姨一言不发，把刚买来的《半月摘》递到了楚瑶光的手上。

陈献左看右看，偶尔对上陌生乘客奇怪的眼神，咧开嘴爽朗一笑，旁人便默默地把目光挪开了。

唯有一个热心肠的女修和他搭话："道友，你是刚来尧皇城的吧？快找个位置坐下吧，现在灵舟开得不快，待会儿要绕城飞行，七拐八绕的，人很容易就甩出去了。"

陈献虽然大大咧咧，不太会看人脸色，却一向很听劝。闻言，他立刻坐在楚瑶光左手边的空位上，正对面就是沈如晚。

"沈前辈，你以前来过尧皇城吗？"他随口问。

沈如晚瞥了他一眼，简短地回答："很久以前来过几次。"

陈献想起沈前辈在临邬城里待了十年，又问："那以前的尧皇城和现在一样吗？"

沈如晚的目光越过灵舟的栏杆，落在了飞速向后退去的屋舍上。看了好一会儿，她慢慢地摇了摇头："以前没这么繁华。"

她上次来尧皇城已经是十二三年前的事了，那时尧皇城便已十分繁盛，一别十年，现在竟更上一层楼了。

单论繁华程度，尧皇城已胜过蓬山了。

方才提醒陈献坐下的热心女修听见这话，和他们聊了起来："可不是吗？这尧皇城当真是一天一个样。我以前去过好多地方，就数尧皇城最热闹、最有新气象。"

几个人一齐看向她，她说得更起劲了："别的地方也不是不好，但难免有陈规，外来者不得不遵守，而且还容易受到排挤。但在尧皇城，大家来自五湖四海，自然没这么多事，互相包容、博采众长，加上城主府的管理张弛有度，这尧皇城的发展真是一日千里。"热心女修指着楚瑶光手里的报纸，说，"就说这《半月摘》吧，也就只有我们尧皇城能办，其他地方根本容不下那么多意修。"

沈如晚微微扬了扬眉："意修？"

尧皇城里随便一个路人也知道意修？

女修重重地点了一下头："是，就是那群靠编故事提升修为的修士。《半月摘》的编者大多是意修。"她说着，摇了摇头，很是感慨，"这些意修也不容易，自从方丈山沉入海中，神州意修的传承就断了。要不是梦笔先生办了《半月摘》，真不知道他们怎么过下去。"

方丈山就是方壶山，在神州浩劫里沉入了海中，在漫长的漂泊后，阴错阳差地落到了陈献的手里。

沈如晚将眉毛挑得更高了一点儿，满心疑惑："方丈山覆灭，断绝了意修的传承？原来方丈山是意修的宗门？"

女修很自然地回答："是啊，方丈山上以意修为主，不过也有别的。在神州浩劫之前，方丈山不比蓬莱差多少，只是时运不济，没能留到最后罢了。"她想了一下，又道，"我记得方丈山还流传下来一本《孟氏坤剑残谱》，在剑修中很有名气，你们知道吗？"

曲不询当然知道，当初在蓬山的藏经阁中和沈如晚隔着书架对视时，他的手里恰好拿着一本拆解孟氏坤剑残谱的书。

"道友似乎对意修的事很了解？"他问女修，"说来惭愧，我从前只知方壶山，不知意修，更不知道《半月摘》和意修的关系——这么说来，邬梦笔先生也是意修？"

女修摆了摆手："这在尧皇城里算不上什么秘密，但凡在这里住了超过五年的修士都知道。梦笔先生确实是意修，办这个《半月摘》也是为了意修的传承，这是大家都知道的事。"

沈如晚不说话了。

看样子，邬梦笔就是希夷仙尊的事并不为尧皇城居民所知。

"原来如此，没想到我们平日读的报纸，对于意修来说竟有这么重要的作用。"曲不询笑了笑，语气闲散，状似不经意地问道，"说起来，我们这一行人都是梦笔先生的读者，来尧皇城就是想见一见他，道友可否指点我们一下，如何能见到梦笔先生？"

女修"哎哟"了一声，满脸遗憾的神色："十年前梦笔先生还是经常现身的，在尧皇城待久了的人总能遇上他一两次。可如今不行了，梦笔先生不见客。"

楚瑶光还拿着报纸，认认真真地坐着看。这是他们还在钟神山时，梅姨在外面买的，早就不是最新的一期了。

"哎，沈姐姐、曲前辈，你们看这个！"楚瑶光忽然指着报纸的其中一面说，"十一月十七日是尧皇城的千灯节，届时城主府与《半月摘》办事处将对外开放，大摆千灯宴，尧皇城的居民尽可前来同乐。"

她抬起头，眼睛亮亮地看着沈如晚和曲不询——他们此行来尧皇城就是为了找邬梦笔和孟华胥，如今城主府与《半月摘》办事处大摆千灯宴，他们正好混进去一探究竟。

当然，这计划中还有楚瑶光不为外人所知的小心思：她也算是《半月摘》的忠实读者，想进办事处看一看，这不是很正常的事吗？

今天离十一月十七日还有十二天，其实已经很近了。

沈如晚伸手接过楚瑶光手里的报纸，垂眸仔细地看了起来。报纸上并没有说这个千灯节究竟是为了什么而举办的，也没说打算怎么办，只是很简短地提了两句。

女修熟络地给他们解释起来："千灯节是近几年才有的，每三年举办一次，如今就办了三次。其实没什么特别的，就是有很多样式的灯，大家一起热闹热闹。"

这说了和没说一样。

"三年一届，办了三届，也就是九年前开始办的。"沈如晚喃喃道。

又是九年前。

九年前，邬梦笔去了东仪岛，找到了孟华胥的手记，却没带走，还给姚凛留下了傀儡；九年前，邬梦笔在尧皇城中开办《归梦笔谈半月摘》，把这份报纸传遍了大江南北；九年前，尧皇城忽然办起没头没脑的千灯节，既不说来由，也没有目的，不明不白地办了九年。

沈如晚沉思不语：她既然已经知道了邬梦笔就是希夷仙尊，也知道他和七夜白有分不开的关系，那么是否可以再多揣测几分？

也许九年前陈缘深被带到钟神山从头开始建山庄、培育七夜白与邬梦笔九年前频繁的动作有关？

陈献兴致勃勃地和女修聊了起来："道友，你这是打算去哪里啊？"

女修也不跟他见外，随口说道："你知道童照辛大师吗？童大师定居尧皇城，我想登门拜访，碰一碰运气，看看能不能请童大师帮我炼器。"

她说起"童照辛"这个名字时，沈如晚和曲不询一齐看了过去。

"童照辛？"曲不询神色微妙地说，"你是去找他的？"

女修眉飞色舞起来："可不是嘛！我就知道，童大师现在的名气越来越大了，早晚能成为神州最有名的炼器大师！"然后，她又露出了遗憾的神色，"不过，童大师的名气越来越大，人也越来越难被请动了。童大师的脾气有点儿古怪，从前他缺钱的时候来者不拒，现在不缺钱了，就只愿意帮他看得上的人炼器了。"

这个"帮"自然不是无偿的，神州修士请炼器师、炼丹师，按照惯例，是要给人家开炉金的。

以童照辛如今的名气，开炉金只怕是天价了。

"就算是这样，也多的是人愿意捧着高昂的开炉金求童大师看一眼。"女修叹了一口气，目露神往之色，"倘若我能和童大师交流一番就好了。你们不知道现在有多少人心心念念地想和童大师说上几句话，哪怕只是请教一下自己想要炼制的法宝有什么可以改进的地方，这个机会也是千金不换的。"

沈如晚轻轻地笑了一声，意味不明。

女修看过去，发现沈如晚的脸上没什么表情。她只当自己听错了，方才沈如晚也许只是恰好笑了一下，并没有讥讽她的意思。

沈如晚确实没有讥讽她，只不过是讥笑童照辛罢了。

她和童照辛没有太深的恩怨。当年童照辛不服她缉杀长孙寒，带着人来找她的麻烦，她早就上门打回去了。

她的目光在曲不询的脸上游移，而后她神色微妙地说："这下巧了，我们也很想见一见童大师，最好能和他说上几句话。不如待会儿我们和道友一起下灵舟，碰碰运气吧。"

曲不询看懂了她这微妙的眼神的意思，不由得伸手摸了摸鼻子，有几分不自在——当初童照辛找她麻烦，正是和他有关。

里外不是人，说的就是他吧……

他神色不变，淡定地敲了敲桌案："也好，择日不如撞日，能见一见童照辛大师也好。"

他也好当面问清楚，当初让童照辛炼制镜匣的人究竟是谁。